Nina Blazon

Das Amulett des Dschingis Khan

Nina Blazon wuchs in Neu-Ulm auf und studierte in Würzburg und Ljubljana Germanistik und slawische Sprachen. Nach dem Studium unterrichtete sie an mehreren Universitäten und absolvierte ein Redaktionsvolontariat. Heute lebt sie mit ihrem Mann in Stuttgart und arbeitet als freie Journalistin und Autorin. Am liebsten schreibt sie fantastische Geschichten oder Romane über ferne Zeiten und Welten.

Nina Blazon

Das Amulett des Dschingis Khan

Ravensburger Buchverlag

Als Ravensburger Taschenbuch
Band 58350
erschienen 2010

Die Originalausgabe erschien 2008
im Sauerländer Verlag, Düsseldorf,
unter dem Titel »Das Amulett des Dschingis Khan«

Umschlaggestaltung: Dirk Lieb
unter Verwendung einer Illustration von Ferenc B. Regös

Printed in Germany

1 2 3 4 5 14 13 12 11 10

ISBN 978-3-473-58350-8

www.ravensburger.de

Venedig
Krakau
Triest
Italien
Kroatien
Dubrovnik
(Ragusa)
Moskau
Wolga
Don
Schwarzes
Meer
Sudak
(Soldaia)
Istanbul
(Konstantinopel)
Türkei
Kaukasus
Kaspisches Meer
Aral
see

Nord-
olar-
Meer
N
S
asachstan
Karakorum
Gobi
Altai
Mongolei
China

Inhalt

Teil I

Krakau

Es gab gute Tage für Krystian. Immer dann etwa, wenn er einen windgeschützten Schlafplatz am Fuß des großen Wawelbergs fand. Ziegenställe waren in Ordnung, am liebsten aber schlief er bei den Pferden, weil der Geruch nach Fell und warmem Tieratem ihn an die Kammer seiner Mutter erinnerte. Wenn er sehr viel Glück hatte, ließ ihn ein Knecht das Feuerholz stapeln und schenkte ihm dafür ein Stück Hartbrot oder einen verschrumpelten Winterapfel. Wagte sich Krystian aller Vorsicht zum Trotz auf den Hauptmarkt bei den großen Tuchhallen oder in die Nähe der Marienkirche, erregte er manchmal sogar das Mitleid einer großzügigen Bürgerin oder einer Marktfrau: Ein kleiner Junge, der in zerlumpter Kleidung herumlief, obwohl der Märzschnee noch in den Gassen lag, war wirklich ein trauriger Anblick. An guten Tagen fühlte Krystian sich in Krakau schon beinahe zu Hause, obwohl ihm nur die Straßen und Schlupfwinkel gehörten und er noch immer auf der Hut sein musste. Dann glaubte er, dass Gott ihn doch liebte.

Aber dann gab es Tage wie diesen. An denen bereute er sogar, dass er dem Menschenfresser-Marek davongelaufen war. Seit seiner Flucht war sein dichtes schwarzes Haar, das Marek ihm geschoren hatte, erst zwei Fingerbreit nachgewachsen – ein verräterisches Zeichen. Schon öfter hatten ihn Büttel oder auch Leute aus den Dörfern verfolgt. Daraus schloss Krystian, dass der »Meister der Bestien« immer noch nach ihm suchen ließ. Nun, Krystian war in Mareks Ausstellung von lebenden Kuriositäten, die die Schaulustigen gegen Geld auf den Märkten begaffen konnten, ja auch ein ganz besonderes Schaustück gewesen: Das »Schlangenkind« nannte man ihn. Oft verfolgten Mareks Worte ihn bis in seine Träume: »Wie kommt es, dass eine Schlangenbrut wie du keine gespaltene Zunge hat?« Und dabei hatte er ihn mit diesem lauernden Ausdruck betrachtet, den Krystian nur zu gut kannte. Er beobachtete, wie Mareks Hand zu dem kurzen Messer an seinem Gürtel glitt, und wusste Bescheid. Hätte Marek an diesem Tag einmal nicht das Schlangenkind in Krystian gesehen, sondern einen sechsjährigen Jungen, der lieber sterben wollte, als die Misshandlungen noch einen einzigen Tag länger zu ertragen, dann hätte er die Käfigtür nicht so sorglos aufgemacht und das Messer besser festgehalten.

Ja, die Zeit bei Marek war die Hölle gewesen, aber an Tagen wie heute wünschte sich Krystian wider alle Vernunft seinen Strohhaufen und den windgeschützten Schlafplatz zurück.

Es war so kalt an diesem frühen Märzmorgen, dass er die Holzhäuser nur durch einen Nebel aus weißem Atem sehen konnte.

Krystian hatte die Nacht in einer Lagerkammer im Gerberviertel verbracht, zwischen Eimern, randvoll mit stinkendem Urin, in dem die Gerber die rohen Tierhäute einweichten. Vor Kurzem war einer der Gehilfen schlaftrunken ins Lagerhaus gewankt, hatte Krystian entdeckt und ihn mit einem Stock verjagt. Nun, das war nicht weiter schlimm gewesen. Schlimm war, dass Krystian dabei eine Kostbarkeit verloren hatte: einen der beiden Schuhe, die er einem Betrunkenen gestohlen hatte. Nun stand er in der Nähe der Schmiede auf einem Bein und überlegte verzweifelt, wie er mit nur einem Schuh zurechtkommen sollte. Es gab gepflasterte Straßen, aber hier, am Stadtrand, bestanden die Wege zum größten Teil aus gestampfter Erde und Holzplanken an den besonders schlammigen Stellen. Die Straßen Krakaus waren schmutzig, Unrat türmte sich am Rand, halb gefrorene Pfützen bildeten ein bizarres Muster auf der breiten Straße, die zum großen Wawelberg führte. Zwei verwahrloste Hunde stritten sich um eine tote Ratte. Krystians Magen knurrte. Seine letzte Mahlzeit – ein Stück gestohlener Speck und eine Handvoll Hirsebrei – lag mehr als einen Tag zurück. Es würde ihm wohl nichts anderes übrig bleiben, als wieder zu stehlen. Nun, eines stand fest: Heute hatte Gott ihn völlig vergessen.

Dumpfer Hufschlag näherte sich. Krystian zog sich rasch zurück und drückte sich an die hölzerne Hauswand. Da tauchten sie schon am Ende des Weges auf: berittene Soldaten. Helme glänzten im Morgenlicht, die Pferde schnaubten Fahnen heißer Atemluft in die Kälte. An den vergangenen Tagen hatte Krystian viele berittene Patrouillen bewundern können und die Stadt war voll von Leuten aus dem Umland. Mit ihrer gesamten Habe auf Ochsenwagen und Eselskarren waren sie nach Krakau gekommen, im Gepäck Gerüchte über fremde Reiterhorden, die Städte und Dörfer überfielen. Seit Tagen herrschte angespannte Stimmung. Viele Bürger waren aus ihren Stadthäusern in den Schutz der Wawelburg geflüchtet, doch zu Krystians Bedauern hatten sie ihre Häuser am Fuß des Burgbergs gut verschlossen oder bewaffnete Knechte und Diener als Wachen zurückgelassen.

Die beiden Soldaten trabten genau in Krystians Richtung. Die dünnen Eiskrusten auf den Pfützen brachen unter ihren Hufen. Krystian prägte sich jede Einzelheit ein: die Schwerter und einige Armbrüste, die breiten Gürtel aus rotem Leder, Kettenhemden unter Waffenröcken und schließlich die grimmigen Gesichter. Sicher waren die Soldaten auf dem Weg zur Wawelburg, zumindest ritten sie in Richtung der *Grodzka* – der Schlossstraße. Dann waren sie schon vorbei, eine Wolke aus Pferdegeruch und das Echo klirrender Ketten zurücklassend. Krystian seufzte und blickte ihnen nach, als könnte er ihr Bild in der Luft festhalten, wenn er nur lange genug blinzelte.

»He, du!«

Erschrocken fuhr er herum und duckte sich, bereit, davonzuschnellen. Blitzartig überlegte er, welche Gasse das beste Versteck bot. Sein bloßer Fuß pochte in der Kälte, aber er stand fest auf beiden Beinen.

Der Kerl, der ihn gerufen hatte, kam eindeutig aus der Gerberei. Das roch Krystian sogar gegen den Wind: Es war ein Gestank nach rohem Fleisch, Kot und beißendem Urin. Außerdem hatte er einen Ausschlag an Händen und Unterarmen. Er schien nicht älter als vierzehn oder fünfzehn, aber die Falten in seinem Gesicht waren tief und voller Schmutz. Er lächelte freundlich.

»Ja genau, dich meine ich!«, rief er über die Straße. Krystian zuckte zusammen. Er hasste es, wenn ihn jemand ansprach. Es bedeutete, mit einem Mal sichtbar zu werden.

Schon wollte er fliehen, als der Gerbergehilfe eine Hand hob und etwas in der Luft herumschwenkte.

»Das gehört doch dir, oder?«

Krystian schluckte. Sein Schuh! Tatsächlich – der Bundschuh aus dunklem Leder. Der Gehilfe hatte Krystians große Augen bemerkt und lächelte noch breiter.

»Es ist also deiner. Du willst ihn doch wiederhaben, nicht wahr?«

Krystian nickte. Der Gehilfe blieb stehen und streckte ihm den Schuh hin.

»Dann hol ihn dir doch. Keine Angst, ich tu dir nichts.« Krystian zögerte. Das war zu einfach.

»Na, komm schon, ich habe nicht den ganzen Tag Zeit!«

Krystian wagte einen vorsichtigen Schritt auf die Straße. Kalter Schlamm quoll zwischen seinen Zehen hervor. Der Fuß war inzwischen taub, die Kälte nur noch als feiner Nadelstich zu spüren. Der Gehilfe nickte ihm ermunternd zu, und Krystian hätte tatsächlich noch den zweiten Schritt gemacht, wenn er den kurzen Blick nicht bemerkt hätte, den der Mann über Krystians Schulter warf. Der Gehilfe war nicht allein! Und der Schuh diente ihm nur als Köder.

Instinktiv schnellte er zur Seite und sah gerade noch, wie am Rand seines Gesichtsfeldes eine riesige Hand ins Leere griff. Der zweite Kerl hatte sich tatsächlich von hinten an ihn herangeschlichen! Nun verlor er im Schwung das Gleichgewicht und fluchte. Eine verschlafene Magd, die eben ein Fenster geöffnet hatte, lachte, als er vornüber in den Matsch stolperte. Krystian gab Fersengeld. »Haltet ihn – er ist ein Dieb!«, brüllte sein Verfolger. Nun flogen die Fenster auf, neugierige Gesichter erschienen. Zum Glück waren so früh am Morgen noch nicht viele Menschen auf der Straße, doch alle, die auf den Ruf hin aus den Häusern stürmten, versuchten ihn aufzuhalten. Stöcke versperrten ihm den Weg, aber Krystian war wendig. Er sprang darüber hinweg, wich aus, schlug Haken, duckte sich unter zupackenden Händen, bis er endlich die nächste Gasse erreichte. Die kalte Luft stach in seiner Lunge, seine Beine fühlten sich an wie mit Eisenketten beschwert. Immer noch waren ihm die beiden Verfolger auf den Fersen. Oder war es jetzt nur noch einer? Er blickte sich im Laufen um und entdeckte tatsächlich nur den Verfolger, der sich herangeschlichen hatte – ein riesenhafter Kerl mit blondem Haar. Sein Gesicht war vor Wut verzerrt. Krystian verhedderte sich in etwas Weichem und stolperte. Es gab einen Ruck, der ihn das Gleichgewicht kostete. Während er fiel, entdeckte er den zweiten Gerbergehilfen, der völlig außer Atem war. Krystian wurde klar, dass der Schnellere der beiden ihm den Weg abgeschnitten hatte. Und um ihn zu Fall zu bringen, hatte er ihm einfach ein Seil zwischen die Beine geworfen.

Hart schlug er auf dem Boden auf. Matsch schabte über seine Wange, Hitze strömte ihm durch die rechte Schulter und die Luft blieb ihm weg. Bevor er wusste, wie ihm geschah, hatte der Gerbergehilfe ihn schon am Kragen gepackt und wieder hochgerissen. Aus den Augenwinkeln sah er das Gesicht einer Frau an einem Fenster. Mitleidig blickte sie ihn an, bevor sie den Fensterladen schloss. Weitere Leute scharten sich um die kleine Gruppe. Inzwischen hatte auch der blonde Häscher aufgeholt. Sein Gesicht glühte rot vor Anstrengung.

»Du verdammte Kröte!«, keuchte er. Krystian wand und drehte sich, er sah einen Teil des geröteten Arms, der gegen seine Kehle drückte, aber es gelang ihm nicht zuzubeißen. Mit einem Ruck wurde ihm das Hemd von der Schulter gezerrt, dann ging ein erstauntes Murmeln durch die Menge. Krystian wusste, was die Leute dachten, wenn sie das dunkle Fleckenmuster auf seiner rechten Schulter und dem Oberarm sahen. Er trug diesen Makel von Geburt an – dunklere Haut neben heller, und tatsächlich erinnerte das Muster stark an die Zeichnung einer Schlange.

»Und? Ist er das?«, fragte der Kerl, der Krystian festhielt.

Der Blonde nickte. »Das ist die Schlangenbrut.« Seine Augen funkelten. »Sieht so aus, als müsste uns Marek die versprochenen zehn Zloty zahlen.« Er grinste und rieb mit dem Finger über die Zeichnung. »Teufel auch, eine richtige Schlange!«

Krystian schossen die Tränen in die Augen. Die Kälte an seinem nackten Oberkörper spürte er nicht, im Gegenteil, ihm war heiß vor Angst und Entsetzen. Zurück zu Menschenfresser-Marek!

»Lass mich!«, brüllte er den Blonden an.

Dieser pfiff durch die Zähne. »Und sprechen kann sie auch, die Schlange. Na, da ist es ja kein Wunder, dass Marek dich wiederhaben will. Wir werden dich ganz bestimmt nicht loslassen!«

Krystians Peiniger lachte rau. Alle Freundlichkeit war aus seiner Stimme verschwunden.

»Dafür kommt ihr in die Hölle!«, stieß Krystian hervor. »Der Teufel wird euch die Ohren abschneiden!«

Die meisten Schaulustigen lachten, einige aber wurden blass und bekreuzigten sich.

Der Gerber, der ihn festhielt, drückte ihm mit dem Unterarm die Luft ab. Krystian musste husten, konnte aber nicht, ihm wurde schwindlig, Panik ergriff ihn. Doch im eisernen Griff des Gehilfen war er wehrlos. Er spürte nur, wie die beiden ihn eilig die Gasse hinuntertrugen – zurück zu Marek, zurück zu den Prügeln, dem Käfig und zu Mareks Messer. Krystian hörte auf, nach Gott zu rufen, und wünschte sich stattdessen den Teufel herbei. Verzweifelt stellte er sich vor, wie der Unhold die beiden ergreifen würde – Feueratem und Ruß würden die Luft verpesten. Und Krystian wäre frei. In diesem Augenblick hätte er dem Satan liebend gern die Treue geschworen.

Er erschrak beinahe zu Tode, als plötzlich eine Trompete erscholl – dort oben, auf einem der Wachtürme, blies jemand Alarm! Der Gerber blieb stehen. »Was ist da los?«, flüsterte jemand. Mitten im Signal verstummte die Trompete, als hätte sie der Wächter einfach fallen gelassen. Der Gerber lockerte seinen Griff und Krystian bekam wieder Luft. Sein rasselnder Atem und sein Husten erschienen ihm unendlich laut, bis ihm bewusst wurde, dass alle anderen Geräusche verstummt waren. Die Menschen blieben stehen und lauschten. Ein Kind begann zu weinen. Dann wurde ein weiteres Geräusch lauter und lauter – ein fernes Grollen, Gebrüll, Zischen und Schreie, irgendwo in der Nähe der Stadtmauer. Gab es ein Handgemenge?

»Los, beeilen wir uns!«, knurrte der Gerbergehilfe seinem Freund zu und hastete weiter, Krystian wie ein Ferkel unter den Arm geklemmt. Nun rannte er – Krystian konnte nur seine Füße sehen, die über die Straße flogen. Bei jedem Sprung blieb ihm die Luft weg. Der gestampfte Weg aus Erde ging in eine gepflasterte Straße über. Jetzt hörte Krystian auch andere Schritte – alle um sie herum rannten, Geschrei ertönte, Hufgetrappel. Der Gerbergehilfe stürmte mit ihm um die Ecke – und wurde von einer Gruppe verängstigter Menschen beinahe umgerissen.

»Zur Burg!«, brüllte ein Wächter. »Krakau wird angegriffen!« Der Gehilfe stolperte und verlor dabei das Gleichgewicht. Krystian stieß einen Schreckenslaut aus, als er schon zum zweiten Mal an diesem Morgen stürzte. Doch wenigstens ließ der Kerl ihn nun los. Instinktiv rollte Krystian sich ab und kam auf die Beine. Eine Frau rempelte ihn an, und als er hochblickte, sah er fahlblauen Himmel. Im selben Augenblick schwirrte eine Wolke brennender Pfeile über ihre Köpfe hinweg. *Die Sarazenen!*, schoss es ihm durch den Kopf. Noch mehr Pfeile prasselten auf die Straße nieder. Ein Esel brach zusammen, das erste Haus fing Feuer.

Nun brach Panik aus. »Zur Burg!«, schrie jemand Krystian so laut ins Ohr, dass er glaubte, taub zu werden. Doch er gehorchte blitzartig. Er sprang über den verendenden Esel, dem ein Pfeil aus dem Hals ragte, fegte um die Ecke – und geriet beinahe unter die Beine eines Streitrosses. Im letzten Moment warf er sich zur Seite. Ritter preschten an ihm vorbei – Armbrüste wurden angelegt, Streitkolben und Äxte geschwungen. Vor Erleichterung hätte er beinahe geweint – die Ritter! Das schneidende Sirren eisenbewehrter Pfeile erfüllte die Luft. Krystian erreichte die *Grodzka* und rannte weiter. Der Lärm wurde ohrenbetäubend, Schreie und ein Grollen, das sich bald in einer Flut von Hufschlägen auflöste. Pfeilschauer verdunkelten den Himmel. Krakau, bis auf wenige Gebäude ganz aus Holz erbaut, fing Feuer wie eine Pechfackel. Binnen kurzer Zeit wehte Krystian schon beißender Rauch ins Gesicht. Er fiel hin und rappelte sich wieder auf. Als er sich umblickte, sah er zu seinem Erstaunen, dass er dicht vor den beiden Gerbergehilfen herrannte. Funkenschauer wehten den Fliehenden entgegen, Namen wurden gerufen. Krystian blinzelte und schaute sich noch einmal um, gerade noch rechtzeitig, um zu sehen, wie ein Windstoß den Rauchvorhang öffnete und wieder den Blick auf die Gerbergehilfen freigab. Der Blonde war bereits tot. Der andere aber krümmte sich und brüllte aus vollem Hals. Seine Hände bluteten. Verzweifelt versuchte er die Säbelhiebe eines Ungeheuers abzuwehren.

Krystian hatte das Gefühl, zu Eis zu erstarren. Dieses Wesen war das Grässlichste, was er je gesehen hatte. Wildes schwarzes Haar wallte unter den Lederklappen hervor, die von dem pelzgesäumten Helm herunterhingen. Er erkannte schmale Augen in einem breiten, bräunlichen Gesicht und einen grausam aufgerissenen Mund. Seltsame, kehlige Laute kamen aus diesem Schlund. Es musste ein Wesen aus der Hölle sein, halb Mensch, halb Pferd, und dieses Wesen sprang so wendig um das Opfer herum, wie kein Streitross es je vermocht hätte. Der Dämon trug eine Rüstung aus Leder und Falkenfedern als Schmuck am Zaumzeug. Ein schmaler Krummsäbel sauste auf den Gerbergehilfen herab, Pferde ohne Reiter tänzelten in den Blutlachen. Erst in diesem Moment begriff Krystian, dass auch er sterben würde. Ihm wurde übel. Dieses Wesen würde ihn mit sich in den Abgrund reißen. Er hatte es selbst beschworen, die Hölle hatte sich tatsächlich aufgetan und die Armee des Teufels ausgespuckt. Das Ende der Welt war gekommen. Er hörte kaum, wie er schrie.

Das Nächste, was er wahrnahm: Er rannte mit verzweifelten Menschen um sein Leben. Hinter ihnen preschten Hunderte von Höllenreitern heran, jagten mit Fackeln in den Händen durch die Straßen. Sie plünderten, steckten die Häuser in Brand und metzelten alles nieder, was ihnen in die Quere kam. Pfeile zischten durch die Straße. Im Laufen sah Krystian alle Bilder überdeutlich und so grell wie in einem Albtraum. Besonders den auf eine lange Lanze gespießten Kopf eines Ritters!

Längst schon spürte Krystian seinen Körper nicht mehr, er bestand nur noch aus Angst. Er duckte sich und rannte, wie er noch nie gerannt war. Tote lagen am Straßenrand, der Rauch wurde immer dichter. Ein Pfeil verfehlte ihn nur um Haaresbreite. Hufschläge wurden lauter, holten ihn ein, dann warf ein Stoß ihn um. Krystian überschlug sich. Eine hölzerne Hauswand bremste seinen Sturz, dann konnte er nur noch benommen auf das Ungeheuer starren, das vor ihm aus dem Boden wuchs. Schaum troff aus dem Pferdemaul auf Krystians nackte Brust. Der Höllenreiter war eine schwarze Silhouette vor einer Flammenwand, sein Bogen gespannt, der Pfeil direkt auf sein Opfer gerichtet. Krystian schluchzte und wandte sich nach rechts, krümmte sich zusammen und betete gleichzeitig zum Himmel und zur Hölle, dass es wenigstens schnell gehen würde.

Doch es geschah nichts. Das Ungeheuer brüllte etwas, und als Krystian blinzelte, bemerkte er, dass es mit einem anderen Ungeheuer sprach. Das zweite Höllenwesen war noch viel grässlicher als das erste. Sein Gesicht schien menschenähnlich, aber statt einer Nase erkannte Krystian nur zwei ovale Löcher im Schädel. Die rechte Braue fehlte fast ganz, narbiges Gewebe leuchtete purpurfarben. Dieses nasenlose Ungeheuer war dem Dämon mit dem Bogen in den Arm gefallen, brüllte nun etwas und deutete auf Krystians Schlangenmuster. Der Dämon senkte widerwillig seinen Bogen und nickte. In diesem Augenblick erkannte Krystian, dass er Menschen vor sich hatte. Ihre Beine steckten in sandfarbenen Lederhosen und waren so krumm, dass sie sich um die Pferdebäuche bogen, als seien sie mit ihnen verwachsen. Vor dem Lederpanzer der Pferde fielen sie kaum auf.

Ein Seil schwirrte in der Luft, dann spürte Krystian schon, wie eine starke Hand ihn am Oberarm packte. Der Nasenlose zog ihn zu sich hoch! Krystian war zu heiser, um noch zu schreien. Der Anblick des kantigen, verstümmelten Gesichts prägte sich ihm unauslöschlich ein.

Der Reiter schlang ein Seil um Krystians Handgelenke und seine Taille, zurrte ihn mit drei Handgriffen wie ein Gepäckstück auf dem Pferd fest. Der hölzerne Sattel drückte gegen Krystians Rippen. Er roch nach Ruß und Schaffett. Dann preschte das Pferd los und Krystian sah nur noch den blutbefleckten Boden unter sich davonfliegen. Andere Reiter johlten und brüllten. Gesattelte, reiterlose Pferde folgten ihnen. Manche Männer trugen gleich mehrere Bögen, außerdem lange hakenbewehrte Spieße, mit denen sie die fliehenden Menschen zu Fall brachten. Aus den Augenwinkeln sah er, wie ein Reiter in vollem Galopp das Pferd wechselte und die Zügel losließ, um den Bogen hochzureißen. Pfeile sausten über Krystian hinweg. Er wollte schon entsetzt die Augen schließen, als er eine Gruppe von Rittern angreifen sah. Sie kamen in schwerer Montur herangeprescht, die Lanzen erhoben, um die Feinde vom Pferd zu stoßen. Ihre Rüstungen hielten dem Pfeilregen stand, doch die Höllenreiter waren wendig. Statt sich dem Kampf Mann gegen Mann zu stellen, wichen sie Keulenschlägen und Axthieben aus und brachten eins der Streitrosse hinterrücks zu Fall. Im Sturz holte der Ritter mit seiner Axt aus. Die Waffe flog – und traf mit einem dumpfen Laut. Das Pferd, auf dem Krystian festgebunden war, stöhnte auf. Dann knickten seine Vorderbeine ein. Krystian sah den Boden näher kommen – und krallte sich an das Erste, was er mit gefesselten Händen erwischte: das lederne Gewand des Reiters. Eckiges Metall schnitt in seine Finger.

Der Kämpfer reagierte blitzschnell. Mit einem Ruck machte er sich los und sprang auf das nächste reiterlose Pferd. Krystian sah, wie eine Horde Höllenreiter die gefallenen Ritter hinter sich zurückließ und in Richtung Burg stürmte. Dann begrub das stürzende Pferd ihn halb unter sich.

Er war wieder bei Menschenfresser-Marek. Es musste Nacht sein, denn er roch den Rauch des Lagerfeuers. Gleich wurde ein eiskalter Schwall schmutzigen Wassers ihn endgültig in die Wirklichkeit zurückholen. Und wie gerne würde er aufwachen! Der Albtraum saß ihm in den Knochen. Ein Teil von ihm glaubte immer noch, in der Hölle zu sein. In der Nähe knisterte Feuer, Hitze brannte auf seinen Wangen.

Jemand packte ihn an beiden Armen und zog. Die Bewegung schickte einen brennenden Schmerz durch sein Bein.

Eine Ohrfeige traf ihn und noch eine auf die andere Wange. Dicht an seinem Ohr hörte er ein Schluchzen und Schniefen.

»Mack das Augen auf, *Giovinetto*.« Er verstand die Worte kaum, so hölzern klangen sie, so fremd das letzte Wort, das er noch nie zuvor gehört hatte. Mareks raue Stimme war das hier sicher nicht. Endlich gelang es Krystian, die Augen einen Spaltbreit zu öffnen. Ein Teufel mit roten Augen starrte ihn an. Das schwarze, runde Gesicht war umgeben von einem Flammenkranz.

»Ruhig, *Giovinetto* – Junge!« Starke Hände drückten ihn wieder auf den Boden.

»Beiß Zahne«, befahl der Teufel. »Ich muss ziehe.« Ein neuer Schmerz schoss durch sein Bein. Krystian brüllte und trudelte in ein dunkles Loch.

Als er wieder zu sich kam, schwebte er. Sein Bein pochte immer noch. Er ... wurde getragen! Über eine Schulter hinweg erblickte er ein totes Pferd. Jemand hatte das Tier auf die Seite gerollt und ein Stück weit weggeschleift. Richtig, sein Bein war unter diesem Pferd eingeklemmt gewesen. Die Straße gab es nicht mehr, die Überreste der Häuser brannten oder rauchten nur noch. Krystian sah Leichen am Straßenrand, erschlagene Hunde, tote Pferde und einen seltsam verrenkten Ritter, der in den Himmel starrte. Jemand hatte ihm die Ohren abgeschnitten. Krystian würgte. Ringsum brannten die letzten Trümmer von Krakau nieder.

»Du hast gehabt Glück«, sagte die heisere Stimme. »Ich hab gedacht erst, du bist tot.«

Krystian wandte den Blick von den Straße und schaute in das Gesicht eines Mönchs. Der Haarkranz, der sich um seinen Kopf bis zu den Schläfen zog, war zum Teil weggesengt.

Tränen hatten helle Streifen über sein rußgeschwärztes Gesicht gezogen. »Die Hölle«, flüsterte Krystian.

Der Mönch nickte und drückte ihn an sich, als wollte er ihn vor dem Teufel selbst beschützen. »Sie haben getötet – die Kinder und Frauen! *Mogli e bambini!*«

Krystian war immer noch benommen. Fassungslos betrachtete er die brennenden Häuser, die in fauchenden Funkenschauern zusammenbrachen. Der Mönch verbrannte sich mehr als einmal die Füße in der heißen Asche und sprang zur Seite. Doch er hatte ein Ziel: die Kirche des heiligen Andreas. Pfeile steckten im Holz der Tür, aber ihre Mauern standen noch. Aus den zerbrochenen Kirchenfenstern drang kein Rauch. Auf den Ruf des Mönchs wurde die Tür geöffnet. Krystian erkannte Menschen. Kaum mehr als zwei Handvoll drängten sich um den Altar, blutig, verletzt, stöhnend und völlig verstört. Eine Frau betete immer wieder und so atemlos das Ave-Maria, dass sie sich ständig verhaspelte. Stumm beobachteten die anderen, wie der Mönch Krystian in die Kirche trug und ihn auf den Steinboden legte. Nach der Hitze des Feuers war es nun die Kälte, die Krystian umfing.

»Lebt sonst noch jemand?«, fragte ein Mann, dessen Arm nur notdürftig verbunden war.

Der Mönch schüttelte heftig den Kopf und wischte sich mit dem Ärmel über die verweinten Augen. Erst jetzt bemerkte Krystian, dass der alte Mann eine Brandwunde an der Schläfe hatte, als hätte ihn jemand mit einer Fackel geschlagen. Doch Schmerz schien er nicht zu spüren. Lange betrachtete er die Schlangenzeichnung auf dem Arm und Krystian schämte sich wie nie zuvor.

»Wie heißen, Junge?«, fragte der alte Mann heiser in seinem fehlerhaften Polnisch.

»Krystian.« Er hatte sagen wollen, dass alles seine Schuld war, weil er die Hölle beschworen hatte, aber er brachte kein weiteres Wort heraus. Der Mönch deutete mit dem Zeigefinger auf seine eigene Brust.

»Matteo«, sagte er sanft. »Aus Cremona. Italia.« Mitleid spiegelte sich in seinem breiten Gesicht. »*Gamba* – Bein – ist gebrochen.«

Krystian richtete sich mühsam auf, stützte sich auf die Ellenbogen und sah sich zum ersten Mal sein Bein an. Sein Unterschenkel war seltsam verdreht und er hatte ... zwei Kniegelenke! Er war ein Krüppel! Mit dem Schreck dieser Erkenntnis fiel die Taubheit von ihm ab, er weinte und schluchzte, während der Mönch ihn an den Schultern auf den Kirchenboden drückte. Krystian vergaß, dass er dem Mönch dankbar sein sollte, und wehrte sich mit Fäusten und Zähnen gegen seinen Griff. Die letzten Erinnerungen kehrten zurück: der Reiter, das verletzte Pferd, der Sturz. Und der Gegenstand, an den Krystian sich noch im Fallen geklammert hatte. Erschöpft gab er auf. Seine Handfläche schmerzte, seine Finger krampften sich immer noch um das rechteckige Ding, das er dem Höllenreiter entrissen hatte. Er musste die zweite Hand zu Hilfe nehmen, um die Finger aufzubiegen.

Es war ein schmaler Anhänger aus Bronze, ein Stück gerissenes Leder zeigte an, dass der Reiter es wohl wie ein Amulett um den Hals getragen hatte. Krystians Schweiß füllte die Ritzungen einer Zeichnung. Sie zeigte ein seltsames Geschöpf, halb Schlange, halb Mensch.

Teil II

Der Auftrag

Der König war hager geworden. Die Falten neben seinen Mundwinkeln hatten sich in letzter Zeit noch tiefer eingegraben und verliehen seinem Lächeln einen bitteren Zug. Bruder Wilhelm beobachtete den großen, asketisch wirkenden Mann verstohlen, während dieser sich über die Karte der Welt beugte. Sie war so groß, dass ein guter Teil der südlichen Meere und Länder über den Tischrand hing. Ludwig war in eine helle, schlichte Leinentunika gekleidet und wirkte in diesem wenig prunkvollen Stadtpalast in Caesarea gar nicht wie der allerheiligste König von Frankreich, der seit vielen Jahren gegen die Sarazenen zu Felde zog. Sein rotbraunes, dichtes Haar und sein Bart waren bereits von grauen Fäden durchzogen wie bei einem älteren Mann. *Nun, zur Sorge hat er in den letzten Jahren auch genügend Anlass gehabt*, dachte Wilhelm. Die größte Schmach hatte er im Nildelta erlitten. Dort hatten die Söhne Mohammeds Ludwigs Heer besiegt und den König gefangen genommen. Erst durch die Zahlung von 8000 Goldbyzantinern hatte er sich aus dieser Gefangenschaft auslösen können. *Was für eine Niederlage für die christliche Sache!*, dachte Wilhelm. *Und was für ein Schlag für Ludwig*. Wilhelm kannte den König seit seiner Kindheit. *Ein ernsthafter Junge*, erinnerte er sich. *Aber auch einer, den seine Misserfolge lange verfolgten.*

»Seht hier, Frater Wilhelm!«, sagte der König nun. Wilhelm beugte sich gehorsam vor und betrachtete die Karte. Drängten sich in den Städten noch sorgfältig eingezeichnete Türme, Stadtmauern und Burgen, fanden sich in den Gebieten ohne Städte die seltsamsten Wesen: Am Fluss Nil waren mit feinen Federstrichen die »Blemyes« eingezeichnet: Männer, die den Kopf mitten auf der Brust hatten. In Indien flog der Vogel Alerion und ein ganzes Stück weiter unten durchstreiften hundeköpfige Menschen ein Gebirge.

»Konstantinopel, seht Ihr?«, sagte der König und fuhr mit dem Zeigefinger von der Küstenstadt über das Schwarze Meer in Richtung Osten. Und schließlich, ganz am oberen Rand der Karte, fand Ludwigs Zeigefinger die Zeichnung einer kleinen Gruppe von Männern mit Pferdehufen. »Hippopoden«, erklärte er. »Man sagt, sie seien halb Pferd, halb Mensch. Und hier in diesem leeren, noch kaum erforschten Land leben die Tataren. Ihr Herrschaftsgebiet haben sie bereits bis zur Halbinsel Krim ausgeweitet, nur wenige Tagesreisen von Konstantinopel entfernt. Jenseits der Stadt Soldaia bellt kein Hund mehr ohne ihre Erlaubnis. Und selbst von uns wollen sie Tribut und fordern Unterwerfung. Diese Nachricht hat mir Bruder Andreas von Longjumeau vor Kurzem überbracht.«

Wilhelm nickte. Unter seinem Gewicht ächzte der Stuhl, als er sich zurücklehnte.

»Vor elf Jahren haben sie Liegnitz, Krakau und andere Städte dem Erdboden gleichgemacht«, fuhr der König fort.

»Ich habe mir die Aufzeichnungen von Augenzeugen kommen lassen. Rogerius von Torre Maggiore hat den tatarischen Angriff auf die Stadt Großwardein vor elf Jahren überlebt, er konnte sich in der Nähe eines Flusses verstecken, harrte halb verhungert im Unterholz mehrere Wochen aus. Vom Sturm auf die Stadt berichtet er Schreckliches: Die Tatarenreiter haben die Bewohner vor die Tore der besiegten Stadt auf die Felder getrieben, ihnen befohlen, sich zu entkleiden, und sie dann der Reihe nach getötet – Männer, Frauen, Kinder, Alte und Geistliche, sie machten keinen Unterschied. Jene, die in die Wälder flüchten konnten, haben sie noch wochenlang verfolgt. Doch sie sind nicht nur barbarisch und unmenschlich wie Bestien, sondern auch listig.«

»Wir können von Glück sagen, dass sie sich wieder in ihr eigenes Land zurückgezogen haben«, sagte Wilhelm.

»Reines Glück, allerdings!«, rief der König. »Damals erreichte sie mitten im Feldzug die Nachricht, dass ihr Großkhan – so nennen sie ihren Häuptling – gestorben war. Also brachen sie ihre Zelte ab und ritten zurück in ihre Heimat, um einen neuen zu wählen.«

Gedankenverloren starrte er aus dem Fenster. Wilhelm war unbehaglich zumute. Dieser nachdenkliche Blick, das Funkeln in den Augen, die steile Falte zwischen den Augenbrauen – nun, er kannte den König gut genug, um zu ahnen, dass er längst einen Plan hatte. Doch worauf wollte er am Ende hinaus?

Wilhelm räusperte sich. »Ein Mönch aus meinem Orden war vor einigen Jahren bei den Tataren. Im Auftrag des Papstes. Johannes Plano Carpini. Er berichtete, sie seien sehr gastfreundlich zu ihm gewesen …«

»Und er hat viel über ihre Art zu kämpfen in Erfahrung gebracht«, unterbrach ihn der König. »Sie scheren sich nicht um einen ehrenhaften Kampf. Bei dem Angriff auf Liegnitz haben sie das deutsch-polnische Heer aus der Stadt gelockt und bis auf den letzten Mann abgeschlachtet. Carpini fand heraus, dass das ihre Taktik ist. Sie nennen es *Nokai Kerel Kededükü*, die ›Hundekampftaktik‹. Und mit ihren Pferden sind sie so schnell und wendig wie ein Rudel Wölfe.«

Langsam dämmerte Bruder Wilhelm, worum es bei diesem Gespräch wirklich ging. Wenn ihn sein Gefühl nicht trog – und es trog ihn selten –, dann dachte der König daran, sich die Kampfkraft der Tataren gegen die Sarazenen zunutze zu machen. Doch dafür musste er die Tataren erst als Verbündete gewinnen. *Dämonen und Kannibalen als Verbündete?* Wilhelm schauderte. Nachdenklich betrachtete er seine bloßen Füße. Obwohl es Herbst war, war es hier in Palästina noch so angenehm warm, dass es eine Wohltat war, barfuß zu laufen, so wie es die Ordensregel des heiligen Franz befahl. Durch das hohe, schmale Fenster sah Wilhelm ein Stück des Hafens und das leuchtende Meer. Und dennoch sehnte er sich zurück nach Paris. Um diese Jahreszeit wurde dort bereits der erste Wein der Sommerernte getrunken und in den Wirtsstuben duftete es nach Gänsebraten und Schmalzgebäck.

Der König war aufgestanden und ging im Raum hin und her. »Sie sind schnell, sie sind grausam und sie scheinen unbesiegbar zu sein. Tataren werden sie genannt, aber viel richtiger wäre es, sie *Tartaren* zu nennen, da sie *ex tartaro* – aus der Hölle – kommen, nicht wahr?«

Er lachte und Wilhelm erkannte für einen Moment den jungen, temperamentvollen Mann wieder, der der König noch vor wenigen Jahren gewesen war.

»Ich will Euch nicht länger auf die Folter spannen, Bruder Wilhelm«, schloss der König seinen Vortrag. Er nahm am Tisch Platz und strich mit der Hand noch einmal über das auf der Karte eingezeichnete Ostgebiet. Beim Anblick dieser Ödnis wurde Wilhelm das Herz schwer.

»Sie haben Städte vernichtet, die von den besten Heeren verteidigt wurden«, sagte der König. »Sie haben Wälle und Stadtmauern zerstört und Schrecken verbreitet.«

Was könnten sie wohl erst gegen die Söhne Mohammeds ausrichten?, führte Wilhelm den Gedanken im Stillen zu Ende. Doch natürlich würde der König ihn niemals über seine politischen Pläne unterrichten. Und Wilhelm würde sich nie anmerken lassen, dass er seine Hintergedanken erraten hatte.

»Es kann uns nur nützen, mehr über sie zu erfahren«, fuhr der König fort. »Ich habe Nachricht bekommen, dass der Khan, der über das Gebiet jenseits des Schwarzen Meeres herrscht, ein Christ geworden sei.«

Wilhelm hob den Kopf und kniff die Augen zusammen. »Diese Barbaren – Christen?«

Der König hob die Schultern. »So heißt es. Gesandte haben davon berichtet. Und ich möchte nun, dass ein verlässlicher, frommer Mann zu den Tataren reist. Er soll diese Aussage überprüfen und mir alles von ihnen berichten, was er sieht und erfährt. Aber er soll *nicht* als Gesandter reisen, sondern nur als Mann Gottes.«

»Und Ihr wollt, dass ich dieser Mann bin?« Wilhelm hätte stolz sein müssen und begierig darauf, diesen Auftrag zu erfüllen, doch stattdessen entzündete sich in seiner Brust ein Funke Ärger. Er dachte an die Schlachten, die er miterlebt hatte, unzählige Männer hatte er sterben sehen, unzählige Kreuzzeichen über blutenden Stirnen geschlagen und den Angstschweiß der Verwundeten gerochen, die Gott um ihr Leben anflehten. Gott hatte ihm diesen Weg gewiesen, ja, aber an manchen Tagen, wenn die Sehnsucht nach Frieden und Frankreich zu groß wurde, konnte Wilhelm nicht anders als hadern. *Und nun soll ich also zu den Bestien, die aus der Hölle kommen und die jetzt auch noch das Himmelreich für sich beanspruchen, Herr?*, dachte er grimmig.

»Ich weiß, dass es niemand anderen gibt, der besser geeignet wäre«, schloss der König.

»Geeignet? Aber ich bin nur ein alter Mönch!«

»Ihr wart schon immer zu bescheiden, Bruder Wilhelm«, erwiderte der König und lächelte. »Ihr seid mit mir in den Krieg gezogen, statt gemütlich in Paris zu sitzen und zu beten. Seid unbesorgt, ich werde Euch für die Reise gut ausstatten lassen. Im Frühjahr werdet Ihr nach Konstantinopel reisen und von dort aus mit dem Schiff weiter. Nehmt Euch einige Leute als Gefährten mit, die Ihr für vertrauenswürdig erachtet. Ich werde Euch einen Brief an diesen Khan Sartach mitgeben. Einen Empfehlungsbrief wird Euch auch der Kaiser von Konstantinopel ausstellen. Wichtig ist jedoch, dass Ihr nicht als Gesandter reist. Ich möchte, dass Ihr nur als Verkünder von Gottes Wort auftretet. Denn …«, er lächelte wieder, »wenn irgendein Mann auf der Welt fähig ist, den *Tartaren* den rechten Glauben nahezubringen, dann seid Ihr es!«

Serpente

Die Kinder belauerten ihn schon eine ganze Weile. Krystian konnte sie aus den Augenwinkeln im Feigenbaum sitzen sehen, dessen Äste über die Mauer ragten. Flüsternd entwarfen sie ihren Schlachtplan. Eigentlich sollten sie ihrer Arbeit nachgehen und die Steine für eine Mauer herbeischleppen, die weit hinter dem Brüderhaus auf der nächsten bergigen Weide errichtet wurde, aber die Aussicht darauf, einen Blick auf ein Lamm mit zwei Köpfen zu werfen, ließ sie ihre Pflichten vergessen. Wenn sie in ihrem Bergdialekt so schnell sprachen wie jetzt, konnte Krystian nur ein paar Brocken verstehen. Erst vor einigen Wochen waren Bruder Matteo und er in der Einsiedelei der italienischen Minderbrüder angekommen, aber er wusste auch so, was in Kinderköpfen vorging. Ob in Smendringen, Pressburg oder hier im Karstland nahe der Küste am Adriatischen Meer – die Kinder waren überall gleich. Sie lachten, weil er ihre Sprache mit einer seltsamen Betonung sprach und auf dem rechten Bein ein wenig hinkte. Sie näherten sich ihm voller Neugier, flohen kreischend vor seinen polnischen Schimpftiraden, die sie für Zaubersprüche hielten, und suchten dennoch immer wieder seine Nähe. An guten Tagen spielte Krystian das Spiel mit und gab sich ruppiger, als er war. An schlechten Tagen aber sah er sich mit den Augen der Kinder: ein junger Kerl mit dunklem Haar und ernsten hellgrauen Augen, der einen geheimnisvollen Makel hatte. An jedem Ort, an dem Bruder Matteo und er sich aufhielten, sprach sich bald herum, dass Krystian nach seltsamen Tieren forschte und Wunderdinge in seiner Reisetasche hatte. Und an jedem Ort war es nur eine Frage der Zeit, bis die Zeichnung auf seinem Arm entdeckt wurde. Auch hier hatte es nicht lange gedauert, bis die Kinder ihn ausspioniert hatten. Die Mädchen betrachteten ihn seitdem mit abenteuerlustigem Blick, aber keines wagte ihm nahe zu kommen, was Krystian bedauerte und Bruder Matteo nur recht war.

Krystian beugte sich wieder über den groben Leinenstoff, den er gerade flickte, und verbarg sein Lächeln hinter dem Vorhang aus schwarzem Haar. Der Plan der Kinder war so einfach und schlecht durchdacht, dass es wirklich zum Lachen war. Dennoch tat er so, als würde er nicht bemerken, wie zwei der Verschwörer heimlich vom Baum kletterten und im Schatten der Mauer verschwanden, während der dritte Junge – der ihn ablenken sollte – umständlich vom Baum auf die Mauer kletterte und mit einem Riesensatz unweit von Krystian auf dem staubigen Boden landete. Er war ein schlaksiger Kerl mit verfilzten dunkelbraunen Haaren. Krystian wusste, dass er Luca hieß und derjenige in der Bande war, der am schnellsten laufen konnte. Gute Wahl.

»Eh! *Serpente!*«, rief Luca herausfordernd und spuckte betont lässig aus. Nun, es war nichts Neues, dass Krystians Spitzname auch hier »Schlange« war. Die eigentliche Provokation folgte jetzt. »Du hast Eva in den Busen gebissen und sie mit deiner Sünde vergiftet!«, brüllte der Junge. »Aber mich kriegst du nicht, hinkendes Teufelsbein!«

Schon fegte er davon wie von tausend bösen Geistern gehetzt. Und er tat gut daran: Viele Gegner hatten sich schon gründlich in Krystian getäuscht, weil er beim Sitzen das rechte Bein gerne gestreckt hielt, um sein Knie zu schonen. Doch laufen konnte er, wenn es darauf ankam!

Krystian schoss hoch. Über den halben Hof und bis zur Mauer verfolgte er den Jungen. Doch sobald er die beiden anderen Kinder zur Hinterseite des Hauses huschen sah, machte er eine Kehrtwende und rannte schnurstracks zurück zum Haus.

Hinter sich hörte er den erstaunten Aufschrei des Lockvogels. Krystian grinste. Das hatten sich die kleinen Diebe wohl so gedacht! Nun gab es kein Halten mehr, die halb offene Tür flog ihm entgegen. Krystian stieß sie mit der Schulter auf und raste nach oben. Seine Schritte polterten auf den hölzernen Leiterstiegen und schreckten die beiden Kranken aus ihrem Dämmerschlaf. Im Halbdunkel des Raums sah Krystian, wie Bruder Matteo zu ihm hochblickte und missbilligend die Stirn runzelte.

Doch für lange Entschuldigungen blieb keine Zeit, schon stürmte er in den niedrigen Raum unter dem Dach. Und richtig: Die beiden Übeltäter waren durch das Fenster geklettert und durchwühlten gerade einen Sack, von dem sie dachten, dass er Krystian gehörte. Pech für sie, dass sich darin nur ein paar Nüsse befanden und ganz unten die geflickte Kutte des verstorbenen Bruder Domenico.

»Habt ihr nichts Besseres zu tun, als in anderer Leute Sachen herumzuschnüffeln?«, brüllte Krystian auf Polnisch.
Die beiden Jungen fingen an zu kreischen und warfen vor Schreck den Sack um – vermutlich glaubten sie, soeben auf

das Schrecklichste verflucht worden zu sein. Nüsse kullerten über den Boden. Dann sah Krystian nur noch wirbelnde Arme und schmutzige Fußsohlen, als die Kinder zum Fenster zurückstürzten und sich hinaushangelten. Es gab einen hässlichen Laut, als sich der kleinere der beiden Jungen – Krystian erinnerte sich, dass er Andrea hieß – den Arm am Fenster stieß. Lauthals begann er zu heulen, doch er krabbelte trotzdem weiter und sprang. Krystian erreichte das Fenster in dem Augenblick, als auch der zweite Junge mit einem dumpfen Laut auf dem staubigen Boden aufkam, nach vorne stolperte und den Schwung nutzte, um davonzurennen.

»*Più scemo no poteva nascere!*«, schrie Krystian ihnen auf Italienisch hinterher. »Dumm geboren und nichts dazugelernt! Die Schlange hat Eva nicht gebissen, sondern sie dazu verführt, von der verbotenen Frucht zu essen. Merkt euch das endlich und sagt das auch eurem Lockvogel!«

Wenige Sekunden später war alles, was noch von dem Überfall zeugte, die Staubwolke, die über dem Hof in der Luft trieb, und das entfernte Heulen des kleinen Andrea. Krystian machte sich daran, die Nüsse aufzusammeln. Die Kinder hatten an der falschen Stelle gesucht. Niemals würde er seine Schätze einfach so offen herumliegen lassen. Das kleine Monstrum und seine Aufzeichnungen über fremdartige Wesen bewahrte er in einem Lederbeutel auf. Und der lag gut versteckt in der Truhe im unteren Raum.

»Warum lernst du in jeder Sprache immer zuallererst die Schimpfwörter?«, hörte er Bruder Matteo hinter sich sagen. Schon die wenigen Leiterstiegen hatten den alten Mönch keuchen lassen. »Du sollst Geduld haben und freundlich zu den Menschen sein, nicht sie beschimpfen und fortjagen!«

Krystian lachte. »Es ist doch nur ein Spiel. Sie sind wie junge Hunde. Ich verjage sie und sie kommen trotzdem wieder. Und sie lernen doch, Matteo. Manche mit den Ohren und dem Kopf, andere eben mit den Beinen. Und bei Andrea leisten nun mal blaue Flecken viel bessere Dienste als Tinte auf Papier. Dass die Schlange Eva nicht gebissen hat, wird er sich bestimmt auf ewig merken.«

Der Mönch seufzte tief und rieb sich die Nasenwurzel, als müsste er die Kopfschmerzen vertreiben, die ihn so oft plagten. Krystian betrachtete ihn voller Mitgefühl. Von seiner Leibesfülle war ihm nicht viel geblieben, das Alter hatte ihn in den vergangenen Jahren schnell eingeholt. Die Stelle, an der ihn vor langer Zeit die Fackel des Höllenreiters getroffen hatte, war immer noch kahl, das Narbengewebe war hell und nahm keine Sonnenbräune an. Der Gedanke, dass der alte Mann nicht mehr lange leben würde, gab Krystian einen Stich. In den vergangenen Wochen war Matteo noch gebeugter geworden und schlimmer denn je suchten ihn die von Angstträumen begleiteten Krämpfe heim.

»Wollten sie dein Monster sehen?«, fragte er müde.

Krystian nickte nur und stellte den Sack wieder auf. Klackend stießen die Nüsse gegeneinander.

»Schon wieder der Unglücksbringer? Hattest du nicht versprochen, ihn fortzunehmen?«, murmelte Matteo und deutete auf das Amulett, das beim Laufen unter Krystians Leibhemd herausgerutscht war und nun offen auf der Brust lag: das metallene Rechteck mit dem eingravierten Schlangenmenschen.

»Du sollst es nicht neben unserem Herrn und der Muttergottes tragen! Bist du etwa ein Heide?«

Krystian beeilte sich, das Amulett abzunehmen. »Nein, aber du weißt doch, Matteo, es ist alles, was ich noch habe – von früher, von ... Krakau.«

Wie oft hatte er dieses Gespräch schon geführt? Und wie immer verdüsterte sich die Miene des Mönchs.

»Haben! Haben! Wie willst du dem Herrn nachfolgen, wenn du die Vergangenheit und deinen Besitz nicht ganz und gar hinter dir lassen willst? Was sagt die Regel unseres Bruders Franz?«

»Die Brüder sollen nichts unter dem Himmel besitzen wollen außer der heiligen Armut«, antwortete Krystian.

Matteo nickte. »Geh und verkaufe alles, was du besitzt, und gib das Geld den Armen«, mahnte er. »Jesus sagt: ›Wer mein Jünger sein will, der verleugne sich selbst, nehme täglich sein Kreuz auf sich und folge mir nach.‹«

Aber die Schlange ist mein Kreuz!, wollte Krystian erwidern. *Ich kann sie nicht zurücklassen, ich trage sie am Leib!*

»Verzeiht, Bruder Matteo«, murmelte er stattdessen.

»Manchmal werde ich nicht schlau aus dir«, brummte Matteo. »Wirf das Teufelsding endlich weg! Willst du das Unglück damit beschwören? Manchmal habe ich den Eindruck, du hältst dich für unverwundbar, weil du so vieles überlebt hast. Kommt daher dein Hochmut?«

Darauf wusste Krystian wie immer keine Antwort. Das angelaufene Kupfer erwärmte sich in seiner Hand, nur widerwillig verstaute er es wieder in seinem Beutel mit dem Feuerzeug, den er am Gürtel trug. Nun hing um seinen Hals nur noch das kleine Holzkreuz, das Matteo ihm vor vielen Jahren geschnitzt hatte. Außerdem trug er ein kleines Medaillon mit dem Bild der Jungfrau Maria. Es hatte der Frau gehört, die nach dem Angriff der Höllenreiter, wie Krystian sie immer noch nannte, in der Krakauer Kirche das Ave-Maria gebetet hatte. Doch die Jungfrau hatte sie nicht gerettet. Die Frau hatte hohes Fieber bekommen und war nur wenige Tage nach dem Angriff gestorben. Vorher hatte sie Matteo das Heiligenbild als Dank für seine Hilfe geschenkt.

»Wenn wir in Cremona sind, wirst du das Gewand der Brüder des heiligen Franz tragen«, gab Matteo zu bedenken. »Damit beginnt die einjährige Zeit der Prüfung, nach der du für immer zu uns Brüdern gehören wirst. Für Mädchen und für solch heidnische Amulette ist dann kein Platz mehr.«

»Ich weiß«, antwortete Krystian barscher als beabsichtigt.

»Wann werden wir nach Cremona aufbrechen?«, fügte er etwas leiser hinzu.

»Sobald ich Nachricht von Bruder Bartholomäus bekomme. Meinen Brief müsste er inzwischen längst haben.«

Cremona. Beim Gedanken an die Stadt schlug Krystians Herz schneller. Wie anders würde das Leben dort sein als in der Nähe des Steinbruchs! Außer den Baracken der Arbeiter gab es hier nur ein kleines Dorf in der Nähe des Flüsschens und einige Häuser auf den Anhöhen, in denen Ziegenhirten lebten.

»Räum hier auf, dann komm zu den Kranken«, sagte Matteo müde und begann vorsichtig die Stiegen wieder hinunterzusteigen. Krystian blieb zurück und fühlte sich einsamer denn je. Er wünschte sich nichts so sehr, als das Leben der Minderbrüder zu führen – ein Leben in der Nachfolge Jesu in Armut und Nächstenliebe. Er glaubte fest daran, dass Gott ihm Bruder Matteo zu seiner Rettung geschickt hatte. Und dennoch – sobald er das Schlangenamulett betrachtete, kehrte der Schatten zurück, dieser andere Teil von ihm, der wissen und ergründen wollte. Jener Teil, der zweifelte, ob die Welt nicht doch den Dämonen gehörte. Der fürchtete, Gott könnte nur ein Gast in dieser Welt sein, dem die wahrhaft Mächtigen nur mitleidig lächelnd einen Stuhl am Tischrand zuwiesen wie einem armen Verwandten.

Leise kletterte er die unter der Last unzähliger Schritte verbogenen Stiegen nach unten und warf nur im Vorübergehen einen Blick auf die unscheinbare Holzkiste, in der seine Schätze lagen, geduldet, aber nicht gebilligt.

Dem blinden Mann, der seine ganze Familie durch ein Fieber verloren hatte, ging es etwas besser. Es war sein Haus, in dem die Brüder lebten. Immer noch rasselte sein Atem, aber wenigstens schlief er nun. Matteo kümmerte sich gerade um die Greisin, deren Gesicht so eingefallen war, dass ein Totenschädel auf dem Strohlager zu liegen schien. Ein in Kräuterwasser getränkter Lappen lag auf ihrer Stirn, und Matteo murmelte ein Gebet, ein leiser Singsang, der nur vom Meckern der Ziegen gestört wurde, die jemand in der Nähe über die Anhöhe trieb.

Die blasse Märzsonne verfärbte sich über den Karstbergen bereits ins Rötliche, als die anderen Brüder aus dem Steinbruch kamen, in dem sie für einige Tage gearbeitet hatten. Ihre Wangen waren weiß von Kalkstaub, die rasierten Köpfe rot von der Anstrengung des langen Marsches, doch sie lachten. Vito, ein hagerer Mann mit Falten so tief wie Ackerfurchen, winkte. Bevor er sich den Brüdern angeschlossen hatte, war er Steinhauer gewesen, und die Arbeit im Steinbruch führte er nach wie vor gerne aus.

»Brot und Felsbrocken!«, rief er und schwenkte seinen prall gefüllten Beutel. »Ein stolzer Lohn für drei Tage harter Arbeit! Und für Krystian habe ich etwas ganz Besonderes.« Flink holte er einen kleinen, kantigen Gegenstand aus dem Beutel und drückte ihn Krystian in die Hand. »*Una bestia curiosa!*«

Krystian drehte den flachen Stein in der Hand. Ein warmer Freudenschauer fuhr ihm durch die Brust. »Das habt Ihr im Steinbruch gefunden?«

»*Sì!*« Vito nickte und schlug ihm auf die Schulter. Dann wandte er sich Matteo zu. Krystians Finger kribbelten, als er sie über die Konturen der Versteinerung gleiten ließ. Ein Mischwesen! Es hatte nur entfernte Ähnlichkeit mit einem Hundertfüßer, wie es sie hier unter fast jedem Stein gab. Zwar hatte es ebenfalls Gliederbeine – aber dazu kamen diese langen, federähnlichen Auswüchse an den Seiten, außerdem zwei gemein aussehende Kieferzangen. Krystian schauderte bei der Vorstellung, dass es solche Tiere ganz in ihrer Nähe gab. Und noch wichtiger war die Frage, wer sie geschaffen hatte: Gott oder der Teufel?

Krystian liebte die Abende: wenn sie zusammensaßen – alle im selben Raum, der zum Schlafen, zum Wachen, zum Beten und für Gäste da war, wo alles geteilt wurde und ein grobes Brett auf vier Holzklötzen als Tisch diente. Die Bleibe hatte wenig Ähnlichkeit mit den großen Ordenshäusern in den Städten, die die Brüder des heiligen Franz bewohnten. Diese Brüder hier lebten wie Einsiedler und folgten der alten

Ordnung des heiligen Franziskus. Sie berührten danach niemals Geld, arbeiteten für ihr Auskommen, pflegten Kranke und verkündeten Gottes Wort. An Kleidung besaß jeder nur eine geflickte Kutte, einen Gürtelstrick und etwas Unterwäsche; nicht einmal Sandalen trugen sie. Die Armut war ständig zu Gast. An diesem Abend allerdings ging es festlich zu: Die ersten Ziegen hatten in diesem Frühjahr ihre Zicklein zur Welt gebracht, deshalb gab es zum Hartbrot Milch, die die Familie der kranken Greisin gebracht hatte, und mit Essig gesäuertes Wasser. Heute brannte zudem eine Kerze mitten auf dem Tisch – die Gabe einer Frau, die die Brüder für die Seele ihres verstorbenen Bruders beten ließ. Es duftete nach dem getrockneten Jasmin, der über den Fenstern hing.

Als Krystian Schritte hörte, dachte er zunächst, eine der Bauersfrauen würde einen Esel an der Mauer vorbeitreiben, aber als die Schritte direkt auf das Brüderhaus zuhielten, verstummten alle am Tisch und blickten zur Tür.

»*Pax vobiscum!*«, ertönte eine tiefe Stimme von draußen. »Habt ihr vielleicht ein Nachtlager für einen Reisenden aus Cremona?« Dann betrat ein älterer Mönch die Kammer. Rötlicher Staub bedeckte seine Füße und den Saum seiner braunen Kutte.

»Aus Cremona!«, rief Vito.

»Allerdings«, bestätigte der Mönch ächzend. »Ein langer Weg.« Die Erschöpfung stand ihm ins Gesicht geschrieben, aber seine Augen leuchteten, als er sich in der Kammer umsah.

»Setz dich, Bruder!«, sagte Vito. »Wir haben Brot für dich und Ziegenmilch. Nein, nein, ruh dich aus, wir kümmern uns schon um dein Lasttier.«

Krystian sprang auf und ging hinaus auf den Hof. Der Esel war erschöpft. Fliegen umschwirrten seine verkrusteten Augen, die Ohren hingen träge herunter. Krystian nahm zwei Gepäcksäcke vom Rücken des Tieres, holte Wasser und wischte dem Esel behutsam die Augen sauber. Dann kraulte er den Esel am struppigen Hals und sah sich den Märzhimmel an. Heute Abend war er besonders schön – violett und orange, geschmückt mit den ersten Sternen und einem blassen Halbmond. Noch war es nicht ganz dunkel und er konnte die Konturen der Mauer und des Feigenbaums als Schattenriss gegen den Himmel sehen. Vorsichtig holte er den flachen Stein hervor und betrachtete im letzten Licht den gefiederten Wurm.

Zu spät merkte er, dass Bruder Matteo zu ihm herangetreten war, und versteckte schnell den Stein.

»Verbirg ihn nicht«, sagte Matteo ruhig. »Ausnahmsweise habe ich heute nicht vor, dich mit Belehrungen zu langweilen.«

»Hat der Reisende schlechte Nachrichten gebracht?«, fragte Krystian. »Oder einen Brief aus Cremona von Bruder Bartholomäus?«

Matteo legte eine Hand auf den Hals des Esels und starrte zum Horizont.

»Schlechte Nachrichten«, murmelte er. »Nun, ich denke schon. Bartholomäus hat meinen Brief nicht bekommen. Er ist schon abgereist, kurz bevor ich ihm geschrieben habe. Er hat einen Auftrag erhalten.«

»Einen Auftrag? Heißt das, eine Missionsreise?«

»Ja, er ist nach Konstantinopel gereist.«

Konstantinopel! Krystian hielt die Luft an. Er wusste,

dass die Stadt auf einer Halbinsel lag, umgeben von drei verschiedenen Meeren. Und noch ein Klang schwang in diesem Namen mit. Einer, den Krystian schon lange nicht mehr gehört hatte. Er fröstelte unwillkürlich.

Matteo riss ihn aus seinen Gedanken: »Ja, die goldene Stadt. Doch wenn es stimmt, was sich die Brüder in Cremona erzählen, reist er von dort aus weiter über das Schwarze Meer. Zu den Lagern der Tataren.«

Der Esel schüttelte unwillig den Kopf, so fest gruben sich Krystians Finger in die Mähne. Matteo bekreuzigte sich.

»Immer, wenn ich einen solchen Himmel sehe …«

»Ich weiß«, sagte Krystian. Sie teilten ihre Erinnerungen an die Feuer – und nun verdrängten diese den Anblick des friedlichen Himmels und verwandelten ihn in die Silhouette der brennenden Stadt.

»An Tagen wie heute muss ich besonders daran denken«, flüsterte Matteo. »Die Toten …« In seinen Augen tanzten die Dämonen, die ihn nicht schlafen ließen.

Der Anblick des alten Mönchs, der so viel Angst hatte, schnitt Krystian ins Herz.

»Es ist Vergangenheit«, erinnerte Krystian ihn sanft.

Der Mönch bekreuzigte sich. »Wir werden für Bruder Bartholomäus beten. Möge Gott ihn gesund zurückkehren lassen.«

»Und Cremona? Wenn Bruder Bartholomäus nicht dort ist …«

»Die Brüder werden dich als Novizen aufnehmen.«

Luca

Zwei Tage nachdem der Gast weitergereist war, wurde Krystian von Gebrüll aufgeschreckt. Vito und Matteo stürzten mit Krystian zusammen zur Tür.

Vor der Mauer standen vier Leute aus den Bergen – kräftige Männer mit finsteren Gesichtern. Krystian kannte sie, der größte von ihnen war Lucas Vater. Doch erst als dieser auf ihn deutete, begriff Krystian, dass sie anscheinend etwas von ihm wollten. Er war viel zu verblüfft, um sich zu wehren, als zwei der Männer herbeisprangen, ihn packten und in den Hof schleppten.

»Wartet!«, rief Bruder Matteo. »Was wollt ihr von ihm? So lasst ihn doch los!«

Auch Bruder Vito stürzte hinterher und fasste nach Krystians Arm. Einen Augenblick lang zogen die Männer in die eine und die Brüder in die andere Richtung, dann hatte Krystian sich vom ersten Schreck erholt und wehrte sich. Eine Faust traf ihn mitten auf die Brust, dass ihm die Luft wegblieb. Die Brüder schrien entsetzt auf. Eine Naht an seinem Ärmel riss auf, er sackte zusammen und stolperte zur Seite.

»Was tut ihr? In Gottes Namen – hört auf, ihr Wahnsinnigen!«, rief Vito und stellte sich mit erhobenen Händen zwischen die Männer und Krystian.

Die Männer verharrten drohend. Aus seiner Position heraus konnte Krystian erkennen, dass einige Kinder sich hinter die Mauer flüchteten. Der Feigenbaum kam in Bewegung, klackend schlugen einige Äste gegeneinander.

»Luca ist von der Schlange gebissen worden«, knurrte der größte der Männer.

Vito und Matteo bekreuzigten sich gleichzeitig. »Das ist schlimm! Der Herr möge ihm beistehen«, sagte Vito voller Mitgefühl. »War es eine braune Bergviper? Bruder Matteo kennt sich mit Schlangenbissen aus. Wir gehen sofort zu dem Kranken und ...«

»Ich will keinen Bettelmönch als Krankenpfleger, ich will den Schuldigen«, sagte Lucas Vater.

»Hier ist kein Schuldiger, Marco«, erklärte Vito verwundert.

»Und was ist mit dem da?«, brüllte Lucas Vater und deutete auf Krystian. »Drei Tage ist es her, da hat er Luca und die anderen Kinder verfolgt und sie verflucht. Andrea hat er sogar den Arm gebrochen.«

»Das habe ich nicht!«, rief Krystian und kam wieder auf die Beine. »Andrea hat sich den Arm selbst verletzt, als er aus dem Fenster klettern wollte. Es war ein Streich, nichts weiter, sie wollten ...«

»Du sei still, Kreatur!«, herrschte ihn ein anderer Mann an. Nervös spielte er mit einem Seil.

Krystian war sofort klar, dass er damit keine Ziege anbinden wollte.

Matteo stellte sich an Krystians Seite. »Redet nicht so mit unserem Bruder! Es ist schlimm, dass dein Sohn gebissen wurde, aber was soll Krystian damit ...«

»Ist er eine Schlange oder nicht?«

»Wer hat euch diesen Unsinn erzählt?«, herrschte Vito ihn an.

»Einer von euch Brüdern ist er jedenfalls nicht«, stellte der Mann mit dem Seil fest und spuckte aus. »Er trägt keine Kutte und hat keine rasierte Platte. Der hat ja nicht mal eine Seele!«

Keine Seele! Krystian fühlte, wie ihm das Blut aus dem Gesicht wich. Dieser Satz brannte viel schlimmer als jeder Schlag.

»Er hat eine Seele wie jedes andere Kind Gottes auch und reist mit mir«, sagte Bruder Matteo ruhig. »Er hat in vielen Klöstern und Brüderhäusern gelebt und viele Länder gesehen. Und in diesem Jahr wird er Novize werden.«

»Dann nehmt ihr eine Schlange in eure Gemeinschaft auf«, sagte Lucas Vater düster. Der Ziegentreiber wickelte das Seil fester um seine schwieligen Pranken und straffte es. Die Männer bekreuzigten sich, als müssten sie böse Geister vertreiben. Dann blitzte im kalten Märzlicht eine Messerklinge auf.

Krystian drehte sich um und rannte, doch längst hatten zwei weitere Männer hinter dem Haus Position bezogen und stürzten sich auf ihn wie auf einen bockenden Esel. Mühelos überwältigten sie ihn. Das Messer tauchte durch den Stoff, und bevor Krystian begreifen konnte, dass die Klinge ihm gar nicht ins Fleisch geschnitten hatte, lag er schon mit nacktem Oberkörper da, niedergedrückt vom Gewicht eines Mannes, der auf seinem Rücken kniete. Staub klebte an seinen Lippen und stieg ihm in die Nase, Steine bohrten sich in seine Wange. Vito brüllte und schimpfte, wie kein Bruder des heiligen Franz schimpfen sollte. Bruder Matteo drohte den Männern mit zittriger Stimme alle Strafen der Verdammnis an, doch die Männer stießen den alten Mönch nur grob zurück. Krystians Herz hämmerte gegen den steinigen Boden, das Entsetzen schnürte ihm die Kehle zu. Seine Wirklichkeit, die Sicherheit, dass Gott ihn und die Brüder schützte, wurde brüchig und zerfiel, und aus den Trümmern grinsten ihm die Dämonen entgegen. Seltsamerweise machte er sich in diesem Moment am meisten Sorgen um Matteo. Doch Vito war bereits herbeigesprungen und hatte den Alten vor einem Sturz bewahrt.

Aus den Augenwinkeln sah Krystian, wie zwei der Männer ins Haus gingen, mit einigen Säcken und der Holztruhe zurückkehrten und alles mitten auf dem Hof ausleerten. Nüsse fielen klackernd auf den steinigen Boden und die geflickte staubbraune Kutte, die Domenico gehört hatte.

»Der Himmel wird euch strafen!«, brüllte Vito.

Doch dann verstummte auch er. Lucas Vater hatte Krystians Beutel gefunden. Matteo stöhnte auf und schlug die Hände vor das Gesicht.

Die Männer wichen zurück, als Lucas Vater den Beutel leerte. Das kleine, von der Sonne getrocknete Monster fiel auf die Steine: ein winziges Lamm mit zwei Köpfen. Ein Schäfer hatte die getrocknete Totgeburt auf seiner Weide gefunden und zu Bruder Matteo gebracht, und Krystian hatte das Monster aufgehoben. Aber auch seine anderen Schätze lagen dort im Staub: sein Schlangenamulett, eine

Zeichnung von hundeköpfigen Menschen, die im großen Karpatengebirge lebten, ein krummer Zahn, der angeblich von einem flügellosen Wasserdrachen aus dem Fluss Hydaspes stammte, und der Stein, den Vito ihm mitgebracht hatte. Daneben gab es mehrere Schlangenhäute, die Krystian einst unterwegs zwischen Felsgestein und Gestrüpp aufgesammelt hatte.

»Da«, knurrte einer der Männer und deutete auf ein solches Stück Schlangenhaut.

Krystian wurde hochgerissen und bekam endlich wieder Luft. Benommen blickte er in die Gesichter der Kinder. Sie spähten mit großen ängstlichen Augen hinter der Mauer hervor. Das war das Schlimmste von allem: Noch gestern hatten sie ihn angesehen wie einen Menschen, den sie scherzhaft *Serpente* nannten. Heute aber blickten sie auf ein unheimliches Mischwesen, das ihnen Angst machte und sie dennoch faszinierte. Andrea, der einen schmutzigen Verband am rechten Arm trug, schlug mit seiner linken Hand hastig das Kreuzzeichen, als müsste er den bösen Blick abwehren.

Das war das Ende. Teufel und Dämonen hatten gesiegt. Die Menschen glaubten an die Schlange. Als er noch Mareks Sklave gewesen war, hatte nur ein einziges Mal ein Mann Geld bezahlt, um die Schlangenzeichnung mit einem Tuch reiben zu dürfen, um zu prüfen, ob das Muster nicht doch nur aufgemalt war.

»Da!«, schrie auch Lucas Vater und hielt die knisternde Schlangenhaut neben Krystians Schulter. »Dasselbe Muster! Er verwandelt sich!«

»Aberglaube!«, bellte Vito. »Ihr führt euch auf wie die Heiden.«

»Wirklich?«, donnerte Lucas Vater. »Dann beweise mir doch, dass das nicht seine Haut ist, die er abgestreift hat, als er wieder wie ein Mensch aussehen wollte!«

Krystian schloss die Augen. Die hellgraue Schlangenhaut mit dem schwarzen Zickzackband auf dem Rücken – entfernt ähnelte die Zeichnung tatsächlich seinem Schultermal. Und weiß Gott, Krystian hatte das Stück Schlangenhaut viele Abende lang studiert und sich genau dieselbe Frage gestellt: Gehörte er selbst nun Gott oder dem Teufel?

Die Stimmung verdichtete sich bedrohlich wie die Luft vor einem Gewitter.

»Das ist doch nur die Haut einer Aspisviper«, wandte Krystian vorsichtig ein. Er verstummte, als er das Messer aufblitzen sah. Vito gab ein entsetztes Stöhnen von sich.

»Alle Geschöpfe sind Spiegelbilder Gottes«, beschwor Matteo nun die Männer. »Wagt es nicht, auch nur eines davon zu verletzen – ihr versündigt euch!«

»Wir versündigen uns?«, schrie Lucas Vater. »Mein Sohn liegt im Sterben und diese Kreatur hat ihn vergiftet!«

»Gott sei mein Zeuge, dass Krystian das Haus der Brüder nicht verlassen hat«, gab Matteo zurück und hob zur Bekräftigung das Holzkreuz, das an seinem Hals hing, zum Schwur. »Denk doch nach, Kind Gottes! Wann wurde dein Sohn gebissen? Es kann noch nicht lange her sein.«

Krystian glaubte, einen Funken des Zweifels in den Augen des Mannes aufblitzen zu sehen. Doch dann ergriff der Kerl, der Krystian immer noch festhielt, das Wort. »Dann hat er die Schlange eben geschickt – er hat die Kinder verflucht.«

»Das würde er nie tun«, ereiferte sich Bruder Vito. »Er gehört zu uns. Was ihr ihm tut, das tut ihr uns.«

»Dann wird Gott entscheiden«, meinte Lucas Vater.

»Es gebührt euch nicht, Gott eine Entscheidung abzuverlangen!«, donnerte Vito.

»Vielleicht nicht Gott. Aber wie ist es mit der Schlange selbst? Will sie ihr Leben retten? Sie täte gut daran!« Der Mann wandte sich an Krystian. Seine Augen glitzerten vor Hass. »Es liegt bei dir, den Fluch aufzuheben. Wenn mein Sohn stirbt, ziehe ich dir mit meinen eigenen Händen die Schlangenhaut ab. Nehmt ihn mit!«

Krystian vergaß jede Lektion über Sanftmut und Ergebenheit und wehrte sich mit aller Kraft. Vier Männer waren nötig, um ihn festzuhalten. Und als er dann die Seile spürte, brüllte er, biss und trat um sich, bis ihm ein Schlag das Bewusstsein raubte.

Als er wieder einen klaren Gedanken fassen konnte, saß er im Dunkeln, Fesseln schnürten ihm das Blut ab.

Der Schweiß brach ihm aus. Von einem Augenblick zum anderen begann er zu frieren und mit den Zähnen zu klappern. Sein Leben mit Matteo war nur ein Traum gewesen. Das hier war die Wirklichkeit.

Wegen der Dunkelheit konnte er sie nicht sehen, aber er wusste auch so, dass sie da waren: die »Monstren« aus Mareks Menagerie. Ganz in der Nähe kauerten sie in den anderen zwei Holzkäfigen: ein stummes Mädchen ohne Arme und ein Schwachsinniger mit einem Kopf, so riesig wie ein Kürbis. Seinen Schlangenmenschen hatte Marek wieder einmal mit der Kette an die schmierigen Gitterstäbe des hölzernen Käfigs gebunden. Dort, wo ihn Mareks Stock am Kopf getroffen hatte, schmerzte eine Platzwunde. Und der Durst war unerträglich.

Krystian schrie auf Polnisch nach Wasser, doch niemand antwortete. Nur das Rascheln von Ungeziefer und das weit entfernte Meckern von Ziegen waren zu hören.

Diese Geräusche brachten ihn schlagartig wieder in die Gegenwart zurück. Er war nicht in Polen, sondern – dem herben Gestank von Ziegenmist nach zu urteilen – in einem der Verschläge, die aus grob zurechtgehauenem Felsgestein direkt an die karstigen Bergwände gebaut worden waren. Doch zwischen den Mörtelritzen drang kein Licht herein. Es musste Nacht sein. Der arme Luca lag im Sterben – und Krystian würde dafür büßen müssen.

Krystian lief der Schweiß über die Stirn, jeder Muskel brannte inzwischen, dennoch krümmte er sich und streckte die Arme, bis es ihm endlich gelang, durch seine hinter dem Rücken gefesselten Arme wie durch eine Schlinge zu schlüpfen. Marek hatte damals gute Gründe gehabt, ihn anzuketten, statt ihn nur zu binden. Nun konnte er die Fesseln mit den Zähnen bearbeiten. Auf der rechten Seite, an der seine Lippe geschwollen war, wackelte ein Zahn, also nagte er nur mit der linken Seite. Fasern klebten an seiner trockenen Zunge, doch endlich spuckte er die letzten aus; die wenigen Fäden, die seine Hände noch zusammenhielten, rissen, als er mit aller Kraft daran zog. Sein Mund war so trocken, dass die Zunge pochte. Benommen stand er auf. In dem niedrigen Verschlag konnte er sich nicht einmal aufrichten. Er drückte gegen die Tür – und stellte entmutigt fest, dass jemand außen einen Stoß Steine aufgeschichtet hatte. Durch den winzigen Spalt, der entstand, wenn er sich gegen das Holz stemmte, sah er nur den Nachthimmel und die schattenhaften Umrisse von Disteln und Gestein. In diesem Moment hätte er alles dafür gegeben, sich wirklich in eine Schlange verwandeln und durch den Spalt entfliehen zu können. Mit aller Kraft trat er gegen die Tür.

Es musste doch irgendwo ein lockeres Brett geben! Krystian schwitzte und betete, während er den ganzen Verschlag absuchte – und irgendwann ertappte er sich dabei, wie ihm ein polnischer Fluch herausrutschte.

Als hätte der Himmel darauf geantwortet, ertönte ein Rumpeln direkt über seinem Kopf. Staub rieselte ihm aufs Haar. Er rettete sich zur Tür und presste sich mit dem Rücken gegen das Holz. Gleichzeitig tastete er nach seinen Fesseln. Er würde Lucas Vater eher damit erwürgen, als sich von ihm misshandeln zu lassen! Jemand hockte auf dem Dach des Gebäudes und entfernte die Steine, die das Bretterdach beschwerten. Noch ein Schlag ertönte, dann erschien über ihm ein Streifen dunkelblauen Nachthimmels.

Vito hob zwei weitere Bretter ab, kalte Luft strömte in den stickigen Raum. Krystian ergriff die Hände, die sich ihm entgegenstreckten, und kletterte hinaus. Er fiel Matteo und Vito um den Hals und nahm das Wasser an, das sie ihm in einer Lederflasche gebracht hatten. In der Dunkelheit konnte Krystian ihre Gesichter kaum erkennen, er spürte nur, wie Matteo ihm energisch einen groben Stoff in die Hand drückte.

»Du musst hier weg«, murmelte er. »Vito war heute bei Luca und hat alles versucht. Doch wir konnten ihm nicht helfen. Der arme Junge wird sterben. Sein Vater ist jetzt schon wahnsinnig vor Kummer. Gott der Herr allein weiß, was sie mit dir anstellen werden. Hier, zieh das an!«

»Die Kutte von Bruder Domenico?«

»Du kannst ja schlecht halb nackt reisen.«

»Reisen? Und du, Matteo?«

»Ich bin zu alt für eine Flucht, Junge. Wenn ich mit dir

gehe, werden sie uns schneller finden als eine blinde Ziege. Mach dir keine Sorgen. Du hast lange genug auf einen alten Narren aufgepasst. Niemand wird es wagen, uns etwas anzutun. Und wenn sie den Stall leer vorfinden … Nun, mögen sie denken, was sie wollen. Hier, etwas Proviant!«

Krystian schluckte die aufsteigenden Tränen hinunter und ertastete in der Dunkelheit seine Leinentasche. Vorsichtig befühlte er den Inhalt: ein Feuerzeug mit Schlageisen, Flint und Zunder, außerdem ein wenig Brot, das den Brüdern als Mahlzeit fehlen würde. Schließlich fand er noch das Holzkreuz, die kleine Madonna … und das Amulett mit dem Schlangenmenschen, das die Männer in den Staub getreten hatten! Was Matteo dazu bewogen haben mochte, ihm das heidnische Amulett zurückzugeben, wusste er nicht, aber er liebte den alten Mönch dafür.

»Danke«, flüsterte er.

»Beeil dich!«, drängte Vito.

Krystian zog hastig die Kutte über, zurrte den Gürtelstrick fest und nahm noch eine mit Wasser gefüllte, getrocknete Schafsblase entgegen.

»Geh nach Cremona!«, flüsterte Matteo ihm mit heiserer Stimme zu. »Hier, nimm den Brief. Zeige den Brüdern das Schreiben, dann werden sie dich aufnehmen.«

Krystian schluckte. »Und du, Matteo? Wann kommst du nach?«

Der alte Mönch umarmte ihn so fest, dass Krystian seine spitzen Schlüsselbeine spüren konnte. »Wenn Gott will, wird er uns den Weg weisen«, murmelte Matteo. »Er kennt dein wahres Gesicht, Krystian. Er wird dich beschützen.«

»Geh!«, befahl Vito barsch. Er zog Krystian grob aus

Matteos Armen und segnete ihn hastig, während Matteo sich bereits wieder daranmachte, den Stall zu verschließen. Er schniefte, als würde er weinen, und Krystian begriff zum ersten Mal, dass Matteo vielleicht nie vorgehabt hatte, nach Cremona zurückzukehren.

»Matteo wird es gut gehen«, flüsterte Vito ihm hastig ins Ohr. »Das verspreche ich dir.«

Im Dunkeln konnte Krystian erkennen, dass auch Vitos Augen glänzten. In der Ferne ertönte ein Ruf.

Krystian stolperte über Geröll und Disteln und erreichte den Pfad, der durch die Ziegenweide führte. Als er sich umdrehte, waren die Brüder verschwunden, als hätte er die vergangenen Jahre nur geträumt.

Ein scharfer Ostwind kühlte die pochende Wunde an seiner Schläfe. Seltsamerweise spürte er nichts, nicht einmal seine Füße, die er sich an dem Karstgestein aufgeschürft hatte. Unermüdlich kletterte er weiter, immer darauf gefasst, plötzlich Lucas Vater und den anderen gegenüberzustehen.

Erst gegen Morgen erreichte er einen Wegstein. Seine Beine waren schwer, die Müdigkeit ließ ihn stolpern. Hier, wo er die felsigen Anhöhen überblicken konnte, ohne selbst gesehen zu werden, machte er halt und setzte sich neben einen trockenen Strauch.

Eine Weile starrte er einfach nur die karstigen Anhöhen an, dann ließ die seltsame Betäubung seiner Sinne nach. Er begann zu frieren wie noch nie zuvor in seinem Leben. Er dachte an Luca, der sicher schon tot war, und an Matteo und begann zu schluchzen. Die Tränen schienen sein Gesicht zu versengen.

»*Gepriesen seist du, mein Herr, durch jene, die verzeihen um deiner Liebe willen* …« Seine zitternden Lippen formten das Gebet, während er Kreuzanhänger und Marienbild aus dem Beutel holte. *Keine Seele*, hallte die Stimme von Lucas Vater in seinem Kopf. *Gott kennt dein wahres Gesicht*, hielt Matteo dagegen. Und plötzlich spürte er auch in seinem Inneren das Feuer, es war dasselbe Gefühl wie damals, als sein Körper von sich aus beschloss, sich gegen Marek zu wehren. Eine Wut, so verzehrend und heiß, dass Matteo davor zurückgeschreckt wäre.

»Du bist kein gerechter, gütiger Gott! Du bist nicht mal besser als Marek!«, zischte Krystian dem Himmel zu. Seine Kutte fühlte sich an wie bloße Verkleidung. Schlimmer noch, es war, als wäre er durch die hasserfüllten Blicke der Männer gezwungen, sich selbst mit ihren Augen zu sehen: eine Kreatur, die versuchte, sich die Kutte eines Mönchs wie eine neue Haut überzustreifen. Und war es vielleicht wirklich so? Mit zitternden Fingern holte Krystian das Amulett mit dem Bild des Schlangenmenschen hervor. Es lag viel vertrauter in seiner Hand als das Kreuz. Die winzige Gestalt mit dem verschlungenen Leib schien ihn anzublicken, doch auch sie gab ihm keine Antwort.

Krystian blinzelte und blickte über die Ebene. Dort, irgendwo hinter den bergigen Anhöhen, würde er früher oder später nach Cremona kommen. Doch wenn er sich umwandte und zur aufgehenden Sonne blickte, tat sich ein ganz anderer Weg vor ihm auf.

Der Name der fremden Stadt rief ihm wieder Mareks Worte ins Gedächtnis und einen der vielen Abende bei Fackelschein, die er glaubte, längst in seinem Gedächtnis begraben zu haben: Wenn niemand hinsah, warfen manche Schaulustigen, die sich um den Käfig drängten, dem »Schlangenkind« durch die Gitterstäbe etwas zu essen hin und sahen mit Begeisterung zu, wie gierig Krystian Schmalzgebäck und Rübenschnitze verschlang, während Menschenfresser-Marek seine Litanei herunterbetete: »Entstanden aus einer Buhlschaft zwischen einer griechischen Ketzerin und einem Sarazenen aus dem Heiligen Land. Aufgewachsen bei den Schlangen, wo ich ihn fand – in einer Erdhöhle vor den Toren Konstantinopels. Vierzig Vipern wärmten ihn. Alle mussten wir erschlagen, bis wir das Schlangenkind fangen konnten. Haltet Abstand – auch du, Bengel! Sein Biss ist giftiger als der einer Höllenotter. Zwei meiner Gehilfen hat er getötet, bis es uns endlich gelang, ihn zu fangen. Die größten Giftzähne mussten wir ihm natürlich ziehen – seht ihr die Lücken in seinem Gebiss? Wer die Zähne kaufen will – für einen Zloty könnt ihr sie haben. Aber ritzt euch nicht den Finger daran! Das wäre euer sicherer Tod.«

Krystian verzog bei der Erinnerung den Mund zu einem grimmigen Lächeln und tastete mit der Zunge nach seinem wackligen Eckzahn, den die Männer ihm beinahe ausgeschlagen hätten. Damals hatte es für die Lücken in seinem Gebiss eine ganz einfache Erklärung gegeben: Die Milchzähne fielen ihm aus. Doch die Leute glaubten Menschenfresser Marek nur allzu gerne und bemerkten nicht, dass sie für den Zloty nur spitz zugefeilte, polierte Hundezähne erwarben.

Trage dein Kreuz, es wird dir Erkenntnis bringen, hörte er Matteos Stimme die Worte des heiligen Franz sprechen. *Verändere, was du verändern kannst. Doch das, was du nicht ändern kannst, überlasse Gott.* Nun, diesmal dachte Krystian allerdings nicht im Traum daran, sein Leben Gott zu überlassen.

Ihm blieben nur zwei Wege: Entweder er ging nach Cremona und vertraute auf die Worte der Brüder, vertraute darauf, dass er eine Seele hatte, und übertönte seine Zweifel mit Gebeten. Oder er nahm den anderen Weg und fand endlich heraus, was es mit dem Schlangenmenschen auf sich hatte.

Die goldene Stadt

Koilas Klaphthmonos nannten die Einwohner von Konstantinopel den Platz, von dem aus die Sklaven zum Markt getrieben wurden: *Tal der Tränen*. Dutzende von Sklaven drängten sich neben dem Tor zu einem Innenhof: dunkelhäutige wie die Nubierinnen oder junge Männer mit erstaunlich weißer Haut, die trotz der schützenden Stoffplanen, die die Händler über die menschliche Ware gespannt hatten, von der Sonne gerötet war. Doch nur wenige weinten. Die meisten warteten ergeben auf dünnen Matten und standen nur auf, wenn sie dazu aufgefordert wurden, weil ein Käufer sie begutachten wollte. Bruder Wilhelm wusste, dass im Innenhof des Stadtpalasts weitere Sklaven ausgestellt waren. In den hohen Räumen hinter den prächtigen Galeriefenstern konnte man die teuren Frauen erstehen: die hellhaarigen, schönen, die Musikinstrumente spielten und singen konnten. Nicht ihre Geburt, sondern nur ein unglückliches Geschick hatte sie zu Sklavinnen gemacht. Wilhelm wandte den Blick wieder zur Straße und rechnete im Kopf zum hundertsten Mal seine Reisekosten zusammen.

»Am Ende der Straße vermieten sie Träger. Wir brauchen noch einen kräftigen Mann für die Reise«, sagte der Kleriker, der ihn begleitete. Er hieß Gosset und bot mit seinem feuerroten Haar und den ebenso roten, buschigen Brauen einen befremdlichen Anblick. Seine Haut war von der Frühlingssonne gerötet und schälte sich bereits an der Nase. Aber Gosset kümmerte sich nicht darum. Er war ein gradliniger Mann und dazu noch so stark, dass er ohne Mühe die schwersten Lasten tragen konnte.

Wilhelm schüttelte den Kopf. »Dafür ist immer noch genug Zeit, wir müssen erst Proviant kaufen, Wein, getrocknetes Obst, Fleisch und Zwieback.«

»Nun, ich hoffe, Ihr verlasst Euch nicht darauf, dass ich das Gepäck alleine durch das heidnische Land trage«, brummte der Kleriker.

Wilhelm ging mit großen Schritten voraus. Gerade noch rechtzeitig wich er einem mit Pelzen beladenen Kamel aus, das ein russischer Händler über die Straße führte, und wäre beinahe in einem Haufen Fischdärme ausgerutscht. Aus der Seitenstraße stank es erbärmlich nach Tierkot und Wilhelm hastete weiter die Hauptstraße entlang, die die Stadt in einer geraden Linie durchschnitt. Die Einheimischen nannten sie *Mese*.

Die Ledertasche, die an Wilhelms Gürtelstrick befestigt war, schlug bei jedem Schritt gegen sein rechtes Bein. Byzantinische *Yperpera*-Münzen, die König Ludwig ihm mitgegeben hatte, klimperten darin.

»Beeilt euch!«, rief Gosset den Männern zu, die die schwer beladenen Mietesel hinter ihnen herführten. Wilhelm schnaufte schon, als endlich der große Palastbezirk am *Forum Augustaion* in Sicht kam. Wohnungen, Kirchen und die Verwaltung der Stadt fanden darin Platz. Zu Zeiten von Kaiser Basileios hatte im Palast noch ein goldener Thron gestanden, flankiert von mechanischen Löwen, die brüllen konnten. Doch seit die Stadt vom Kreuzfahrerheer geplündert worden war und zum Lateinischen Kaiserreich gehörte, schwiegen die byzantinischen Löwen.

Wilhelm war ein Quartier am Rand des Palastbezirks zugewiesen worden, in dem es angenehm kühl war. Parfümverkäufer hatten ihre Stände unter den Fenstern aufgebaut und die harzigen, süßen Düfte überlagerten bald alle anderen Gerüche.

In den Räumen selbst herrschte heimeliges Halbdunkel, Vorhänge dämpften das grelle Mittagslicht. Wilhelm trat zum Tisch, auf dem ein Krug mit gewässertem Wein stand, und schenkte sich einen Becher ein. Wenn er nervös war, wurde er durstig. Und er war nervöser, als er zugeben mochte, denn die Reisevorbereitungen gingen nur langsam voran. Und wo blieb Bruder Bartholomäus? Er hätte längst da sein sollen. Ob ihm auf der Reise von Cremona aus etwas zugestoßen war?

Durch die Tür hörte Wilhelm, wie der Kleriker die beiden Eselstreiber mit Kupfermünzen bezahlte. Wie immer, wenn Gosset die Verhandlungen führte, entspann sich eine hitzige Diskussion um die angemessene Summe. Eine weitere Stimme tönte dazwischen, und schon näherten sich rasche Schritte der Kammer. Wilhelm seufzte und fuhr sich mit der Hand über die müden Augen.

»Bruder Wilhelm!«

»Ja, was ist?«

»Ein Bote aus dem Büro des Stadtpräfekten.«

Wilhelm horchte auf.

»Er hat einen Brief dabei«, fuhr der Kleriker fort. »Für Bruder Bartholomäus.«

Wilhelm stellte den Becher auf dem Tisch ab und erhob sich.

»Bartholomäus ist noch nicht hier. Wer schickt ihm einen Brief?«

»Ein Mönch wohl. Er spricht Italienisch.«

»Ein Mönch? Mit wem reist er? Welches Ordenshaus schickt ihn?«

Der Kleriker hob ratlos die Schultern. »Er hat diesen Brief für Bruder Bartholomäus abgegeben und lässt ausrichten, dass er ihn dringend sprechen muss. Mehr hat er dem Boten nicht gesagt.«

Wilhelm nahm das Schreiben wenig begeistert entgegen. Es war zerknittert und unterwegs wohl auch nass geworden und wieder getrocknet. Zudem roch es verdächtig nach Ziege und Schweinemist.

»Kein Siegel«, bemerkte er.

»Vermutlich wurde das Schreiben beim Präfekten geprüft. Es war das einzige Dokument, das der Reisende bei sich hatte.«

»Und wo ist er jetzt?«

»Wartet immer noch beim Stadtpräfekten. Man wollte ihn nicht direkt zu uns schicken. Er ist erst heute Morgen mit einem Handelsschiff aus Ragusa hier eingetroffen.«

Bruder Wilhelm drehte beunruhigt das Papier zwischen den Fingern. Einen Augenblick überlegte er, dann faltete er das Schreiben auseinander. Zwei Leute hatten den Brief geschrieben. Eine schwungvolle, geübte Schrift von einem gewissen Bruder Matteo – und an der Seite ein ungelenkes Gekritzel, einige Sätze nur, mit einer dringenden Bitte an Bruder Bartholomäus. Wilhelm runzelte die Stirn. »Was will er denn hier in Konstantinopel, wenn er doch ausdrücklich, wie es hier steht, nach Cremona gehen soll?«, murmelte er. Doch dann nickte er dem Kleriker zu, der immer noch an der Tür stand. »Gebt dem Boten eine Kupfermünze und sagt ihm, er soll diesen seltsamen Bittsteller zu uns bringen.«

Er hatte einen älteren Mann erwartet, aber der Reisende, der in sein Gemach trat und ihn mit einem italienischen Segen begrüßte, war jung, hochgewachsen und gut aussehend, auch wenn er momentan magerer als ein langbeiniger Hund war – und bestimmt ebenso hungrig.

Seine Kutte war zerrissen und verschmutzt, als hätte er die Tage auf dem Schiff im Tierpferch verbracht. Seine Tonsur war unregelmäßig und schlecht nachrasiert, unter dunklen Haarbüscheln leuchteten erstaunlich helle graue Augen. Obwohl er ganz offensichtlich vor Hunger entkräftet war, stand er betont aufrecht und lächelte sogar, als er Wilhelm sah.

»Bruder Bartholomäus!«, rief er aus. »Ich bin sehr froh, Euch gefunden zu haben. Matteo aus Cremona schickt mich, Ihr kennt ihn ja. Ihr müsst mich …«

»Langsam! Du sprichst mit Frater Wilhelm. Bartholomäus ist noch nicht hier angekommen. Was willst du von ihm? Und was machst du überhaupt hier? In dem Brief steht die Bitte an die Brüder aus Cremona, dich als Novizen aufzunehmen. Wer hat dir die Tonsur geschnitten, wenn du noch kein Novize bist? Und woher hast du die Kutte?«

Der junge Mann zog überrascht die Brauen hoch und leckte sich nervös über die Lippen.

»Krystian heiße ich«, sagte er schließlich leise. »Ich

stamme aus Krakau und habe Bruder Matteo lange Zeit begleitet. Bruder Bartholomäus kennt mich noch nicht. Aber ich will ihn auf seiner Reise begleiten.«

»Auf seiner Reise?«

»Er geht doch zu den Tataren.«

Jetzt war es an Wilhelm, überrascht zu sein. »Woher weißt du von unserem Vorhaben?«

Krystian erklärte es ihm, hastig und stotternd. Erst als er Luft holte und schwankte, wurde Bruder Wilhelm bewusst, dass dieser angebliche Novize noch erschöpfter war, als er sich anmerken ließ.

»Verzeih meine Unhöflichkeit«, sagte er. »Du hast sicher Durst, nicht wahr? Und bestimmt bist du hungrig. Setz dich an den Tisch, Gosset wird dir sofort Gerstenbrei und Obst bringen.«

»Ich möchte nichts essen. Ich möchte wissen, ob Ihr mich zu den Tataren mitnehmt!«

Wilhelm schüttelte bedauernd den Kopf. »Wir können niemanden gebrauchen.«

»Aber ich kann auf der Reise nützlich sein! Ihr habt sicher Packpferde oder Esel. Ich kenne mich mit Tieren aus. Ich versorge sie und führe ...«

»Ich sagte bereits Nein.«

Auf den Wangen des jungen Mannes erschienen rote Flecken. »Warum nicht?« Seine Augen funkelten. Wilhelm fand, der Fremde sah aus wie der Mittagsdämon persönlich: wütend und abgerissen, mit Händen, die zu Fäusten geballt waren. Was dachte sich dieser ungebetene Gast?

»Warum nicht, willst du wissen?«, antwortete er ruhig. »Nun, wir gehen auf eine Missionsreise in unbekanntes

Gebiet. Eine entbehrungsreiche, anstrengende Wanderung wird es sein. Und nun sieh dich an: Wie alt bist du? Siebzehn? Achtzehn? Abgemagert und schwach dazu. Außerdem hinkst du. Was, wenn du unterwegs krank oder ganz lahm wirst?«

»Ich kann sogar rennen, mein Bein wird kein Hindernis sein«, erwiderte der Fremde gekränkt.

»Und wir kennen dich nicht.«

»Dann fragt mich doch!«, rief der Junge mit einer so wütenden Heftigkeit, dass Wilhelm erschrocken zusammenzuckte. »Wie könnt Ihr mich nach dem bloßen Augenschein beurteilen? Fragt mich, und ich sage Euch alles, was Ihr wissen wollt! Ich kenne Gottes Wort und alle Gebete des heiligen Franz. Ich werde nie krank und habe viel Schlimmes überstanden. Viele Jahre lang war ich Bruder Matteo eine Stütze und habe ihn vor Wegelagerern und seinen eigenen Dämonen beschützt. Und ich bin mit einem Handelsschiff bis hierher gekommen – ohne Geld. Ich bin mir nicht zu gut dafür, mit …«

»Trotzdem. Unsere Reisegruppe ist vollständig …«

»Kennt Ihr denn die Tataren? Wisst Ihr, wem Ihr da begegnen werdet? Habt Ihr sie jemals gesehen?«

Wilhelm runzelte die Stirn. Musste er diesem Hitzkopf nun auch noch Rechenschaft ablegen? Langsam, aber sicher spürte auch er wieder diesen kleinen, brennenden Stachel des Jähzorns. Gerade wollte er Gosset einen Wink geben, den Gast hinauszuführen, als der Junge vortrat und ihn kurzerhand an den Ärmeln seiner Kutte packte. Der Gestank nach Mist und ungewaschener Haut stieg Wilhelm in die Nase und vermischte sich mit dem Aroma des schweren

Parfüms, das von den Ständen vor dem Haus nach oben zog.

»Ich habe die Höllenreiter gesehen, mit eigenen Augen!«, sagte der junge Mann eindringlich. »Das ist auch der Grund, warum ich hinke. Ich war dabei, als sie Krakau vernichteten – und habe überlebt.«

Wilhelm zog erstaunt die Brauen hoch. *Das* war in der Tat interessant! Er trat einen Schritt zurück und sah in die flackernden grauen Augen. Etwas irritierte ihn an diesem Blick. Der Junge musste wahnsinnig sein – oder sehr entschlossen. Wahrscheinlich beides.

»Dann verstehe ich allerdings noch viel weniger, warum du so dringend zu den Tataren willst. Da du so Schreckliches erlebt hast, müsstest du sie doch meiden.«

Jetzt wurde der Junge tatsächlich rot und senkte den Blick. Er holte tief Luft und schien sich seine Antwort gut zu überlegen.

»Eben deshalb«, sagte er leise. »Ich habe ... selbst miterlebt, wozu sie fähig sind. Ich habe Menschen sterben und eine ganze Stadt fallen sehen. Bruder Matteo konnte nie wieder ruhig schlafen und fühlt sich bis heute verfolgt. Ich ... muss einfach sehen, was für Menschen sie sind. Und bestimmt kann ich Euch helfen. Ich erzähle Euch alles, was Ihr über den Sturm auf Krakau wissen wollt.«

»Das wäre uns möglicherweise schon von Nutzen«, meinte Gosset vorsichtig.

»Also nehmt Ihr mich mit?«

»Langsam, langsam!«, brauste Wilhelm auf und warf Gosset einen scharfen Blick zu. »Sprichst du die tatarische Sprache?«

Der junge Pole schüttelte heftig den Kopf. »Aber ich spreche Polnisch, recht gut Deutsch, Italienisch und verstehe das Französische und einige Worte Kroatisch. Ich lerne Sprachen sehr schnell und könnte …«

Kein Zweifel, dieser Krystian würde sich nicht mit guten Worten abwimmeln lassen. Wilhelm hatte eine biblische Geduld. Aber auch diese war irgendwann zu Ende. Abwehrend hob er die Hände.

»Ich nehme dich nicht mit«, sagte er streng. »Und jetzt setz dich gefälligst endlich an diesen Tisch da und stärke dich. Du fällst gleich um.«

Das Gesicht des Jungen verdüsterte sich auf der Stelle. Er wich zur Tür zurück und straffte die Schultern.

»Dann komme ich wieder, wenn Bruder Bartholomäus hier ist. Danke für Eure Gastfreundschaft, aber ich will niemandem zur Last fallen.«

Mit diesen Worten drehte er sich um und stürmte an Gosset vorbei aus dem Zimmer. Der Kleriker konnte gerade noch zur Seite treten, sonst hätte der seltsame Gast ihn umgerannt.

Gosset warf Wilhelm einen fragenden Blick zu und Wilhelm schnaubte. Das sah diesem rothaarigen Gascogner ähnlich! Stark wie ein Bär, aber ein Herz so weich wie ein lombardischer Milchpudding. Wilhelm schüttelte den Kopf. »Das darf doch nicht wahr sein, Gosset«, stöhnte er. »Warum siehst du mich denn nun so vorwurfsvoll an? Ich kann doch nicht jeden halb verhungerten Jungen mitnehmen, nur weil er mich lange genug bedrängt!«

Gosset seufzte und zog zweifelnd die Augenbrauen hoch.

»Außerdem … was soll uns jemand nützen, der so offensichtlich an törichtem Stolz leidet?«, murmelte Bruder Wilhelm verärgert.

Der Duft von Myrrhe und Weihrauch, Lavendel und Aloe warf Krystian beinahe um, als er auf den Markt vor dem Gebäude trat. Ihm war ganz übel vor Hunger und er schalt sich, das Angebot des Mönchs ausgeschlagen zu haben. An die Hausmauer gelehnt blieb er stehen und schöpfte Atem. Ein Händler, der an seinem Stand auf kleinen Glasschalen allerlei Proben von körnigem Weihrauch feilbot, musterte ihn angewidert. Krystian hatte sich am Hafen den gröbsten Schmutz aus dem Gesicht gewaschen, aber inmitten dieser gut gekleideten Händler fühlte er sich wie ein Hausschwein, das sich in ein Rosenbeet verirrt hatte. Verärgert senkte er den Kopf und stieß sich von der Hauswand ab.

»Krystian! Warte!«

Er fuhr herum und entdeckte das Gesicht des dicken Mönchs im Fenster über ihm. Bruder Wilhelm winkte ihm zu und verschwand wieder im Zimmer. Hatte er es sich etwa doch anders überlegt?

Einige Augenblicke später kam allerdings nicht Wilhelm, sondern der rothaarige Riese auf den sonnenbeschienenen Platz gehastet.

»Hier, Krystian! Bruder Wilhelm schickt dir dies!« Mit diesen Worten drückte er ihm ein flaches, rundes Brot in die Hand und eine rot-grüne, glatte Frucht, die Krystian noch nie zuvor gesehen hatte. »Und das hier sollst du auch mitnehmen.« Der Mann hielt ihm ein kleines Amulett vor die Nase. »Die Stunde der Wahrsager bricht an.«

Krystian sah ihn verständnislos an.

»Der Dämon der Mittagsstunde geht um«, sagte der Rothaarige geheimnisvoll. »Er bringt Trägheit und schlechte Gedanken. Salomon wird dich vor ihm beschützen.«

Krystian schauderte. Ein Dämon? Am helllichten Tag?

Der Mann nahm unvermittelt Krystians Hand und schloss dessen schmutzverkrustete Finger um das Amulett.

»Hör zu, nimm dir Frater Wilhelms Worte nicht zu sehr zu Herzen.« Vorsichtig blickte er sich nach dem Fenster um, als wollte er überprüfen, ob Wilhelm ihn beobachtete, und beugte sich zu Krystian herunter. »Er schätzt Menschen mit Leidenschaft und Tatendrang. Ebenso wie ich. Es ist noch nichts verloren. Ich werde Bartholomäus deinen Brief geben und ein gutes Wort für dich einlegen. Am Palmsonntag, kurz vor unserer Abreise, wird Frater Wilhelm in der großen Kirche predigen. Komm dorthin.« Er zwinkerte ihm zu. »Wer weiß – vielleicht sind wir schon bald Reisegefährten.«

»Danke«, brachte Krystian hervor. Der rothaarige Mann nickte ihm zum Abschied zu und ließ ihn allein mit dem Dämon zurück. Krystian öffnete die Hand und betrachtete das Amulett: Salomon auf einem Pferd, der einen Dämon mit einer Lanze tötete. Zur Sicherheit schlug Krystian auch noch das Kreuzzeichen und murmelte ein Gebet, während er zum Rand des Markts drängte. Dort stand ein Brunnen, der aus einem Rohr gespeist wurde. Krystian schöpfte Wasser mit der hölzernen Trinkkelle, die neben einem vollen Eimer hing. Gierig trank er und wusch sich noch einmal Gesicht und Hände. Dunkle Brühe tropfte von seinen Händen und Wangen auf die Bodenplatten aus Marmor. Erst nachdem er sich gesäubert hatte, schlang er das Brot hinunter, obwohl ihm davon zuerst noch übler wurde, und kostete auch die Frucht, die orangegelbes Fruchtfleisch hatte und einen faserigen Kern. Die Süße war so ungewohnt, dass sie beinahe schmerzte. Immer noch tat das helle Licht in seinen Augen weh, also zog er sich in den Schatten zurück und lehnte sich mit dem Rücken an den kühlen Brunnenrand. Bis zum Palmsonntag waren es noch fünfzehn Tage! Nun, immerhin hatte er Mönche und Nonnen auf den Straßen gesehen, also würde er sicher in einem der lateinischen Klöster unterkommen. Die griechischen Brüder mit ihren langen Bärten waren ihm dagegen gar nicht geheuer.

Wort für Wort ging er in Gedanken das Gespräch noch einmal durch. Dieser dicke Mönch namens Wilhelm, der mit einem harten deutschen Akzent sprach, hatte wissen wollen, ob Krystian das Tatarische beherrschte. Das bedeutete, er hatte noch keinen Dolmetscher. Also war die Reisegesellschaft alles andere als vollständig!

Er musste im Sitzen eingenickt sein. Eben noch hatte er im Schatten gesessen, nun aber schien ihm die Sonne mitten ins Gesicht. An seinem Hals zupfte etwas. Er öffnete die Augen und blickte in die Fratze des Mittagsdämons.

Ein gelbes Auge mit einem Stern starrte ihn an, das andere Auge war rot, und in der Klaue, die der Dämon nach seinem Hals ausgestreckt hatte, befand sich sein Schlangenamulett. Das rote Auge starrte darauf, was dem Dämon den Anschein gab, als würde er grässlich schielen. Krystian stieß einen Schrei aus und prallte so heftig zurück, dass er sich den Kopf am Brunnenrand stieß. Das Amulett schlug hart gegen sein Schlüsselbein. »*Amartias apodeixis*«, krächzte der Dämon und deutete auf den Anhänger.

Der erste Schreck verflog. Auf den zweiten Blick entpuppte sich der Dämon als hagerer Mann in bunten Gewändern, vielleicht ein Gaukler? Graue Bartstoppeln bedeckten Kinn und Wangen, das rote Auge war einfach nur böse entzündet, das andere fehlte. In der Augenhöhle trug der Mann ein Holzauge, auf dem anstelle der Iris ein schwarzer Stern aufgemalt war.

»*Dos moi touto!*«, sagte der Mann mit Nachdruck und wollte wieder nach Krystians Anhänger greifen.

»Lass mich in Ruhe!«, rief Krystian auf Italienisch und sprang auf. »Finger weg!« Erst jetzt bemerkte er, dass sich eine ganze Gruppe von Leuten um den Brunnen geschart hatte und die Szene beobachtete. Einige der Umstehenden lachten und stießen einander an. Offenbar war es ein Schauspiel, von dem sie sich noch etwas versprachen.

»Ah, *Italiano?* Wo-her?«, fragte der Mann mit dem Sternenauge. Krystian sah sich um. Zwei Mädchen steckten die Köpfe zusammen und tuschelten, ihre runden Bronzeohrringe schlugen mit einem feierlichen Klingen aneinander. Neben ihnen stand ein dunkelhaariger junger Mann mit einem harten Mund und starrte ihn düster an. Als er das Amulett sah, weiteten sich seine Augen. Krystian wusste nicht, was ihm einen größeren Schauer über den Rücken jagte: das Sternenauge oder der feindselige Blick dieses Mannes.

»Wo-her?«, beharrte der Kerl mit dem Sternenauge.

»Aus Ragusa«, sagte Krystian. »Mit dem Schiff.«

Der Gaukler schüttelte den Kopf und hob die spindeldürren Finger. »*No!*«, flüsterte er. »Schande – *Aidos!*« Seine Stimme war laut geworden, er kam so nahe heran, dass

Krystian der Räuchergeruch seiner Kleidung in die Nase stieg.

»*Dos mi ten cheiran sou kai opsometha tis daimon se en phylake echei!*«, fauchte der Mann und entblößte dabei rot gefärbte Zähne, die ihn noch schauriger aussehen ließen. Er grapschte nach Krystians Hand, und Krystian wurde klar, dass der Fremde kein Gaukler, sondern einer der Wahrsager und Scharlatane war, die sich gerne auf den Märkten herumtrieben.

»Lass mich in Ruhe«, antwortete er ärgerlich und wollte sich an dem Magier vorbeischieben. Doch der alte Mann war schneller. Schon hatte er sich Krystians Hand geschnappt und hielt sie nun mit erstaunlicher Kraft fest. Ein Gerangel entstand, bei dem Krystian versuchte, sich zu befreien, ohne den Mann zu Boden zu stoßen. Zu seiner Erleichterung spürte er, wie der Griff sich schließlich lockerte. Stattdessen prasselte nun ein ganzer Hagel wüster Verfluchungen auf ihn nieder. Bevor der Alte sich wieder auf ihn stürzen konnte, wurde Krystian plötzlich von hinten am Arm gefasst. Ein Mann in einer grünen Seidentunika trat zwischen ihn und den Magier und sagte in griechischer Sprache einige streng klingende Sätze. Murrend gab der Sternäugige auf. Der Mann warf dem Magier eine Kupfermünze hin und gab den Umstehenden mit einem herrischen Wink zu verstehen, dass die Vorstellung beendet war. Die Leute hörten auf zu grinsen und begannen sich zu zerstreuen. Eine Gruppe von Gauklern, die in der Nähe mit Lederbällen

und Stöcken jonglierte, zog die Aufmerksamkeit auf sich. Nur der düstere junge Mann mit dem harten Mund starrte Krystian immer noch lauernd an. Bei genauerer Betrachtung sah er aus wie ein Türke: dunkle, umschattete Augen und dichtes schwarzes Haar. Erst als ein Vorüberhastender ihn anrempelte, wich er zögernd zurück und verschwand aus dem Blickfeld.

»Das Erste, was Neuankömmlinge in dieser Stadt lernen: Halte dich vom Sterndeuter fern«, sagte Krystians Retter auf Italienisch. Krystian blickte in ein rundes Gesicht und warme braune Augen. »Psellos ist verrückt und verflucht jeden, der ihm kein Geld gibt. Halb Konstantinopel müsste schon in der Hölle schmoren, wenn es nach ihm ginge. Du kommst also aus Ragusa?«

Krystian nickte nur und räusperte sich. »Ja, ich bin erst heute angekommen.« Nervös blickte er über die Schulter des Mannes, aber der Dunkelhaarige war nicht mehr zu sehen.

»Du bist ein Mönch, wie ich sehe?«

»Nein ... jedenfalls noch nicht.«

»Ein Novize, soso. Nun, ich bin Palmiro Andreoli. Ich handle mit Stoffen und russischen Pelzen. Bist du hungrig? Ich würde mich freuen, dich einladen zu dürfen.«

Krystian zögerte. Ein reicher Händler lud ihn in sein Haus? Andererseits – er war offenbar Italiener, auch wenn er ganz andere Gewänder trug als die venezianischen Händler. Vielleicht erhoffte er sich einfach Neuigkeiten aus seiner Heimat. Der Mann ging zum Rand des Platzes, wo zwei Männer mit Lasteseln warteten, und nickte Krystian auffordernd zu.

Das *Forum Augustaion* war ein prächtiger, mit dunklem Marmor gepflasterter Platz. Obwohl die steinernen Säulengänge zum Teil beschädigt und eingestürzt waren, boten sie genug Raum für eine Vielzahl von Läden. Es gab sogar Verkaufsstände mit Büchern! Krystians Kopf schwirrte von den vielen Eindrücken: Sänften wurden vorbeigetragen. Dunkelhäutige Menschen führten Kamele über den Platz. Dienerinnen schlenderten mit Körben voller Lebensmittel von Stand zu Stand. Einen erstaunlichen Anblick boten die Karren und Wagen der Pelzhändler, deren Eisenräder laut über das Pflaster rumpelten. Diese Wagen hatten Dächer!

Andreoli hieß die Eseltreiber langsamer gehen und wartete geduldig, bis Krystian genug gestaunt hatte.

»Es gibt noch viel mehr zu sehen«, meinte er lachend. »Siehst du den Stein dort? Das ist der *Milion*. Hinter ihm befindet sich der Eingang zum *Hippodrom* – einer Arena für Wagenrennen. Und unsere wunderschöne *Hagia Sophia* ist ja nicht zu übersehen – die Krönungskirche der Kaiser, viele Jahrhunderte ist sie bereits alt. Ihr Name ist griechisch und bedeutet ›Heilige Weisheit‹.«

Krystian bekreuzigte sich. Zwei Nonnen mit geschorenen Köpfen, die vorüberhasteten, fühlten sich angesprochen und murmelten ihm lächelnd einen Segensgruß zu.

Der Weg führte weiter über die gerade Hauptstraße, vorbei an den Werkstätten von Elfenbeinschnitzern, die aus den Stoßzähnen exotischer Tiere, die Andreoli als »Elefanten« bezeichnete, kleine, dreiflügelige Hausaltäre und Reliquiare fertigten, an plätschernden Brunnen, von denen es in Konstantinopel unglaublich viele gab, und an Ladenreihen mit Honig und Käse. Krystians Magen rebellierte beim Anblick der bunten Speisen und brachte ihm in Erinnerung, dass ihm das Stück Brot und die Frucht noch lange nicht genügt hatten. Kurz vor dem *Forum Konstantinum* – so erklärte

Andreoli den Weg – bogen sie in eine schmale Seitengasse ab. Die Düfte von Gewürzen verwehten, stattdessen umgab sie der Gestank von Eselmist. Andreoli hob den Saum seiner Tunika ein wenig an und setzte seine Schritte so vorsichtig wie ein Lasttier auf einem schmalen Berggrat. Krystian kam es seltsam vor, diesem edel gekleideten Mann durch den Unrat zu folgen. Und da war noch etwas: ein unbehagliches Kribbeln in seinem Nacken. Obwohl er sich lächerlich vorkam, warf er einen Blick über die Schulter.

Sein Gefühl hatte ihn nicht getäuscht: Einen beunruhigenden Moment lang nahm er im Schatten einer Mauer das Gesicht des Dunkelhaarigen wahr, der ihn aus zusammengekniffenen Augen musterte.

»Wir sind schon da«, riss ihn Andreolis Stimme unvermittelt aus seinen Gedanken. Der Orientale verschwand hinter der Mauer.

Rasch folgte Krystian Andreoli durch eine bogenförmige Holztür – und betrat einen sauberen Innenhof, in den die Sonne fiel. Aus einer Pfanne mit glimmender Holzkohle stieg weißer, nach süßem Holz duftender Rauch auf, der den Gestank der Straße überlagerte.

»Willkommen im Haus der Familie Andreoli!«, rief der Kaufmann ihm zu. Sein Blick schweifte zu einer der steinernen Brüstungen im ersten Stock. Krystian wandte den Kopf und sah eine hochgewachsene, füllige Frau vor einem der Galeriefenster stehen. Über ihrem schwarzen Haar trug sie einen Seidenschal, durch dessen zarten Stoff ihre Goldohrringe hindurchschimmerten.

»Eudokia, meine Frau«, erklärte Andreoli. »Sieh, ich habe einen Gast aus Italien mitgebracht! Erst heute Morgen kam er an – und wurde schon von Psellos, dem Sterndeuter, verflucht. Ich denke, wir sollten ihn für den ungebührlichen Empfang in unserer Stadt entschädigen.«

Die Dame lächelte angespannt und nickte zur Begrüßung, doch ihre Augen wirkten traurig. Krystian hatte das Gefühl, dass sie auf einen anderen Gast gehofft hatte. Jedenfalls waren ihre Hände, die sich an die Steinbrüstung klammerten, immer noch weiß und starr, als fürchtete sie, gleich zu fallen.

Der falsche Gast

Die hohen Räume waren mit Stoffen verhängt. Krystian staunte über Farben, wie er sie noch nie in solcher Vielfalt gesehen hatte. Transparente sonnengelbe Seide wehte vor einem der Fenster und ließ das Zimmer in warmem Licht leuchten.

»Dort drüben ist Wasser zum Waschen«, erklärte ein Diener. »Und Herr Andreoli hat Euch eine Chlamys bereitlegen lassen, falls Ihr Euch umziehen wollt. Dann könnte Eure Kutte gereinigt werden.«

Krystian warf einen sehnsüchtigen Blick auf das saubere Umhangtuch, das der Diener nun über einen Stuhl breitete, und nickte. Es fühlte sich wie Verrat an. Aber die Aussicht, die verkrustete, kratzende Kutte loszuwerden, war viel zu verlockend. Und schließlich war er ja kein Novize, sondern lediglich ein Reisender. Wer wusste schon, ob er jemals Mönch werden konnte.

»Gut, aber ich möchte … allein sein. Bitte.«

Krystian wartete, bis die Tür sich geschlossen hatte, und atmete auf. Nur gedämpft drangen die Laute der Stadt in den Raum – Eselsgeschrei, das Poltern der Eisenräder, die Rufe der Händler. Viel lauter hörte er hier im Zimmer das Gezanke einiger Spatzen. Mit einem mulmigen Gefühl trat Krystian ans Fenster, das auf den Innenhof führte. War ihm der Dunkelhaarige wirklich gefolgt? Aber warum? Bei der Erinnerung an sein düsteres Gesicht schauderte Krystian. Der Gedanke, dass der Mann nun wusste, wo Krystian sich aufhielt, behagte ihm gar nicht. Auch auf seinen Gastgeber konnte er sich keinen Reim machen. Er war ein Italiener, der das Gewand eines Griechen trug – und seine Frau war sicher Griechin, darauf deutete ihr Name hin. Hatte sie dem Glauben der Ostkirche abgeschworen? Nun, eine Ikone oder ein anderes Zeichen der griechischen Glaubenslehre hatte Krystian im Haus jedenfalls nicht entdeckt.

Krystian trat zu der Waschschüssel und streifte sich die Kutte über den Kopf. Er war so schmutzig, dass sein Schlangenmal unsichtbar geworden war. Scharf zeichneten sich die Rippenbögen unter seiner Haut ab. Kein Wunder, dass Frater Wilhelm glaubte, er würde auf der Reise schon nach den ersten hundert Schritten zusammenbrechen!

Der Fastenzeit entsprechend hatte Andreoli ein einfaches Essen auftischen lassen. Als Krystian den Raum betrat, stieg ihm der Duft von dunklem Brot in die Nase. Andreoli lächelte, als er seinen Gast in die Chlamys gekleidet eintreten sah. Krystian hatte den Umhang an der Schulter mit einer Fibel aus Bronze zusammengesteckt, und er war froh über das Leibhemd mit den langen Ärmeln, die seine Arme verdeckten. Doch über Eudokias Gesicht huschte ein schmerzlicher, beinahe feindseliger Ausdruck und Krystian entging nicht, wie sie rasch den Blick abwandte. Ihre Augen glänzten und sie blinzelte ein paarmal zu oft. Ihre Reaktion verunsicherte Krystian. Noch nie hatte er mit einer Dame am Tisch gesessen, er fühlte sich linkisch, gleichzeitig konnte er nicht umhin, sie fasziniert zu betrachten. Er wusste nicht warum, aber er mochte sie. Sie war bestimmt schon vierzig Jahre alt, aber ein wenig erinnerten ihre Züge noch an die eines jungen Mädchens.

»Willkommen!«, rief Andreoli und führte ihn an den Tisch. »Auch wenn Fastenzeit ist, habe ich etwas Ungarwein auftragen lassen. Du wirkst, als hättest du eine kleine Stärkung nötig. Du trinkst doch Wein?«

Krystian warf einen zögernden Blick auf Eudokia, die ihn noch immer ignorierte. »Ja«, sagte er leise. »Gern. Ich danke Euch.«

Er ließ sich am Tisch nieder und sprach auf Andreolis Bitte hin das Tischgebet.

Das Brot schmeckte köstlich nach Salz und Rosmarin, und der Wein lag schwer wie herbes Öl auf der Zunge. Der Händler fragte ihn über die Handelsstädte aus, wollte alles über die Reisen mit Bruder Matteo und sogar über den Steinbruch und das Leben im Brüderhaus wissen. Eudokia schwieg beharrlich. Krystian gab sich Mühe, sie zum Lächeln zu bringen, doch unter ihrem ernsten Blick fühlte er sich durchschaut – so als könnte sie das Schlangenmal unter seinem Ärmel sehen. Nach dem zweiten Glas Wein gab er es auf und überließ Andreoli das Gespräch.

»In keiner Stadt hat es so viele Reliquien gegeben wie in Konstantinopel«, erklärte der Händler. »Und die kostbarste und schönste davon war das Kopftuch der Gottesmutter – das *Maforion!*«

Krystian horchte auf. »Habt Ihr es gesehen?«

»Oh nein, als das Heer der Kreuzfahrer die Stadt plünderte, ging es verloren.« Andreoli seufzte tief und betrachtete nachdenklich seinen Wein. »Die kostbarsten Dinge verlieren wir am leichtesten, nicht wahr? Hattet ihr im Brüderhaus eine Reliquie?«

»Nein, dort gab es nur ein Holzkreuz. Aber auf einer Reise habe ich den Fingerknochen der heiligen Dominica aus Tropea gesehen. Sie hat Götzenbilder zerstört und wurde deshalb den wilden Tieren vorgeworfen. Aber diese rührten sie nicht an.«

»Dann müssen es wohl gläubige Bestien gewesen sein«, bemerkte Eudokia. Krystian war irritiert. Zweifelte sie etwa an den Geschichten der Heiligen?

Im Licht der Flammen wirkten die Linien um ihren Mund noch härter, sie musterte ihn, als wäre er ein Dieb, der sich an ihre Tafel geschlichen hatte. Mit einem verstohlenen Seitenblick vergewisserte er sich, ob sein Schlangenmal verdeckt war.

»Warum trägst du deine Kutte nicht?«, fragte Eudokia plötzlich. »Liegt es daran, dass es gar nicht deine ist?«

»Woher wollt Ihr wissen, dass sie nicht mir gehört?«

»Sie ist dir viel zu groß. Doch der Saum ist ein ganzes Stück zu kurz. Ganz offensichtlich hat ein beleibterer und kleinerer Mann sie getragen. Bist du am Ende gar kein Mönch oder Novize? Wen willst du mit der Kutte täuschen? Und warum?«

»Eudokia«, sagte Andreoli tadelnd. »Er ist unser Gast! Er wird seine Gründe haben ...«

»Dann soll er sie uns nennen!«, sagte sie scharf. »Welcher gläubige Bruder reist mutterseelenallein und legt seine Kutte ab, sobald ihm ein bequemeres Gewand angeboten wird? Ist das das Verhalten von jemandem, der die Nachfolge Christi leben will? Warum sagst du uns nicht die Wahrheit? Bist du ein Sklave oder sogar ein Vogelfreier? Bist du davongelaufen? Wissen deine Eltern, wo du bist?«

Krystians Ohren glühten. Er setzte den Weinkelch ab und musste sich ein bitteres Lächeln verkneifen. Seine Eltern! Er hatte gute Lust, Eudokia Mareks Geschichte von dem Sarazenen und der griechischen Ketzerin zu erzählen. Doch im letzten Moment entschied er sich für die Wahrheit.

»Meine Mutter war eine polnische Magd. Ich erinnere mich kaum an sie. Wer mein Vater ist, weiß ich nicht. Meine Mutter hat mich weggegeben, sobald ich Holzscheite tragen konnte – an einen Bauern, damit ich auf dem Feld helfe. Später kam ich zu den Brüdern des heiligen Franz. Sie sind meine Familie. Das ist die Wahrheit. Auch wenn ich kein Novize bin und nur die Kutte eines verstorbenen Bruders trage.«

»Und was hat dich von den Brüdern weggeführt? Warum bleibst du nicht bei ihnen und führst ein ruhiges Leben? Was bringt dich dazu, alles hinter dir zu lassen?« Eudokias Stimme war noch lauter geworden.

Krystian sah, wie Andreoli unter dem Tisch nach der Hand seiner Frau griff, eine vertraute Geste, die Krystian so berührte, dass er einen Kloß im Hals spürte. Und plötzlich wusste er, was in diesem Haus so seltsam war: die Leere. Auch Andreolis Herzlichkeit täuschte nicht darüber hinweg, dass hier die Einsamkeit mit am Tisch saß. Die beiden hatten offenbar keine Kinder – vielleicht freute sich Andreoli deshalb so sehr über Gäste.

»Eine Missionsreise führt mich weg«, sagte Krystian und räusperte sich. »Ich will mit einigen Brüdern zu den Lagern der Tataren reisen und Gottes Wort …«

Eudokia unterbrach ihn mit einigen zornigen Worten in griechischer Sprache. Wütend schlug sie mit der Hand auf den Tisch, sprang auf und verließ den Raum. Erschrocken blickte Krystian ihr nach. Andreoli hob entschuldigend die Schultern. »Verzeih ihr, sie will nicht unhöflich sein. Sicher kommt sie gleich wieder zurück.«

»Was habe ich denn gesagt?«

»Nichts, nichts, Krystian. Es hatte nichts mit dir zu tun, glaube mir.«

Krystian schluckte. Von wegen: Es hatte sehr wohl etwas mit ihm zu tun! Er war nicht willkommen. Auch hier nicht.

»Morgen wird es ihr besser gehen«, sagte Andreoli. »Bitte sei unser Gast, so lange du willst! Bleib zumindest über Nacht, die Straßen sind nicht sicher.«

Krystian dachte an den dunkelhaarigen Fremden, der ihm bis zu Andreolis Haus gefolgt war. Ob er vor der Mauer auf ihn lauerte? Ihm war unbehaglich zumute und Andreoli sah ihn so flehend an, dass er schließlich nickte.

Im Grunde seines Herzens hatte Krystian immer gewusst, dass die Geschichten, die Menschenfresser-Marek erzählte, Lügen waren. Dennoch war er erleichtert, dass er in Konstantinopel keinen einzigen Hinweis auf Schlangenmenschen fand.

Seit die Kutte gereinigt worden war, kratzte sie nicht mehr auf der Haut. Das Haar hatte Krystian sich nicht mehr geschoren. Es war sogar eine Erleichterung, dieses Zeichen, das nur Mönche trugen, zu verlieren. Auch wenn er betete wie zuvor, war die Vorstellung, als Mönch zu leben, seit dem Vorfall im Brüderhaus in die Ferne gerückt.

Eudokia war zwar nicht überschwänglich, aber immerhin höflich. Krystian nahm das Angebot an, bis zur Osterwoche im Haus des Händlers zu bleiben, und machte sich im Ladengeschäft der Familie Andreoli an der *Mese* nützlich. Wenn er Stoffballen zusammenband und sie auf Eselsrücken hob, hatte er zumindest das Gefühl, für sein Bett und die Mahlzeiten zu arbeiten. Und manchmal, wenn er mit Andreoli abends am Tisch saß und auf einem Spielbrett Mühle oder Wurfzabel spielte, vergaß er sogar für einige Momente, dass seine Tage in Konstantinopel gezählt waren.

Den Sterndeuter sah er einmal auf dem Markt und machte einen großen Bogen um ihn. Noch viel mehr beunruhigte ihn jedoch, dass er immer wieder den Dunkelhaarigen entdeckte. Wie zufällig tauchte er in seiner Nähe auf, betrachtete Auslagen an einem Stand und folgte Krystian in einiger Entfernung. Doch sobald Krystian sich umdrehte, verschwand das Gesicht in der Menge, als hätte er einen Tagtraum weggeblinzelt.

In den Gasthäusern und auf den Märkten suchte Krystian nach einem Dolmetscher. Es fanden sich viele, die das Russische oder Arabische sprachen, aber die Höllenreiter schienen nicht nur ein Volk ohne Herz und Gewissen, sondern auch eines ohne Sprache zu sein.

»Tatarisch?«, sagte ein zahnloser Ungar, der sich trotz der Frühlingswärme in einen zerfressenen, schäbigen Zobelpelz kleidete. »Nein, die Worte dieser Bestien würde ich nicht einmal in den Mund nehmen, wenn jedes davon auf meiner Zunge zu Gold würde.« Verächtlich spuckte er neben dem Wirtshaustisch aus. »Hier, Mönch«, meinte er dann und legte gönnerhaft eine Kupfermünze auf den Tisch.

»Nimm das und bete für meinen toten Bruder ein paar Vaterunser.«

Krystian schoss vor Empörung das Blut in die Wangen. Gerade wollte er dem Mann erklären, dass ein Mönch kein windiger Seelenhändler war, als eine Hand die Kupfermünze aufhob und sie wie ein Gaukler über die Fingerknöchel springen ließ. Überrascht blickte Krystian auf und erstarrte vor Schreck. Vor ihm stand der Dunkelhaarige. Im Halbdunkel der Taverne schienen seine Augen zu glühen.

»Wozu brauchst du einen Dolmetscher?«, fragte er. »Und dazu noch einen, der Khan Sartachs Sprache spricht?« Sein Italienisch klang ungeübt, war aber fehlerlos.

Der Ungar warf einen verächtlichen Blick auf den Fremden, nahm seinen Becher und verließ den Tisch.

»Vergiss dein Geld nicht!«, rief der Dunkelhaarige ihm hinterher.

Der Ungar spuckte aus. »Friss es, Heide«, knurrte er. »Geld, das Hände wie deine berührt haben, würde ich nicht mal mehr anfassen, wenn drei heilige Jungfrauen es mir auf einem Silberteller darreichen würden.«

Im Wirtshaus war es um einiges stiller geworden. Krystian prüfte mit einem kurzen Seitenblick, ob die Tür noch offen war. Doch der Fremde dachte gar nicht daran, sich provozieren zu lassen.

»Auch gut«, meinte er ohne ein Lächeln. »Also?«

Krystian begriff, dass die Frage an ihn gerichtet war. Der Fremde war bestimmt nicht älter als zwanzig Jahre. Auf der rechten Wange hatte er eine Narbe wie von einem Messerschnitt. Sie zog sich vom äußeren Augenwinkel über die Wange bis zur Oberlippe. Mit seinen fast schwarzen Augen und dem dunklen Teint sah er bedrohlich aus. Sein Blick war so lauernd, dass Krystian unwillkürlich die Arme verschränkte und sich zurücklehnte.

»Ich bin dir keine Erklärung schuldig«, sagte er.

Der Fremde warf einem Schankjungen die Münze hin. »Wie Recht du hast. Einen Wein für meinen Freund!«

»He, ich bin nicht dein Freund!«

»Seid ihr Christen nicht jedermanns Freund?« Die Stimme hatte einen bedrohlichen Unterton bekommen.

»Halte mich nicht zum Narren! Du schnüffelst mir doch schon seit Tagen hinterher. Wer bist du und was willst du von mir?«

»Nenn mich Abdallah. In meiner Sprache bedeutet das so viel wie ›Diener Gottes‹.« Und mit einem Blick auf Krystians Kutte fügte er spöttisch hinzu: »So gesehen haben wir mehr gemeinsam, als du im Augenblick denken magst.«

Krystian schluckte. Er hatte sich also nicht getäuscht. Dieser Mann war kein Grieche, sondern ein Orientale. Ein Türke oder sogar ein Sarazene, auf jeden Fall aber ein Sohn Mohammeds. Im Heiligen Land kämpften die Kreuzritter gegen Leute wie ihn, um die heiligen Stätten Jerusalems für die Christen zurückzugewinnen.

»Was ist? Hat es dir die Sprache verschlagen?«

»Du hast meine Frage nicht beantwortet. Warum spionierst du mir nach, Türke?«

Abdallah zog einen Mundwinkel zu einem humorlosen Grinsen hoch. »Ich bin kein Türke. Sondern ein Sarazene, wenn du so willst. So nennt ihr Christen uns ja ohne Unterschied. Ich habe dir nicht nachspioniert. Du bist mir nur aufgefallen. Nicht jeden verflucht Psellos als einen von Dämonen Besessenen. Er sagt, Unglück und Lüge kleben an dir wie ein Schandmal.« Er beugte sich vor und senkte die Stimme. »Psellos sieht Dinge, die kein anderer sieht. Er hat einem Mann vorausgesagt, dass er sterben würde, und am nächsten Tag stürzte ein Dach über ihm zusammen. Ich hoffe, du betest genug nach diesem Fluch.«

Krystian fröstelte und rückte auf der Sitzbank ein Stück vom Tisch weg. *Wie ein Schandmal.*

»Ich glaube nicht an die Worte von Magiern und Scharlatanen«, sagte er mit fester Stimme.

Abdallah lachte. »Ich auch nicht. Natürlich nicht. Du suchst einen Dolmetscher, der die tatarische Sprache beherrscht. Das heißt, du gehst auf eine Reise zum Lager des Befehlshabers Sartach?«

Ein Schankjunge stellte den Wein auf dem Tisch ab. Krystian überlegte. *Sartach.* Das stimmte, den Namen hatte er am Hafen schon einmal gehört. Vielleicht wusste dieser seltsame Mann tatsächlich etwas, das ihm nützlich sein konnte?

»Der Wein wird dir keine Antwort geben«, sagte Abdallah spöttisch. »Und wenn du noch so grimmig in deinen Becher starrst.«

»Du kennst dich erstaunlich gut aus. Woher weißt du den Namen des Häuptlings?«

»Ich halte eben Augen und Ohren offen. Manchmal trifft man selbst auf den Märkten von Konstantinopel Leute, die mit tatarischen Botschaftern gesprochen haben.«

Tatarische Botschafter. Das klang so seltsam wie »lesende Hunde«.

Krystian erinnerte sich an die brüllende Horde in Krakau und schauderte.

»Es geht dich nichts an, wohin ich reise«, gab er zurück. »Sag, was du wirklich von mir willst oder lass mich in Ruhe.«

Nun funkelten die dunklen Augen vor unterdrückter Wut. Krystian fragte sich, was er dem Mann getan haben mochte. Störte ihn das Holzkreuz, das um Krystians Hals hing? Zumindest starrte der Sarazene es schon die ganze Zeit unverhohlen an.

»Gut, dann kommen wir eben gleich zur Sache: das Amulett, das du unter deiner Kutte verbirgst. Das mit dem Schlangenmenschen. Ich interessiere mich dafür.«

Krystian zuckte zusammen. Der Ungar, der neben der Tür stehen geblieben war, machte eine warnende Geste, dass er sich nicht auf den Handel einlassen solle. Nun, das hatte Krystian ohnehin nicht vor.

»Ich wüsste nicht, was du damit anfangen könntest.«

Abdallah grinste. »Psellos hat ein ziemlich gutes Auge für Unglückszeichen. Er wollte es dir wegnehmen, um es zu zerstören.«

»Bisher hat es mir kein Unglück gebracht.«

»Noch nicht. Aber du musst es loswerden, bevor du Sartachs Land betrittst, Mönch. Ist es nicht ohnehin so, dass ihr Gottesdiener keine heidnischen Zeichen tragen dürft?«

»Misch dich nicht in meine Angelegenheiten ein«, erwiderte Krystian grob. Seltsamerweise war er wütend, als hätte der Sarazene ihn selbst beleidigt und nicht nur über das Amulett gesprochen.

»Was hast du denn? Ich will nur meinen Lebensunterhalt verdienen. Verkauf mir das Amulett! Zwanzig Kupfermünzen, einverstanden? Dann bist du es los. Und mir bringt es bei einem Schmuckmacher einen kleinen Gewinn. Ob du es glaubst oder nicht: In dieser Stadt gibt es tatsächlich Menschen, die möchten sich Unglück kaufen – oder es an jemand anderen verschenken …«

»Ein schlimmes Geschäft, findest du nicht?«

»Du hast etwas gegen Geschäfte?« Abdallah lachte amüsiert. »Ach richtig, ihr Mönche berührt ja nicht gerne Geld. Nun, dann hast du dir ja genau das richtige Haus als Herberge ausgesucht. Oder möchtest du etwa den Händler, bei dem du lebst, zur Armut bekehren?«

»Und du behauptest, du hättest nicht spioniert?«

»Ich war neugierig«, gab der Sarazene zu und wurde wieder ernst. »Aber zurück zum Geschäft …«

»Ich sagte bereits Nein!«, zischte Krystian.

Abdallah betrachtete ihn jetzt aus zusammengekniffenen Augen. »Du bist dumm«, sagte er drohend. Krystian ballte unter dem Tisch unwillkürlich die Fäuste, so sehr rechnete er damit, dass der Sarazene ihm an die Kehle springen würde. Außerdem trug er ein Messer am Gürtel.

»Die Stadt ist groß«, fuhr Abdallah fort. »Aber für Reisende ist sie sehr klein. Noch kleiner wird sie für Mönche, die zum Missionieren aufbrechen wollen. Und sie schrumpft auf zwei Leute an einem Tisch, wenn es um das Unglück geht. Ich an deiner Stelle würde auf Psellos hören und das Zeichen loswerden, so schnell es geht. In dieser Stadt gibt es viele Mörder und Diebe, die auch Mönche nicht verschonen.«

Krystian sprang so heftig auf, dass er den Tisch anstieß, der polternd schwankte. »Deine Drohungen kannst du dir sparen, Sarazene. Lass mich in Ruhe!«

Der Ungar an der Tür richtete sich auf, seine Hände schlossen sich zu Fäusten und öffneten sich wieder, als würde er nur darauf warten, eingreifen zu können. Abdallah ließ sich nicht davon beeindrucken, dass sich die Leute in der Taverne nach ihnen umdrehten. Er lächelte kühl und stand ebenfalls auf.

Auge in Auge standen sie einander gegenüber.

»Du denkst, ich drohe dir?«, sagte Abdallah sanft. »Dabei wollte ich dir nur einen Dienst erweisen und dich vor Leichtsinn bewahren. Denn wie ich an deiner Unhöflichkeit sehe, bist du nicht nur besessen und hochmütig, sondern auch sehr leichtsinnig.«

»Hochmütig bist du selbst«, entgegnete Krystian frostig.

»Wie du meinst«, sagte Abdallah und seine Augen funkelten vor Zorn, als er sich übertrieben ehrerbietig verbeugte. »Dann wünsche ich der christlichen Gesandtschaft viel Vergnügen auf der letzten Reise ihres Lebens.«

Hagia Sophia

Überall auf den Märkten wurden frisch geschnittene Palmwedel und Olivenzweige in Bündeln angeboten, die die Gläubigen in der Kirche weihen ließen. Und jetzt, am Palmsonntag, strömten die Menschen mit Zweigen von Olivenbäumen in den Händen zum Gebet in die Gotteshäuser der Stadt. Im Hause Andreoli wurde heute zudem noch Palmiros Namenstag gefeiert. Schon am Morgen hatten fein gewürzter Wein und Schmalzgebackenes auf dem Tisch gestanden, doch Krystian hatte vor Aufregung kaum einen Bissen hinunterbekommen. Heute würde sich entscheiden, ob die Mönche ihn mitnehmen würden!

Kaum hatte Krystian die dämmrigen Seitenstraßen hinter sich gelassen, begann er zu rennen. Das riesige Kuppeldach der *Hagia Sophia* erhob sich in den Himmel, als wollte es die Wolken berühren. Völlig außer Atem erreichte Krystian nach kurzer Zeit das Bauwerk und schritt mit den anderen Gläubigen durch das Tor des Atriums in den rechteckigen Hof, in dem ein Brunnen plätscherte, und von dort aus zum Kircheneingang. Wie immer, wenn er die gewaltige Kirche betrat, musste er stehen bleiben und staunend nach oben blicken. Ein gleißendes Band aus Bogenfenstern trennte die steinerne Halbkugel von den durchbrochenen Mauern der großen Halle und gab ihr den Anschein, bereits Teil des

Himmels zu sein. Krystian ließ sich von den anderen Besuchern zur Seite abdrängen und blieb ehrfurchtsvoll am Rand stehen. Von den goldverzierten Mosaiken sahen ihn Heilige, Engel und Fabeltiere streng und wissend an. Er senkte den Blick und betrachtete die prächtigen Bodenplatten, die in grünem, rosenfarbenem und goldgeflecktem Stein schimmerten. *Gott kennt dein wahres Gesicht*, hörte er wieder Matteos Stimme sagen. Und in diesem Moment fehlte der alte Mönch ihm plötzlich so sehr, dass ihm die Tränen in die Augen stiegen.

Frater Wilhelm trat zu den steilen Stufen der Kanzel und raffte sein Messgewand, das König Ludwig ihm mit auf die Reise gegeben hatte. Es leuchtete so rot wie das Blut der Märtyrer, deren Gebeine in den Kirchen des Abendlandes ruhten. Ächzend kam der Mönch auf der schmalen Kanzel an und sah in die erwartungsvollen Gesichter. Beim Anblick der vielen Menschen, die ehrfürchtig zu ihm hochschauten, musste er lächeln. Er hob die Arme, atmete den vertrauten Duft nach Weihrauch ein und begrüßte seine fremde Gemeinde.

Vor zwei Tagen war endlich auch Bruder Bartholomäus eingetroffen. Nun lauschte er mit ernster Miene der Predigt. Im Halbschatten der Säule, neben der er stand, wirkte sein Gesicht noch blasser und hohlwangiger. Die Krankheit, die ihn unterwegs aufgehalten hatte, hatte ihn ausgezehrt und ließ ihn älter erscheinen als die fünfzig Jahre, die er zählte. Und neben ihm – Wilhelm kam für einen winzigen Augenblick ins Stocken – stand dieser Pole! Der Novize oder auch nicht Novize, wer wusste das schon. Immerhin war der junge Mann zu Kräften gekommen und sah nicht mehr so aus, als würde ein Windstoß ihn umwerfen. Das Haar hatte er sich nicht nachgeschoren, einen Fingerbreit war es bereits gewachsen und bedeckte den Kopf. Seine grauen Augen wirkten im Kontrast zu dem schwarzen Haar stechend hell. Als Wilhelm nun einen Psalmengesang anstimmte und die Menschen einfielen wie eine einzige Stimme, betete Krystian so laut mit, dass Wilhelm ihn als Einzigen aus der Menge heraushören konnte.

Er ist wütend, dachte Wilhelm. *Worüber ist er nur so wütend?*

»Ich habe zwei Dolmetscher für Euch!«, waren die ersten Worte des Jungen, als Wilhelm nach der Predigt auf den sonnenbeschienenen Platz vor der Kirche trat. »Ein Mann aus der Provinz Cassaria und ein Kroate. Der aus Cassaria ist blind, aber die Sprache scheint er gut zu beherrschen.«

Bruder Bartholomäus, der neben dem Jungen stand, lächelte Wilhelm an. Seine eingefallenen Wangen durchbrach ein Netz von Falten.

»Der Schüler meines Freundes Matteo ist nicht auf den Kopf gefallen«, bemerkte er.

»Hat Matteos Schüler dir auch verraten, warum er so dringend zu den Tataren will?«, entgegnete ihm Wilhelm.

»Er ist jung«, sagte Bartholomäus. »Aber Franziskus war nur wenige Jahre älter, als er zu seiner Missionsreise ins Heilige Land aufgebrochen ist. Und er kann gut mit Tieren umgehen, das hat mir Matteo geschrieben. Jemanden wie ihn könnten wir sicherlich gebrauchen.«

»Jetzt klingst du schon wie Gosset, Bruder Bartholomäus!

Aber der Junge ist lahm. Was machen wir, wenn er unterwegs nicht mehr weiterkann?«

»Und ich bin alt und geschwächt vom Fieber«, konterte Bartholomäus schnell und immer noch freundlich lächelnd. »Meine Knochen ächzen schon beim Gedanken an die Schifffahrt wie morsche Planken, und wenn ich mir vorstelle, in einen Sattel klettern zu müssen, wird mir ganz anders zumute. Sieh uns beide doch an, Wilhelm – zwei fette alte Männer, die eine lange Reise in die Wildnis antreten, ohne zu wissen, ob sie lebendig zurückkehren. Schneller als ein Lahmer werden wir auch nicht vorankommen. Und auf dem Wagen ist genug Platz. Bruder Matteo hätte mir den Jungen nicht geschickt, wenn er nicht auf seinen tiefen Glauben vertraut hätte. Krystian hat für uns sogar nach einem Dolmetscher gesucht.«

»Uns wurde bereits einer empfohlen«, sagte Wilhelm barsch. »Gosset ist schon auf dem Weg zu ihm und …«

»Aber uns fehlt noch ein Reisebegleiter, der ein so leidenschaftliches Herz hat wie er«, beharrte Bartholomäus weiter. »Und der Weg zu den Menschen führt über das Herz.«

Darauf wusste Wilhelm nichts mehr zu erwidern. Er blickte zur Kuppel der gewaltigen Kirche hoch und seufzte. »Als hätten wir auf dieser Mission nicht schon genug Sorgen!«, knurrte er.

Dann wandte er sich an den Jungen, der vor lauter Ungeduld den Gürtelstrick in den Händen drehte. Bartholomäus hatte Recht: Alles an ihm war Leidenschaft und Energie. Und sie brauchten tatsächlich noch jemanden, der zupacken konnte. *Deo favente*, dachte Wilhelm und gab sich geschlagen – *wie Gott es fügt.*

»Also gut, Krystian von Krakau«, sagte er laut. »Du reist mit uns. Aber du bist kein Missionar! Du wirst lauschen und lernen und dich ansonsten um die Zugochsen kümmern. Wir reisen morgen ab, komm gleich nach Sonnenaufgang zum Hafen am Goldenen Horn, verstanden?«

Eine flammende Röte stieg dem jungen Mann ins Gesicht. Wilhelm hatte das Gefühl, dass der Pole einen Freudenschrei unterdrückte, doch er nickte nur. *Sogar zu stolz, um ehrlich zu sein,* dachte Bruder Wilhelm verärgert.

»Ich danke Euch für diesen Entschluss, Bruder Wilhelm. Aber wollt Ihr wirklich mit Ochsenwagen reisen? Ich finde, dass Lasttiere viel besser ...«

»Da!«, brauste Wilhelm auf. »Schon mischt er sich ein! Hör zu, Junge: Wir nehmen Ochsenwagen, weil wir das Gepäck über Nacht auf dem Wagen lassen können. Lasttiere dagegen müssten wir jeden Morgen von Neuem beladen. Und du verrichtest still und bescheiden deine Arbeit. Hast du verstanden?«

»Ich bin trotzdem der Meinung, dass wir mit Packtieren schneller vorankommen würden«, beharrte Krystian. »Hier, die Namen der Dolmetscher.« Bei diesen Worten drückte er Bartholomäus ein Schriftstück in die Hand und verabschiedete sich mit einem Segensgruß.

Nun, dachte Bruder Wilhelm grimmig, *vielleicht werden dich die Tataren etwas Demut lehren.*

Krystian hatte erwartet, dass Andreoli am Festsonntag in die Stadt gehen würde, doch als er atemlos die letzten Stufen zum Speisezimmer hinaufhastete, wäre er vor Überraschung beinahe gestolpert. Ein seltsames Bild bot sich ihm: Eudokia und Palmiro saßen immer noch am Tisch, als hätten sie die ganze Zeit auf ihn gewartet. Das Gebäck war unberührt, die Kerzen ein ganzes Stück heruntergebrannt.

»Ist ... etwas passiert?«, keuchte Krystian.

»Das wollten wir dich gerade fragen«, antwortete Eudokia trocken.

»Hast du mit dem Mönch Bartholomäus gesprochen?«

Krystian nickte und konnte ein breites Grinsen nicht unterdrücken.

Palmiro sank in sich zusammen.

»Möchtest du denn immer noch zu den Tataren reisen?«, fragte Eudokia ernst. »Denn falls nicht, falls du dich anders entscheiden solltest ... Palmiro wollte dir sagen, dass du auch in Konstantinopel bleiben kannst, wenn du möchtest. Du könntest den Beruf eines Kaufmanns erlernen. Palmiro meint, du seist geschickt im Verhandeln und könntest gut rechnen.«

Krystian war völlig überrumpelt. Es schnürte ihm die Kehle zu, als er begriff, dass der Händler die ganze Zeit nur darauf gewartet hatte, eine andere, bessere Nachricht zu hören. Die Nachricht, dass Wilhelm ihn nicht mitnehmen wollte.

»Lass ihn, Eudokia«, sagte Palmiro bitter. »Du siehst doch, dass er darauf brennt, uns zu verlassen. Gäste kommen und gehen. Das ist der Lauf der Welt.«

Er zwinkerte und wischte sich mit der Hand über die geröteten Augen. Ohne sein Lächeln sah er älter aus, als er war. Dann stand er auf und schlurfte ohne einen Gruß aus dem Raum.

Die wenigen Habseligkeiten waren schnell zusammengesucht. Es war ein seltsames Gefühl, den Raum, in dem er so viele Nächte verbracht hatte, ein letztes Mal zu sehen. Krystian griff zu seinem Bronzeamulett und betrachtete niedergeschlagen den Schlangenmenschen. Einen Moment lang wünschte er sich nichts mehr, als Palmiros Angebot anzunehmen und einfach hierzubleiben. *Eudokia und Palmiro wissen nichts über dich*, redete ihm die kritische Stimme ein, die sich immer öfter meldete. *Glaubst du, sie würden dich noch einen einzigen Tag länger in ihrem Haus haben wollen, wenn sie wüssten, dass du das Zeichen der Schlange trägst, dass du vielleicht ein Mensch ohne Seele bist?*

Er seufzte und schüttelte den Kopf. Gerade war er dabei, seinen Reisebeutel an dem Gürtelstrick zu befestigen, als er hinter sich ein Atmen hörte und sich umdrehte. Er hatte erwartet, Palmiro in der Tür stehen zu sehen, aber es war Eudokia. Unter dem Arm trug sie ein Bündel von Stoffen und Pelzen.

»Sieh mich nicht an, als wäre ich der Mittagsdämon«, sagte sie ärgerlich. Mit wenigen Schritten war sie bei seinem Bett und legte die Stoffe auf die bestickte Decke. Jetzt erkannte Krystian, dass es Kleidungsstücke waren. Ein richtiger Reisemantel war auch dabei. Er bestand aus dunkelblauer gewalkter Wolle – und innen war dieser Mantel mit Zobelpelz gefüttert. Für einen kleinen, schmerzhaften Augenblick kam Krystian der Gedanke, dass dies vielleicht die Kleidung eines neuen Gastes war, der seinen Platz einnehmen würde, sobald das Gastgemach leer wäre.

»Ich habe meine Sachen gepackt«, hörte er sich selbst sagen.

»Das glaube ich kaum«, erwiderte Eudokia trocken. »Hast du Winterstiefel? Nein! Hast du Kleidung, die dich gegen Nässe und Kälte schützt?« Mit flinken Fingern zupfte sie an den Kleidungsstücken herum, ordnete Falten, entwirrte Schnüre und Ärmel. Dann hielt sie den Mantel plötzlich vor Krystian hin und schätzte seine Größe ab. »Der wird dir passen.«

Krystian schluckte. Die Sachen waren für ihn! »Das kann ich auf keinen Fall annehmen. Ich habe meine Kutte. Sie genügt mir auch vollauf.«

»Die Chlamys hast du auch getragen«, fuhr sie ihn zornig an. »Hör endlich auf, dich als jemand auszugeben, der du nicht bist. Du bist kein Mönch! Ich weiß nicht, was du letztlich bei den Tataren suchst, aber es hat sicher sehr wenig mit der Bekehrung der Ungläubigen zu tun, sondern viel eher etwas mit Abenteuerlust und der Sehnsucht nach der Ferne. Aber dann sei wenigstens so ehrlich und kleide dich so, dass du nicht gleich nach dem ersten Gewitterregen am Fieber stirbst.«

Wie immer hatten Eudokias Worte die Wirkung einer Ohrfeige. Krystian schwieg und betrachtete verstohlen den Mantel.

»Der gehört nicht Palmiro«, meinte er nach einer Weile. »Dazu ist er zu lang.«

Eudokia seufzte, ließ sich auf der Bettkante nieder und sank in sich zusammen. »Ich wollte nicht unhöflich zu dir sein«, sagte sie leise. »Aber du hast es sicher schon bemerkt: Wir leben hier in einem Haus des Schweigens, auch wenn schon lange keine Trauerkerze mehr brennt.« Zärtlich strich sie über den Zobelpelz, als würde sie einem geliebten

Menschen durchs Haar fahren. »Unser Sohn Marcello hatte denselben Glanz in den Augen wie du. Er war in seinem Herzen kein Kaufmann. Vor drei Jahren ist er zu einer Handelsreise aufgebrochen – gegen Palmiros Rat. Nichts konnte ihn aufhalten. Für ihn war Konstantinopel ein goldener Käfig, aus dem er nicht schnell genug fliehen konnte. Er kam nicht zurück, es erreichte uns nur eine Nachricht von seinem Tod.« Ihre Stimme bekam einen bitteren Unterton. »Räuber hatten ihn überfallen. Aber statt dass sie ihn gehen ließen oder Lösegeld forderten, stachen sie ihn einfach nieder. Es gibt Tage, da glaube ich nicht daran, und andere Tage, da denke ich, Gott hat mich dafür bestraft, dass ich einen Venezianer geheiratet und seinen Glauben angenommen habe. Aber wir haben beide schon vorher zum selben Gott gebetet. Und es wäre ein schlimmer, grausamer Gott, der auf diese Weise strafen würde, nicht wahr?«

Krystian senkte den Kopf. Was für ein Gott war es, zu dem er selbst betete? Einer, der grausame Spiele trieb? Wer wusste das schon!

Die Ruhe des Mittags hatte sich über die Stadt gesenkt und ein kühlerer Wind strich durch die geöffneten Fenster. »Palmiro glaubt noch immer an Marcellos Rückkehr. Er hofft, dass es nur eine Verwechslung war«, fuhr Eudokia nach einer Weile fort. »Und manchmal steckt er sogar mich damit an. Als du in unseren Hof tratst, dachte ich für einen Augenblick, du seist Marcello. Mit deinem dunklen Haar und dem schmalen Gesicht ähnelst du ihm sehr. Ich konnte es kaum ertragen, dich anzusehen.«

»Das tut mir leid«, flüsterte Krystian. »Ich werde für Marcellos Seele beten.«

»Bete für ihn«, sagte Eudokia ernst. »Aber bete auch für dich selbst, Krystian. Ich werde in Gedanken bei dir sein, so wie ich bei Marcello war. Jeden Tag habe ich gehofft, dass er Menschen findet, die ihm Hilfe und Obdach geben, wenn er in Not ist.«

»So wie ihr mir? Er hat auf seinen Wegen sicher auch gute Menschen getroffen, Eudokia.«

Ein Lächeln ließ ihr Gesicht weicher erscheinen. Und als sie ihn nun betrachtete, als wollte sie sich jede Linie seiner Züge einprägen, ahnte Krystian auf einmal, wie es sein musste, zu jemandem zu gehören. Nicht ein Bruder unter vielen zu sein, sondern Mitglied einer Familie. Es tat weh und war schön zugleich.

»Noch ein Rat für die Reise, Krystian: Achte auf die Abschiede. Es ist traurig, dass so vieles zum letzten Mal geschieht, ohne dass wir es wissen. Am Tag seiner Abreise habe ich Marcello nicht geküsst. Ein Händler hat mich aufgehalten, und ehe ich michs versah, war es zu spät. Ich konnte mich nur noch ganz hastig verabschieden und dem Schiff nachwinken. Hätte ich gewusst, dass dieses Schiff ihn nicht nur über das Schwarze Meer, sondern ins Jenseits bringen würde …« Sie verstummte und blickte zu Boden.

Krystian war es, als könnte er ihren Schmerz fühlen, sogar ihren Zorn, den er zum ersten Mal verstand. Er zögerte nur kurz, dann tat er etwas, was er sich niemals zugetraut hätte. Er setzte sich neben Eudokia und nahm sie behutsam in die Arme. Eudokia zuckte überrascht zurück, doch plötzlich gab sie sie nach und erwiderte die Umarmung.

Krystian schloss die Augen und stellte sich vor, vor vielen Jahren selbst umarmt worden zu sein. Von einer Mutter, an deren Gesicht er sich nicht mehr erinnern konnte. Jener fremden Frau, die ihn verkauft hatte.

Schließlich schob ihn Eudokia sanft von sich. »Gott schütze dich, Krystian«, sagte sie leise und küsste ihn auf die Stirn.

»Es tut mir leid, dass ich der falsche Gast war«, sagte er.

Eudokia stand langsam auf und ging zur Tür. Dort wandte sie sich noch einmal um. »Manchmal erweist sich der falsche Gast als der richtige. Ich will ehrlich zu dir sein, Krystian. Ich weiß immer noch nicht, ob ich dich mag. Aber ich würde es gerne herausfinden – sobald du … zu uns zurückgekehrt bist.«

Von allen Geschenken, die Krystian in den vergangenen Wochen erhalten hatte, war dieser letzte Satz das schönste.

Es ging noch schlimmer zu als auf dem Schweinemarkt von St. Denis. Der Hafen am Goldenen Horn war so überfüllt, dass Wilhelm schon befürchtete, die Hälfte seines Gepäcks im Gewühl untergehen zu sehen wie ein leckes Boot im Meer. Allein ein Dutzend Schiffe wurden an dieser Stelle des Hafens klar zum Auslaufen gemacht. Der Wind stand günstig, es roch nach ranzigem Fisch und warmem Stein. Über Holzkräne und Flaschenzüge wurde Vieh an Bord gehievt. Es grunzte und quiekte überall, gebrüllte Kommandos gellten in Wilhelms Ohren. Und als ein Esel zu schreien anfing, fielen die anderen Lasttiere voller Begeisterung mit ein.

»Bruder Bartholomäus!«, donnerte Wilhelm gegen den Lärm an. »Sind die Proviantsäcke und Kisten auch durchgezählt?«

Der Mönch nickte. Die Lastenträger begannen die Reisevorräte zum Schiff zu bringen. Im Gegensatz zu einigen geflickten Handelsschiffen sah dieses hier recht vertrauenerweckend aus.

Geladen wurden Baumwolle, Seide und Gewürze, die zur Nordküste des Schwarzen Meeres gebracht werden sollten. Etwas abseits stand Gosset und entlohnte gerade den Mann, der die gemieteten Lastesel zurückbringen würde. Beim Anblick des Schiffes war der große Kleriker blass geworden und kehrte dem Wasser den Rücken zu. Jetzt fehlten nur noch Krystian und der Dolmetscher. Wobei der Dolmetscher Wilhelm mehr Sorgen machte. Wenn er nicht erschien, mussten sie in Cassaria weitersuchen, denn dieser Mann namens Homodei war der Einzige in der Stadt, der Tatarisch beherrschte. Die beiden anderen, die Krystian ihm vorgeschlagen hatte, fielen aus: Der Blinde war unauffindbar, den anderen hatte man am vorigen Abend mit durchschnittener Kehle aus dem Hafenbecken gefischt. Gerade als Wilhelm etwas zu Bartholomäus sagen wollte, tauchte Krystian auf.

»Das wurde auch Zeit«, brummte Wilhelm und blinzelte ins Gegenlicht. Der junge Pole war doch immer wieder für eine Überraschung gut! Er trug keine Kutte mehr, sondern Reisekleidung wie die wohlhabenden Leute. Was dachte er sich nur dabei? Trotz der Maiwärme hatte er sich einen gefütterten dunkelblauen Reisemantel umgehängt. Darunter trug er tatsächlich eine Chlamys, was ihn wie einen Griechen aussehen ließ. Der Abschied von der Stadt schien ihm nicht leichtzufallen, er hatte gerötete Augen und ging mit schleppendem Schritt, als trüge er den Kummer eines ganzen Lebens mit sich.

»*Dominus vobiscum!*«, grüßte er heiser und machte dabei das Kreuzzeichen. Aus dem Mund eines Mannes ohne Kutte wirkte der Mönchsgruß seltsam, doch Wilhelm antwortete, ohne zu zögern: »*Et dominus tecum.* Wo warst du so lange?«

»Verzeiht, Bruder, ich musste mich noch ... verabschieden«, sagte Krystian so niedergeschlagen, dass Wilhelms Zorn sofort verflog und einem grimmigen Mitleid Platz machte.

»Nun, jetzt bist du ja da«, brummte er. »Aber du hast viel zu viel Gepäck dabei. Und was werden die Tataren denken, wenn sie sehen, dass die Ochsentreiber wie Könige gekleidet sind, während die Brüder barfuß gehen?«

Wie erhofft, entlockte diese Bemerkung dem Jungen ein flüchtiges Lächeln. »Sie haben mir die Kleider geschenkt«, sagte er leise. »Palmiro und Eudokia.«

»So? Aha. Nun, sieh zu, ob wirklich alles nötig ist. Den Reisemantel beispielsweise kannst du ebenso gut hierlassen, bis Weihnachten sind wir längst zurück. Da drüben steht unser Gepäck. Ach, und da kommt ja endlich auch der Dolmetscher. Homodei, hierher!«

Wilhelm drängte sich an Krystian vorbei und winkte dem Mann, der sich suchend umblickte. Sein helles Gewand ließ die gebräunte Haut noch dunkler wirken. Als er Wilhelm entdeckte, beschleunigte er seine Schritte. Flink schob er sich an zwei Seeleuten vorbei und begrüßte Wilhelm mit einer angedeuteten Verbeugung. Wilhelm wollte die Begrüßung gerade erwidern, als plötzlich Krystian neben ihm auftauchte.

»Das ist der Dolmetscher?«, zischte er.

»Sieh an, der junge, bescheidene Mönch, der kein Geld berührt, weil ihm Armut über alles geht«, sagte Homodei spöttisch und musterte Krystians feine Reisekleidung. »Ich freue mich, dich wiederzusehen.«

Krystians Gesichtsfarbe wechselte augenblicklich von Totenblass zu Tiefrot.

»Betrüger!«, fauchte er den Dolmetscher an. »Du gibst dich als jemand anders aus! Du schreckst ja nicht einmal davor zurück, einen falschen Namen anzugeben, und einen christlichen noch dazu.«

Wilhelm stellte sich zwischen die beiden jungen Männer, die sich anfunkelten wie Kampfhähne, und hob die Arme.

»Schluss jetzt! Wovon redest du, Krystian? Er hat keinen falschen Namen angegeben. Ich nenne ihn Homodei – ›Mann Gottes‹. Das ist die Übersetzung seines arabischen Namens: Abdallah.«

Krystian klappte vor Überraschung der Mund auf, doch er fing sich erstaunlich schnell wieder.

»Aber er ist doch kein Dolmetscher!«, ereiferte er sich. »Ich habe vor einigen Tagen mit ihm gesprochen und er hat mir nichts davon gesagt, dass er Tatarisch spricht. Er handelt mit Amuletten …«

»Wer sagt, dass ich kein Dolmetscher bin?«, erwiderte Homodei scharf. »Da du mich so unhöflich behandelt hast, hatte ich möglicherweise kein Verlangen danach, mich dir als Übersetzer anzubieten.«

»Ach wirklich? Und woher kannst du die Sprache der Tataren?«

»Reisen«, erwiderte Abdallah knapp.

»Gibt es irgendwelche Schwierigkeiten?« Bruder Bartholomäus war hinzugetreten.

»Wir können doch nicht mit einem Sarazenen auf eine

Missionsreise gehen!«, rief Krystian. »Auch wenn wir ihn bei einem christlichen Namen nennen.«

»Ach, und warum nicht?«, fragte Abdallah.

»Ein Sohn Mohammeds kann nicht Gottes Wort übersetzen«, erwiderte Krystian ebenso drohend.

Wilhelm konnte nicht umhin, ihm erstaunt Respekt zu zollen. Er dachte wie ein Stratege – und hatte das beste Argument gewählt, obwohl Wilhelm ihm kein Wort von seiner Empörung über den Heiden glaubte. Ein schlauer Bursche. Vielleicht zu schlau.

»Weil ich die Worte eures Gottes deiner Meinung nach nicht verstehe?«, konterte der Dolmetscher. »Sind sie für einen Andersgläubigen ein zu großes Mysterium, obwohl jeder christliche Bettler und jedes alte Weib sie begreifen können? Oder fürchtest du, dass ich sie absichtlich falsch wiedergeben könnte?«

»Du bist ein Ungläubiger!«

»Der Ungläubige bist du, du falscher Bettelmönch im Prunkmantel!«

»Genug!«, donnerte Wilhelm so laut, dass sogar Bruder Bartholomäus zusammenzuckte. Einige Matrosen blieben stehen in der Hoffnung, gleich eine Prügelei zu sehen. Krystians Augen sprühten Funken vor Wut.

»Ich bestimme, welchen Dolmetscher wir mitnehmen«, sagte Wilhelm schnell, bevor der Junge den Mund aufmachen konnte. »Es heißt, dieser hier sei der beste in ganz Konstantinopel.« *Und seit gestern auch der einzige*, fügte er in Gedanken hinzu. »Außerdem sagt man, Sarazenen seien gute Übersetzer. Sie haben ein Gespür dafür, nicht nur die Worte in eine andere Sprache zu übertragen, sondern sich auch diplomatisch auszudrücken. Etwas, das du ganz und gar nicht beherrschst, Krystian aus Krakau! Und ich will keinen Streit auf dieser Reise. Das ist kein Gebaren für einen Christenmenschen.«

»Aber …«

»Entweder du findest dich damit ab«, sagte Wilhelm streng, »oder du bleibst hier. Einen Helfer können wir entbehren, denn sobald wir in Soldaia sind, werden wir ohnehin weitere Leute anheuern. Der Dolmetscher dagegen ist unersetzlich.«

Es tat ihm selbst leid, den Jungen so grob auf seinen Platz zu verweisen. Bruder Bartholomäus schnappte erschrocken nach Luft, stellte sich schnell an Krystians Seite und legte ihm die Hand auf die Schulter. Einen Augenblick dachte Wilhelm, dass Krystian sich auf dem Absatz umdrehen und gehen würde, doch zu seiner Erleichterung biss er sich nur auf die Unterlippe und griff an seine Brust, als wollte er sich vergewissern, dass dort noch das Holzkreuz hing.

»Ich reise mit Euch«, sagte er leise.

»Und?«, fragte Wilhelm.

Krystian sah ihn wütend an. »Und … ich werde mit diesem *Dolmetscher* keinen Streit anfangen.«

Teil III

Nach Cassaria

Die Reise nach Konstantinopel hatte Krystian als endlose Abfolge quälender Tage im Viehgestank in Erinnerung. Doch diese Fahrt hier war anders. Er verbrachte viel Zeit in Gesellschaft von Bruder Bartholomäus und dem Kleriker an Deck, während Wilhelm sich in seine Sprachstudien vertiefte. Es gab viele türkische Händler an Bord, die ebenfalls zur Provinz Cassaria wollten, um von dort aus auf den Handelsstraßen weiter nach Norden zu ziehen. In diesen Tagen lernte Krystian das eine oder andere türkische Wort.

Zwischen ihm und dem Dolmetscher herrschte ein gespannter Waffenstillstand. Tagsüber taten sie so, als würden sie einander nicht beachten, doch Krystian entging nicht, dass der Sarazene ihn oft verstohlen musterte. Jedes Mal, wenn er den Blick spürte, überkam ihn ein Frösteln. Abdallah unterhielt sich oft mit den Händlern und holte dabei Auskünfte ein. Und er betete mehrmals am Tag. Krystian konnte nicht anders, als von diesem fremden Ritus fasziniert zu sein. Wie konnte ein Mensch so bedrohlich und durchtrieben wirken und doch so fromm sein? Vorsichtshalber verbarg Krystian sein Amulett in einer eingenähten Seitentasche seines Gürtels – ein Geheimfach für Edelsteine und Geld, wie ihm Eudokia erklärt hatte. Dennoch verbrachte er die ersten Nächte schlaflos in seinen Reisemantel gehüllt, über sich die Sterne, umgeben vom Rauschen des Meers, das mit dem Atem der Schlafenden um ihn zusammenfloss.

»Krystian, du hast nur Augen für das Meer«, tadelte ihn Bartholomäus nach dem Morgengebet. »Unseren Herrgott hast du offenbar völlig vergessen.«

»Im Gegenteil, Bruder Bartholomäus. Ist das Meer heute nicht so blau wie das Gewand der Gottesmutter?«

Bartholomäus lachte und schüttelte resigniert den Kopf. »Du würdest selbst den heiligen Aposteln noch das Wort im Mund herumdrehen.«

Krystian ließ seinen Blick über das Wasser schweifen. Die Seevögel, die dem Schiff bereits seit Konstantinopel folgten, umrundeten kreischend den Mast.

»Wann werden wir ankommen?«, fragte er.

»Sehr bald. Ein, zwei Tage noch, wenn kein Sturm aufkommt.«

»Und dann sind wir in der Nähe der ... Tataren?«

»Näher als man denkt sogar«, erwiderte Bartholomäus. »Von der Mündung des Don nach Westen bis zur Donau gehört alles Land den Tataren, sogar noch darüber hinaus in Richtung Konstantinopel, die Walachei zum Beispiel, das Land der Assan, dazu Kleinbulgarien bis nach Slawonien. Alle zahlen Tribut. Wir werden nur wenige Tage brauchen, um zum Lager des ersten Befehlshabers zu gelangen.«

Krystian schauderte und lehnte sich an die Reling. In wenigen Tagen würde er wissen, was es mit der Schlange auf

sich hatte! Einer der Händler sagte etwas auf Türkisch und deutete zum Horizont. Bartholomäus und Krystian beugten sich vor und entdeckten eine winzige Insel vor dem Festland. Wenn man die Augen zusammenkniff und angestrengt spähte, konnte man darauf ein helles, tempelartiges Gebäude erahnen.

»Da sehen wir schon den westlichen Ausläufer der Kriminsel«, sagte Bartholomäus. »Das da vorne ist die Stadt Kersona! Dort hat der heilige Clemens den Märtyrertod erlitten. Der Tempel, den du siehst, ist von Engelshänden erbaut worden.«

Krystian bekreuzigte sich. Einige andere Reisende sprachen laut ein Gebet und Bartholomäus und Krystian fielen mit ein. Aber er ertappte sich dabei, dass er nicht an den Heiligen dachte. Sein Blick wurde abgelenkt von den schäumenden Wellen. Das Geräusch des Wassers beunruhigte ihn, seltsame Muster und Wasserstrudel bildeten sich neben dem Schiffsrumpf. Wie tief das Meer an dieser Stelle wohl sein mochte?

»Hältst du Ausschau nach den Wassermenschen?«

Krystian zuckte zusammen. Der Sarazene war neben ihn an die Reling getreten. Es war das erste Mal seit ihrer Abfahrt aus Konstantinopel, dass Abdallah ihn ansprach. Vor dem dunkelblauen Meer zeichnete sich sein Profil ab – die leicht gebogene, schmale Nase und das energische Kinn.

»Wassermenschen?«, fragte Krystian spottisch.

»Halb Jungfrau, halb Fisch«, erwiderte Abdallah. »Die Seeleute haben gestern von ihnen erzählt. Sie folgen schon seit einigen Tagen unserem Schiff.«

Krystian schielte zu den Wellen. Mit etwas Vorstellungskraft konnte man sich tatsächlich einbilden, kleine weiße Hände aus Meerschaum zu sehen, die neugierig an der Bordwand herumtasteten.

»Manche dieser Frauen sollen so betörend singen, dass die Männer den Verstand verlieren und über Bord springen«, fügte Abdallah hinzu. »Abends sieht man sie noch auf dem Schiff, morgens sind sie spurlos verschwunden – für immer. Nur ihre Kleidung und ihr Reisegepäck bleiben auf dem Schiff zurück.«

Krystian wurde es wieder unbehaglich zumute. Er sah sich nach Bruder Bartholomäus um, der sich jedoch wieder mit dem Kleriker unterhielt und sich schlendernd ein ganzes Stück von ihm entfernt hatte.

»Warum erzählst du mir das?«, wandte er sich wieder an den Dolmetscher. »Ist das eine weitere Drohung?«

»Habe ich dir gedroht?«, fragte Abdallah erstaunt. »Du bist es doch, der mich ständig so ansieht, als würde er mich gleich erwürgen.«

»Weil ich genau weiß, was du von mir willst. Dir wäre es doch nur recht, wenn nur noch meine Kleidung an Bord wäre. Dann könntest du mein Amulett ohne Weiteres nehmen.«

Abdallah grinste. »So schlimme Gedanken hat ein sanftmütiger Christ, der die Menschen lieben und ihnen vertrauen sollte? Warum verkaufst du mir das Amulett nicht einfach und wirst deine Zweifel und Sorgen los? Mein Angebot gilt noch.«

»Du weißt genau, dass ich es dir nicht verkaufen werde. Bist du etwa deshalb auf die Missionsreise mitgekommen? Um das Amulett in deinen Besitz zu bringen?«

Abdallah zog eine Augenbraue hoch. »Das klingt, als wollte ich es stehlen. Sehe ich aus wie ein Dieb? Oder schlimmer noch: wie jemand, der einen anderen in die Fluten stoßen könnte? So siehst du mich jedenfalls an. Aber du hast ja bestimmt längst gebeichtet, Krystian. Der Himmel wäre dir also sicher, oder nicht?«

Die plötzliche Freundlichkeit verwirrte Krystian nur noch mehr. Er schauderte unwillkürlich. Irgendwo unter dem Umhang des Sarazenen, das wusste er, befand sich ein Messer.

Abdallah lächelte, richtete sich auf und zog die Meerluft ein. »Weißt du, im Grunde glaube ich gar nicht an diese Schauergeschichten von den singenden Meerwesen. Aber in meiner Sprache erzählt man sich von Dschamila, der Meerfrau. Sie war die Tochter des Meerkönigs, doch ein Händler nahm sie gefangen und verschenkte sie als Sklavin an König Schahriman. Schahriman hatte hundert Frauen, aber keine von ihnen hatte bisher ein Kind von ihm zur Welt gebracht. Doch Dschamila bekam einen Sohn und dieser Junge konnte auf dem Land und im Meer leben.«

»Ein Mischwesen?«

»Wenn du so willst.«

Krystian lief eine Gänsehaut über den Rücken. Der Sarazene wusste mehr über das Amulett, als er zugab. Aber was genau? Doch trotz seines Misstrauens hallte die Geschichte der Meerfrau in ihm nach.

»Hatte ... das Kind eine Seele?«, fragte er.

Abdallah wandte ihm das Gesicht zu. In seinen dunklen Augen spiegelte sich das Glitzern des Meeres.

»Warum sollte Dschamilas Sohn keine Seele haben? Er ist Allahs Geschöpf.« Das Glitzern in seinen Augen wurde zu einem spöttischen Funkeln. »Aber wie soll ein Heide wie ich dir eine solche Frage wirklich beantworten können?«

Die Stadt Soldaia im Südosten der Halbinsel grüßte sie mit rötlichen Festungsmauern und weißen Kletterblumen, die sich an den Stein klammerten. Windzerzauste Platanen wuchsen auf rötlichem Fels. Vom Süden her trieb ihnen der herbe Geruch von Tang entgegen. Ehrfurchtsvoll betrachtete Krystian die großen, fast kahlen Felsen, die die Stadt zu ihren Füßen zu beschützen schienen.

Gegen Mittag legte das Schiff am Hafen an. Während Krystian und Gosset sich um das Gepäck kümmerten, eilten Wilhelm, Bartholomäus und Abdallah in die Stadt, um ihre Unterkunft zu finden. Erst gegen Nachmittag kamen sie zurück und verkündeten, dass sie in einem Quartier der bischöflichen Kirche untergebracht werden sollten.

»Ich werde mit dem Bischof sprechen und dann um ein Gespräch bei dem Vertreter des tatarischen Feldherrn ersuchen«, sagte Wilhelm. »Ihr beide, Krystian und Homodei, werdet gleich morgen zum Markt gehen und Wagen und Ochsen mieten.«

Krystian und Abdallah wechselten einen wenig begeisterten Blick.

Die Straßen Soldaias waren belebt. Wie in Konstantinopel gab es hier Märkte, auf denen Händler aus aller Herren Länder ihre Waren anboten. Krystian zuckte mehrmals zusammen, weil er dachte, ein tatarisches Gesicht in der Menge entdeckt zu haben, aber jedes Mal täuschte er sich. Es waren nur Russen, von denen manche jedoch auffallend schmale Augen hatten. Vor einem Haus sah er zwei Männer in Pelzkleidung, die ihr Haar zu einem struppigen Schweif am Hinterkopf zusammengebunden hatten.

»Das sind Goten«, murmelte ihm Bruder Bartholomäus

zu. »Sie hängen einem heidnischen Götzenglauben an. Komm weiter und sieh nicht hin, sie haben den bösen Blick!«

Krystian gehorchte, obwohl ihm beim Anblick der wilden Männer der Schweiß ausgebrochen war und seine Knie zitterten. Für einen Moment hatte er tatsächlich gedacht, einen der Höllenreiter zu sehen.

Als hätte der Anblick der fremdartigen Menschen die Vergangenheit herbeigerufen, kehrten die Höllenreiter in seine Träume zurück. In der Nacht schrak er mehrmals schweißgebadet aus dem Schlaf hoch, überzeugt davon, den Tataren ohne Nase an seinem Bett zu sehen.

»Was ist los mit dir?«, fragte Abdallah, als sie am nächsten Morgen zu dem großen Markt unweit der bischöflichen Kirche eilten.

»Was soll los sein?«, gab Krystian unwillig zurück. An seinem Gürtel spürte er das ungewohnte Gewicht der vielen *Yperpera*-Münzen, die Wilhelm ihm mitgegeben hatte. Nun würde er zeigen können, ob er während der Tage in Palmiros Laden handeln gelernt hatte.

»Nun, seit wir von Bord gegangen sind, machst du den Eindruck, als hätte Psellos Recht gehabt. Du scheinst wirklich besessen und benimmst dich, als sei jemand hinter dir her. Als du vorhin den Russen mit dem Wolfspelz gesehen hast, bist du vor Schreck fast umgefallen.«

»Ach wirklich? Wie wäre es, wenn du nach Packpferden Ausschau hieltest, statt mir auf die Nerven zu fallen?«

»Gut, dann geh du zu deinen Brüdern, den Ochsen«, meinte Abdallah und ließ Krystian einfach stehen.

Krystian widerstand gerade noch der Versuchung, eine

Handvoll Schmutz vom Boden aufzuheben und sie dem Sarazenen hinterherzuschleudern.

Abdallahs helles Gewand leuchtete in der Menge auf und verschwand dann im Schatten eines Hauses. Krystian blieb stehen und sah sich unschlüssig auf dem Markt um. Russen boten Honig und Felle an, außerdem gab es Jagdfalken zu kaufen, die mit Lederkappen über den Köpfen auf lederumwickelten Stangen hockten. Ein Händler aus Indien stellte goldfarbene Teppiche zum Verkauf aus. Krystian schob sich durch das Gewühl und wurde bald fündig. Neben einem Handelshaus standen Ochsen in einer langen Reihe. Sie hatten rotbraunes zottiges Fell und Hörner, die so lang waren wie Krystians Unterarm. Gleich daneben gab es die überdachten Wagen zu mieten, die Wilhelm für den Transport haben wollte. Die Wagenführer warteten im Schatten sitzend auf Kundschaft. Zögernd näherte sich Krystian den Ochsen und betrachtete ein gedrungenes Tier, das ihn unter einem zottigen Fellschopf finster anstarrte. Als Krystian die Hand ausstreckte, senkte es den Kopf unter dem Seil, machte eine flinke Kehrtwende und stieß mit den langen Hörnern nach ihm. Krystian brachte sich mit einem Satz in Sicherheit. Ein Peitschenknall ertönte und der Ochse stolperte erschrocken zurück. Die ganze Reihe kam in Bewegung, die Tiere stießen mit den Bäuchen gegeneinander und stampften auf. Staub erhob sich wie das Mittagsgespenst vom Boden. Der bärtige Händler lachte und zog dem widerspenstigen Tier gleich noch eins mit der Peitsche über.

»*Govorisch li ty po russki?*«, fragte er.

Krystian schüttelte den Kopf. »Polski, Italiano, Deutsch, Hrvatski, Français.«

Der Händler begann zu grinsen und Krystian sah, dass der Mann trotz seiner Grobheit freundliche Augen hatte. »Den Ochsen hier lass stehen«, sagte er in einem Mischmasch aus Polnisch und Russisch, das Krystian überraschend gut verstand. »Der ist bei der letzten Fahrt zu viel geprügelt und deshalb böse geworden. Die vier dahinten sind besser. Du suchst doch ein Gespann?«

»Vier Wagen mit Gespann und zwei Leute.«

»Aha. Eine Reise? Wohin?«

»Zu den Tataren.«

Der Russe sah ihn noch interessierter an und musterte blitzschnell Krystians Erscheinung. Bei dem kleinen Holzkreuz, das an seinem Hals hing, verharrte schließlich sein Blick. Die schwarzen Brauen schossen in die Höhe.

»Gehörst du zu den Gesandten, diesen Franziskanern? Die im Auftrag des Frankenkönigs reisen?«

Krystian stutzte. In einer Handelsstadt blieb offenbar nichts lange verborgen. »Wer sagt das?«, fragte er zögernd.

»Griechische Kaufleute aus Konstantinopel, die vor etwa zwei Wochen hier waren. Sie sagten, dass eine Gesandtschaft kommen würde. Was will euer König von den Tataren?«

»Wir sind keine Gesandten«, erwiderte Krystian. »Sondern Missionare. Niemand schickt uns, wir haben keinen Auftrag.«

»So? Nun, das sag den Tataren besser nicht. Wenn ein kleiner Händler wie ich schon weiß, dass ihr als Gesandte reist, ist diese Neuigkeit längst auch zu den tatarischen Befehlshabern durchgedrungen. Und wenn ihr in Khan Sartachs Lager kommt und etwas anderes erzählt …« Er fuhr sich mit dem Daumen über die Kehle. »Achtet also darauf, immer dieselben Worte zu benutzen, sonst geltet ihr schnell als Lügner.«

»Du ... kennst die Tataren? Hast du sie gesehen?«

Der Händler nickte gewichtig. »Sicher, Junge. Unsere Stadt und die halbe Welt zahlt Tribut an Khan Sartach und seinen Vater Batu Khan, damit sie uns in Ruhe lassen. Vor zwei Jahren bin ich als Wagenführer zu einem der Lager mitgereist. Und ich habe grässliche Dinge mit ansehen müssen. Nehmt euch in Acht!«

Krystian griff unwillkürlich nach seinem Kreuz, doch das glatte Holz hatte diesmal keine beruhigende Wirkung.

»Man sagt aber doch, dass Khan Sartach Christ geworden sei.«

Der Händler spuckte aus und zuckte mit den Schultern. »Von mir aus können ihm auch Engelsflügel gewachsen sein, es ändert jedoch nichts. Diese Barbaren betrachten sich als Herren unserer Welt.« Er beugte sich vor, Krystian schlug sein Atem entgegen, der nach zerkautem Rosmarin und Branntwein roch. »Sie leben in Zelten, die sie für Paläste halten, und trinken Pferdeblut. Ein Mann ist auf die Schwelle des Eingangs getreten, als er eine solche Jurte betrat. Er hat es nicht einmal absichtlich gemacht, sondern ist gestolpert. Und dennoch haben sie ihn dafür getötet.«

Krystian war inzwischen schon so flau im Magen, dass er sich am liebsten an der Hauswand abgestützt hätte.

»Warum haben sie das getan?«, fragte er mit schwacher Stimme. »Hat er sich denn nicht entschuldigt?«

»Natürlich hat er das. Aber es nützte nichts. Auf die Schwelle zu treten heißt, den Gastgeber tödlich zu beleidigen. Also seht euch vor!«

»Das werden wir«, murmelte Krystian. Da war sie wieder: die nackte Angst, die ihn ansprang wie der Mittagsdämon und ihn würgte, bis er nur noch wünschte, zum Hafen zu laufen und das erste Schiff zurück nach Konstantinopel zu nehmen.

»Gibt es sonst noch etwas, das wir nicht tun dürfen?«

Der Russe grinste mitleidig. »Eine Menge! Niemals von rechts aufs Pferd steigen. Niemals vergessen, Gastgeschenke mitzubringen. Immer ein Lied singen können, wenn der Gastgeber einen dazu auffordert. Das kann euer Leben retten.«

Krystian nickte und überlegte, ob er das Schlangenamulett hervorholen sollte, aber dazu hätte er das Geheimfach in seinem Gürtel mitten auf dem Markt preisgeben müssen.

»Hast du auch andere Menschen bei den Tataren gesehen?«, fragte er. »Menschen, die … Schlangen ähnelten?« Der Händler runzelte die Stirn.

»Menschen mit Schuppen?«, setzte Krystian nach. »Oder möglicherweise auch mit einem Schlangenleib. Halb Mensch, halb Schlange.«

Hastig bekreuzigte sich der Mann nach Art der östlichen Kirche. »Gesehen nicht«, erwiderte er geheimnisvoll. »Jedenfalls nicht mit eigenen Augen. Aber man sagt, es gibt Tataren, die sich in Schlangen verwandeln können.«

Krystian schnappte nach Luft. Der Händler nickte bedeutungsvoll.

»Zauberer!«, flüsterte er und bekreuzigte sich wieder. »Sie können deine Seele verschlingen!«

»Wie … erkennt man sie?«

»Keine Ahnung, Junge. Ich habe auch nur davon gehört.

Sie haben schwarze Zelte und tragen Kronen aus Dutzenden von Schlangen. Aber manchmal legen sie diese Krone auch ab, bewegen sich unerkannt unter den anderen und richten Unheil an. Das ist alles, was ich weiß.« Seine Blicke huschten nervös zu Krystians Holzkreuz. »Der Herr möge dich vor ihnen beschützen. Was ist jetzt mit den Wagen?«

Krystian atmete tief durch und wich dem stieren Blick des bösartigen Ochsen aus. »Wie viel willst du dafür haben?«, fragte er mit schwacher Stimme.

Eine halbe Stunde später hatte er nach einer zermürbenden, gleichwohl überraschend erfolgreichen Verhandlung vier Wagen und acht der friedlicheren Ochsen angezahlt, außerdem zwei Russen gefunden, die den Tross als Tierpfleger und Wagenlenker bis zu Sartachs Lager begleiten würden. Das Geld in seiner Hand fühlte sich ungewohnt an. Dennoch umklammerte er die restlichen Münzen so fest, als könnten sie ihn vor allem Bösen beschützen. Zauberer, die sich in Schlangen verwandeln konnten! Unangenehm kribbelte bei diesem Gedanken die Haut auf seinem Arm und seiner Schulter. *Teufelswerk!*, flüsterte Matteos Stimme. *Halte dich fern davon und bete zu Gott!*

Als er den staubigen Markt überquerte, eilig und mit gesenktem Kopf, sein Magen eine einzige geballte Faust, rannte ein Pferd ihn beinahe um. Er konnte gerade noch zurückweichen, bevor die Pferdeschulter ihn streifte. Heller Stoff strich über seine Wange. Pferd und Reiter ragten direkt vor ihm auf, ein bedrohlicher Schattenriss im Gegenlicht. Für den Bruchteil eines Augenblicks bildete Krystian sich ein, einen Pfeil zu sehen, der direkt auf sein Herz gerichtet war.

»He, Bettelmönch! Schau dir an, was ich für eine Handvoll Münzen rausgehandelt habe: fünf Pferde, die uns und unsere dicken Mönche behutsam wie in einer Sänfte über das harte Land tragen werden.«

Das Schreckensbild wehte davon. Abdallah, wer sonst! Er saß ohne Sattel auf einem schmutzigen weißen Pferd. Mühelos hielt er es mit einer Hand an einem provisorischen Zügel aus Seil zurück, obwohl es die Ohren anlegte und unwillig auf der Stelle tänzelte. In der anderen Hand hielt er einen Strick, an dem die übrigen vier Pferde angebunden waren. Ihre Rippen zeichneten sich unter dem stumpfen Fell ab. Krystian hatte alle Mühe, seine Fassung wiederzugewinnen.

»Was soll an dem Handel gut sein?«, gab er zurück. »Sie sind halb verhungert.«

»Natürlich! Deshalb sind sie ja so billig. Aber wenn wir sie unterwegs weiden lassen, haben sie schnell wieder Fleisch auf den Rippen.«

»Frater Wilhelm wird sich bedanken, Geld für solche Mähren auszugeben.«

»Mähren? Du hast von Pferden wirklich keine Ahnung.«

»Aber du wohl schon?«

»Steig auf, dann zeige ich dir, was eine Mähre ist! Nimm den Braunen, der ist sanftmütig.« Abdallah grinste. »Oder traust du dich nicht?«

Krystian schielte mit klopfendem Herzen zu den Tieren, die am Strick zerrten. Keines von ihnen trug einen Sattel. Auf Eseln war er schon oft geritten, aber auf einem Pferd? Er ärgerte sich insgeheim darüber, wie mühelos Abdallah die Tiere im Zaum hielt. Noch mehr ärgerte er sich allerdings über sich selbst. Doch zugeben, dass er nicht reiten konnte? Niemals!

»Habe ich es nötig, dir etwas zu beweisen? Nein, ich gehe zu Fuß«, sagte er würdevoll. »*Per pedes apostolorum* – wie die heiligen Apostel.«

Abdallah sah ihn an, als hätte er gerade verkündet, dass er lieber Staub statt Brot aß, dann zuckte er verächtlich mit den Schultern.

»Die Tataren werden wirklich tief beeindruckt von euch sein«, spottete er. »Aber wie du willst. Wir sehen uns beim Quartier. Und der Mann dahinten, der herumschreit und so aufgeregt mit den Armen wedelt, ist der Pferdehändler. Er wartet noch darauf, dass du ihm die Pferde bezahlst.« Er drückte seinem Reittier die Fersen in den Leib und das Pferd sprang los, als hätte es einen Peitschenhieb erhalten.

Krystian stieß einen empörten Schrei aus und sprang gerade noch rechtzeitig zur Seite. Im nächsten Augenblick fand er sich in einem Wirbel aus Schweifhaaren und Staub wieder. Dann konnte er nur noch zusehen, wie Abdallah mit der Herde am Seil im Galopp über den Markt preschte. Zwei räudige Katzen brachten sich fauchend in Sicherheit, Hunde bellten, die Falken an den Ständen schlugen mit den Flügeln und stießen schrille Schreie aus. Die Marktleute brüllten Abdallah wüste Verwünschungen hinterher und wischten verärgert den aufgewirbelten Staub von ihren Auslagen. Krystian blieb zurück und ballte die Hände zu Fäusten. Versprechen hin, Versprechen her – in diesem Moment hätte er den Sarazenen am liebsten vom Pferd gezerrt und verprügelt.

Die Jagd

Die felsigen Anhöhen leuchteten rosa in der Junisonne; trotz der Morgenkühle versprach der Tag warm zu werden. Die Wagen waren dicht bepackt. Weinflaschen waren in Kisten mit Stroh gelagert und die Beutel mit Zwieback lagen obenauf. Zwei Wagen waren nur für das Bettzeug da, ein weiterer transportierte Messgewänder und wertvolle Bücher. Die Pferde warteten gesattelt neben dem Maulbeerbaum vor dem Quartier. Krystian war an diesem Morgen so nervös, dass ihm alles aus der Hand fiel. Und nun, als er unter dem spöttischen Blick von Abdallah zu dem braunen Pferd trat, wurde seine Laune noch schlechter. Das Tier legte die Ohren an, als er ungeschickt nach dem Sattel griff und mit dem Fuß nach dem Steigbügel hangelte. So, nur auf seinem versehrten Bein stehend, fühlte er sich noch unsicherer. Als das Pferd einen Schritt zur Seite machte, verlor er die Balance und wäre beinahe gestürzt.

»Mach es wie ich, nimm die kleine Trittbank«, riet ihm Frater Wilhelm. Er balancierte bereits auf dem kleinen Bänkchen, das den Weg zum Steigbügel verkürzte. Trotzdem kostete es den massigen Mann große Anstrengung, auf das Reittier zu klettern. Das Pferd ächzte vernehmlich, als der dicke Mönch sich auf seinen Rücken schwang. Abdallah, der längst auf seinem Schimmel saß, warf Krystian einen herausfordernden Blick zu. Krystian griff nach den Zügeln seines Pferdes und hangelte noch einmal nach dem Steigbügel.

Steh!, befahl er dem Pferd in Gedanken, und das Tier stutzte, als hätte es ihn gehört, und sah seinen Reiter zum ersten Mal mit Interesse an. Zu Krystians Überraschung hielt das Tier diesmal wirklich still und er konnte sich endlich hochziehen. In der Angst, auf der anderen Seite kopfüber wieder hinunterzustürzen, klammerte er sich an den Sattel. Viel zu weit unter ihm befand sich der felsige Boden.

»Also los!«, rief Wilhelm den Wagenführern zu.

Bartholomäus schnalzte mit der Zunge und trieb sein Pferd an. Rumpelnd setzte sich der Tross in Bewegung.

Krystians Reittier rührte sich nicht von der Stelle. Vorsichtig drückte er die Unterschenkel an den mageren Bauch des Pferdes. Im nächsten Augenblick rutschte der Boden weg – und eine schaukelnde Welle trug ihn davon. Er ritt! Es fühlte sich völlig anders an als die holprige Reise auf einem Esel. Das hier war fast wie Schweben, mühelos und losgelöst. Mit einem Mal durchströmte ihn ein warmes Gefühl von Stolz. Er dachte an die berittenen Soldaten, die er als Kind so oft bewundert hatte, und musste lächeln. So sah die Welt also aus, wenn man ein Ritter war.

Das Land war von atemberaubender Schönheit. Überall zwischen Felsen und Platanen wuchsen Mohnblumen. Links hinter ihnen erhob sich das hohe Gebirge, das sie schon vom Schiff aus gesehen hatten, rechts erstreckte sich das tiefblaue Meer. Bald führte sie der Weg in steinigeres, felsiges Gebiet, das nur stellenweise in flachere, karg bewachsene Ebenen überging.

Schon bei der ersten Rast taten Krystian die Knochen weh, dennoch beeilte er sich, vom Pferd zu steigen, um den Wagenlenkern beim Versorgen der Ochsen zu helfen.

»Dieser Dolmetscher hat seltsame Talente«, murrte Gosset und sprang schwer wie ein Mehlsack von seinem Reittier. Krystian blickte sich um und sah, dass Abdallah seinem Pferd noch keine Rast gönnte. Im Gegenteil: Er trieb es an, entfernte sich von der Reisegruppe, ließ es in einen schnellen Trab fallen und schließlich in einen Galopp, der ihn über eine schräg ansteigende Anhöhe trug. Im Gegensatz zu den anderen Pferden, die gottergeben vor sich hin trotteten und oft stolperten, hielt Abdallahs Tier den Kopf erhoben. Und jetzt, im Licht der Nachmittagssonne, wirkte der magere Schimmel sogar beinahe schön.

Sie schlugen ihr Nachtlager unter den Wagen auf, doch Krystian konnte nicht einschlafen. Jeder einzelne Knochen schmerzte, die Haut an seinen Knien und Oberschenkeln war aufgescheuert und brannte. Die Geräusche waren fremd, es knackte und raschelte in der Nähe. Frater Wilhelm saß beim Schein einer Kerze neben einem der Wagen und schrieb die Ereignisse der vergangenen Tage nieder. Von seinem Lagerplatz aus konnte Krystian nur den Lichtschein und den zuckenden Schatten der Schreibfeder auf der Plane eines Wagens sehen. Gosset schnarchte von Zeit zu Zeit leise. Die Pferde waren mit langen Seilen an Pflöcken angebunden, um die sie sich wie Schattenzeiger einer Sonnenuhr grasend im Kreis bewegten. Das Rupfen und Kauen beruhigte Krystian etwas, doch einschlafen konnte er dennoch nicht. Alle paar Augenblicke schreckte er hoch und vergewisserte sich, dass Abdallah, der ein ganzes Stück von der Reisegruppe entfernt unter freiem Himmel lagerte, nicht in seiner Nähe war. Doch der Sarazene rührte sich nicht. Den Sattel hatte er sich als Kopfstütze genommen. Krystian konnte nicht erkennen, ob er schlief oder den Himmel betrachtete.

In diesen Tagen empfand Frater Wilhelm die Aufgabe, die ihm der Herr auferlegt hatte, als ganz besonders große Bürde. Demütig wie Hiob wollte er alle Prüfungen ertragen, aber gleichzeitig sehnte er sich mehr denn je von ganzem Herzen nach einem ruhigen Leben in Paris. Die Bekehrung der Ungläubigen erforderte viel zu unbequeme Sättel und schmerzende Knochen. Die Reisegesellschaft war schweigsam geworden. Mehrfach waren sie auf Behausungen von Russen gestoßen und sogar auf eine winzige Siedlung, in der Goten lebten. Zumindest hatten sie die gebirgige Wegstrecke inzwischen hinter sich gelassen und kamen in eine Gegend mit schönen Wäldern und flacheren Ebenen. Es gab genug Gras für die Tiere und an Quellen und Bächen konnten sie Wasser schöpfen.

»So grausam die Menschen sind, die über diese Provinz herrschen«, murmelte Wilhelm, »ein schönes Land ist es trotz alledem.«

Krystian, der neben ihm ritt, nickte nur düster. Das war seit drei Tagen beinahe die einzige Regung, die er im Gespräch zeigte.

»Hast du deine Zunge verloren, Junge? Gut, dass sich unser Herr im Himmel nicht auf so wortkarge Missionare wie dich verlassen muss. Man könnte meinen, du hältst es mit den Ochsen: stumpfsinnig vor sich hin starren. Zeige uns doch wenigstens ein Lächeln! Oder hast du etwa Angst?

In einem solchen Land können keine wirklich bösen Seelen wohnen, meinst du nicht?«

Im Licht der tief stehenden Sonne fielen die Schatten unter Krystians Augen nur noch mehr auf. Er schlief anscheinend nicht nur schlecht, sondern so gut wie gar nicht. Mit jedem Schritt in Richtung des Tatarenlagers wurde er nervöser, inzwischen fuhr er bei jedem Geräusch zusammen und steckte sein Reittier mit seiner Aufregung an. Und seine Gebete – nun, sie klangen nicht so innig, wie sie hätten klingen müssen. Wilhelm seufzte. Immerhin hielt er sein Versprechen. Sorgfältig hielt er Abstand von dem Dolmetscher, was ohnehin nicht schwer war, da dieser Sarazene stets vorausritt, als gälte es, ein neues Land zu erobern. Auch jetzt trabte er weit vor ihnen über die Kuppe und verschwand wieder einmal aus Wilhelms Blickfeld.

»Wenn ihr Menschenfresser als gute Seelen bezeichnen wollt …«, murmelte Krystian plötzlich.

Wilhelm zog überrascht die Brauen hoch und lachte. »Sieh an! Unser junger Freund hat seine Sprache wiedergefunden!«, rief er Gosset zu.

Der rothaarige Kleriker grinste.

»Menschenfresser?«, fragte Bartholomäus und trieb sein Pferd eifrig näher heran. »Wo?«

Krystian nickte. »Kumanen.«

»Was du nicht sagst«, meinte Wilhelm. Irrte er sich oder sah er ein verräterisches Funkeln in den Augen des Polen? Machte Krystian sich etwa insgeheim über sie lustig? »Also, erzähl schon!«, forderte er ihn auf. »Wer hat wen gefressen? Die Tataren die Kumanen oder umgekehrt?«

Krystian lehnte sich im Sattel zurück. »Die Kumanen

herrschten bis zur äußersten Grenze der Provinz. Doch als die Tataren in ihr Gebiet einfielen, flohen sie in großer Zahl bis zum Meer. Und da ihnen nichts geblieben war und es so viele von ihnen waren, sagt man, fingen sie an, sich gegenseitig aufzufressen.«

»Wie grauenvoll!«, rief Bartholomäus fasziniert aus und bekreuzigte sich.

»Die Lebenden verzehrten die Sterbenden – das haben zumindest unsere Wagenlenker mir erzählt«, schloss Krystian den Bericht. Er nickte einem der beiden Russen zu und der ältere der Männer – ein bärtiger Kerl mit Pockennarben im Gesicht – nickte ernst zurück und nuschelte etwas.

»Da hört ihr es«, sagte Krystian. »Der beste Freund seines Großvaters hat es mit eigenen Augen gesehen!«

Wilhelm holte tief Luft und nahm sich vor, den Wagenlenker genauer zu befragen. »Was erzählt er noch? Haben diese Kumanen auch …«

»Heee!« Abdallahs Ruf hallte über die Ebene zu ihnen herüber. Wilhelm erstarrte im Sattel. Neben ihm zügelte Krystian sein Pferd, auch Gosset und Bartholomäus brachten ihre Reittiere zum Stehen. Abdallah kam in gestrecktem Galopp auf sie zu. Wilhelm fürchtete schon, er würde sie umrennen, doch kurz vor der Reisegruppe stemmte sein Schimmel die Vorderbeine in den Boden und kam schlitternd auf dem feuchten Gras zum Stehen.

»Reiter!«, rief Abdallah. »Sie sind bewaffnet!«

»Was?«, rief Bartholomäus. »Wo denn?«

»Seid still!«, zischte Gosset. »Hört ihr das?«

Jetzt nahmen sie es alle wahr: Stampfen und Gebrüll, das immer lauter wurde. Krystians Pferd wurde unruhig.

»Ruhig bleiben!«, befahl Wilhelm. Dennoch hämmerte sein Herz längst im Takt der Hufschläge, die nun immer lauter wurden.

»Sie greifen uns doch nicht etwa an, oder?« Bartholomäus' Stimme überschlug sich vor Aufregung.

»Unsinn! Wir kommen in friedlicher Absicht.« Wilhelm versuchte, diesen Worten einen beruhigenden Klang zu geben, doch so ganz wollte ihm das nicht gelingen. »Sie werden uns nichts tun, wir haben ein Empfehlungsschreiben aus Soldaia und mir wurde versichert ...«

Am Horizont erschien die Silhouette eines Reiters. Es sah aus, als hätte er eine Lanze erhoben. Sein goldbraunes Gewand flatterte. In vollem Galopp preschte er direkt auf sie zu!

»Der ... der ... Höllenreiter«, keuchte Krystian.

Bartholomäus stieß einen Schreckensschrei aus, die Pferde scheuten. Die Ochsen zerrten an den Riemen. Wilhelms Pferd begann nervös zu trappeln und wich in einem Halbkreis zurück.

»Ruhig bleiben!«, schrie Wilhelm. »Bleibt in der Nähe der Wagen und ...« Jedes weitere Wort blieb ihm im Hals stecken, als er die anderen Reiter sah. Mit grässlichem Gebrüll brach die Horde in gestrecktem Galopp über die Kuppe. Klingen blitzten im Sonnenlicht. Das war selbst für Wilhelm zu viel. »Hinter die Wagen!«

»Flieht!«, rief Gosset. »Sie wollen uns umbringen!«

Krystians weit aufgerissene Augen loderten wie hell glühende Kreise. Sein Gesicht war so verzerrt, dass Wilhelm für einen Moment glaubte, einen Fremden zu sehen. Er stammelte etwas, das Wilhelm in dem immer lauter werdenden

Stampfen nicht verstand, dann machte Krystians Pferd einen Satz, warf sich herum – und preschte los.

Heiß schoss das Entsetzen durch Krystians Adern. Schicht um Schicht löste sich die Sicherheit der Glaubenssätze und guten Worte, Jahr für Jahr fiel ab und flatterte davon, und zurück blieb nur sein elendes, nacktes Leben auf Messers Schneide. Alle Bilder verschwammen zu einer Sturzflut aus Farben und Eindrücken, aus der ein Höllenreiter auftauchte. Krakau brannte und der Höllenreiter ohne Nase preschte hinter ihm her, um das Werk des Tötens endlich zu vollenden.

Schmerzhaft schnitt die Mähne in Krystians verkrampfte Finger. Instinktiv hatte er sich in die Steigbügel gestellt, die nun unangenehm in seine Sohlen drückten, und hielt sich mehr schlecht als recht auf dem Pferderücken. Er hörte noch Abdallah, der seinen Namen rief, doch hätte er lieber tausend Jahre in der Hölle geschmort, als sich jetzt freiwillig umzublicken. Stattdessen trieb er sein Pferd an, und der braune Wallach legte die Ohren an, schnaubte und schoss davon.

Und da war ein weiteres Schnauben, links hinter ihm. Schon konnte er das Stampfen der Hufe bedrohlich nahe hören. Er schrie auf, als sich auf der linken Seite etwas in sein Blickfeld schob – die Nase eines hellbraunen Pferdes. Eine Mähne flatterte, kräftige, schmale Hände hielten die Zügel. Verzweifelt brüllte Krystian auf Polnisch einen Befehl und trieb sein Pferd an, doch der Höllenreiter ließ sich nicht abhängen. Schon ritten sie auf gleicher Höhe. Seide flatterte knatternd im Wind. Krystian erahnte den Schatten einer

Lanze und duckte sich. Gleich würde der Reiter zustechen und ihn vom Pferd stoßen. Gerne hätte er den linken Arm gehoben, um sein Gesicht zu schützen, doch er wagte nicht, die Mähne loszulassen. Beide Pferde keuchten in einem seltsamen Gleichklang. Verzweifelt blickte er nach links. Gerade noch rechtzeitig, um zu sehen, wie der Tatar seinen Arm hob. In Erwartung einer Lanzenspitze, die ihn gleich durchbohren würde, biss Krystian die Zähne zusammen, doch dann erkannte er, dass der Reiter sich nur mit einer unwirschen Handbewegung etwas vom Kopf riss und fortschleuderte. Das, was er für eine Lanze gehalten hatte, war eine lange Schmuckfeder auf einer röhrenförmigen, steifen Kopfbedeckung. Nun flog sie davon und schwarzes, zerzaustes Haar, halb geflochten, halb offen, tanzte auf flatternder goldfarbener Seide. Der Reiter war unbewaffnet! Er warf einen gehetzten Blick auf Krystian. Für einen unwirklichen Moment sahen sie sich direkt in die Augen, während ihre Pferde in halsbrecherischem Galopp Kopf an Kopf vorwärtsstürmten.

Krystian sah ein ebenmäßiges Gesicht mit hohen Wangenknochen und zusammengepressten Lippen. Dieser Tatarenreiter war eine junge Frau! Sie musterte ihn ebenso entsetzt wie er sie. Eine steile Falte zeichnete sich zwischen ihren Augenbrauen ab.

Rufe wurden lauter. Die Tatarin sah über die Schulter und stieß einen Schrei aus. Ihr schwarzes Haar flatterte über die Stirn, und Krystian erkannte, dass sie ebenso viel Angst hatte wie er. Die Reiter waren gar nicht hinter ihm her, sondern hinter ihr! Verzweifelt biss sie die Zähne zusammen und drosch mit dem Zügelriemen auf Schultern und Kruppe ihres Pferdes ein. Ihr Reittier legte die Ohren an und streckte sich, es überholte Krystian mit solcher Geschwindigkeit, dass er sich einige Sekunden später in einem Hagel aufgeworfener Erdklumpen und Grasbüschel wiederfand. Im selben Moment stürmten die Steppenreiter an ihm vorbei. Ihr raues Gebrüll machte Krystian beinahe taub. Die Reiter schwangen zusammengerollte Seile, der Geruch nach Schaffett, Pferdeschweiß und etwas Säuerlichem wie von verdorbener Milch umfing ihn.

Neben sich sah Krystian ein schmales Gesicht mit spitzem Kinn auftauchen und spürte, wie sein Pferd einen Satz machte, als der Reiter ihm im Vorbeipreschen eins mit dem Lederriemen überzog. Krystian verlor den Halt. In einer einzigen flammenden Schrecksekunde spürte er, wie er zur Seite rutschte, dann katapultierte ihn ein steinharter Schwung des Pferderückens aus dem Sattel. Ein Steigbügel streifte seinen Ellenbogen. Dann sah er den Boden heranrasen. Der Schlag traf ihn so hart, dass ihm für einige Sekunden die Welt entglitt.

Als er das nächste Mal den Geruch von Gras und sonnenwarmem Stein wahrnahm, war er allein auf weitem Feld. Eine Spur aus aufgeworfener Erde zeigte, wohin die Horde geritten war. Sie hatten ihn verschont! Aber seine Schulter schmerzte höllisch und seine Kleidung war völlig durchgeweicht. Er hatte Glück gehabt und war in einer Schlammpfütze mitten im nassen Gras gelandet. Nur einige Schritte weiter, und er wäre auf härterem Grund aufgeschlagen.

Stöhnend setzte er sich auf. In der Ferne vernahm er Stampfen und Gebrüll, das rasch leiser wurde. Benommen blieb er sitzen und starrte zum Horizont, während das Blut in seinen Ohren rauschte und seine Hände so sehr zitterten, dass er sie zu Fäusten ballte.

Jemand pustete ihm einen heißen Atemstoß in den Nacken. Krystian fuhr erschrocken herum und blickte in die dunklen Augen von Abdallahs Schimmel.

»Allah sei Dank, du lebst noch!«, rief der Sarazene und sprang vom Pferderücken. »Für einen Moment dachte ich, du seist tot. Hast du Schmerzen? Kannst du deine Arme und Beine bewegen?«

Das war eine gute Frage, denn das Brennen und Pochen der Prellungen löschte gegenwärtig so ziemlich jede Wahrnehmung für einzelne Gliedmaßen aus. Krystian versuchte auf die Beine zu kommen. Es schien zu gehen. Abdallah sprang herbei und half ihm, die Balance zu finden, und Krystian ließ zu, dass der andere ihn stützte. Erst als er wirklich sicher stand, ließ der Sarazene ihn wieder los und trat einen Schritt zurück.

»Zumindest die Knochen scheinen heil zu sein. Aber die Sprache ist dir wohl beim Sturz verloren gegangen.«

Krystian schluckte schwer. Er schämte sich unendlich. Was für ein Feigling war er gewesen, einfach kopflos davonzustürmen! »Nein«, krächzte er, obwohl ihm die Luft wegblieb und ihm schwindelig wurde. »Es ist … alles in Ordnung.«

Einen Augenblick glaubte er, auf Abdallahs Gesicht ein erleichtertes Lächeln aufleuchten zu sehen. Und irgendetwas in ihm wollte das Lächeln erwidern. Doch als Abdallah sah, dass Krystian laufen konnte, verwandelte er sich vom besorgten Weggefährten sofort wieder in den hochmütigen Sarazenen.

»Du hättest dir das Genick brechen können«, meinte er tadelnd. »Aber dafür, dass du ungefähr so gut reiten kannst wie ein Ochse auf zwei Beinen tanzen, bist du sehr gut darin, vor Gefahren wegzulaufen.«

Krystian spürte, wie der Schmerz einer glühenden Wut wich.

»Tapferkeit ziert euch Mönche wohl nicht gerade«, fuhr Abdallah spöttisch fort. »Bruder Bartholomäus ist vor Schreck ebenfalls vom Pferd gefallen und sogar der große Gosset ...« Weiter kam er nicht, denn Krystian war mit einem Satz bei ihm und packte ihn grob am Kragen. Der Dolmetscher war zu überrascht, um sich zu wehren.

»Der Erste, der vor ihnen geflohen ist, warst immer noch du!«, schrie Krystian ihn an. »Noch ein hämisches Wort von dir und ich schwöre, du wirst bereuen, jemals in meine Nähe gekommen zu sein.«

Verblüfft blickte Abdallah auf Krystians geballte Faust. Dieser Blick brachte Krystian schlagartig zur Vernunft. Röte schoss ihm ins Gesicht. Die Scham über sein gottloses Verhalten brannte noch schlimmer als der Schmerz. Schwer atmend senkte er die Faust wieder und ließ Abdallah los.

»Entschuldige. Ich ... weiß nicht, warum ich dich schlagen wollte. Es widerspricht den Geboten unseres Herrn im Himmel.«

Der Sarazene sah ihn düster an und trat einen Schritt zurück. Sorgfältig strich er sich das Gewand glatt. Krystian war nicht stolz darauf zu sehen, dass eine Naht an der Schulter gerissen war.

»Das«, sagte Abdallah leise, »versuchst du kein zweites Mal, wenn du deine Hand behalten willst.«

Wütend drehte er sich auf dem Absatz um und zog sich mit einem geübten Schwung wieder auf den Rücken seines Schimmels. Krystian war sicher, dass Abdallah ihn zurücklassen würde, mitten in der Einöde, ohne Pferd und ohne Orientierung. Doch nun überraschte der Dolmetscher ihn.

»Wir müssen zurück zu den anderen«, meinte er so sachlich, als wäre nichts vorgefallen. »Einige der Tataren sind bei Bruder Wilhelm und den anderen. Sie warten auf uns.«

Es dauerte eine Weile, bis die Bedeutung dieser Worte in Krystians Bewusstsein einsickerte. »Wir sind tatsächlich bei den Tataren angekommen?«

»Allerdings. Ihr Lager ist in der Nähe.«

»Und ... was ist mit der Reiterhorde, die die Frau verfolgt hat?«

Abdallah zuckte mit den Schultern. »Vielleicht ist sie eine Sklavin. Oder sie hat ein Pferd gestohlen.«

Krystian blickte über die Ebene. Die wilde Jagd war längst hinter einer Gruppe von Bäumen verschwunden.

»Wo ist mein Pferd?«

»Bei den Reitern. Wenn die Frau eine Pferdediebin ist, hat sie sich nicht lumpen lassen. Aber wahrscheinlich ist es einfach nur mitgerannt und wir werden es morgen irgendwo wiederfinden. Los, wir müssen uns beeilen. Frater Wilhelm wartet. Er wird sich freuen, dass du noch lebst.«

»Reite voraus, ich folge dir.«

Abdallah schnalzte tadelnd mit der Zunge. »›Beeilen‹ bedeutet nicht, dass ich zuschaue, wie ein Verletzter zum Lager zurückhumpelt.«

Fassungslos starrte Krystian die Hand an, die ihm Abdallah nun entgegenstreckte.

»Was ist jetzt?«, blaffte ihn Abdallah an. »Mutig genug, mir mit der Faust zu drohen, aber zu feige, meine Hand zu nehmen?«

Krystian biss die Zähne zusammen und trat neben den Schimmel. Abdallah überließ ihm den linken Steigbügel. Krystian verschmähte Abdallahs Hand, aber er konnte nicht verhindern, dass der Sarazene ihn am Ärmel packte. Dann saß er schon hinter dem Sattel auf dem Pferderücken.

»Also dann«, murmelte Abdallah, als müsste er sich selbst Mut machen. »Auf zu den Tataren und den Pferden des Himmels. Halt dich fest!«

Der Schimmel preschte so schnell los, dass Krystian nichts anderes übrig blieb, als sich an Abdallahs Schultern festzuhalten. Es war ein seltsames Gefühl, dem Menschen, den er vor wenigen Augenblicken am liebsten verprügelt hätte, so nahe zu sein.

Von Weitem schon sah Krystian die Gruppe von Reitern. Es waren vier mit Bögen bewaffnete Männer. Sie trugen Stiefel und Hosen, darüber mit Seidentüchern gegürtete Mäntel, die ihnen fast bis zu den Knien gingen. Das schwarze Haar war rasiert, ähnlich wie eine Mönchstonsur, nur war der kahle Fleck, der die Kopfhaut zum Vorschein brachte, nicht rund, sondern viereckig. Ein dichtes Büschel Stirnhaar fiel den Männern bis über die Augenbrauen und hinter den Ohren hatten sie das lange Haar zu Zöpfen geflochten und hochgeknotet.

Ihre Pferde – fahlbraune, knochige Mähren mit struppigen Mähnen – standen in der Nähe und nutzten die Pause, um zu grasen. Zügel schleiften lose über den Boden. Die

Sättel – steile Bögen aus lederbespanntem Holz – ragten weit über den Widerrist der Tiere hinaus.

Die Männer interessierten sich hauptsächlich für Gossets rotes Haar, das bei ihnen Belustigung hervorrief. Ungeniert langten sie aber auch in die Kisten, zogen Zwiebackbeutel hervor und betrachteten neugierig die Weinflaschen, während Bruder Wilhelm und Bruder Bartholomäus händeringend versuchten, sie davon abzuhalten.

»Sag ihnen, dass das unser Reiseproviant ist!«, rief Wilhelm Abdallah zu. »Sie dürfen uns nichts stehlen!«

Krystian ließ sich vorsichtig vom Pferderücken auf den Boden gleiten. Seine Knie zitterten, die Nähe der Reiter war beängstigend. Abdallah stieg ebenfalls ab. Schmale Augen musterten die Neuankömmlinge aufmerksam. Krystian sah breite, bräunliche Gesichter und hohe Wangenknochen. Die Angst pochte in seinem Magen. Hilfe suchend griff er nach seinem Holzkreuz. Seltsamerweise zögerte auch Abdallah, zu den Männern zu gehen. Fahrig strich er sich das schwarze Haar aus der Stirn und leckte sich nervös über die Lippen.

»*Sain bainuu*«, sagte er erstaunlich zaghaft und trat endlich einen Schritt vor. Die Männer blickten ihn stirnrunzelnd an und fuhren dann ungerührt damit fort, die Wagen zu untersuchen. Einer zog den Ärmel eines prächtig bestickten Messgewandes hervor und rief den anderen etwas zu. Sie brachen in raues Gelächter aus, das Krystian die Knie noch weicher werden ließ. Wie wenig menschlich sich diese Stimmen anhörten! Abdallah rührte sich nicht, bis Wilhelm ihn am Ärmel packte und direkt zu dem Anführer zerrte.

Er benimmt sich nicht wie ein Dolmetscher, dachte Krystian. *Er hat genauso viel Angst wie wir!*

Frater Wilhelm zückte eilig den Empfehlungsbrief aus Soldaia. Ein kompliziertes, stockendes Gespräch begann. Abdallah schwitzte und stotterte, doch schließlich gelang es ihm, sich verständlich zu machen. Krystian entging nicht, wie Gosset und Bartholomäus einen zweifelnden Blick tauschten, als sie hörten, wie der Dolmetscher sich mehrmals verhaspelte.

»Wir sollen ihnen ins Lager folgen«, sagte Abdallah schließlich. »Ihr oberster Befehlshaber heißt Scatatai, wir müssen ihm unser Anliegen vorbringen.«

Scatatais Lager

Nach einer holprigen Reise in Begleitung der Reiter erreichten sie eine grasbewachsene Talsenke und erblickten direkt an einem Wasserlauf eine ganze Stadt. Nur, dass anstelle von Häusern dort flache Zelte standen, die wie kreisrunde helle Steine wirkten. Die Zelte waren weiß, bunt bestickte Türmatten hoben sich als Farbtupfer von ihnen ab. Alle Eingänge zeigten in dieselbe Richtung – nach Süden. Aber ein schwarzes Zelt konnte Krystian nirgendwo entdecken. Hieß das, in diesem Lager gab es keine Schlangenmenschen?

Schaf- und Rinderherden weideten nicht weit von der Zeltstadt. Der Geruch nach Dung, Rauch und Fett erfüllte die Luft und vermischte sich mit dem Duft von frischem Gras. Kamele warteten mit Fußfesseln gebunden neben den Wagen. Staubbraune Stuten hielten sich in der Nähe ihrer Fohlen auf, die vor den Zelten angebunden waren.

Krystian saß zusammengekauert auf dem Wagen. Ihm war, als würde er durch ein Fenster in eine andere Welt blicken. Seit der ersten Begegnung mit den Tataren dröhnte ihm der Kopf, als würde ein Bienenschwarm zwischen seinen Ohren sitzen, ansonsten fühlte er sich wie betäubt. Nicht einmal die Prellungen spürte er mehr. Als einige Kinder aus dem Lager herbeisprangen, um die Gäste zu beäugen, entdeckte er keinerlei Ähnlichkeit mit den Kindern, die ihm bisher in Dörfern und Städten begegnet waren. Diese hier hatten alle schmale Augen, flache Gesichter und schwarzes Haar und wirkten in ihren Mänteln wie zu klein geratene Krieger. Krystian hätte sie nicht auseinanderhalten können, so ähnlich sahen sie auf den ersten Blick aus. Das einzige Gesicht, das ihm menschlich erschienen war, gehörte dem geflohenen Mädchen. Krystian sah sich verstohlen um, doch er entdeckte es nirgends. Im Stillen hoffte er, dass es ihm gelungen war, den Reitern zu entkommen. War es wirklich eine Sklavin, die ihrem Herrn davongelaufen war?

»Diese Barbaren hier sind unberechenbar«, murmelte ihm der russische Wagenlenker zu und brachte die Ochsen mit einem kräftigen Ruck am Strick zum Stehen. »Und noch schlimmer als räuberische Raben. Glauben, dass ihnen die ganze Welt gehört.« Verächtlich spuckte er aus.

Schon hatten sich weitere Leute um den Wagen geschart und musterten neugierig das Reisegepäck. Die Frauen trugen fein gewebte, knielange Überkleider, die an der rechten Schulter geschnürt waren, dazu Hosen und Stiefel wie die Männer. Eine Mutter hob ihr Kind hoch, damit es Krystian betrachten konnte. Krystian schauderte beim Anblick ihres Gesichts: nicht nur, dass ihre Nase in dem platten Gesicht verstörend klein wirkte, sie hatte sich diese Stelle und auch die Brauen zusätzlich mit Ruß geschwärzt, sodass es nun aussah, als hätte ihr jemand die Nase ganz abgeschnitten.

Wilhelm und Bartholomäus stiegen umständlich von den Pferden und blickten sich nervös um. »Du und Gosset, ihr bleibt bei den Wagen«, befahl Wilhelm mit heiserer Stimme. »Passt auf, dass nichts gestohlen wird.«

Krystian nickte wie betäubt. Gosset stellte sich mit verschränkten Armen neben den anderen Wagen, eine Geste, die bei seiner Körpergröße sogar den vorlautesten Kindern imponierte. Einer der Krieger fuchtelte vor Abdallah herum und der Dolmetscher nickte, obwohl er nicht so aussah, als hätte er auch nur einen Satz des Wortschwalls verstanden. Erst als der Krieger auf einen Wagen deutete, begriff auch Krystian, dass es vermutlich um Geschenke ging. Es entspann sich eine heftige Diskussion. Die Tataren waren offenbar der Meinung, ihrem Herrn gebührten als Geschenk wertvolle Stoffe. Doch Wilhelm weigerte sich strikt, die Messgewänder herauszugeben, und machte sich stattdessen mit etwas Obst, einem Beutel Zwieback und einer Flasche Muskatellerwein auf den Weg. Die Kinder lachten darüber, dass er barfuß ging, streckten die Bäuche vor und imitierten seinen schwerfälligen Gang. Besorgt blickte Krystian Wilhelm und Bartholomäus nach.

»Finger weg!«, rief Gosset und verscheuchte ein Kind, das neugierig an einem Beutel zupfte. Der Junge – er mochte sieben oder acht Jahre alt sein – begann zu schimpfen und wutentbrannt aufzustampfen. Schließlich hob der kleine Teufel eine Handvoll Erde auf und schleuderte sie auf den Wagen. Dann stolzierte er zu einem Pferd und kletterte flink wie ein Affe auf dessen knochigen Rücken. Krystian konnte nur noch staunend zusehen, wie das Kind das Pferd zu einem halsbrecherischen Galopp antrieb und zwischen den Zelten verschwand.

Wilhelm und die anderen kehrten erst bei Anbruch der Dämmerung wieder zurück. Krystian wusste schon nicht mehr, wie oft er die Kinder vom Wagen vertrieben hatte.

Die Prellungen schmerzten inzwischen höllisch und er war todmüde. Wilhelm und seine Begleiter sahen nicht minder erschöpft aus. Abdallah war noch blasser als zuvor. Wilhelm dagegen war knallrot im Gesicht. Bartholomäus schien froh darüber, wieder bei den Wagen zu sein. Nervös zurrte er einige gelockerte Schnüre fest und vergewisserte sich, dass die Messgewänder noch da waren.

»Was für schreckliche Menschen«, flüsterte er Krystian zu. »Wir mussten widerliche, sauer gewordene Pferdemilch trinken.« Er verzog das Gesicht und schüttelte sich.

»Und was sagt der Befehlshaber?«, flüsterte Krystian zurück. »Dürfen wir nun missionieren und zu Sartach weiterreisen?«

Bartholomäus zuckte mit den Schultern, seine Mundwinkel sackten noch tiefer nach unten. »Scatatai hat unsere Geschenke angenommen. Aber du hättest ihn sehen sollen, Krystian! Er saß auf einer Art Podest und hielt eine Zither in der Hand. Neben ihm kauerte die hässlichste Frau, die ich je gesehen habe. Frater Wilhelm überreichte ihm das Schreiben des Kaisers von Konstantinopel und erklärte ihm, dass der allerchristlichste König Ludwig dem Khan Sartach Ratschläge schicken wolle, wie er das Wohl der ganzen Christenheit fördern könne. Aber Scatatai war nicht im Geringsten beeindruckt. Stattdessen wollte er wissen, ob es in unserem Land viele Schafe und gutes Weideland gebe.« Bartholomäus seufzte und blickte sich nervös nach einigen Kriegern um, die ihr Gespräch misstrauisch beobachteten.

»Frater Wilhelm hat ihnen unser Glaubensbekenntnis erklärt, aber Scatatai schwieg nur. Vielleicht hat er uns nur nicht richtig verstanden. Unter uns gesagt – dieser Dolmetscher ... nun, er stotterte viel. Und ich habe nicht den Eindruck, dass er gut übersetzt.«

Krystian schielte zu Abdallah hinüber. Schweiß stand ihm auf der Stirn, während er sich mithilfe seiner Hände mit den Wachen verständigte. Krystian hörte Brocken von Russisch heraus, die die Männer offenbar verstanden, bei Abdallahs tatarischen Sätzen runzelten sie jedoch immer wieder die Stirn. Dennoch kamen sie zu einer Einigung.

»Wir bekommen eine eigene Jurte«, verkündete Abdallah gleich darauf. »Wir sollen den Männern hier folgen.«

»Nun, dann lass uns hoffen, dass die Meute uns wenigstens in Frieden schlafen lässt«, murmelte Bruder Bartholomäus.

Rumpelnd setzte sich der Tross in Bewegung. Der Weg führte quer durch das Lager, an Jurten vorbei, die offenbar nur von Frauen mit ihren Kindern und Dienerinnen bewohnt wurden. Hier standen die meisten Stuten. Milch wurde in hölzernen Behältern mit einem Stößel geschlagen, bis sie schäumte. Stellten sie Butter her?

Geschrei ließ Krystian zusammenzucken. Johlend ritt ein Trupp Krieger in das Lager ein. Sein Herz setzte eine Sekunde lang aus, als er sein Pferd erkannte. An einem Strick, mit baumelnden Steigbügeln, stolperte der braune Wallach erschöpft hinter der Horde her, die nun siegessicher vor einer Jurte zum Stehen kam. Der Anblick, der sich Krystian bot, erschütterte ihn zutiefst. Sein Gebet war nicht erhört worden. Sie hatten die Sklavin gefangen. Laub hing in ihrem zerzausten Haar, und als sie den Kopf hob, erkannte Krystian, dass auf ihrem Jochbein ein hässlicher Bluterguss prangte. Krystian ballte unwillkürlich die Hände zu Fäusten.

Die junge Frau wurde grob vom Pferd gezerrt. Sie wehrte sich, doch die Krieger waren stärker als sie. Eine Greisin, nicht größer als ein zwölfjähriges Mädchen, kam aus einer Jurte und begann zu schimpfen. Sie hob den Stock, auf den sie sich bisher gestützt hatte, und holte damit aus. Krystian dachte erst, dass sie die Gefangene schlagen würde, aber ihre Hiebe prasselten auf die lachenden Krieger ein, die das Mädchen sofort losließen. Nur einer von ihnen lachte nicht. Im Gegensatz zu den anderen hatte er ein schmales Gesicht und ein spitzes Kinn, was ihm etwas Fuchsähnliches verlieh. Krystian erkannte in ihm den Reiter, der seinem Pferd eins mit dem Riemen übergezogen hatte. Für einen Moment begegnete sein Blick dem von Krystian. Grünbraune Augen funkelten ihn feindselig an.

»Barbar!«, zischte Krystian und ballte die Fäuste.

Der Krieger ließ ein triumphierendes Grinsen sehen, rief Krystian etwas zu, das die anderen Männer ungemein erheiterte, und bellte dann einen Befehl. Die Gruppe ging zu den Pferden zurück. Immer noch lauthals schimpfend, führte die alte Frau die Gefangene ins Zelt.

»Krystian! Komm endlich!« Wilhelms Hand legte sich schwer auf seine Schulter und versuchte ihn fortzuziehen.

»Erst hole ich mir mein Pferd zurück«, erwiderte Krystian. Der Griff um seine Schulter wurde fester und nachdrücklicher.

»Lass das Pferd, darum kümmern wir uns morgen. Los, komm!«

Widerwillig gehorchte Krystian. Die Gefangene war hinter der bestickten Zeltklappe verschwunden, die Schaulustigen zerstreuten sich.

Krystian folgte Wilhelm zu einer Jurte ganz am äußersten Rand des Lagers. Offenbar hatten die Besitzer sie gerade erst geräumt, denn das Gras war niedergetreten und aus dem kragenartigen Schornstein, der aus der Spitze des flachen Dachkegels aus Filz ragte, stiegen die letzten Rauchreste von einer Feuerstelle auf. Es stank nach Hund, feuchter Wolle und altem Hammelfett.

»Nun, selbst die schäbigste Herberge in Paris wäre mir lieber«, murmelte Wilhelm. »Aber bis Scatatai den Empfehlungsbrief des Kaisers von Konstantinopel übersetzt und gelesen hat, bleibt uns wohl nichts anderes übrig, als wie die Heiden zu leben.«

Die Nächte waren nicht einmal das Schlimmste, auch wenn Krystian ohnehin kaum Schlaf fand, während er zusammengekauert neben Gosset ausharrte, den Gürtel mit dem Geheimfach fest um den Leib geschlungen. Zumindest schlief Abdallah außerhalb der Jurte bei den Ochsentreibern auf den Wagen. Scatatai ließ sich mit der Antwort Zeit.

Von Tag zu Tag wurde das Leben im Lager befremdlicher. Je länger Krystian die Menschen hier betrachtete, desto barbarischer erschienen sie ihm. Sosehr er auch Ausschau hielt, einen Hinweis auf Schlangen fand er nicht, auch kein Amulett, das dem seinen glich. Die Stickereien an den Zeltklappen zeigten nur Pferde, Blumen oder Adler. Allmählich verstand er das eine oder andere Wort: *Eke* – das bedeutete offenbar Mutter. Und *Ayrag* – das war die Stutenmilch, die die Frauen in den Holzgefäßen aufschlugen. Die Butter ließen sie im Gefäß, die Flüssigkeit schöpften sie ab und ließen sie dann in Ziegenledersäcken gären.

Seinen braunen Wallach sah Krystian nicht wieder, und als er Abdallah danach fragen ließ, bekam er zu hören, der fuchsgesichtige Krieger sei nicht bereit, ihn zurückzugeben. Schließlich habe er das Reittier auf freiem Feld gefunden, deshalb gehöre es ihm. Wilhelm versuchte sich bei Scatatais Leuten darüber zu beschweren, doch ihm wurde lediglich gesagt, dass es sich hier nicht gehöre, sich in den Streit zwischen zwei Männern einzumischen.

Immerhin ließ Scatatai die Reisegruppe mit saurer Kuhmilch und etwas Ziegenfleisch versorgen. Tagsüber harrten sie neben der Jurte aus, um auf die Wagen aufzupassen, während Wilhelm an seinem Reisebericht für den König schrieb. Abdallah dagegen verschwand häufig und tauchte erst Stunden später wieder auf. Krystian beobachtete, wie der Sarazene sich in der Nähe der grasenden Tiere aufhielt und mit finsterer Miene die Pferde betrachtete, als wollte er jeden Schwung ihrer Beine und jede Fellschattierung auswendig lernen. Doch was er da sah, schien ihm gar nicht zu gefallen.

Immer noch standen die Kinder mit Vorliebe in der Nähe der Wagen herum, deuteten auf die Mönche und lachten. Gerne ahmten sie auch die Zeremonien und Andachten nach, die Frater Wilhelm vor den Wagen abhielt. Ungeschickt machten sie das Kreuzzeichen nach, imitierten die plumpen Bewegungen des dicken Bruder Bartholomäus, wenn er sich ächzend zum Gebet auf die Knie niederließ, lauschten aber mit echter Begeisterung den Kirchenliedern,

die die Mönche anstimmten. Ab und zu klatschten sie sogar anerkennend in die Hände. Gosset faszinierte sie am meisten, sie folgten dem Kleriker auf Schritt und Tritt und zupften ihn immer wieder hinterrücks am Nackenhaar, obwohl er dann empört nach ihren Händen schlug. Nicht minder beeindruckt waren sie von Krystians hellgrauen Augen. Nun, es war zumindest eine Abwechslung, nicht deshalb angestarrt zu werden, weil man *Serpente* hieß oder hinkte. Stattdessen zeigten sie ständig auf seine Augen und riefen: *»Irves! Irves!«*

Was Krystian jedoch am meisten beschäftigte, war der Verbleib der Gefangenen. Es dauerte mehrere Tage, bis er sich etwas weiter ins Lager wagte und die Jurte der alten Frau suchte. Fast eine Stunde lang streifte er in der Nähe herum und trat schließlich zu den Fohlen, die neben der Jurte angebunden waren. Verstohlen pirschte er sich an die Tiere heran. Eine Stute kam neugierig näher und er streckte die Hand aus und berührte die weiche Nase. Erst als die Fohlen die Köpfe hoben und die Ohren spitzten, bemerkte Krystian die alte Frau, die soeben aus der Jurte getreten war. Mit einer Art ledernem Melkbeutel ging sie auf ihren Stock gestützt zu der ersten Stute und band sie neben ihrem Fohlen an. Geschickt drängte sie das saugende Fohlen vom Euter der Stute weg und molk das Muttertier. Krystian schielte zur Jurte, doch das Mädchen war nirgends zu entdecken. Hielt man es in der Jurte gefangen – so wie Menschenfresser-Marek seine Kreaturen einsperrte?

Leise wich Krystian nach hinten zurück und stieß gegen einen runden Pferdebauch. Das Gefühl, neben einem ruhigen Pferd zu stehen, war angenehm und gab ihm eine gewisse Sicherheit. Er legte eine Hand auf den staubigen Pferdehals und wartete.

Die alte Frau summte eine Melodie, die wie ein eintöniges Wiegenlied klang. Schließlich nahm sie den Melkbeutel und ging zum nächsten Tier. Da entdeckte sie Krystian. Verwundert zog sie die Augenbrauen hoch.

»Entschuldigung«, murmelte Krystian hastig und wollte sich schon zurückziehen, als die Alte ihn freudestrahlend anlächelte.

»Irves!«, rief sie schrill aus und gebot ihm mit eifrigem Fuchteln ihres Stocks, näher zu treten. *»Tavtai moril nuu!«* Die Stute, die wohl dachte, die Frau wollte ihr eins mit dem Stock überziehen, machte einen erschrockenen Schritt zur Seite. Bewegung kam in die Pferde, Krystian musste aufpassen, dass ihm keines auf den Fuß trat.

Der Ruf hatte jemanden in der Jurte alarmiert, es rumpelte, dann wurde die bestickte Filzmatte am Eingang zurückgeklappt und das Gesicht einer anderen, jüngeren Frau erschien. Auch sie begann zu strahlen, als sie Krystian sah.

Das wurde jetzt doch zu unheimlich. Krystian wollte machen, dass er davonkam, doch die Greisin war schneller. Erstaunlich flink schlüpfte sie unter den Hälsen ihrer Stuten hindurch, eilte zu ihm und hakte sich kurzerhand bei ihm unter. Schwer drückte ihr Gewicht auf seinen Unterarm. Ihren Stock musste sie einfach weggeworfen haben. Krystian saß in der Falle: An Rückzug war nicht mehr zu denken. Wenn er nicht wollte, dass die Greisin hinfiel, blieb ihm nichts anderes übrig, als sie zur Jurte zurückzubringen und sie dabei zu stützen. Vorsichtig machte er sich auf den Weg. So klein sie auch war, an seinem Arm hing ein ganz schönes Gewicht und er musste sich bemühen, die Balance zu halten. Wahrscheinlich wäre es einfacher gewesen, die Greisin zu tragen. Endlich waren sie an der Schwelle zum fremden

Reich angelangt. Die Alte drückte der anderen Frau ihren Melksack in die Hand und wies sie wohl an, die Stuten fertig zu melken. »*Tusalsand bayarlalaa*«, wandte sie sich dann mit einem verschmitzten Lächeln und einem Dankesnicken an Krystian. Zu seiner Verblüffung ließ sie seinen Arm los und schritt leichtfüßig und sicher über die Schwelle. Die andere Frau brach in schallendes Gelächter aus und Krystian wurde klar, dass er überlistet worden war. Sie hatte ihn zu der Jurte lotsen wollen und das war ihr mit dem Trick bestens gelungen.

Die Alte grinste ihn triumphierend an und forderte ihn mit einem energischen Winken auf, ihr endlich zu folgen und einzutreten. Krystian blickte neugierig in das schummrige Halbdunkel der Jurte. Es roch verlockend nach gekochtem Lammfleisch. Er dachte an das Mädchen, nahm seinen ganzen Mut zusammen und machte einen großen Schritt über die Schwelle.

Diese Jurte war um ein Vielfaches behaglicher als die Unterkunft, in der die Missionsgruppe nachts vor sich hin fror. In einem Topf brodelte ein Hammeleintopf, heiße Steine lagen in der Glut. Neben der Feuerstelle flößte ein kleines Mädchen einem Lamm mit einem ausgehöhlten Ochsenhorn, das an der Spitze durchbohrt war, Milch ein. Es war so in diese Arbeit vertieft, dass es nur kurz aufblickte, als Krystian eintrat. Zwei faule, sandgelbe Hunde dösten in der Nähe. Doch die Gefangene war nirgends zu sehen. Dafür entdeckte er seltsame heidnische Püppchen aus buntem Filz, die über einer Art Hausaltar am hölzernen Gitter der Jurtenwand angebracht waren. Eine der Puppen hatte sogar ein Kuheuter!

Neben dem Eingang hing ein Ledersack mit gegorener Stutenmilch, aus dem die alte Tatarin nun mit einer Kelle etwas Flüssigkeit schöpfte und in eine Holzschale füllte.

»Nein danke!« Krystian hob abwehrend die Hände hoch. Doch die Alte drückte ihm die Schale ungeduldig in die Hand. Ihre Miene, die plötzlich ernst geworden war, zeigte ihm, dass es eine schlimme Beleidigung wäre, die Milch nicht anzunehmen.

Zweifelnd betrachtete er die weißliche Flüssigkeit. Aber es half nichts. Wenn die Tataren schon jeden töteten, der auf die Schwelle trat, würden sie mit Gästen, die ihre Milch nicht trinken wollten, bestimmt nicht nachsichtiger sein. Langsam setzte er die Schale an die Lippen, nippte an dem Gebräu und verzog das Gesicht. Es schmeckte säuerlich und prickelte auf seiner Zunge. Das Aroma von nassem Pferdefell fing sich in seiner Nase. Kein Wunder, dass es Bartholomäus vor Ekel geschüttelt hatte!

Die Tatarin lächelte zufrieden und nahm die Schale wieder an sich. Sie tauchte ihren Zeige- und Mittelfinger in die Milch und schnippte einige Tropfen in Richtung Tür, dann nach Osten, nach Westen und nach Norden. Schließlich goss sie noch eine winzige Menge davon auf die Erde, bevor sie die Schale nun selbst leer trank. Offenbar war es ein Begrüßungsritual, eine Schale *Ayrag* zu teilen. Die Alte begann zu plaudern, als würde er jedes Wort verstehen, und schob ihn zum Feuer. Dann nickte sie ihm aufmunternd zu, als sie sah, dass er ihre Geste nachmachte und sich auf den Knien vor dem Feuer niederließ. Nach einem weiteren zahnlosen Redeschwall verstummte sie und sah ihn erwartungsvoll an. Bestimmt wollte sie seinen Namen erfahren.

Er räusperte sich. »Ich heiße Krystian. Und … danke für die Milch.«

Zwischen den Falten blitzten ihre schlauen Augen amüsiert auf.

»Khojin«, antwortete sie und deutete auf sich selbst. Sie zeigte auf das kleine Mädchen. *»Ebegei.«* Dann versuchte sie Krystians Namen auszusprechen, was ihr nicht gelingen wollte. Schließlich mussten sie und das Mädchen so sehr lachen, dass auch Krystian mit einfiel. Das Lachen hatte etwas Befreiendes. Zum ersten Mal seit seiner Abfahrt aus Konstantinopel spürte er die Spannung aus seinen Schultern weichen. Mitten unter den Höllenreitern hatte er gastfreundliche Menschen gefunden!

»Irves!«, bestimmte die Greisin kurzerhand und begann, gekochtes Hammelfleisch mit Fleischbrühe in eine große Schüssel zu schaufeln. Krystian begriff, dass *Irves* nun sein tatarischer Name war.

Die Gastfreundschaft verlangte offenbar, dass sie aus derselben Schüssel aßen, also hangelte er mit den Fingern nach einem fettigen Hammelstück. Nach den kargen Zwiebackrationen und Trockenfrüchten schmeckte es besser als ein Festessen am Weihnachtstag. Die Alte nickte vor sich hin und schmatzte. *»Id!«*, forderte sie ihn immer wieder auf und schob ihm die besten Stücke zu.

»Und das andere Mädchen?«, fragte er nach einer Weile. »Größer als sie.« Er deutete auf Ebegei. »Mit langen Haaren.« Er machte eine Geste, als würde er sich kämmen. »Sie ist …«, er blickte sich suchend um und entdeckte einen Sattel mit Zaumzeug, der an der Ostseite der Jurte am Holzgitter aufgehängt war, »… geritten! Schnell geritten.

Und dann ...«, er kreuzte die Handgelenke, »wurde sie gefesselt.«

»Ah«, seufzte die Alte bekümmert und nickte. *»Alan.«*

»Sie heißt Alan?«

Ein weiteres Nicken und ein erklärender Wortschwall folgten, dann seufzte die Alte wieder schwer und hob die Schultern, eine so ratlose, traurige Geste, dass Krystian zum ersten Mal, seit er das Lager betreten hatte, das Gefühl hatte, einem vertrauten Menschen gegenüberzusitzen und keiner heidnischen Tatarin. *»Ter soliotoi chuuchen«*, sagte sie bedauernd. *»Gechdee Ochir tuunig avaad yavna.«*

So wie sie das sagte, hörte es sich nicht gut an.

»War sie eine Sklavin? Gehört sie dem Mann mit den grünen Augen? Dem Tatar, der sie gejagt und gefesselt hat?«

»Tatar?«, fragte die Frau erstaunt. Dann runzelte sie die Stirn und schüttelte empört den Kopf. *»Mongol!«*, sagte sie laut und klopfte sich stolz an die Brust.

»Alan ist also eine Mongolenfrau?«, fragte er. »Keine Tatarin?«

Ein unwilliges Schnalzen war die Antwort. *»Ebegei, Khojin, Scatatai, Sartach: Mongol! Mongol!«*

Krystian verstand. Dieses Volk bezeichnete sich selbst also gar nicht als tatarisch, sondern als mongolisch. Hatten Wilhelm und der König falsche Informationen?

»Alan«, erklärte die Alte geduldig weiter, während sie mit den Händen eine Geste machte, die »halb und halb« bedeuten mochte: *»Chyatadin erliz.«*

Der Name eines anderen Stammes vielleicht? Dabei hatte die Gefangene ganz und gar tatarisch ausgesehen. Oder mongolisch, wie er nun wusste.

Während Khojin neues Holz ins Feuer legte und eine zweite Schüssel *Ayrag* holte, entdeckte Krystian in der Jurte weitere erstaunliche Dinge: aus Ruten gefertigte und mit Filz bezogene Kisten, in denen der Hausrat verstaut war. Dazu ein Musikinstrument, das an eine Laute erinnerte, nur dass der Klangkörper viereckig war und das Instrument nur zwei Saiten aus Bündeln von Pferdehaaren hatte. Das obere Ende des Instruments zierte ein kunstvoll geschnitzter Pferdekopf.

»*Morin Khour*«, erklärte seine Gastgeberin.

»*Morin* – wie das Pferd?« Sie nickte wieder. Krystian wagte sich nun weiter vor und imitierte mit seiner Hand die Schlängelbewegungen und den Kopf einer zustoßenden Viper.

»Und was bedeutet Schlange?«, fragte er leise.

Das Mädchen hörte auf, sich mit dem Lamm zu beschäftigen, und starrte ihn an. Erstaunlich wachsam sah auch die Alte ihn an. Die Hunde, die sich bisher mehr für das Hammelfleisch als für den Gast interessiert hatten, bemerkten den Stimmungswechsel und hoben die Köpfe. Doch dann beschloss Khojin wohl, dass er nur ein unwissender Fremder war, und lächelte wieder.

»*Mogoi*«, sagte sie gleichgültig.

Es war schon Abend, als Krystian seinen Weg durch das Lager suchte. Leicht fiel es ihm nicht, sich zu orientieren, denn auf Khojins Drängen hin hatte er noch einige Schalen der gegorenen Pferdemilch getrunken, und das prickelnde Getränk war ihm zu Kopf gestiegen wie Wein. Außerdem hatte er noch mindestens zehn christliche Lieder vorsingen müssen, was die Alte mit begeistertem Klatschen belohnt hatte. Sein Kopf schwirrte vor neuen Worten. »*Yamaa* – Ziege«, wiederholte er murmelnd. »*Nochoi* – Hund, *Choni* – Schaf, *Chonini aris* – Schaffell, *Ger* – Jurte.« Die beiden wichtigsten Wörter von allen waren jedoch *Mogoi* und *Alan*. Im Augenblick fühlte er sich, als hätte er eine neue Welt erobert. Zwar hatte er noch nicht gewagt, das Schlangenmedaillon vorzuzeigen, aber die Lösung des Rätsels war in greifbare Nähe gerückt.

Aus manchen Jurten, an denen er vorbeiging, tönte Gelächter. Im Dunkeln hoben Pferde die Köpfe und blickten ihn an, Hunde bellten. Und da waren zwei Stimmen, die offenbar hitzig diskutierten. Eine davon kannte Krystian nur zu gut. Vorsichtig spähte er an einem Karren vorbei, an dem ein Dutzend Pferde angebunden waren.

Im Feuerschein, der aus einer offenen Jurte drang, standen Abdallah und ein älterer Mann. Abdallah schüttelte unwillig den Kopf und fuhr mit der Hand am Vorderbein eines hellbraunen Pferdes hinunter, als wollte er Sehnen und Muskeln prüfen. Der Mann schimpfte währenddessen weiter. Krystian hatte nicht den Eindruck, dass auch nur die Hälfte der Worte bei Abdallah ankam. Seine barsche Antwort klang abgehackt, Krystian hörte das schlecht artikulierte Wort für »Pferd« heraus. Der Mann zuckte mit den Schultern. »*Paizgui bol tschamd yamar ch mori uguchgui*«, meinte er und wandte sich offensichtlich beleidigt von Abdallah ab. Schimpfend verschwand er in der Jurte. Die Zeltklappe schloss sich, zurück blieb Abdallahs Schatten bei den Pferden. Der Sarazene seufzte und murmelte dem Pferd einige sanfte Worte zu. Krystian konnte erkennen, dass er dem Tier über den Hals strich. Das Pferd spitzte vertrauensvoll die Ohren. Krystian war irritierter denn je bei diesem Anblick. Die Arroganz, die Abdallah im Umgang mit Menschen an den Tag legte, unterschied sich so sehr von der sanften Art, wie er mit Tieren umging. Mancher andere hätte seine Wut sicher an dem Tier ausgelassen. Doch Abdallah behandelte es mit mehr Respekt als seinen Besitzer.

»He! Abdallah!«, rief Krystian herausfordernd und trat aus dem Schatten. Noch immer war ihm leicht schwindlig vom *Ayrag*. »Suchst du ein neues Pferd?«

Der Sarazene zog die Hand zurück, als sei er ertappt worden. »He, Krystian! Findest du endlich den Weg zurück? Der Mönch Wilhelm macht sich schon Sorgen um dich. Und Gosset sucht dich im ganzen Lager.« Er wandte sich von dem Pferd ab und ließ Krystian einfach stehen.

Krystian zögerte kurz, dann lief er Abdallah hinterher. So leicht würde der Dolmetscher ihn nicht abhängen! Der *Ayrag* hatte ihm die Zunge gelöst, und hier, zwischen den nachtstillen Jurten, fühlte er sich plötzlich, als könnte ihm niemand auf der Welt etwas anhaben. »Du wolltest etwas über die Pferde wissen – warum interessierst du dich für sie?«

»Was geht dich das an?«, gab Abdallah schlecht gelaunt zurück.

»Eine Menge. Denn dass du offenbar ganz eigene Gründe dafür hast, mit uns zu reisen, liegt klar auf der Hand. Wozu brauchst du ein Pferd?«

Abdallah blickte ihn misstrauisch von der Seite an. »Du bist ja betrunken. Du stinkst nach Milchwein!«

»Und wenn schon. Ich habe dich etwas gefragt. Du kennst

dich mit Pferden aus. Warst du Stallknecht, bevor du Dolmetscher wurdest?«

Abdallah gähnte betont gelangweilt und streckte sich im Gehen. »Du willst eine Geschichte hören?«, fragte er ruhig. »Dann erzähle ich dir eine: Einst nahm Allah eine Handvoll Südwind. Er erschuf daraus ein Pferd und hauchte ihm seinen Atem ein. Und er sagte zu dem Tier: ›Ich schenke dir die Fähigkeit, ohne Flügel zu fliegen. Du sollst siegen ohne Schwert. Ich erhebe dich über die Lasttiere. Dein Meister soll dein Freund sein.‹«

»Das ist eine schöne Geschichte, aber sie beantwortet nicht meine Frage. Woher weißt du so viel? Was suchst du hier in der Wildnis? Du hast den Mann nach seinen Pferden gefragt. Willst du eines davon kaufen?«

»Sehe ich so aus, als ob ich ein hässliches Pferd brauche?« Abdallahs Stimme klang scharf.

»Mir sagtest du einmal, es gibt keine schlechten Pferde, nur schlechte Reiter«, bohrte Krystian weiter. »Was suchst du bei den Barbaren? Prächtige Paraderosse? Belügst du uns deshalb?«

Der Sarazene wirbelte herum und Krystian fiel Abdallahs Messer wieder ein. Das ernüchterte ihn auf der Stelle. Dann traf ihn ein Stoß vor die Brust und er stolperte einen Schritt zurück. »Misch dich nicht in meine Angelegenheiten, Milchgesicht«, sagte Abdallah. »Lass mich in Ruhe, dann wirst du auch vor mir Ruhe haben, verstanden?«

»Hast du so viel zu verbergen, dass du nicht einmal eine einfache Frage beantworten kannst?«, spottete Krystian. »Oder bist du nur zu feige dazu? Oh, du musst große Angst haben, Abdallah. Sehr große Angst!«

Abdallah atmete scharf ein und blieb stehen. Spannung lag in der Luft, doch zu Krystians Überraschung trat der Dolmetscher einen Schritt zurück und verschränkte die Arme.

»Es gibt auch andere Pferde in der Steppe«, sagte er. »Ich habe gehört, sie seien groß, rabenschwarz und so schnell, dass kein anderes Streitross ihnen gleichkommt. Manche sagen, diese Pferde tragen ihre Reiter in den Himmel.«

Krystian lachte. »Leichtgläubiger Heide«, spottete er. »Glaubst du alles, was man dir erzählt? Ich habe die ›Streitrosse‹, wie du sie nennst, gesehen, damals in Krakau, als die Steppenreiter die Stadt dem Erdboden gleichmachten. Aber die Pferde, an die ich mich erinnere, sahen nicht anders aus als diese hier. Klein, struppig und dürr. Wenn du nur wegen der Pferde diese Reise angetreten hast, bist du dümmer, als ich dachte.«

»Du betrunkener Heuchler nennst mich dumm und willst mir etwas über tatarische Pferde erzählen?«, zischte Abdallah.

»Mongolische Pferde«, schleuderte Krystian ihm entgegen. »Die Leute hier bezeichnen sich selbst nicht als Tataren. Ein Dolmetscher sollte das wissen. Es sei denn … er war noch nie zuvor bei den Mongolen. Und ich würde jeden Eid schwören, dass du noch nie in diesem Land warst. Ich war heute Gast in einer Jurte und kenne schon ebenso viele Wörter wie du.«

Nun, das war schamlos übertrieben, aber er fühlte sich im Recht.

»So?«, sagte Abdallah gefährlich leise. »Na, umso besser. Dann werden deine Mönche ja froh sein, wenn du an meiner Stelle als Dolmetscher auftrittst.«

»Das könnte gut passieren«, erwiderte Krystian.

Abdallah überrumpelte ihn ein zweites Mal, indem er Krystian mit einem nachlässigen Tritt gegen die Kniekehlen zu Fall brachte. Es tat nicht einmal weh. In nüchternem Zustand hätte Krystian sich mühelos abfangen können, nun aber fand er sich zu seinem Ärger auf dem Boden sitzend wieder. Die *Gers* drehten sich um ihn herum, so schwindlig war ihm. Plötzlich lagen Abdallahs Finger um seine Kehle, doch der Sarazene drückte nicht zu.

»Hör mir gut zu!«, knurrte ihm Abdallah direkt ins Ohr. »Niemand hat mich danach gefragt, ob ich vorher schon einmal in der Steppe war oder nicht. Und ich habe es auch niemals behauptet. Ich sagte, ich wäre auf Reisen gewesen, das ist die Wahrheit. Und im Übrigen ...«, sein Tonfall wurde noch schärfer, »kann ich dich auch nicht leiden, Schweinefresser, also lass mich in Ruhe!«

Die Finger verschwanden, als Krystian mit der Faust nach seinem Gegner schlug. »Und ich brauche deine Antworten ebenfalls nicht, Abdallah!«, schrie er und kam wieder auf die Beine. »Ich werde selbst herausfinden, warum du dich so sehr für mein Amulett interessierst. Die alte Frau, die ich in ihrem *Ger* besucht habe, wird mir sicher mehr zu den Schlangenmenschen sagen können, als ich jemals aus dir herausprügeln könnte.«

Abdallah richtete sich auf, seine Silhouette zeichnete sich vor einem entfernten Feuerschein ab. »Du hast ihr das Amulett doch nicht etwa gezeigt, du leichtsinniger Idiot?« Er packte Krystian heftig an den Schultern. »Hast du es ihr gezeigt?«

»Noch nicht, aber warum ...«

»Weil es ein Unglückszeichen ist, das uns alle das Leben kosten kann«, fauchte Abdallah.

»Und deshalb willst du es so dringend haben?« Krystian machte sich mit einem heftigen Ruck los und trat zurück. Abdallah atmete hörbar durch, als müsse er sich ungemein beherrschen.

»Tu, was du willst, du Narr, aber hör wenigstens auf meinen Rat: Zeig es niemandem. Niemandem, verstanden?«

»Krystian!« Das war Gossets Stimme. Der Kleriker erschien hinter einem *Ger* und stürzte auf ihn zu. »Dem Herrn sei Dank! Wir machen uns schon seit Stunden Sorgen! Wo bist du gewesen?«

Abdallah war nur noch ein Schatten zwischen den *Gers*, der sich rasch entfernte.

»Wer bist du?«, rief Krystian ihm nach. »Ein Verbrecher? Ein Dieb? Hat deine Familie dich fortgejagt?«

In Wilhelms Jurte brannte ein schwächliches Feuer. Bartholomäus schlief bereits, während Krystian sich noch leise mit Wilhelm und Gosset unterhielt.

»Mongolen«, flüsterte Wilhelm. »Soso, das ist wirklich interessant und nützlich. Ich werde es gleich morgen in meinen Reisebericht schreiben. Und denke daran, wenn du das nächste Mal in der Jurte zu Gast bist: Wir haben zwar nicht die Erlaubnis zum Missionieren, aber niemand kann dir verbieten, etwas über deinen eigenen Glauben zu erzählen. Außerdem werde ich dir einige Fragen aufschreiben, deren Antworten für den König wertvoll wären. Und jetzt lasst uns dem Herrn danken, dass er uns diese glückliche Fügung geschickt hat.«

Krystian faltete nur zögernd die Hände und lauschte mit gesenktem Kopf dem gemurmelten Gotteslob. Doch seine Gedanken waren nicht bei dem Gott, mit dem er seit seinem Abschied von den Brüdern haderte. Stattdessen wiederholte er in Gedanken die mongolischen Wörter – und den Namen Alan.

Krystian bewegte sich zwischen zwei Welten. Er feierte mit den Brüdern das Pfingstfest und beobachtete dabei aus den Augenwinkeln die Mongolen, die ihrerseits die prächtigen Messgewänder bewunderten. Abdallah und er gingen sich aus dem Weg. Zwischen den Gebeten und christlichen Riten, die Krystian als vertraut und tröstlich empfand, nahm er sich eine Leinentasche aus dem Reisebeutel von Eudokia und ging so bald wie möglich mit diesem Gastgeschenk zu Khojins Jurte. Die Tasche wurde mit Begeisterung angenommen. Immer wieder fragte er nach Alan, aber Khojin zuckte nur mit den Schultern.

Bald schon hatte er gelernt, wie man sich einer Jurte standesgemäß nähern musste. Eine grobe Unhöflichkeit war es, an die Jurtentür zu klopfen. Wenn ein Gast sich anmeldete, musste er laut rufen: »*Nochoi chori!*«, was so viel bedeutete wie: »Haltet den Hund zurück!« Dabei spielte es keine Rolle, ob der Besitzer der Jurte einen Hund besaß oder nicht. Verboten war es auch, die Füße zum Feuer zu strecken oder *Ayrag* abzulehnen. Die Puppen, so lernte er, waren die Hüterinnen des *Gers* oder Ahnengeister, die man ehren musste. Eine sah sogar Khojin ein wenig ähnlich und die alte Frau bezeichnete sie als ihre Schwester.

Auch über Khojin selbst erfuhr er einiges. Der Krieger mit dem Fuchsgesicht, der ihm das Pferd gestohlen hatte, war mit ihr verwandt. Wie die Verwandtschaft aussah, konnte sie ihm nicht genau beschreiben, ohnehin war es schwierig, die Beziehungen zu benennen, denn die heidnischen Mongolen fanden nichts dabei, mehrere Frauen zu haben und noch einige Sklavinnen dazu. Es gab jede Menge Halbgeschwister. Manchmal heiratete der Sohn sogar die Nebenfrauen seines verstorbenen Vaters und machte die Sache damit noch komplizierter. Ein heilloses Durcheinander und ganz und gar nicht christlich. Die Verwandtschaftsbeziehung des Grünäugigen zu Khojin musste jedenfalls eine weitläufige sein, aber immerhin nannte Khojin Krystian den Namen des Mannes: *Ochir*. Als Krystian ihr erzählte, dass ihr Verwandter sein Pferd mitgenommen hatte, lachte sie und hob die Schultern, als wollte sie sagen: »Was fällst du auch aus dem Sattel?«

Als Gegengabe für seine Geschenke erhielt er von Khojin Lebensmittel, die er zu den Brüdern brachte. Das Blatt, auf dem Wilhelm seine Fragen notiert hatte, trug Krystian stets bei sich. *»Wie viele Mongolen gibt es insgesamt?«*, lautete eine der Fragen. *»Wie viele Regimenter und Soldaten?«* eine andere.

»Hast du etwas herausgefunden?«, fragte der Mönch ihn jeden Tag ungeduldiger.

Doch Krystian dachte nicht daran, zum Spion für die christliche Sache zu werden. Auf die Rückseite der Liste hatte er stattdessen seine eigene Frage aufgezeichnet.

Seine Hand zitterte, als er die Zeichnung einige Tage nach dem Pfingstfest Khojin zeigte. Er hatte sich alle Mühe gegeben, mit einem verkohlten Holzspan den Schlangenmenschen zu skizzieren.

»Kennst du solche Wesen?«, fragte er.

Mit klopfendem Herzen wartete er, während Khojin die Zeichnung entgegennahm. Ihre Reaktion übertraf alle seine Erwartungen.

Die Greisin riss die Augen auf und stieß einen schrillen Schrei aus. Die Hunde sprangen auf. Füße trappelten in der Nähe. Schon wurde die Türmatte aufgeklappt und eine Dienerin spähte alarmiert in den Raum. Andere Leute erschienen hinter ihr. Krystians Herz schlug bis zum Hals. Erschrocken blickte er auf Khojins Hände. Sie waren leer! Im Feuer wand sich die Zeichnung, wurde schwarz und zerfiel. Krystian wusste inzwischen, dass das Feuer heilig war und kein Mongole es duldete, dass irgendetwas aus Scherz oder Langeweile hineingeworfen wurde. Khojin hatte sich schnell wieder gefangen, obwohl sie auf einmal totenbleich war. Energisch scheuchte sie die Neugierigen weg, die Krystian misstrauische Blicke zuwarfen. Als sie beide wieder allein waren, ergriff die Greisin Krystians Hand.

»Dschingis chaani beleg«, sagte sie. *»Muu yor!«*

Ein Khan namens Dschingis? Von ihm hatte Wilhelm noch nie gesprochen. Krystian schluckte und kratzte seine mongolischen Vokabeln zusammen.

»Wer ist das?«, fragte er. »Die Schlange?«

Heftig nickte sie und erklärte etwas. Mit den Fingern fuhr sie in der Luft den Umriss eines schmalen Rechtecks nach. Sie kannte also die Form des Amuletts! *»Paiza«*, sagte sie. Das Wort kannte er – der Mann mit den Pferden hatte

es zu Abdallah gesagt. Krystian wurde es mit einem Mal ganz heiß. Das Amulett hatte also tatsächlich irgendetwas mit Pferden zu tun. Und Abdallah kannte die Verbindung.

Krystian biss sich auf die Unterlippe und überlegte, ob er es wagen sollte, Khojin den Anhänger zu zeigen, als sie plötzlich zu fluchen begann. Ihre Augen glommen vor Zorn.

»Die Schlange«, sagte sie verächtlich, griff nach ihrem Stock und drosch damit auf den Boden ein, als würde sie ein solches Tier töten. Ihr Mund war vor Verachtung verzerrt.

»Woher?«, wollte sie dann von Krystian wissen. »Wo gefunden?«

Krystian schluckte und schüttelte langsam den Kopf.

»Nur gehört«, sagte er leise. Das Blut hämmerte wild in seinen Schläfen, nicht nur weil er eben gelogen hatte. Der Schlangenmensch war tatsächlich ein Unglückszeichen und dazu noch eines, das so verhasst war, dass Khojin die Schlange am liebsten töten würde! Fröstelnd verschränkte er die Arme und legte die linke Hand schützend über sein Schlangenmal, das zum Glück unter dem Ärmel verborgen war. Er hoffte, Khojin würde seine Angst nicht bemerken. Musste er sich denn überall auf der Welt verstecken? Abdallah hatte also die Wahrheit gesagt, als er Krystian gewarnt hatte.

Zwölf Tage nach Pfingsten ließ Scatatai über einen Boten die Erlaubnis übermitteln, auf mongolischem Herrschaftsgebiet weiterzureiten und zu Sartachs Lager zu reisen. Gosset begann bei dieser Nachricht über das ganze sonnenverbrannte Gesicht zu strahlen. Sein rotes Haar fiel ihm inzwischen in wirren Wellen bis über die Ohren und seine Lippen waren von der Sonne aufgesprungen.

»Freust du dich nicht auch, Krystian?«, rief er. »Ich schlafe lieber vier Wochen auf nackter Erde als noch eine einzige Nacht in diesem Lager! Und der christliche Befehlshaber Sartach wird uns sicher freundlicher empfangen.«

Krystian schwieg. Wie sollte er Gosset, der die Mongolen als Barbaren sah, auch erklären, dass er selten so freundlich empfangen worden war wie in Khojins *Ger*?

Achte auf die Abschiede, kamen ihm Eudokias Worte wieder in den Sinn. Während die anderen bereits das Bettzeug aus dem *Ger* schleppten und auf den Wagen verstauten, nahm er die Winterstiefel, die ihm Eudokia für die Reise geschenkt hatte, und ging zu Khojin. Sicher würde sie sich über pelzgefütterte Stiefel freuen.

»*Nochoi chori!*«, rief er und trat über die Schwelle. Die beiden Hunde begannen mit dem Schwanz zu wedeln, gähnten und liefen ihm entgegen. Die alte Frau ließ das Stück Pferdeleder, das sie eben mit Fett geschmeidig gerieben hatte, einfach fallen und klatschte vor Freude in die Hände. Er setzte sich zu ihr, nahm den *Ayrag* entgegen, der längst nicht mehr so widerwärtig schmeckte wie noch beim ersten Schluck, und nutzte die letzte Stunde in diesem *Ger*, um sich jede Farbnuance, jeden Lichtschimmer, jeden Duft einzuprägen. Schließlich erklärte er Khojin mithilfe von Handzeichen und den wenigen Worten, die er bisher beherrschte, dass sie zu Sartach Khan weiterreisen würden, und übergab ihr die Stiefel. Khojin wurde ernst. Ächzend erhob sie sich und auch er stand auf.

»*Badarchin*«, sagte sie leise – ein Wort, das er noch nicht kannte –, dann streckte sie ihre dürren Arme nach ihm aus und umfasste sein Gesicht behutsam mit den knochigen Händen. Sanft zog sie ihn zu sich herunter, bis ihre Gesichter auf einer Höhe waren. Der Geruch von Schaffett und zerriebenen Kräutern stieg ihm in die Nase. Khojin beugte sich vor und küsste ihn auf die Wange. Erst nach einigen Sekunden ließ sie ihn wieder los und tippte ihm mit einem verschmitzten Lächeln auf die andere Wange. Die Worte waren ihm noch fremd, aber er verstand trotzdem, was sie sagte: »Und wenn du wiederkommst, küsse ich dich auf die andere Wange.«

Niedergeschlagen ging er durch das Lager zurück, vorbei an den Frauen, die *Ayrag* herstellten und sich längst nicht mehr erstaunt nach dem Fremden umsahen. Am Rande des Lagers brach gerade eine Gruppe von Männern zur Jagd auf. Einer trug einen Jagdfalken auf dem Arm. Als sie im Galopp lospreschten, sah Krystian die Holzgabel, die am Sattel des Jägers befestigt war. Darauf stützte er den vom Gewicht des Vogels beschwerten Arm ab. Die Krieger waren Krystian nach wie vor nicht geheuer, aber immerhin konnte er sie inzwischen ansehen, ohne dass die Angst ihn wieder frösteln ließ. Heute empfand er nur ein vages Unbehagen.

Die Wagen der Mönche waren fertig gepackt, die Pferde gesattelt. Der Dolmetscher blickte Krystian nur mürrisch an und machte sich dann am Sattel zu schaffen. Heute würde er sein Pferd Krystian überlassen müssen. Seit ihrer Unterhaltung war Abdallah Krystian ausgewichen. Auch jetzt tat er so, als würde er ihn nicht bemerken, klopfte dem Schimmel den Hals und ging dann zu dem Ochsenwagen.

Krystian trat zögernd zu seinem neuen Reitpferd. Trotz der Auseinandersetzung behagte es ihm nicht, Abdallahs Schimmel reiten zu müssen, und seltsamerweise empfand er es sogar als ungerecht, dem Sarazenen das Pferd wegzunehmen, um das dieser sich so sorgfältig kümmerte.

Gosset war bereits auf sein Reittier geklettert, was bei dem großen Mann so aussah, als würde er einfach einen Schritt über das Tier hinwegmachen, und blickte nun gut gelaunt über die Wagen. Plötzlich stutzte er. »Krystian!«, rief er und deutete aufgeregt nach Osten. »Der Herr hat uns ein Wunder geschickt. Nun, zumindest ein kleines.«

Krystian ließ den Schimmel stehen, spähte zwischen den Wagen hindurch und sah die Kleine aus Khojins Jurte. Sie wartete schüchtern in einiger Entfernung und lächelte erst, als sie Krystian entdeckte. Neben ihr stand Krystians brauner Wallach, den Ochir ihm gestohlen hatte. An seinen Stirnhaaren hingen noch ein paar Tropfen *Ayrag*. Krystian wusste, was das bedeutete: Khojin hatte das Pferd für die Reise gesegnet.

Zu Sartach

Der Führer und zwei weitere Begleiter, die Scatatai ihnen zur Verfügung gestellt hatte, waren wenig begeistert von der Aussicht, zwei beleibte Ausländer und deren Diener begleiten zu müssen. Als wollten sie zeigen, dass sie mit dieser Reisegruppe im Grunde nichts zu tun hatten, ritten sie stets weit voraus und vergewisserten sich nicht einmal, ob die Wagen auch folgen konnten. *Na wunderbar*, dachte Wilhelm seufzend. Als wäre es nicht schon genug, einen für die Missionierung völlig unfähigen Dolmetscher zu haben und dazu noch einen hitzigen Polen, der immer mehr verwilderte. Und zu allem Überfluss gingen die Vorräte bereits bedenklich zur Neige. Die Junihitze ließ die Reisegesellschaft matt und müde werden. Die Pferde ließen die Köpfe hängen und trotteten vor sich hin. Obwohl Wilhelm mit Bedacht das kräftigste Pferd für sich ausgewählt hatte, war es schneller erschöpft als die anderen, also lief er einige Zeit zu Fuß neben den Ochsenwagen her, um dem Tier etwas Erholung zu gönnen. Mittags rasteten sie im Schatten unter den Wagen, bis die Mongolen sie unbarmherzig zur Weiterreise antrieben. Nach mehreren Tagen Marsch in quälend langsamer Geschwindigkeit wünschte sich Wilhelm, er hätte in Konstantinopel auf Krystians Vorschlag gehört und Packpferde statt Ochsenkarren als Transportmittel gewählt.

Endlich gelangten sie an das Ende der Provinz, ein breiter Graben zog sich quer durch eine Landenge, die die Halbinsel mit dem Festland verband. Der warme Wind trug den Geruch von Salzluft mit sich. Hinter dem Graben, so erklärte ein Führer auf Krystians hartnäckiges Nachfragen, waren Leute stationiert, die Salzzoll von den Händlern einforderten. Diese Kaufleute hatten in den hiesigen Salinen Säcke voller Salz erworben, um sie dann in Soldaia, Russland oder anderswo zu Gold zu machen.

Nach einer weiteren Stunde erreichten sie das Lager, das nur aus wenigen Jurten und einem Gebäude mit Lehmwänden bestand, das wohl die Handelsstation darstellte.

Die mongolischen Begleiter wurden herzlich begrüßt und verschwanden hinter Zeltklappen, die nur ein flüchtiges Aroma von gegartem Fleisch entließen.

»Unsere Führer werden wie die Könige aufgenommen, während wir von Resten leben müssen«, knurrte Gosset, als sie sich abends hungrig und erschöpft unter ihren Wagen niederlegten. Eine eigene Jurte bekamen sie diesmal nicht. Mit dieser Reisegruppe, die nicht aus offiziellen Gesandten bestand, wusste keiner der Mongolen etwas anzufangen, und dass Khan Scatatai sie reisen ließ, bedeutete nur, dass seine Untertanen Wilhelm und die anderen mit etwas Milch und Fleisch versorgen mussten.

»Die Leute hier sind hässlich wie Aussätzige«, schrieb Wilhelm an diesem Abend mit knurrendem Magen. *»Was wir durchmachen müssen, ist scheußlich. Jeder will Gastgeschenke von uns, dabei leiden wir selbst Hunger. Immerhin können wir hier die Ochsen wechseln und neue Pferde für Bruder Bartholomäus und mich mitnehmen.«*

»*Ein Meer aus Gras*«, so beschrieb Frater Wilhelm das Land. Er hätte keinen passenderen Namen dafür finden können. Die Weite der Grassteppe, im Süden nur begrenzt durch den blauen Streifen Wasser, den Wilhelm als »*Meer des Tanais*« bezeichnete, beunruhigte Krystian. Noch nie war er so weit weg von Städten und Dörfern gewesen. Die letzten Begrenzungen und Sicherheiten lösten sich auf und ließen ihn allein unter dem weiten Himmel zurück. Hier in der Unendlichkeit rückten sie alle unmerklich näher zusammen und senkten die Stimmen, als könnte der Wind sie hören und die Dämonen der fremden Völker herbeilocken. An einigen Stellen fanden sie Grabstätten, die die Kumanen auf ihrer Flucht vor den Steppenreitern zurückgelassen hatten. Nachts, wenn der Wind mit weicher Hand das Steppengras glättete, blickte Krystian in den dunkelsten Himmel, den er je gesehen hatte, und stellte sich vor, dass die Geister der toten Menschenfresser um ihr Lager schlichen und die Reisenden mit gierigen, erloschenen Augen beobachteten. In solchen Nächten griff er zu seinem Holzkreuz und zum Amulett der heiligen Gottesmutter, sagte ein ums andere Mal das Ave-Maria und all die anderen Gebete auf, die Matteo ihm vor unendlich langer Zeit – in einem anderen Leben, wie ihm schien – beigebracht hatte.

Abdallah war abweisender denn je. Noch einige Male hatte Krystian versucht, ihn auf das Amulett und die *Paiza* anzusprechen, aber der Sarazene zuckte nur mit den Schultern und gab ihm spöttische Antworten. Einmal, als sie sich vor der Mittagshitze zur Rast unter die Wagen verkrochen hatten, setzte sich Krystian neben ihn und fragte ihn nach seiner Familie. Abdallah zog den linken Mundwinkel hoch.

In den vergangenen Wochen war seine Haut noch dunkler geworden, nur die Narbe war hell geblieben und ließ ihn noch geheimnisvoller aussehen. Bedächtig griff er in die Satteltasche, die neben ihm im Schatten lag. Gosset, der nicht weit von ihnen unter dem anderen Wagen saß und sie beobachtete, kniff beunruhigt die Augen zusammen, als Abdallah sein Messer hervorzog. Krystians Muskeln spannten sich unwillkürlich an, aber der Sarazene sah nicht so aus, als würde er einen Streit vom Zaun brechen wollen. Stattdessen legte er das Messer vor Krystian ins Gras, damit er den hölzernen Griff betrachten konnte, der für die schmale, fein gearbeitete Klinge viel zu klobig und groß wirkte. Krystian entdeckte eingeritzte Linien im Holz, die sich bei genauerer Betrachtung als grobe Zeichnungen entpuppten.

»Was soll das sein?«, fragte er. »Schon wieder eine deiner Geschichten?«

»Meine Geschichte«, antwortete Abdallah. »Lies die Zeichen. Was siehst du?«

»Zwei Bäume – einen, der sehr schmal und gerade nach oben wächst, und einen gewöhnlichen Baum. Daneben zwei runde Früchte – Äpfel?«

»Pfirsiche«, sagte Abdallah. »Und wie heißt der gerade Baum?«

»Es könnte eine Zypresse sein.«

Der Sarazene nickte wieder. »Und der zweite ist ein Mandelbaum. Also?«

»Ich weiß es nicht. Hast du den Garten deines Vaters niedergebrannt und bist deshalb mit Pfirsichen beworfen und verstoßen worden?«

»Viel besser.« Abdallah beugte sich vor, damit Gosset ihn nicht hören konnte. »Die Zeichnung sagt: ›Ich liebte eine Jungfrau, schlank wie eine Zypresse, mit Augen wie Mandeln. Aber ich musste sie verlassen, noch bevor ich ihre Pfirsiche kosten konnte.‹«

Beim Anblick von Krystians verdutzter Miene brach er in schallendes Gelächter aus. Seine Zähne blitzten im Schatten auf, dann kroch er schon unter dem Wagen hervor.

»Du wirst rot wie eine Mohnblüte, Mönch. Man könnte fast denken, du hättest noch nie eine Frau geküsst.« Dann machte er auf dem Absatz kehrt und ging zu den grasenden Pferden hinüber. Der Schimmel hob den Kopf, spitzte erwartungsvoll die Ohren und trottete auf seinen Herrn zu.

Krystian blieb wieder einmal mit geballten Fäusten zurück. Der Sarazene war nicht zu greifen! Und je länger sie miteinander unterwegs waren, desto weniger wusste Krystian, was er von dem unheimlichen Menschen zu halten hatte. Nicht einmal Marek hatte ihn jemals so sehr verunsichert.

»Gib es endlich auf!«, rief Gosset unter seinem Wagen hervor. »Er ist ein zwielichtiger Geselle und er wird es bleiben. Solche Leute werden dir nie eine ehrliche Antwort geben, sosehr du sie auch bedrängst.«

Krystian zog die Beine an den Körper und stützte die Arme auf die Knie. Nachdenklich beobachtete er Abdallah, der bei seinem Pferd stand, als wäre das Tier sein bester Freund. Sein spöttisches Grinsen war verschwunden. Unter dem endlosen Himmel sah Abdallah plötzlich genauso einsam aus, wie Krystian sich oft fühlte.

Trotz der neuen Ochsen ging die Reise in Richtung Osten nur im Schritttempo weiter. Bald waren ihre Vorräte so gut wie aufgebraucht und die Gruppe schleppte sich von Tag zu Tag entkräfteter zum nächsten Fluss oder zu einem der Brunnen in den Talmulden. Die Pferde dagegen wurden vom Gras fett und übermütig und hoben die Nasen erwartungsvoll in den Wind, sobald sie Artgenossen witterten. Von Zeit zu Zeit stieß die Gruppe auf kleinere Lager, manchmal bestanden sie nur aus drei oder vier Jurten, doch die Leute waren so überrascht und erfreut über Krystians Höflichkeit und die mongolischen Grußworte, dass sie den Reisenden gerne einige Nahrungsmittel für die Weiterreise schenkten. Krystian nutzte diese kurzen Aufenthalte, um in seinem abenteuerlichen Mongolisch nach Reitern zu fragen, die vor ihnen hier durchgekommen waren. Doch eine *Alan* oder einen Mann namens *Ochir* hatte niemand gesehen.

Kurz vor dem Fest der seligen Maria Magdalena am 22. Juli erreichten sie einen breiten Fluss, an dessen Ufer sich eine kleine Fährsiedlung befand. Auf dem Flusswasser schaukelten flache Transportkähne. In der Nähe hoben Ochsen in einer Art grob zusammengezimmertem Pferch die Köpfe und glotzten die Neuankömmlinge an.

Als die Gruppe näher kam, traten Russen aus den Hütten. Die Männer trugen pelzgeschmückte Überwürfe und spitze Filzhüte, ein seltsamer Anblick in der Wildnis. Die Wagenlenker riefen ihnen etwas zu, und schon gab es ein großes Hallo. Russische Grüße hallten durch die Luft und lockten weitere Leute aus den Hütten.

»Ja privetstvuju vas, stranniki!«, rief eine Frau Bruder Wilhelm zu und lächelte. Sie war eine Schönheit mit hellem

Haar und trug ein Überkleid von grüner Farbe, das von den Knien bis zum Saum mit schwarz-grau gesprenkeltem Pelz geschmückt war. Als sie Krystians Blick bemerkte, nickte sie ihm auffordernd zu. Matteos Stimme hallte warnend in seinem Kopf wider: *Gib dich mit Frauen ab und dein Geist wird so befleckt sein wie deine Sohlen, wenn du durch das Feuer gehst.*

Gleichzeitig fiel ihm Abdallahs Geschichte von Pfirsichen und Mandelaugen ein und er spürte zu seiner Verärgerung, wie er rot wurde. Abdallah dagegen sprang sofort vom Pferd und nahm den Becher mit Wasser, den die Schöne ihm reichte, mit einem Lächeln entgegen. Sie wechselten einige Worte auf Russisch, dann wurde die Gruppe aufgefordert, endlich von den Wagen zu steigen.

Zum ersten Mal seit vielen Wochen nahmen sie an einem richtigen Tisch Platz und ließen sich frischen Aal und kräftiges Roggenbrot schmecken. Krystians Magen krampfte sich zusammen, als er nach so vielen Tagen der Entbehrung das würzige, heiße Fleisch auf seiner Zunge spürte.

Der Fluss, an dem sie sich nun befanden, hieß Don. »Er trennt Asien und Europa voneinander, so wie der Strom Ägyptens Asien und Afrika scheidet«, erklärte Wilhelm. »Dabei ist er gerade mal so breit wie die Seine in Paris.« Wehmütig seufzte er bei einer Erinnerung, die nur ihm gehörte.

Sehr viel später, als der letzte Kanten Brot verzehrt war und Wilhelm seine Gastgeber mit Abdallahs Hilfe nach Einzelheiten für seinen Reisebericht zu befragen begann, stahl sich Krystian hinaus.

Der braune Wallach, der neben den Wagen döste, hob den Kopf und schnaubte erwartungsvoll. Krystian trat zu ihm und kraulte das Tier am Nacken, bis es die Ohren hängen ließ und vor Behagen den Kopf zur Seite legte.

»Morgen müssen wir uns verabschieden«, sagte er leise. »Bruder Wilhelm hat euch gegen Hirse und Roggenbrot eingetauscht. Und er hofft, im nächsten Lager wieder Pferde zu bekommen.«

Der Wallach schnaubte in seine Hand. Der Gedanke, das Tier zurückzulassen, machte Krystian traurig. Obwohl er gewusst hatte, dass dieser Tag kommen würde, und dem Pferd aus diesem Grund keinen Namen gegeben hatte, war ihm, als müsse er sich von einem Freund verabschieden.

»Na komm«, flüsterte er ihm zu. »Wir gehen zum Fluss.«

Die Ochsen glotzten ihm hinterher, als er mit dem Pferd im Schlepptau zwischen Pferch und Wasser ein ganzes Stück flussabwärts wanderte. Die Geräusche der Siedlung entfernten sich immer weiter, stattdessen hörte er Rascheln und Knacken. Nachtgetier floh vor den Hufen.

Ein Halbmond warf silberne Reflexe auf den Strom, hier und da verriet ein Platschen, wo Fische an die Oberfläche stießen und wieder abtauchten. Krystian spürte das hohe Ufergras kühl unter seinen Sohlen. Der Braune trottete zum Fluss und tauchte das Maul ins Wasser. Krystian ließ das Seil durch die Hand gleiten und setzte sich ans Ufer. Die Einsamkeit legte sich wohltuend wie eine kühle Hand über seine Gedanken. Zum ersten Mal seit Beginn der Reise konnte er in Ruhe durchatmen. Hinter sich hörte er das Rupfen und Malmen des Wallachs, der sich über das saftige Ufergras hermachte.

Mit einer unwilligen Bewegung streifte Krystian sein Leibhemd über den Kopf und entledigte sich auch der anderen Kleidungsstücke. Nur den Gürtel legte er nicht ab. Es war ihm unheimlich, in das nachtdunkle Wasser zu waten, Schlick und sandiger Grund sogen an seinen Fersen. Doch einige Schritte weiter gab es eine seichte Stelle über steinigem Grund, an der er sich den Schmutz der vergangenen Wochen endlich vom Leib waschen konnte. Wie lange war es her, dass er sich unbeobachtet hatte waschen können, ohne fürchten zu müssen, dass sein Schlangenmal entdeckt wurde?

Sorgfältig reinigte er sich, walkte seine Kleidung im Wasser und wrang sie gründlich aus. Danach schrubbte er sich mit Büscheln von Schilfgras Arme und Brust. Wie immer zog er sein nasses Hemd sofort wieder an, um sein Mal zu verbergen, und ließ sich dann ins Gras zurücksinken. Er schloss die Augen und rief sich das Bild der fliehenden Frau in Erinnerung. *Alan*, wiederholte er in Gedanken. Wo mochte sie in diesem Moment sein? Er wünschte, er hätte mehr Zeit gehabt, sie anzuschauen. Bei der Erinnerung an ihren Blick verspürte er einen Stich in der Brust. *Du wirst sie nie wiedersehen*, sagte er sich. *Also hör auf, an sie zu denken!*

Er musste eingenickt sein, denn als er das nächste Mal blinzelte, stand der Mond ein ganzes Stück höher am Himmel. Sein Hemd war an der Brust bereits wieder trocken. Wie lange mochte er geschlafen haben? Eine halbe Stunde? Eine ganze? In der Nähe ertönte ein Platschen, gleich darauf ein weiteres. Krystian wandte den Kopf und spähte nach rechts. Fünf Schritte von ihm entfernt saß Abdallah! Wieder holte er aus und schleuderte einen Stein ins Wasser. Krystian fuhr hoch. Hektisch tastete er nach seinem Gürtel. Er war noch da, zum Glück! Abdallah blickte sich nicht zu ihm um.

»Na, hast du von der hübschen Russin geträumt?«, fragte er nur.

»Du bist doch derjenige, der nach Pfirsichen sucht«, konterte Krystian. »Geh doch zu ihr. Sie hat dich vorhin angelächelt.« Ihre Stimmen störten den Frieden der Nacht. Hinter ihnen raschelte etwas im Gras und floh.

Abdallah lachte und griff nach dem nächsten Stein.

»Mascha? Ich habe bereits mit ihr gesprochen.«

»Ganz schön leichtsinnig von dir, am Ufer einzuschlafen, und dann auch noch so weit entfernt von der Siedlung«, fuhr Abdallah nach einer Weile fort. »Jemand könnte dich überfallen. Und wenn der Räuber dich dann auch noch umbringt und deine Leiche in den Fluss wirft, wird niemand je erfahren, was aus dir geworden ist.«

Diese Worte erinnerten Krystian sofort an Abdallahs Messer. Ihm wurde eiskalt. Verstohlen tastete er nach links und fand einen großen, kantigen Stein, den er fest umschloss. *Bist du wahnsinnig geworden? Du wirst doch wohl keinen Menschen erschlagen?*, schoss es ihm durch den Kopf. Nun, erschlagen bestimmt nicht, aber wenn der Dolmetscher vorhatte, ihm das Amulett mit Gewalt abzunehmen, dann würde er zumindest einen würdigen Gegner haben! Doch der Sarazene dachte offenbar gar nicht daran, sein Messer zu zücken. Schweigend warf er noch einige Steine ins Wasser, dann stützte er die Arme auf die Knie auf und starrte nachdenklich zur anderen Flussseite, nach Osten. Der Braune kam angetrottet, stupste erst Krystian an der Schulter und ging dann zu dem Sarazenen, der ihn neckte, indem er ihn an der Unterlippe kitzelte.

Krystian kränkte die Vertrautheit zwischen seinem Pferd

und dem Sarazenen, doch gleichzeitig kamen ihm Zweifel, ob sein Misstrauen berechtigt war. Wenn Abdallah wirklich vorhatte, ihn anzugreifen, hatte er den günstigsten Moment dafür ungenutzt verstreichen lassen. Und immerhin hatte er schon einmal die Wahrheit gesagt, als er ihn davor warnte, Khojin nach dem Schlangenmenschen zu fragen.

»Mascha erzählte, dass es in der kahlen Steppe jenseits des Flusses kaum möglich ist, ohne Proviant zu überleben. Hoffentlich steht uns nicht eine Hungerstrecke bevor«, sagte Abdallah nach einer Weile des Schweigens. »Dann könnten wir ein Wunder gebrauchen wie das, als Jesus Brot und Fisch vermehrte, nicht wahr?«

»Du magst mich verspotten, aber verspotte nicht meinen Glauben«, sagte Krystian. »Du hast kein Recht, den Namen Jesu in den Mund zu nehmen!«

Jetzt erst blickte Abdallah zu ihm hinüber. Seine Augen glänzten im Mondschein.

»Jesus gehört dir genauso gut wie mir«, meinte der Sarazene ruhig.

»Ganz sicher nicht! Du bist ein Sohn Mohammeds!«

»Gut beobachtet. Und ich wäre kein guter Muslim, wenn ich nicht an Jesus Christus glauben würde.«

Nun war Krystian sprachlos.

»Für uns war Jesus stets einer der mächtigsten Propheten Gottes«, fuhr Abdallah so ernsthaft fort, dass Krystian den Gedanken, er könnte sich über ihn lustig machen, wieder verwarf. »Mit Allahs Hilfe hat er all die Wunder vollbracht, von denen ihr so gern erzählt. Nur der Sohn Gottes ist er für uns nicht.«

»Ein Prophet?«, murmelte Krystian. Der Gedanke, dass

es zwischen Sarazenen und Christen irgendeine Verbindung im Glauben gab, war unvorstellbar.

»Ein Prophet«, bestätigte Abdallah. An seiner Stimme hörte Krystian, dass der Dolmetscher sich wieder einmal über ihn amüsierte, doch seltsamerweise ärgerte es ihn diesmal nicht. Tausend Fragen lagen ihm auf der Zunge, aber er wusste, dass Abdallah ihm keine davon beantworten würde, und wenn er ihn noch so sehr bedrängte.

»Und was ist mit dir?«, fragte der Sarazene. »Woran ihr Christen glaubt, habe ich nun von dem Mönch Wilhelm sicher schon fünfzigmal gehört. Er ist sehr enttäuscht, dass er mich nicht bekehren konnte. Ich frage mich immer, warum ihr Christen so sehr darauf aus seid, alle Welt zu bekehren. Aber hartnäckig und leidenschaftlich ist er in seiner Mission, das muss man ihm lassen. Doch was mich viel mehr interessieren würde, ist, ob du wegen der Mongolen zum Mönch werden wolltest.«

»Warum sollte ich dir eine Antwort geben? Von dir bekomme ich auch nur Geschichten zu hören, du antwortest auf keine meiner Fragen. Wenn du mir nicht gleich die Hände um den Hals legst und mir drohst, dass ich dich in Ruhe lassen soll.«

»Du warst betrunken«, sagte Abdallah kleinlaut. »Und ich war wütend. Es tut mir leid, dass ich so grob zu dir gewesen bin.«

Krystian blinzelte verwirrt. Alles hatte er erwartet, nur keine Entschuldigung von Abdallah.

»Und wie kommst du darauf, dass die Mongolen etwas mit meinem Glauben zu tun haben?«, erwiderte er statt einer Antwort.

»Gosset sagte einmal zu dem Mönch Bartholomäus, es sei ihre Schuld, dass du hinkst. Und bei unserem Streit vor einigen Tagen sagtest du mir, du hättest die Reiter in Krakau gesehen. Da liegt die Frage nahe.«

Krystian lehnte sich zurück und entspannte sich. Seine erste Zeit mit Matteo fiel ihm ein. Der sanfte, ängstliche Matteo, der es dennoch wie kein anderer verstand, die Menschen zu erreichen. Krystian erinnerte sich daran, wie der Mönch an seinem Lager gewacht hatte, als Krystians Bein nicht heilen wollte. Wie er geduldig ausgeharrt hatte, als sein Schützling ihn verfluchte, ihm misstraute, ihm jede Antwort verweigerte. Vor allem erinnerte sich Krystian daran, dass Matteo weder ihn noch einen anderen Menschen jemals bedrängt hatte. Und dennoch hatten sich ihm nach einiger Zeit alle Herzen geöffnet. Vielleicht war das ein Weg, das Geheimnis um das Amulett zu ergründen? Möglicherweise war der beste Weg, Abdallah zum Sprechen zu bringen, der, ihm erst einige Antworten zu geben.

Die Russen machten ihre Sache gut. Noch bevor die Sonne aufgegangen war, hatten sie schon den ersten Wagen auf die andere Flussseite gebracht, wo bereits frische Ochsen warteten. Gespannt beobachtete Krystian, wie die Männer den zweiten beladenen Wagen zum Wasser zogen, unter jedes Rad einen Kahn schoben und die vier Kähne dann zu einem großen Floß zusammenbanden. Gefährlich schwankend fand auf diese Weise ein Wagen nach dem anderen zum Ostufer.

Die zwei Führer setzten sich zwar mit Sätteln und Gepäck selbst auf die Kähne, führten aber ihre Pferde am

Zügel im Wasser mit. Die Tiere hoben die Nasen aus dem Wasser und schwammen an der Seite des Bootes mit. Immer wieder schob die Strömung sie gegen die Bootsrümpfe, dann legten sie die Ohren an, keuchten und paddelten umso panischer. Krystian konnte das Poltern der Hufe hören, die dumpf gegen das Holz schlugen.

Nach den Mongolen stieg die Reisegruppe auf einen Lastkahn. Gosset bekreuzigte sich mehrfach und klammerte sich mit beiden Händen am Bootsrand fest. Die russischen Fährleute feixten über den großen, kräftigen Mann, der sich vor dem Wasser fürchtete. Krystian und Bartholomäus nahmen den Kleriker in ihre Mitte. Auf der anderen Seite warteten bereits die Führer und ihre nassen Pferde. Abdallah und die Ochsentreiber setzten mit der letzten Fuhre über. Krystian bemerkte, dass der Sarazene nicht nach vorne blickte, sondern zurück zum Ufer. Zwischen den anderen Pferden leuchtete der Schimmel wie ein weißer Fleck. Und nicht weit davon stand die Russin und winkte der Gruppe zum Abschied zu. Um die Taille hatte sie sich ein hellgrünes Tuch geschlungen, das den Schwung ihrer Hüften zur Geltung brachte. Die ungewöhnliche Farbe kam Krystian bekannt vor, aber er erinnerte sich nicht daran, wo er sie zuvor gesehen hatte.

Schon am dritten Tag war es eine Qual, barfuß neben den Ochsenwagen herzugehen. Krystians Knie schmerzte. Um sein Hinken zu verbergen, ging er stets links vom Wagen und stützte sich mit der rechten Hand daran ab.

Das Land veränderte sich. Nach Süden hin sah man an klaren Tagen gewaltige Gebirgsketten aufragen. Zur Steppe

net hatte und ein zweiter Abdallah eingetreten war – immer noch ein Fremder, aber einer, mit dem Krystian sich inzwischen erstaunlich gerne unterhielt.

Es dauerte qualvolle sieben Tage, bis am letzten Julitag endlich das nächste Lager in Sicht kam. In der Ferne konnten sie eine riesige Schafherde ausmachen. Die Führer trieben ihre Pferde an und galoppierten voraus.

Erst eine gute halbe Stunde später erreichte die erschöpfte, hungrige Gruppe die ersten *Gers*. Gut über eine Meile erstreckten sie sich nach Norden.

»Es ist Sartachs Lager«, verkündete Abdallah, nachdem er einige Hirten befragt hatte. »Aber wir müssen uns erst bei einer Art Gouverneur melden. Er heißt Cojac.«

Zu ihrer Verblüffung befanden sich in diesem Lager nicht nur Mongolen. Eine Vielzahl fremdländischer Gesandter war hier anzutreffen, darunter mehrere Christen, die Wilhelm mit Tränen in den Augen überschwänglich begrüßten, außerdem einige Sarazenen und ein russischer Gesandter. Nachdem sie sich bis zu Cojac durchgefragt hatten, stellten sie zu ihrer Verblüffung fest, dass dieser Würdenträger ein christliches Holzkreuz um den Hals trug, dazu noch ein schwarzes Kreuzsymbol auf seine Hand gemalt hatte und ähnlich wie ein Priester gekleidet war. Sein schwarzer Bart bebte, als er die Neuankömmlinge herzlich begrüßte.

»Willkommen!«, rief er ihnen auf Russisch zu. »Ihr wollt eine Audienz beim Khan? Dann geht zum Hofbeamten Jam. Ich zeige euch den Weg.«

Bruder Wilhelms Augen begannen zu funkeln. Krystian sah, wie er sich zu Bartholomäus beugte, und hörte, was er dem erschöpften Mönch zuflüsterte. »Habt ihr das Kreuzzeichen des Gouverneurs gesehen? Sartach ist bestimmt Christ!« Flink drehte er sich um und winkte. »Los, los, Gosset! Homodei! Wir gehen!«

Krystian tauschte einen raschen, verstohlenen Blick mit Abdallah. Der Dolmetscher zog den Mundwinkel hoch und zuckte mit den Schultern. Dann blieb Krystian allein mit den Ochsentreibern bei Cojacs *Ger* zurück, erneut verfolgt von tausend neugierigen Augen. Doch diesmal machten ihm die Mongolen keine Angst.

»Sain bainuu!«, rief er den kleinsten Schaulustigen freundlich zu. »Wie geht's?«

Kindergesichter erstarrten in Verblüffung und verzogen sich gleich darauf zu einem breiten Grinsen.

»Sain!«, kam es dann aus Dutzenden von Kehlen begeistert zurück. *Gut!*

»Dieser Cojac ist gar kein richtiger Christ, sondern ein Nestorianer!«, schimpfte Wilhelm bei seiner Rückkehr nach einigen Stunden. »Diese Halbheiden bilden sich ein, Christen zu sein, dabei legen sie die Heilige Schrift falsch aus und können sie nicht einmal lesen. Glauben daran, dass Christus zwei Naturen hatte – die göttliche und die menschliche, pah! Und sie schämen sich auch noch für seine Leidensgeschichte und den Kreuzestod! Los, nimm die Ochsen am Strick, Krystian, wir werden in einem *Ger* untergebracht, das für Gesandte reserviert ist.«

»Der Mönch ist sehr wütend«, flüsterte ihm Abdallah im Vorbeigehen zu. »Der Hofbeamte hat ihn herablassend behandelt. Aber immerhin hat er eine Audienz am nächsten Morgen genehmigt.«

Schon lange vor Sonnenaufgang herrschte im *Ger* Betriebsamkeit. Die Messgewänder hingen am hölzernen Gitter der Jurtenwände. Krystian half Bartholomäus dabei, das weißgoldene Messgewand und das Schultertuch anzulegen. Wilhelm legte die Bibel und den mit vergoldeten Bildern verzierten Psalter auf ein besticktes Kissen und trug es vor der Brust aus dem *Ger*. Gosset folgte im Chorhemd mit einem Weihrauchfass, das an einer langen Kette hing. Bartholomäus schließlich trug in einer Schatulle den Brief des Königs und als Gastgeschenk die allerletzte Flasche Muskatellerwein.

Krystian blieb bei den Ochsenwagen stehen und blickte der Prozession nach. Ein hagerer Nestorianer mit einem verfilzten braunen Bart interessierte sich jedoch mehr für die Wagen als für die prächtig gekleideten Gäste.

»Habt ihr noch mehr von solchen Gewändern?«, fragte er und kratzte sich. Flohbisse hatten die Haut am Hals und unter den Ohren gerötet.

»Warum willst du das wissen?«

»Sartach werden die Gastgeschenke sicher gefallen.«

»Die Gewänder sind aber keine Gastgeschenke«, erwiderte Krystian.

Der Mann grinste. »Das wird sich noch zeigen.«

Er wollte sich davonmachen, doch Krystian rief ihn zurück.

»He! Wenn du schon so gut Bescheid weißt, kannst du mir auch sagen, ob es hier ein schwarzes *Ger* gibt.«

Der Nestorianer kniff misstrauisch die Augen zusammen. »Nicht, dass ich wüsste.«

»Und Zauberer?«

Jetzt nickte er. »Jede Menge Scharlatane, die heidnische

Rituale abhalten. Jedes alte Weib kann eine Zauberin sein. Man nennt sie *Cham* – sie sind so etwas wie Seher. Sie verbrennen Schafsknochen und beten Steine an. Für sie wohnt in jedem Stein und jedem Stück Holz ein Geist. Für sie ist alles beseelt.«

Alles ist beseelt. Krystian senkte den Blick und betrachtete seine Füße, die noch vom Staub der Reise bedeckt waren.

»Wo ... lebt denn hier ein *Cham?*«

Der Nestorianer verlor das Interesse, sein Blick schweifte gleichgültig über die zwei leeren Wagen. »Such ihn selbst«, meinte er und machte Anstalten, Krystian einfach stehen zu lassen.

»He, warte! Ich möchte noch etwas wissen.«

Der Mann verzog verächtlich den Mund. »Ach ja? Und was bekomme ich dafür?«

»Den Dank eines Christenmenschen«, erwiderte Krystian schärfer als beabsichtigt. »Oder ist der in dieser Einöde hier nichts wert?«

Offensichtlich hatte der Mann wenigstens noch einen Funken Ehre im Leib, denn er machte sogleich eine besänftigende Geste.

»Der Dank eines Christen ist etwas wert«, erwiderte er etwas freundlicher. »Was willst du wissen, Bruder?«

»Sind kürzlich Reiter in das Lager gekommen? Sie haben eine Frau bei sich. Sie heißt Alan. Und einer der Krieger nennt sich Ochir. Er hat grüne Augen.«

Der Nestorianer schüttelte entschieden den Kopf. »Keine Reiter. Einige Kuriere aus den anderen Lagern, aber eine Reitergruppe ... nein.«

»Und weißt du vielleicht, was eine *Paiza* ist?«

Nun wurde der Blick des Mannes wachsam, er vergaß sogar, sich zu kratzen. »Eine *Paiza*? Nun, eine Art ... Ausweis für Kuriere, ein Berechtigungsschein des Khans, wenn du so willst. Kuriere tragen sie bei sich und bekommen, wenn sie sie vorzeigen, an den Poststationen Reiseproviant für die nächste Etappe. Warum willst du das wissen?«

»Ich war nur neugierig. Ein Reisender hat es erwähnt.«

Krystian ging in das leere *Ger* zurück und setzte sich neben sein Reisegepäck. *Ein Berechtigungsschein* also. Aus Metall? Verstohlen suchte er mit den Fingern nach dem Geheimfach unter dem Gürtel. Hatte sein Amulett einem Kurier gehört? Aber warum sollte eine *Paiza* ein Unglückszeichen sein? Hatte sie gar nichts mit den Pferden zu tun, nach denen Abdallah sich erkundigt hatte?

Am liebsten wäre Krystian sofort aufgesprungen und hätte im Lager weitergeforscht, aber er musste hierbleiben und die Wagen bewachen.

Verstohlen schielte er zu Wilhelms Lagerplatz. Neben der Schlafstatt des Mönchs lagen auf einer Truhe eine reichlich ramponierte Schreibfeder und einige Blätter, die Wilhelm heute noch mit seinem Reisebericht füllen würde. Ob er es Krystian übel nehmen würde, wenn er sich ein einzelnes Blatt nahm?

Schon nach einer Stunde kehrte die Prozession zurück. Wilhelm war blass und machte ein enttäuschtes Gesicht. Ohne ein Wort zu sagen, ging er an Krystian vorbei, legte das Gewand ab und setzte sich an seine Schreibtruhe.

»Was ist passiert?«, flüsterte Krystian Gosset zu.

Der Kleriker schüttelte bekümmert den Kopf und winkte Krystian, ihm nach draußen zu folgen.

»Die Berichte waren falsch. Khan Sartach ist gar kein Christ«, flüsterte er ihm zu. »Und nicht nur das: Er hat den Brief unseres allerheiligsten Königs entgegengenommen und sich von Cojac übersetzen lassen. Er ist jedoch der Meinung, dass der Brief einige schwierige Punkte enthalte, über die er ohne den Rat seines Vaters Batu nicht zu entscheiden wagt. Wir müssen also ins nächste Lager reiten – zu Batu Khan am Fluss Wolga.«

Insgeheim atmete Krystian auf. »Wir reisen weiter?«

»Deo favente«, murmelte der Kleriker bekümmert und nickte. »Wie Gott es eben fügt. Aber das Schlimmste ist, dass wir die Wagen bei Cojacs Leuten zurücklassen sollen.«

»Was? Warum denn?«

»Angeblich, weil Sartach sich die Messgewänder noch einmal in Ruhe ansehen möchte. Aber wenn du mich fragst, sind dieser Cojac und die anderen Nestorianer schlimmer als räuberische Hunde, die sich um ein Lamm streiten. Angeschrien haben sie uns, als wir uns weigerten, die Wagen dazulassen! Bartholomäus haben sie sogar zu Boden geschubst. Und wenn Wilhelm nicht so ein besonnener Mann wäre und uns zu Demut und Geduld anhalten würde, ich schwöre dir, ich hätte mich mit diesem Cojac geprügelt und ihm die Gebote *Du sollst nicht stehlen* und *Du sollst nicht begehren deines Nächsten Hab und Gut* mit meinen Fäusten eingebläut!«

Sie hatten keine Wahl, sie mussten am nächsten Tag die Wagen stehen lassen, obwohl jeder der Anwesenden wusste, dass die Messgewänder und vergoldeten Bücher damit verloren waren. Gosset war tiefrot im Gesicht und hatte die riesigen Hände zu Fäusten geballt. Nur die Bibel konnte Wilhelm heimlich beiseiteschaffen und in Krystians Gepäck verstecken.

»Möge der Zorn des Herrn diese Nestorianer treffen!«, knurrte er.

Die Russen ließen sie bei den Ochsen zurück, wohl wissend, dass sie bei der Rückreise ihre Wagen leer vorfinden würden. Nur einer der mongolischen Führer war dafür abgestellt worden, sie zu Batus Lager zu führen, außerdem wurden ihnen lediglich drei Pferde zur Verfügung gestellt, obwohl sie fünf Leute waren. Mehrmals wurden sie von schnellen Kurierreitern überholt, die offenbar Nachrichten zwischen den Lagern überbrachten.

Am zweiten Tag der Reise wurden sie von einem Sommergewitter überrascht und harrten starr vor Angst in der flachen Ebene aus, dicht an den Boden gekauert und laut darum betend, dass der Blitz sie nicht töten möge.

Am vierten Tag ertönte hinter ihnen Hufschlag. Diesmal war es eine Gruppe von Reitern, die sich im schnellen Trab fortbewegte. Noch waren sie weit entfernt, im Nachmittagslicht glänzten ihre Falben golden. Nur ein einziges Pferd hob sich mit seinem braun-weiß gescheckten Fell von den anderen ab.

»Das sind keine Kuriere«, murmelte Bartholomäus und griff die Zügel des Lastpferdes fester. »Hoffentlich ist es nicht dieser Nestorianer, der uns auch noch die letzten Sachen stehlen will.«

»Das soll er nur versuchen«, knurrte Gosset.

Die Reiter näherten sich in schnellem Trab. Krystian zählte fünf Männer – und eine Reiterin mit langem Haar!

»Was ist?«, hörte er Gosset fragen. »Schmerzt dein Bein wieder? Du bist ganz blass.«

Doch Krystian antwortete nicht. Obwohl er vom Regen noch völlig durchnässt war, war ihm plötzlich so heiß, als würden seine Wangen und seine Brust brennen.

Alan! Sie ritt als Vorletzte auf dem braun-weiß gescheckten Pferd, doch sie hatte keine eigenen Zügel, Ochir führte ihr Reittier an einem Strick, als sei sie nur ein Gepäckstück, das er auf ein Pferd geladen hatte.

Die Eskorte trabte einen Steinwurf entfernt an der Reisegruppe vorbei. Die Gesichter wandten sich den Mönchen zu. Ochir grinste spöttisch, als er Krystian erkannte. Nur Alan blickte geradeaus. *Sieh mich an!*, beschwor Krystian sie in Gedanken, doch sie reckte ihr Kinn nach vorne, als sei sie fest entschlossen, nur die Steppe zu sehen. Diesmal hatte Krystian genügend Zeit, die junge Frau zu betrachten. Ihr Haar war zu einem langen Zopf geflochten, und heute trug sie ein schlichtes braunes Überkleid, Hosen und Stiefel. Wie die anderen Reiter stand auch sie im Trab in den Steigbügeln und balancierte dabei die holprigen Bewegungen des Pferdes so gut aus, als hätte sie ihr ganzes Leben im Sattel verbracht. Ihre Hände hatte sie locker auf den hölzernen Sattelbogen gelegt, ohne sich jedoch festhalten zu müssen. Als ihr Pferd stolperte, einen Satz machte und ein Ärmel verrutschte, erkannte Krystian voller Entsetzen, dass sie wieder mit Lederriemen gefesselt war. Er wusste nicht, welcher Dämon ihn in diesem Augenblick ritt. Ohne einen Gedanken an die Gefahr zu verschwenden, rannte er auf die Reiter zu. Er legte die Hände wie einen Trichter um den Mund und schrie so laut er konnte: *»Alan, sain bainuu!«*

Hätte er einen Speer nach den Reitern geworfen, er hätte keine größere Wirkung erzielen können.

Alan wandte ihm – endlich! – ihr Gesicht zu. Ihre schrägen Augen waren vor Verblüffung weit aufgerissen, und als sie ihn erkannte, hob sie noch erstaunter die Brauen. Ihr Pferd fiel vom Trab abrupt in den Schritt. Ochir riss noch einmal an Zügeln und Strick und die Gruppe stand still. Die sechs Männer musterten Krystian wie Wölfe einen Hund, der vor ihnen die Zähne fletschte.

»Hat er jetzt den Verstand verloren?«, hörte Krystian Bartholomäus flüstern.

»Unmenschen!«, schrie Krystian auf Polnisch. »Was hat die Frau dir getan, Ochir? Wie verflucht mutig bist du wohl, mithilfe von fünf Männern eine Frau zu fesseln? Bist du Feigling nicht fähig, sie mit Freundlichkeit dazu zu bringen, dir zu folgen?«

Alan biss sich entsetzt auf die Unterlippe und schüttelte warnend den Kopf. Ochir wechselte einen kurzen Blick mit einem anderen Krieger, warf diesem den Führstrick von Alans Pferd zu und stieß einen furchterregenden Wutschrei aus. Mit einem Griff riss er den Pferdeprügel, der rechts an seinem Sattel hing, aus seiner Lederschlaufe – und preschte mit seinem Pferd los. Krystian kam es so vor, als würden sich diese wenigen Augenblicke zu einer Ewigkeit dehnen. Doch heute hatte er keine Angst. Wie in einem Traum, in dem er sich selbst beobachtete, fuhr er herum und riss dem völlig überrumpelten Bruder Bartholomäus den Wanderstock aus der Hand. Als er wieder herumwirbelte, war Ochir bereits vor ihm.

»*Badarchin!*«, spuckte er Krystian entgegen. Das Wort

klang ganz anders als aus Khojins Mund. Hier war es eine Beleidigung.

»Um Gottes willen, nein!«, hörte Krystian Wilhelm rufen, aber da war Ochir schon bei ihm. Krystian parierte dessen ersten Schlag ohne Mühe, und auch den zweiten wehrte er geschickt ab. Blitzschnell holte er aus und erwischte Ochir mit dem Stock an der Schulter. Ochir riss sein Pferd herum und drängte es gegen Krystian. Dieser wich aus, tauchte zwischen den Pferdebeinen unter dem Bauch hindurch. Sie umtanzten einander geradezu, mit jedem Hieb entschlossener, den Gegner zu Fall zu bringen.

»Vorsicht!«, rief Abdallah den Brüdern zu. »Geht zurück!« Zwei der Reiter hatten mit einer lässigen Bewegung ihre Bogen gespannt. Die Pfeile zischten links und rechts an Krystian und Ochir vorbei und schlugen in die Satteltaschen ein. Ein Packpferd bäumte sich erschrocken auf und bockte. Gosset hatte alle Hände voll damit zu tun, das Tier zu halten. Aus den Augenwinkeln sah Krystian noch, wie Abdallah Bartholomäus und Wilhelm kurzerhand in die Deckung hinter die anderen beiden Pferde stieß. Dieser Blick kostete ihn wertvolle Zeit.

Blitzschnell hatte Ochir sein Reittier angetrieben. Aus dem Stand sprang es los. Eine Pferdeschulter traf Krystian und nahm ihm die Luft. Dann sauste der Knüppel herab und schlug ihm auf die Knöchel.

Krystian krümmte sich, der Wanderstock fiel aus seinen Fingern.

»Bastard!«, brüllte er. Ochir lachte. Wieder durchschnitt der Knüppel die Luft. Krystian schaffte es in letzter Sekunde, die Arme hochzureißen. Ein Schmerz durchzuckte seinen linken Unterarm und warf ihn zu Boden. Ochir stieß einen triumphierenden Ruf aus und holte ein weiteres Mal aus.

»*'aut ruku li-wahdi!*«, schrie Abdallah. Mit zwei Sätzen war er an Krystians Seite und stellte sich dem Reiter entgegen. Krystian war so verblüfft, dass er sogar den Schmerz für einen Moment vergaß. Der Sarazene verteidigte ihn und riskierte es, dass der Reiter auch ihn angriff!

Die Männer auf den Pferden klatschten spöttisch in die Hände. »Hört auf!«, keuchte Gosset. »Reizt sie nicht noch mehr! Wollt ihr etwa, dass sie uns alle umbringen?«

Doch Ochir war offenbar ohnehin schon der Meinung, Krystian gezeigt zu haben, wer der Überlegene war. Unter dem schallenden Triumphgelächter seiner Männer ritt er an den scheuenden Packpferden vorbei, riss in vollem Galopp die beiden Pfeile aus den Satteltaschen, kehrte zur Gruppe zurück und brüllte einen Befehl. Aus dem Stand heraus galoppierten die Pferde an.

Krystian kauerte stöhnend auf dem Boden, den verletzten Arm an seine Brust gepresst. So auf den Knien liegend blickte er der Truppe hinterher. Das Letzte, was er von Alan sah, war ihr blasses Gesicht, als sie besorgt zu ihm zurückblickte, und der schwarze Zopf, der auf ihrem Rücken tanzte wie eine Schlange.

»Ist etwas gebrochen?«, hörte er wie aus weiter Ferne Abdallahs Stimme. Die Hand des Sarazenen legte sich auf seine Schulter. Krystian biss die Zähne zusammen und schüttelte mit gesenktem Blick den Kopf. Er wusste nicht, ob ihm aus Schmerz oder aus Wut die Tränen kamen, und er hatte keine Lust, irgendjemandem seine Schwäche zu zeigen. Die Scham und die Demütigung waren auch so schlimm genug.

Dann waren auch schon die anderen drei bei ihm. Alle redeten durcheinander.

»Was hast du dir dabei gedacht?«, fuhr Gosset ihn an. »Du hast uns alle in Gefahr gebracht!«

»Wenn ich nicht der wäre, der ich bin, würde ich den Krieg gegen sie predigen!«, polterte Wilhelm und schüttelte die Faust in Richtung der davonpreschenden Reiter. »Aber was um Himmels willen ist in dich gefahren, den Krieger zu beleidigen?«

»Der arme Junge!«, jammerte Bartholomäus. »Hat der Barbar ihm die Hand zerschlagen?«

Nur Abdallah sagte nichts und Krystian war ihm dafür unendlich dankbar. Behutsam half er Krystian auf die Beine.

»Was ist los mit dir?«, schimpfte Wilhelm. Seine blasse Gesichtsfarbe war einem dunklen Purpurrot gewichen. »Ich hätte dich niemals mitnehmen dürfen! Du führst dich auf wie ein Heide, man könnte meinen, du hast jedes einzelne Wort aus Jesu Mund vergessen. Du warst ein Christenmensch, Krystian, aber jetzt bist du nicht besser als ein Barbar. Und glaube nicht, ich hätte nicht verstanden, dass du vor den Augen unseres Herrn im Himmel geflucht hast! Ganz abgesehen davon, dass dich der Teufel dazu gebracht hat, mit diesem sarazenischen Heiden gemeinsame Sache zu machen …«

Es war kein guter Tag für Gott und Jesus – und ein noch viel schlechterer Tag für eine Predigt.

»Lasst mich in Ruhe!«, brüllte Krystian. »Alle drei! Und redet nicht von Abdallah, als wäre er taubstumm. Er wollte mir helfen und ich bin ihm dankbar dafür – ob er ein Sarazene ist oder nicht.«

Er ließ die Brüder einfach stehen und ging ein paar Schritte über das Steppengras.

»Nehmt es ihm nicht allzu übel«, versuchte Gosset den schimpfenden Wilhelm zu beschwichtigen. »Redet später mit ihm. Er wird sich für seine Worte entschuldigen. Ihr wisst doch, dass er ein Hitzkopf ist und sich erst abkühlen muss.«

Der mongolische Führer, der sich die ganze Zeit über in respektvoller Entfernung gehalten hatte, musterte Krystian, als würde er sich über so viel Dummheit einfach nur wundern. Als er jedoch sah, dass der Verletzte offenbar weiterreisen konnte, schnalzte er gelangweilt mit der Zunge. Sein Pferd schnaubte und setzte sich in Bewegung.

Krystian hörte schnelle Schritte hinter sich, dann war schon Abdallah an seiner Seite.

»Zeig her! Ist etwas gebrochen?«

Krystian schob vorsichtig den Ärmel zurück und betrachtete seinen Arm. Er war geschwollen und zeigte ein dunkelrotes Schlagmal, die Finger waren aufgeschürft.

»Es geht schon«, sagte er heiser.

Abdallah zog zweifelnd den linken Mundwinkel hoch. Die Besorgnis in seinen Augen tat Krystian gut und er schämte sich dafür, den Sarazenen verdächtigt und ihm so sehr misstraut zu haben. Außer Matteo oder Bruder Vito fiel ihm niemand ein, der sich zwischen ihn und einen wütenden Mongolenkrieger gestellt hätte.

»Danke«, sagte er leise. »Für die Hilfe, meine ich. Das war ... anständig von dir.«

Abdallah seufzte. »Wenn du für eine Fremde, die du nur einmal gesehen hast, dein Leben so leichtfertig aufs Spiel setzt, möchte ich nicht wissen, was du tust, wenn du wirklich verliebt bist. Was hattest du denn vor? Die Sklavin ganz allein aus den Händen von bewaffneten Kriegern zu befreien? Dazu wäre ein wahrhaft christliches Wunder nötig.«

»Kennst du auch etwas anderes als Spott? Wenigstens ist es mir nicht gleichgültig, was mit Alan passiert.«

»In meiner Heimat gibt es ein Sprichwort«, sagte Abdallah. »›Du hast drei Freunde auf der Welt: Mut, Verstand und Weisheit.‹ Nun, mit Mut allein wirst du dich allerdings ziemlich einsam fühlen. Und du wirst viele Prellungen und Wunden davontragen.« Er beugte sich vor und senkte die Stimme. »Und an deiner Stelle würde ich Gossets Rat folgen und mich bei dem Mönch Wilhelm entschuldigen. Wenn wir die Reiter wiedertreffen sollten, wirst du genug Feinde haben.«

Krystian schwieg. Aus zusammengekniffenen Augen spähte er zum Horizont. Wenn er sich anstrengte, konnte er noch einige bewegliche Punkte erahnen, die sich nach Osten bewegten. Genau in die Richtung, in die Wilhelms Gruppe ebenfalls unterwegs war.

»Auf zu Batu Khan«, murmelte er grimmig und hinkte zu den Pferden zurück.

Batu Khan

Trotz seiner Erschöpfung setzte sich Bruder Wilhelm an den Abenden zu Krystian und sprach mit ihm über das Leben in der Nachfolge Jesu – und nur Gott allein wusste, wie schwer es ihm selbst fiel, die Prüfungen, die sie auf sich nehmen mussten, zu akzeptieren. Seit zwei Monaten waren sie bereits unterwegs, und es war ihm nicht gelungen, auch nur einen Menschen zum Christentum zu bekehren. Er hatte Kopfschmerzen von den schlaflosen Nächten, in denen er wie die anderen ängstlich in die Dunkelheit lauschte. Sogar der Führer fürchtete sich vor den Horden entlaufener Sklaven, von denen in Sartachs Lager viel erzählt worden war. Sie rotteten sich zu Banden zusammen, kamen nachts aus ihren Verstecken, beraubten und erschlugen jeden, den sie in der Steppe fanden. Und zu allem Überfluss nun auch noch der Hunger! Hier, mitten im Barbarenland, träumte Wilhelm immer häufiger vom Markttag in St. Denis. Aber er träumte auch vom rauen Wind an der nordfranzösischen Küste und von den Gaststätten, in denen er sich nach den langen Wanderungen so gerne aufgewärmt und gestärkt hatte. *Hähnchen mit Majoran*, wiederholte er in Gedanken, wenn der Hunger besonders schlimm war. *Martinsgans mit Starkbier, Schmalzkringel mit Zuckerstaub, gekochte Schweinenieren mit Gewürznelken.*

Drei Tage, nachdem sie aus Sartachs Lager aufgebrochen waren, kam die Wolga in Sicht. Eine halbe Meile entfernt glitzerte der schäumende Fluss. Wilhelm brachte sein Pferd zum Stehen und wischte sich den Schweiß von der Stirn. Erstaunt betrachtete er die gewaltigen Wassermassen, die von Norden herbeiströmten. »Viermal so breit wie die Seine in Paris«, murmelte er beeindruckt.

Batu Khan, so erfuhren sie in einer Fährsiedlung, war bereits vor einigen Tagen flussabwärts in Richtung Winterlager aufgebrochen.

»Wir müssen die Pferde hierlassen und werden mit dem Boot zu Batus Lager gebracht«, verkündete der Dolmetscher nach einem kurzen Gespräch mit den russischen Fährleuten.

Hatte der Anblick des Dons Gosset schon mitgenommen, gab ihm die viel breitere und schneller fließende Wolga den Rest. Mit weichen Knien kletterte er auf die Sitzbank und sank zu einem Häufchen Elend zusammen.

Der Kahn schwankte in der Strömung. Schweigend kauerten sie auf den feuchten Planken, während das Gefährt dicht am Ufer stromabwärts fuhr. Träge Karpfen trieben im transparenten Uferwasser und verschwanden wie langsam dahingleitende Schatten, sobald das Boot ihnen zu nahe kam. Wilhelm beobachtete, wie Krystian zu Gosset aufrückte und dem Kleriker beruhigend den Arm um die Schulter legte. Doch während Gosset totenbleich in das Wasser starrte, blickte der Pole aus zusammengekniffenen Augen zum Horizont. *Er sieht aus wie jemand, der in die Schlacht zieht und es kaum erwarten kann, auf den Gegner zu treffen*, dachte Wilhelm fröstelnd. *Aber was, lieber Herr im Himmel, hofft dieser Hitzkopf bei Batu zu finden?*

Batus Lager leuchtete in der ersten Abenddämmerung wie eine Ansammlung weißer Spielsteine, die jemand über ein grün-gelbes Seidentuch gestreut hatte. Zum ersten Mal seit dem Aufbruch in die unwirtlichen Gegenden empfand Wilhelm Ehrfurcht. Es waren sicherlich tausend Jurten, die sich über das endlose Gebiet von drei bis vier Meilen erstreckten. Und wie beim Volk Israel, wo jeder wusste, in welcher Richtung von der Stiftshütte aus er sein Zelt aufschlagen musste, waren die Jurten auch hier nach einem strengen System geordnet: Auf der Glück verheißenden Südseite stand keine Jurte dem prächtigen Palastzelt Batus im Wege.

Natürlich wurden sie wieder von den Heiden angestarrt, als sie schmutzig, barfuß und mit bloßen Häuptern in das Lager stolperten. Ihnen wurde eine leere Jurte zugewiesen, doch an diesem Tag wurden sie weder mit Fleisch noch mit Milch versorgt. »Uns wird nichts anderes übrig bleiben, als noch das letzte Trockenobst und den restlichen Zwieback aufzubrauchen«, meinte Bartholomäus bekümmert.

Krystian runzelte die Stirn und schüttelte den Kopf. »Batu ist weitaus mächtiger als Sartach. Wir dürfen auf keinen Fall ohne ein Gastgeschenk vor ihn treten. Ich werde mich heute im Lager umsehen und …«

»Nein, das wirst du nicht!«, befahl Wilhelm streng. »Du bleibst bei uns, du wirst mit uns beten und dich sammeln.«

Er deutete auf Krystians Reisesack.

»Du hast noch Kleidung, lass sehen, ob etwas dabei ist, das wir brauchen oder gegen Nahrung eintauschen können. Außerdem benötigen wir etwas, um die Bibel daraufzulegen, wenn wir sie zu Batu tragen. Nachdem diese Nestorianer uns auch noch die bestickten Kissen gestohlen haben …«

Zu seiner Erleichterung nickte Krystian und öffnete nun seinen Reisebeutel, den er vor den Nestorianern versteckt hatte. Stück für Stück kam seine Kleidung zum Vorschein: mehrere Leibhemden, eine Kapuze, Unterwäsche und Fußlappen. Krystian reihte sie vor sich auf und legte sie zusammen. Dann stutzte er plötzlich, als sei ihm etwas Seltsames aufgefallen, und runzelte die Stirn. Noch einmal durchwühlte er den Beutel, und als er nichts fand, hob er jedes Kleidungsstück auf, als würde er etwas vermissen. Schließlich hielt er inne und sah Wilhelm mit dem Ausdruck eines Marktbesuchers an, der das Opfer eines betrügerischen Gauklers geworden war.

»Die Russin hat mich bestohlen!«, sagte er fassungslos. »Das grüne Tuch, das sie sich um die Hüften gebunden hatte – das war eines der Hemden, die Eudokia mir geschenkt hat. Warum bin ich nicht sofort darauf gekommen?«

»Wir sind alle bestohlen worden. Warum sollte es dir besser gehen als uns mit den Messgewändern?«, erwiderte Wilhelm ungerührt. »Zeig her! Aha, wenigstens der Wintermantel, den du in Konstantinopel getragen hast, ist noch da. Wenn die Diebin diese Kostbarkeit unberührt gelassen hat, ist sie entweder sehr dumm – oder …«

»Dumm war sie bestimmt nicht«, murmelte Krystian. »Sie hat nur etwas ganz anderes gesucht.«

Wütend sprang er auf und machte Anstalten, ohne ein weiteres Wort aus der Jurte zu stürzen, doch Wilhelm kam ihm zuvor und packte ihn grob am Arm.

»Hiergeblieben!«

Der Junge funkelte ihn böse an und Wilhelm spürte, wie der mühsam unterdrückte Jähzorn nun auch in ihm hochkochte. Einige sehr unchristliche Worte lagen ihm auf der Zunge.

»Du hast dich unserem Ziel unterzuordnen!«, sagte er streng. »Du bist für die christliche Sache und unseren allerheiligsten König unterwegs.«

»Ach ja? Soweit ich mich erinnere, sagtet Ihr mir, ich sei für die Ochsen zuständig und für sonst nichts.«

»Stell dich nicht dumm! Dinge ändern sich – für uns alle«, wies Wilhelm ihn barsch zurecht. »Das weißt du genau. Und auch du hast dich verändert. Du bist ein Wilder geworden! Du denkst beim Gebet an andere Dinge und nutzt jede Gelegenheit, dich von uns zu entfernen. Und das werde ich in meiner Schar nicht dulden!«

»Dann duldet es eben nicht.« Krystian entwand Wilhelm grob seinen Arm.

Wilhelm ballte die Fäuste und stellte sich für einen Moment vor, wie er den Jungen an den Schultern packte und durchschüttelte, um ihm den Kopf wieder geradezurücken.

»Nehmt von mir aus den Mantel«, sagte Krystian trotzig. »Ich gehe, gleichgültig, was Ihr sagt.«

»Wohin?«

»Zu dem verfluchten, hinterhältigen Hundesohn, der mir sagen kann, was die Diebin in meinem Reisesack gesucht hat!«

»Hör auf, so zu reden!«

»Ich rede, wie es mir passt!«

»Wenn du jetzt gehst«, gab Wilhelm ebenso wütend zurück, »dann brauchst du unsere Jurte nicht mehr zu betreten. Nie wieder.«

Krystian sah aus, als hätte man ihm mitten ins Gesicht

geschlagen. Und natürlich lenkte er nicht ein, nein, dazu stand sein dummer Stolz ihm viel zu sehr im Weg. Stattdessen kniff er die Lippen zusammen, obwohl ihm die Tränen in die Augen stiegen und er schlucken musste. Trotzig hob er das Kinn und antwortete mit heiserer Stimme: »Dann gibt es nichts mehr zu sagen. Lebt wohl, Frater Wilhelm.«

»Warte doch, du Narr!«

»Worauf? Ihr habt mir die Tür gewiesen, also habe ich nichts mehr hier verloren.«

»Bedenke, was du tust!«, rief Wilhelm. »Du spielst mit deiner Seele, Krystian!«

Krystian zeigte ein verzerrtes Grinsen. »Seele?«, erwiderte er bitter. »Erzählt Ihr mir verdammt noch mal nichts von meiner Seele!« Mit diesen Worten stürzte er hinaus.

»Törichter Stolz«, murmelte Wilhelm niedergeschlagen und rieb sich die Schläfen. Eine Weile kämpfte er gegen den Impuls an, Krystian hinterherzulaufen und ihn zurückzuholen, doch dann entschied er, dass eine Nacht Bedenkzeit in der Abgeschiedenheit der Steppe dem Jungen nicht schaden konnte. Vielleicht würden die Wölfe und die Einsamkeit ihn wieder zur Vernunft bringen, wenn er schon taub für gut gemeinte Worte war. *Er kommt wieder*, beruhigte er sich. *Das verirrte Schaf wird schon bald wieder nach der Herde suchen. Der verlorene Sohn ist auch heimgekehrt. Und außerdem: Wohin soll er auch sonst gehen?*

Wut und Enttäuschung ließen Krystians Wangen glühen. Selbst die Mongolenkinder bemerkten seinen bedrohlichen Blick und wichen ihm heute respektvoll aus. Selten hatte er das Schlangenmal auf seinem Arm so deutlich gefühlt wie in diesem Augenblick. Er stolperte mehrmals und seine Knie drohten ihm wegzusacken.

Schließlich, als er hinter einem *Ger* angelangt war, blieb er stehen und stützte sich mit der Hand an einem Holzkarren ab. Vermutlich hatte Wilhelm Recht: Er spielte mit seiner Seele. Wenn er überhaupt eine hatte. Er gehörte nicht länger zu Wilhelms Reisegruppe. Vielleicht hatte er nie wirklich dazugehört.

Wundert es dich?, tadelte ihn Matteos Stimme. *Gott findet jeden Lügner und zeigt ihm sein wahres Gesicht.*

Wieder einmal allein. Krystian wischte sich mit einer unwirschen Bewegung mit dem Ärmel die Tränen aus dem Gesicht. Abdallah hatte ihn also doch hintergangen. Und Krystian hatte sich täuschen lassen. Schlimmer noch: Er hatte dem Sarazenen sogar vertraut, als wäre er ein Freund. Der Verrat schmerzte noch mehr als Wilhelms harte Worte.

Was hast du erwartet?, fragte die Vernunft. *Du wusstest von Anfang an, dass du dem Sarazenen nicht trauen kannst.*

Und sei ehrlich: Bist du denn besser als er?, ergänzte Matteos Stimme in seinen Gedanken. *Hast du ihm nicht auch nur Dinge über dich selbst erzählt, um Dinge über ihn zu erfahren? So etwas nennt man, sich das Vertrauen eines anderen erschleichen.*

»Abdallah hat sich *mein* Vertrauen erschlichen«, murmelte er zwischen zusammengebissenen Zähnen. Es war einfacher, wütend zu sein, als die Trauer und den Schmerz des Ausgestoßenen erneut zu spüren. Krystian atmete durch und ging weiter. Wo mochte der Sarazene sein?

Schließlich wurde er bei einer großen Jurte am Rande des Lagers fündig. In einiger Entfernung graste eine große

Gruppe von Pferden. Einige Rappen waren darunter und ein Junge trieb zwei Stuten mit Fohlen zur Ostseite des Lagers. Zwischen den dunklen Pferdeleibern leuchtete ein helles Gewand auf. Krystian hatte also richtig vermutet. Wenn man Abdallah finden wollte, suchte man am besten dort, wo es die meisten Pferde gab. Der Verräter stand bei dem Mongolen, dem diese Pferde offenbar gehörten, und diskutierte mit ihm.

»Dieb!«, zischte Krystian auf Polnisch und trat auf ihn zu.

Für das warme Lächeln, das Abdallahs Gesicht erhellte, als er Krystian auf sich zukommen sah, hätte er ihn am liebsten erwürgt. Das Lächeln verschwand und wich einem Ausdruck der Verwunderung.

»Krystian!« Der Sarazene kam ihm mit großen Schritten entgegen. »Ist etwas passiert? Schickt dich der Mönch …«

Weiter kam er nicht. Der Hieb traf ihn völlig unvorbereitet und streckte ihn zu Boden. Krystians Fingerknöchel pochten. Der Mongole, dem die Pferde gehörten, hob erstaunt die Hände und trat einige Schritte zurück.

»Dieb!«, brüllte Krystian Abdallah an. »Und ich dachte, ich hätte mich in dir getäuscht! Beinahe hätte ich dich sogar gemocht!«

Abdallah rieb sich die Wange, viel zu verblüfft, um etwas zu antworten. Krystian stürzte sich auf ihn und zerrte ihn auf die Beine.

»He!«, schrie Abdallah nun. »Bist du verrückt geworden? Was ist in dich gefahren?«

»Ich dachte, du wärst mir bei der Fährstation zum Fluss gefolgt, um mit mir zu reden. Dabei wolltest du nur sichergehen, dass Mascha genug Zeit hat, mein Gepäck zu durchwühlen. Aber das Amulett hat sie nicht gefunden. Dein Pech! Und jetzt durchschaue ich dich: Das ganze Geschwätz von Aleppo, dem Propheten Jesus und den Pferden deines Vaters diente nur dazu, mich zu blenden. Es ging dir die ganze Zeit nur um mein Amulett – die *Paiza* eines Kuriers. Und ich Idiot hätte dir beinahe vertraut …«

Abdallahs Mund war zu einem wutbleichen dünnen Strich geworden. »Ein Idiot bist du wirklich«, zischte er. »Und niemand nennt mich einen Dieb!«

»Was dann? Betrüger? Heuchler? Dreckiger Heide?«

»Das passt zu dir und deinen heuchlerischen, verbohrten Christenlehren«, gab Abdallah spöttisch zurück. »Typisch, erst kommt der Heide, dann der Mensch.«

»Wortverdreherei! Sag wenigstens jetzt die Wahrheit.«

Abdallah schnaubte verächtlich durch die Nase und verschränkte die Arme. Dann lächelte er auf diese herablassende Art, die Krystian heute mehr denn je hasste.

»Die Wahrheit also. Was willst du hören? Nun, du hast Recht: Ich wollte tatsächlich die *Paiza* bekommen, stell dir vor. Aber wenn ich es wirklich darauf angelegt hätte, hätte ich sie mir längst geholt.«

»Das glaube ich kaum«, erwiderte Krystian frostig. »Dazu müsstest du erst wissen, wo ich sie aufbewahre. Und wenn Mascha sie nicht gefunden hat, wirst du erst recht keine Gelegenheit dazu bekommen.«

Abdallahs Augen waren vor Wut beinahe schwarz. Aus den Augenwinkeln bemerkte Krystian, dass einige Mongolen herangekommen waren und den Streit interessiert beobachteten. Er wusste, dass sie sich nicht einmischen würden.

Ein Streit zwischen zwei Männern ging nur die Streitenden etwas an.

»Ich habe dir schon einmal gesagt, versuch nie wieder, mich zu schlagen!«, knurrte Abdallah, dann stürzte er sich auf ihn. Im nächsten Augenblick rollten sie ineinander verkrallt über den staubigen Boden. Ein Schlag traf Krystians Jochbein. Seltsamerweise tat es jedoch kaum weh. Die Pferde schnaubten nervös und trabten davon.

Wieder und wieder holte Krystian aus, kämpfte sich auf die Beine, brachte Abdallah zu Fall und steckte Hiebe ein, die so schnell und unerwartet kamen, dass sie ihn noch wütender machten. Flink wich er einem Faustschlag aus und wandte sich nach rechts. Wäre sein Bein so beweglich gewesen wie früher, hätte er sich in Sicherheit bringen können, nun aber knickte ihm das Knie ein und er verlor das Gleichgewicht. Da traf ihn schon der nächste Schlag. Instinktiv streckte er die Hände aus und krallte sich in den hellen Stoff. Im Fallen gelang es ihm, Abdallah mit sich zu reißen. Es gab ein schmerzhaftes »Klock«, als Abdallah mit dem Knie auf dem Stein aufkam.

Kurz darauf saßen sie beide auf dem Boden. Krystian presste japsend die Fäuste gegen den schmerzenden Leib und rang nach Luft, Abdallah lag gekrümmt und mit zusammengebissenen Zähnen im Gras und hielt sich das verletzte Knie. Blut lief aus seiner Nase und befleckte das helle Gewand. Krystian bekam kaum Luft, für einen Moment wurde ihm schwarz vor Augen, Fünkchen tanzten in seinem Sichtfeld, aber er kam mühsam auf die Beine und blieb schwankend stehen.

»Wie du und Mascha bestimmt schon vermutet habt,

trage ich die *Paiza* bei mir«, keuchte er. »Und ich warne dich: Ich habe keine Angst mehr vor dir. Wenn du auch nur daran denken solltest, sie mir zu stehlen, dann mach dich darauf gefasst, dass du nicht mit einer blutenden Nase davonkommst.« Er hätte sich als Sieger fühlen sollen, aber als er sich umdrehte und davonhinkte, kam er sich vor wie der größte Verlierer von allen.

»Weißt du, was mir leidtut, Schweinefresser?«, rief Abdallah ihm hinterher. »Dass ich gedacht habe, ich hätte mich in *dir* getäuscht!«

Noch bevor die Sonne ganz aufgegangen war, erklang ein kehliges Gebell vor der Tür. Gosset, der die halbe Nacht nach Krystian gesucht hatte, schreckte aus seinem Erschöpfungsschlaf hoch. »Krystian?«, murmelte er und blinzelte verschlafen. Wilhelm setzte sich hastig auf. Doch nein, der verlorene Sohn war noch nicht heimgekehrt. Stattdessen betrat ein grässlich anzusehender Mongole die Jurte. Das rechte Auge fehlte, mit dem anderen starrte der Zyklop sie an, als wollte er sie verschlingen. Wilhelm rief nach dem Dolmetscher und erschrak, als der Sarazene, den er seit gestern Nachmittag nicht mehr zu Gesicht bekommen hatte, in die Jurte trat: Seine ganze Wange war blau und sein linkes Auge verschwollen, als hätte er sich geprügelt. Das Gewand war so zerrissen und schmutzig, dass Wilhelm die Hände über dem Kopf zusammenschlug.

»In Gottes Namen, Homodei! Wie kannst du es wagen, so vor uns zu erscheinen? Was hast du getan?«

»Ein Barbar hat mich niedergeschlagen«, erwiderte der Dolmetscher knapp.

Wilhelm schüttelte entsetzt den Kopf und griff nach einem von Krystians Hemden. »Hier!«, sagte er. »Zieh das an – beeil dich! In Lumpen kannst du heute nicht vor Batu Khan treten.« Kurze Zeit später standen sie in ihrer schäbigen, verschmutzten Ordenskleidung vor der Jurte – barfuß, ohne Kopfbedeckung, mit verwilderten Bärten und sonnenverbrannten Gesichtern.

»Ich komme mir vor wie ein Schaustück«, murmelte Bartholomäus. »Hätten wir doch in Sartachs Lager unsere Messgewänder nicht vorgezeigt, dann würden wir jetzt einen würdigeren Anblick bieten.«

»Unser Glaube schmückt uns besser als das prächtigste Gewand«, knurrte Wilhelm. »Vor Gott sind wir weitaus besser gekleidet als jeder noch so in Gold und Seide gewickelte Heide.«

Der Marsch durch das Lager fühlte sich an, als würden sie zum Richtplatz geführt. Die Menschen deuteten auf sie, wunderten sich über den humpelnden Dolmetscher und die schäbige Kleidung der Reisenden, bewunderten aber die Bibel, die Bartholomäus vor sich hertrug. In Ermangelung eines Kissens lag das Buch diesmal auf einem blauen Stoff: Krystians Wintermantel aus Konstantinopel, den Wilhelm zu einem kissenartigen Bündel zusammengeschnürt hatte.

Das Palastzelt des Batu Khan war nach Süden hin geöffnet. Es war keine Jurte – die wäre für die vielen Besucher und Höflinge viel zu klein gewesen. Schon jetzt wimmelte es darin von Menschen, die hellen Zeltwände beulten sich an einigen Stellen aus, wo Ellenbogen von innen dagegenstießen. Unter dem Zeltrand sah Wilhelm mit Metall und Silbernieten verzierte Stiefel hervorlugen.

Der Zyklop raunzte etwas Unfreundliches. Homodei drehte sich zu Wilhelm um. Schweiß stand dem jungen Sarazenen plötzlich auf der Stirn.

»Wir sollen hineingehen, sobald er uns hereinwinkt«, erklärte er. »Aber Ihr sollt erst sprechen, wenn Ihr dazu aufgefordert werdet, und auch dann sollt Ihr Euch möglichst kurzfassen.«

Wilhelm nickte, obwohl ein gallebitterer Kloß in seiner Kehle saß. *Ein mongolischer Wilder will mir also vorschreiben, wann und wie lange ich von Gott sprechen darf*, dachte er grimmig. *Nun, wir werden sehen, wer hier wem befehlen wird.*

Auf ein Zeichen des Einäugigen traten sie ein. Gespenstische Stille senkte sich über das Zelt. Vor ihnen teilte sich die Menge und gab den Blick frei auf Batu Khan. Der Herrscher saß auf einer breiten, mit Gold und Seidenstoffen verzierten Thronliege. Er trug einen edlen pelzgesäumten, juwelengeschmückten Hut und die Art von Überwurf, wie alle Mongolen sie bevorzugten, nur dass seiner ungleich kostbarer war und glänzte. Batu Khan selbst wirkte allerdings wie ein Ziegenhirte, den jemand in die Kleidung eines Königs gesteckt hatte. Er war ein untersetzter Mann mit einem gewöhnlichen, flachen Gesicht, einem vorspringenden Kinn und roten Flecken auf den Wangen. Welch ein Gegensatz zum hochgewachsenen, asketischen König Ludwig! Wie würdevoll dieser selbst in seiner schlichten Leinentunika gewirkt hatte! Wilhelms Respekt für die Mongolen sank in diesem Moment noch schneller als seine Laune.

Falls Batu von der schmucklosen Aufmachung der Neuankömmlinge überrascht war, ließ er es sich nicht anmerken. Lange musterte er seine Gäste. Dann gab er mit einer Geste die Erlaubnis zum Reden.

Doch bevor Wilhelm den Mund aufmachen konnte, ging ein aufgeregtes Raunen durch die Menschenmenge. Der Einäugige sprang zu Homodei vor und zischte etwas.

»Ihr müsst die Knie vor Batu Khan beugen«, flüsterte der Dolmetscher.

Wilhelm holte tief Luft und stützte sich gehorsam auf dem rechten Knie auf.

Der Bote fuchtelte und schimpfte.

»Beide Knie«, sagte Homodei.

»Beide Knie beuge ich nur vor Gott«, gab Wilhelm ungehalten zurück.

»Bitte«, murmelte Homodei ihm jetzt beschwörend zu. »Ihr werdet sonst Schwierigkeiten bekommen. Bedenkt, wir sind keine Gesandten, der Khan kann uns für viel geringere Vergehen hinrichten lassen.«

»Das stimmt«, flüsterte Gosset von hinten. »Lasst uns nicht sofort in Ungnade fallen.«

Wilhelm warf einen Blick auf Batu. Der Herrscher hatte die Augen zusammengekniffen, Spannung lag in der Luft, nur das Summen der Fliegen, die die verschwitzten Gesichter umschwirrten, war zu hören.

Also gut, dachte Wilhelm. *Aber wenn du denkst, dass ich dich anrufe, als wärst du mein Herr, dann hast du dich getäuscht.* Eine Welle der Erleichterung ging durch das Zelt, als er auch noch das zweite Knie beugte. Gosset atmete auf.

Feigling, dachte Wilhelm.

»Hör genau hin und übersetze gut, du heidnischer Sohn Mohammeds!«, zischte er Homodei zu und leckte sich über die Lippen. »Oh Herr«, begann er dann mit seinem Gebet. »Wir bitten zu Gott, von dem alles Gute kommt und der Euch alle irdischen Güter gegeben hat, damit Ihr danach die himmlischen Güter haben werdet. Denn alles Irdische ist nichts wert ohne die himmlischen Güter.«

Langsam kam er in Fahrt, ganz von selbst wurde seine Stimme lauter.

»Und seid sicher, dass Ihr keine himmlischen Güter haben werdet, es sei denn, Ihr werdet Christen!«

Homodei schluckte und sah ihn entsetzt an. Ein grimmiger Triumph wallte in Wilhelm auf, als der Dolmetscher zögernd zu übersetzen begann. Die Barbaren hoben die Brauen und blickten ihn erstaunt an. Sehr gut. *Jetzt* hatte er ihre volle Aufmerksamkeit.

Der gerechte Zorn Gottes ließ Wilhelm alle Schmerzen und Entbehrungen vergessen. Er holte aus und geißelte sie mit Zitaten aus der Bibel, ließ die Worte wie Peitschenhiebe niedersausen. Er werde für seinen Gastgeber beten, erklärte er schließlich. Mehr könne er jedoch nicht für ihn tun, seine Seele sei ohnehin verdammt. Sie seien allesamt Heiden, ohne Taufe in einer Christenkirche.

Und da er gerade dabei war, ließ er es sich nicht nehmen, die Höllenqualen mit donnernder Stimme einzeln aufzuzählen. »Chaos und Finsternis sind Euch vorherbestimmt! Grausamste Schmerzen und glühende Qualen erwarten Euch, denn der einzige, gerechte, christliche Gott wird Euch allesamt zum Leiden in ewigem Feuer verdammen!«

Homodei stotterte bei der Übersetzung und wand sich sichtlich auf der Suche nach den mildesten Worten. *Geschieht ihm recht*, dachte Wilhelm mit grimmiger Genugtuung. *Soll der sarazenische Hund auch gleich wissen, was ihm nach seinem Tod in der Hölle blüht.*

Nachdem Homodei geendet hatte, herrschte in der Jurte eine so vollkommene Stille, dass selbst das Brummen einer verirrten Hummel so laut wie Donner wirkte. Wilhelm verlagerte ächzend sein Gewicht auf das rechte Knie und blickte Batu streng an. Zum ersten Mal, seit er Soldaia verlassen hatte, fühlte er sich leicht, beschwingt und stark. Die nagende Wut war verschwunden, geblieben war nur der gerechte, reine Zorn und das Gefühl, ein großes Werk für die christliche Sache vollbracht zu haben.

Batu lächelte. Einer seiner Gefolgsleute klatschte höhnisch in die Hände, die anderen taten es ihm nach. Nach einer Weile hob Batu die Hand. Sofort verebbte das prasselnde Spottlied. Der Mongolenhäuptling begann zu sprechen. Leise, beinahe träge, begleitet von lebhaften Gesten. Er hatte Bauernhände, breit wie Schaufeln, mit schwarz geränderten Nägeln.

Homodeis Stimme war kaum zu hören, als er stockend übersetzte.

»Er sagt, wenn eine Amme einem Säugling Milch geben will, dann flößt sie ihm nicht mit Gewalt die ganze Milch auf einmal ein, sondern lässt ihm erst einige süße Tropfen in den Mund fallen, sodass der angenehme Geschmack das Kind dazu ermutigt, selbst und mit Freude zu trinken. Ebenso solltet Ihr Batu auch erst einmal mit freundlichen Worten von der fremden Lehre zu überzeugen versuchen, statt sofort mit ewiger Verdammnis zu drohen.«

Wilhelm warf dem Dolmetscher einen scharfen Blick zu. Übersetzte er richtig? Oder waren das Worte, die dieser teuflische Sohn Mohammeds soeben erfunden hatte? Doch er kam nicht dazu, Homodei zurechtzuweisen, denn Batu bot ihm lächelnd einen Platz in seiner Nähe an und ließ den Gästen Stutenmilch bringen. Gosset griff mit einem dankbaren Nicken danach und auch Wilhelm war trotz seines Widerwillens froh über die Stärkung und trank die Schale in einem Zug leer.

Danach bat er Bruder Bartholomäus, mit der Bibel vorzutreten, und erklärte den Zweck ihrer Mission, erzählte vom französischen König und den Kreuzzügen im Heiligen Land.

Batu hörte ihm aufmerksam zu und ließ einen Schreiber alle Namen und Orte notieren. Schließlich, nach einer kurzen Bedenkzeit, erklärte er mit großer Bestimmtheit, dass er der Reisegruppe alles Gute wünsche und glücklich sei, dass sie auf mongolischem Herrschaftsgebiet verweilen wollten. Er selbst würde ihnen dies auch gerne gestatten.

»Allerdings«, fuhr er fort, »kann ich Euch nicht allein die dafür nötige Genehmigung erteilen. Dafür müsst Ihr zur Stadt Karakorum weiterreisen, zum Hof von Möngke Khan, dem Herrn über alle Mongolen, und ihn selbst um Erlaubnis bitten.«

Als er Wilhelms entsetztes Gesicht sah, wurde sein Lächeln noch ein wenig breiter.

»Seid unbesorgt«, ließ er ihn durch Homodei wissen. »Die Reise dauert nur etwa hundert Tage. Ich werde Euch einen Führer und Pferde mitgeben. Ich gebe Euch die Erlaubnis, auf der Straße der Gesandten zu reisen und die Kurierstationen zu nutzen. Dort wird man Euch mit Pferden und Nahrung versorgen. Aber nun beantwortet mir meine

Fragen: Wie ist Euer Land beschaffen? Ist es gutes Weideland und gibt es dort viele Schafe und Rinder? Und ...«, seine Augen blitzten nun erstmals interessiert auf, »ist es wahr, was man sich über den Papst in Eurem Land erzählt? Ist er wirklich fünfhundert Jahre alt?«

Krystian konnte sich nicht entscheiden, welche Prellung am meisten schmerzte. Als er am Morgen mit Tau an den Wimpern und bis auf die Knochen durchgefroren unter einem Baum erwacht war, hatte er eine ganze Weile gebraucht, um wieder auf die Beine zu kommen. Selten war er so traurig gewesen wie heute. Unter seinem Hemd knisterte das Stück Papier, das er Wilhelm vor einigen Tagen entwendet hatte. Heute schämte er sich dafür, es an sich genommen zu haben. *Vielleicht bin ich selbst ein Dieb*, dachte er niedergeschlagen, als er sich auf den Weg machte, um seine Suche fortzusetzen. Für einen unwirklichen Augenblick sehnte er sich danach, einfach zu Gosset und den anderen zurückzukehren. Doch es gab kein Zurück. Sein Weg – sein eigener Weg – begann hier, mitten in der Wildnis, so unglaublich fern von Cremona, wie er es sich nie hätte träumen lassen.

Sobald er auch nur zwinkerte, erschien Alans Bild vor ihm – ihr besorgtes Gesicht und ihr warnendes Kopfschütteln. Sie und Ochirs Männer waren in Richtung von Batus Lager geritten. Feuerstellen säumten ihre Spur, auf der auch die Mönche zur Wolga gereist waren. Welches Lager auch immer ihr endgültiges Ziel sein mochte, zumindest mussten sie für einige Zeit bei Batu gerastet haben, um die Pferde ausruhen zu lassen und neue Vorräte mitzunehmen. Nun war es seine Aufgabe, Alan zu finden. Sie waren beide Gefangene, aber vielleicht gab es wenigstens für einen von ihnen noch Hoffnung auf Freiheit.

»*Sain bainuu!*«, rief er einer Frau zu, die mit einem Ballen frisch geschorener Wolle von der Weide kam. Die Frau riss überrascht die Augen auf und lächelte erfreut.

»*Sain!*«, antwortete sie.

»*Alan nerte emegte, Ochir chemeech eriig tanich uu?*«, fragte er.

»*Ugui*«, verneinte sie bedauernd und lud ihn in ihr *Ger* ein. Noch nie hatte die Stutenmilch so köstlich geschmeckt. Seine Gastgeberin lebte noch nicht lange im Lager. Von einem Ochir wusste sie nichts, aber sie hatte gehört, dass bereits vor einigen Tagen eine Reitergruppe zu den *Gers* in der Nähe des Flusses geritten war, und versprach, bei nächster Gelegenheit nachzufragen. Dann deutete sie auf sein blaues Auge und wollte wohl wissen, was es denn mit der Prügelei zwischen Fremden auf sich hätte, die sich im Lager längst herumgesprochen hatte.

Krystian gab eine ausweichende Antwort, bedankte sich und versprach, am nächsten Tag wiederzukommen. Dann wanderte er quer durch das Lager in Richtung Fluss, bis er die äußersten Zelte in der Nähe der Wolga erreichte. Pferde und Schafe grasten nicht weit von hier. Krystian ging auf einen kleinen Hirtenjungen zu und begrüßte ihn freundlich. Der Junge kam offenbar mehr im Lager herum. Er nickte eifrig, als Krystian nach einer Reitergruppe fragte, und deutete zum Flusslauf. Es waren tatsächlich fremde Reiter ins Lager gekommen, zumindest so viel hatte Krystian verstanden. So schnell er konnte, legte er den Weg zum Fluss zurück und wanderte in der angegebenen Richtung zu einigen

Weiden am Flussufer. In den vergangenen Tagen war der Fluss angeschwollen und schäumte nun in seinem steinigen Bett. An einigen Stellen hatte er das Ufer überschwemmt und war trüb vom aufgewirbelten Schlamm.

Die struppigen Pferde hoben misstrauisch die Köpfe. Fußfesseln hinderten sie daran, vor ihm wegzulaufen, aber sie machten, so weit es die Schlingen aus Strick erlaubten, einige Schritte von ihm weg. Die Vormittagssonne ließ ihr Fell vor dem aufgewühlten Flusswasser leuchten. An dieser Stelle war der Fluss noch etwas schmaler und schneller, Wirbel bildeten bedrohliche Strudel in der Flussmitte. Weidenzweige wurden im Sog flussabwärts gezogen. Krystian wanderte gegen den Strom in Richtung Norden. Eine weitere Herde kam in Sicht und eine Gruppe von kleineren *Gers*, erstaunlich nahe am Fluss. Es waren Frauenjurten. Ein Holzbottich zum Milchschlagen stand neben einem Eingang. Nördlich von ihnen ragte ein größeres *Ger* auf. Das gehörte vermutlich dem Familienoberhaupt. Zwei Männer stiegen gerade auf ihre gesattelten Pferde und ritten davon. Krystian umrundete in einem unauffälligen Bogen die Jurten. Leise näherte er sich der Behausung, die dem Fluss am nächsten war. Hohes Gras und Buschwerk boten ihm Sichtschutz. Endlich sah er es ganz deutlich: Neben der Jurte stand ein Pferd, das er kannte. Ein Schecke war es, Alans Reittier!

Krystian duckte sich hastig und spähte zum Eingang. Die Türmatte aus Filz war zurückgeschlagen, jedes Mal, wenn der Wind drehte, hörte er Frauenstimmen und Lachen. Eine ältere Frau trat aus der Jurte, ging zum Milcheimer und schüttete den Inhalt eines Melksacks hinein. Dann begann sie die Milch zu schlagen. Zwei Kinder schlüpften aus der Jurte, jagten sich lachend und kreischend und verschwanden anschließend in Richtung Fluss. Krystians Mund war vor Aufregung so trocken, dass ihm die Zunge am Gaumen klebte. Vorsichtig pirschte er sich näher heran und beobachtete die Frauen. Den ganzen Mittag über waren sie beschäftigt. Eine Ziege wurde zerteilt und bald darauf roch es nach gekochtem Fleisch. Die Stuten wurden gemolken und die Kinder für einfachere Arbeiten zu Hilfe gerufen.

Erst als die Schatten wieder länger wurden und Krystian schon das Gefühl hatte, in der Sonnenhitze zu vertrocknen wie ein Fisch auf einem heißen Stein, riss ihn ein Ruf aus seiner angespannten Beobachterhaltung.

»Alan? Us auch ir!«

Schlagartig waren der Durst und die Hitze vergessen. Etwas regte sich im Schatten des Jurteneingangs und dann … trat Alan ins Freie!

In jeder Hand trug sie einen Lederschlauch. Geblendet von der grellen Sonne, sah sie sich blinzelnd um und machte sich dann auf den Weg zum Fluss. Ohne Fesseln, als wäre sie eine ganz gewöhnliche Frau des Stammes und keine Sklavin. Was hatte das zu bedeuten?

Sie ging ein ganzes Stück flussabwärts, ohne sich umzusehen. Ihr Gang war geschmeidig und schnell, doch sie wirkte dabei nicht wie eine Gefangene, die die Gelegenheit zur Flucht nutzen wollte.

Krystian rannte in weitem Bogen voraus, vorbei an hohem Ufergras und Büschen. Schließlich blieb er schwer atmend am steilen Ufer stehen. Nun sah er sie auf sich zukommen. Gedankenverloren betrachtete sie den Fluss. Die wenigen Sekunden, in denen sie direkt auf Krystian zuging, ohne ihn zu sehen, dehnten sich zu einer Abfolge ewiger Momente: Krystian sah die lose Strähne, die einen Schatten auf ihre Wange warf, die langen Wimpern, ein kleines Muttermal neben dem rechten Mundwinkel. Den hohen Bogen ihrer Wange, der sich vor dem tiefschwarzen Haar abhob.

Dann wandte sie plötzlich den Kopf – zu schnell, als dass er sich hätte verbergen können. Alan entdeckte ihn und blieb ruckartig stehen. Bei dem Gedanken, sie könnte entsetzt davonstürzen, machte sein Herz einen Satz, aber Alan machte keine Anstalten zu fliehen. Einige Momente sahen sie sich direkt an. Ein Sonnenstrahl fing sich in Alans rechtem Auge und Krystian erkannte zum ersten Mal, dass ihre Augen eine besondere Farbe hatten – ein warmes Braun mit goldenen Flecken und einem dunklen Ring um die Iris.

Krystian schluckte und zwang sich zu einem Lächeln, von dem er hoffte, es würde nicht zu sehr einer nervösen Grimasse gleichen.

»*Sain bainuu!*«, brachte er mit einiger Mühe heraus.

Alan blickte sich rasch um, doch als sie sich vergewissert hatte, dass niemand sie beobachtete, atmete sie erleichtert auf und nickte.

»*Sain*«, erwiderte sie mit weicher Stimme und schenkte ihm ein Lächeln, das ihm augenblicklich die Luft nahm. Etwas Seltsames geschah: Vor wenigen Minuten war die Welt noch der schlimmste Ort gewesen, nun aber war Krystian einfach nur glücklich, hier und nirgendwo sonst zu sein.

Doch das Lächeln verblasste viel zu schnell, als sie sein Gesicht genauer betrachtete. Sie nahm auch den rechten

Lederschlauch in die linke Hand, tippte sich mit dem Zeigefinger an die Wange und zeigte dann auf sein Gesicht.

»*Uunig sonsson yum baina*«, meinte sie bedauernd.

Krystian musste sich räuspern, bevor er ein weiteres Wort herausbrachte. Er konnte es immer noch nicht fassen: Er unterhielt sich mit Alan, als wäre sie ein ganz gewöhnliches Mädchen an einem Dorfbrunnen. Aber warum war sie nicht mehr gefesselt?

»Ja, es sieht nicht schön aus«, meinte er und verzog das Gesicht.

»Ich ... jetzt haben wir beide blaue Flecken.«

Alan lachte leise.

»*Chi end Ochir charagdaj bolochgui shuu*«, sagte sie und deutete zu den Jurten.

»Ochir kann mir gestohlen bleiben«, antwortete Krystian. »Ich weiß, dass du nicht bei ihm sein möchtest, Alan. Und ich weiß, wie es ist ... gefangen zu sein. Ich würde alles dafür tun, um dir zu helfen.«

Er unterstrich seine Worte mit Gesten und benutzte so viele mongolische Begriffe, wie ihm nur einfielen, aber die junge Frau erahnte wohl eher den Sinn, als dass sie seine Worte verstand. Sie lächelte traurig und zuckte mit den Schultern.

»*Ochir chamaig olochoos umnu endees yav*«, sagte sie und machte sich daran, den steinigen Abhang zum Wasser hinunterzuklettern.

»Halt!«

Krystian erschrak selbst über die Heftigkeit, mit der er nun zu ihr sprang und sie am Arm packte. Sie zuckte zusammen. Ihr Lächeln war verschwunden.

»Das ist nicht nur Gerede, ich meine es ernst!«, beschwor er sie in einem Kauderwelsch aus Polnisch und Mongolisch. »Ich weiß wirklich, wie es dir geht. Ich war selbst auch einmal gefangen, so wie du. Ich heiße Krystian.« Er deutete auf sich. »Aber früher war ich in einem Käfig eingesperrt als *Mogoi* – Schlange! Da, sieh her!«

Er zerrte jetzt so hektisch an seinem Leibhemd, dass die Schnürung sich löste. Erst dann wurde ihm bewusst, was er im Begriff war, zu tun. Noch nie hatte er einem Menschen freiwillig seine Schlangenzeichnung gezeigt. Und auch jetzt war die Scham zu groß. Die junge Frau sah ihn mit offenem Mund an, als wüsste sie nicht, ob sie hierbleiben oder vor dem Verrückten zurückweichen sollte. Die Röte schoss ihm ins Gesicht. Verzweifelt suchte er nach den richtigen Worten für eine Erklärung, als ihm plötzlich das Blatt Papier einfiel, das er Wilhelm gestohlen und unter seinem Gürtel verstaut hatte. Schon hatte er die Zeichnung hervorgeholt und hielt sie Alan hin. So sorgfältig, wie es mit einem verkohlten Stück Holz eben ging, hatte er die *Paiza* abgezeichnet – nicht nur den Schlangenmenschen, sondern auch die rechteckigen Umrisse des Metallstücks und das Loch am oberen Ende, selbst die Rille am Rand hatte er sorgfältig nachgezogen.

»Siehst du?«, sagte er und deutete erst auf die Zeichnung und dann auf sich selbst. »So ein Schlangenmensch bin ich auch. Und ich habe diese *Paiza* und …«

Er verstummte, als sie vorsprang und seine Hände ergriff. Die Berührung jagte ihm einen heißkalten Schauer über den Rücken. Das Blatt zerknitterte zwischen seinen zusammengepressten Handflächen. Alans weit aufgerissene Augen waren ganz nah.

»Dschingis chaani beleg!«, flüsterte sie fassungslos. *»Paiz baina. Tschi uuniig chaanaas avsan be?«*

Das verstand er. Sie fragte, woher er das Bild hatte.

»Von einem Krieger«, antwortete er. *»Tsereg.«*

Alans Augen wurden noch größer und plötzlich wurde sie so blass, dass sie wie ein Geist wirkte. *»Chund uzuulj bolochgui shuu«*, beschwor sie ihn. *»Yav!«*

Krystian schluckte. Ihre Nähe machte ihn schon beinahe schwindlig und verwirrte ihn. Er wollte etwas antworten, fragen, was sie eben gesagt hatte, doch die wenigen mongolischen Worte vermischten sich mit den Fetzen aller ihm bekannten Sprachen zu einem Chaos aus Lauten und ließen ihn sprachlos zurück.

»Alan?« Sie zuckten beide zusammen, Alan sprang zurück, als hätte sie sich verbrannt. Doch es war zu spät. Die alte Frau, die unweit von ihnen am Ufer stand, hatte alles gesehen. Sie ließ die beiden Wasserschläuche, die sie trug, einfach fallen und schlug entsetzt die Hände vor den Mund. Ihre Augen waren weit aufgerissen. Dann hob sie die Hände und stieß einen gellenden Schrei aus.

»Chulee!«, rief Alan ihr hinterher. Doch die Frau rannte davon, als wären sämtliche Mittagsdämonen Konstantinopels hinter ihr her. Alan biss sich auf die Unterlippe. Krystian wusste, dass sie nun beide in Schwierigkeiten waren. Fieberhaft überlegte er, was es bedeuten musste, dass Alan Hand in Hand mit einem fremden Mann gesehen wurde. War sie Ochirs Frau, kam es einem Ehebruch gleich. Darauf stand bei den Mongolen die Todesstrafe. War sie seine Sklavin, war sie sein Eigentum und die Todesstrafe erwartete zumindest den Dieb.

»Yav!«, flüsterte ihm Alan eindringlich zu. Doch bevor sie davonlaufen konnte, hatte er schon ihre Hand genommen und hielt sie zurück. »Ochir wird dich töten, komm!«

Er wollte sie mit sich ziehen, doch Alan entwand ihm energisch ihre Hand und schüttelte heftig den Kopf. *»Yav!«*, schrie sie ihn an. Die Zeichnung fiel zu Boden und verfing sich zwischen Gras und Mohnblumen. Immer noch gellten die Schreie über den Fluss. Nun hörte Krystian auch Stimmen von Männern und Hufschlag, der immer näher kam.

Alan versetzte ihm wütend einen groben Stoß gegen das Brustbein. Endlich verstand Krystian, dass er gehen sollte. Fassungslos stolperte er ein paar Schritte davon, während seine Gedanken sich überschlugen. *Sie schickt mich weg! Auch sie.* Wie betäubt hörte er das Schnauben von Pferden, dann waren die Reiter bereits bei ihm. Ochir war nicht darunter, aber der sehnige Kerl mit dem schmalen Schnurrbart kam ihm bekannt vor. Durch den Nebel seiner wirren Gedankenbilder erkannte Krystian den Mann, der bei ihrer letzten Begegnung die Pfeile auf die Satteltaschen abgeschossen hatte. Blitzschnell hatten die drei Reiter ihn eingekreist. Nun saß er in der Falle. Hinter ihm der Fluss und vor ihm schmale Krummsäbel.

Flink sprang er zur Seite und packte einen Stein. Der Reiter schrie empört auf, als das kantige Geschoss ihn an der Schulter traf. Krystian nutzte den Moment des Zögerns aus und stürzte nach vorne. Seltsamerweise hatte er überhaupt keine Angst, alles, was er fühlte, war eine grimmige Entschlossenheit.

Mit einem gezielten Griff, der ihn selbst überraschte, hebelte er den Mongolen aus dem Sattel. Er hörte Alans Stimme und fühlte einen Steigbügel, der ihn am Brustbein traf. Ein Pferd trat ihm auf den Fuß, aber immerhin gelang es ihm, einen der Pferdeknüppel von einem Sattel zu reißen. Er wehrte sich mit aller Kraft und schlug einen Säbel weg, der im nächsten Moment zu Boden fiel. Der entwaffnete Mongole gab einen überraschten Laut von sich und wich mit seinem Pferd ein Stück zurück.

»Ja, verschwinde!«, schrie Krystian ihn an und holte abermals mit dem Knüppel aus. Das herrenlose Pferd des ersten Reiters scheute und preschte davon. Weitere Rufe erschollen, eine Frau schimpfte und Alan antwortete ebenso rüde. Und mitten in dem Chaos aus trappelnden Hufen, Wasserrauschen und Pferdeschnauben erhaschte er plötzlich einen Blick zwischen zwei Pferden hindurch. Der Anblick ließ ihn stutzen: Gosset!

Der Kleriker rannte auf die Gruppe zu, doch heute hatte sein Gesicht nichts Gutmütiges und Sanftes mehr, es war rot und verzerrt. »Lasst den Jungen los! Krümmt ihm ein Haar und ihr bekommt es mit mir zu tun!« Im Laufen hob er einen abgebrochenen Ast auf und stürzte sich auf den ersten Krieger.

»Nein, Gosset!«, schrie Krystian.

Doch es war zu spät. Der dritte Krieger zückte seinen Krummsäbel und trieb sein Pferd auf Gosset zu. Krystian überlegte nicht, in diesem Moment verstand er nur eines: Bisher waren es nur Drohgebärden gewesen, nun aber wurde es ernst. Gosset konnte sterben. Dafür, dass er Krystian helfen wollte.

Krystian sprang nach vorne und griff sich den Säbel, der auf dem Boden lag.

»Gosset!«, rief er und riss die Waffe mit beiden Händen hoch.

»Zurück!«

Weiter kam er nicht, denn ein stechender Schmerz zuckte durch seine rechte Schulter. Er keuchte und taumelte, der Säbel fiel ihm aus der Hand. Sein Herz setzte aus und stolperte dann doppelt so schnell los, gleichzeitig hatte er das Gefühl, dass ihm der Boden unter den Füßen wegglitt. Etwas Warmes floss über seinen Arm und wurde im Wind kühl. Benommen blickte er nach rechts und sah seinen blutgetränkten Ärmel. Er wollte etwas zu Gosset sagen, wollte ihm erklären, dass alle ihn verlassen hatten und dass er unendlich froh war, wenigstens Gosset nicht gleichgültig zu sein, doch die Wirklichkeit entglitt ihm wie ein glatter, seidener Vorhang. Und noch während er endgültig den Halt verlor und rücklings in die wirbelnden Fluten der Wolga stürzte, erkannte er weit entfernt die Silhouette des Reiters, der den Bogen wieder senkte.

Sie hatten den ganzen Nachmittag und auch den Tag darauf nach Krystians Leiche gesucht. Gosset hatte in der Nacht kein Auge zugetan und machte sich ein ums andere Mal Vorwürfe, dass er nicht ins Wasser gesprungen war, um Krystian zu retten. Am Tag darauf hatte sich der Kleriker zum Erstaunen der Brüder dazu überwunden, mit einem langen Stock im Uferwasser herumzustochern – es wollte etwas heißen, wenn er sich so nah an den Fluss wagte. Stundenlang waren sie flussabwärts gewandert, begleitet von einer immer größer werdenden Schar von Mongolen, die von dem Zwischenfall gehört hatten und den Fremden bei der Suche halfen. Doch niemand hatte den Leichnam gesehen. Vielleicht hatte der Fluss ihn längst über die Grenzen des Lagers hinaus ins wilde Land getragen, vielleicht lag er auch tief unten im Flussbett, verheddert in den Schlingpflanzen, bestaunt von trägen Fischen und halb versunken im schlammigen Grund. Bei diesem Gedanken wurde Wilhelm das Herz schwer.

Der Trauergottesdienst fand genau an der Stelle statt, an der Gosset ihn in den Fluss hatte stürzen sehen. In der Abendsonne warf das aus Ästen zusammengebundene Holzkreuz, das Bruder Bartholomäus am Ufer aufgestellt hatte, einen langen Schatten.

Gosset und Bartholomäus weinten lange, und auch Wilhelm wischte sich immer wieder über die geröteten Augen. *Herr, gib ihm Frieden und nimm ihn in deinen Armen auf*, betete er im Stillen. *Was auch immer ihn dazu gebracht haben mag, mit einem Säbel auf einen Menschen loszugehen – in seiner Seele war er ein guter Mensch.*

»Ich hätte mich besser um ihn kümmern müssen«, murmelte er.

»Niemals hätte ich ihn fortschicken dürfen. Ich hoffe, Gott wird mir verzeihen.«

Bartholomäus schüttelte heftig den Kopf. »Macht Euch keine Vorwürfe, Bruder Wilhelm. Es war ein Unglück. Niemand hätte es verhindern können. Es liegt in Gottes Hand.«

Gosset schwieg mit zusammengekniffenen Lippen und starrte in die trüben Fluten. Wilhelm hatte das Gefühl, dass der große Kleriker ganz anderer Meinung war und seinem Blick bewusst auswich. Der stumme Vorwurf legte sich wie Blei auf seine Seele.

»Sprechen wir das Totengebet«, sagte Bartholomäus mit rauer Stimme.

Als sie schließlich zu dritt ein Trauerlied anstimmten, tauchten einige Hirtenkinder auf und lauschten. Selbst als die drei Männer verstummt waren und noch einige Minuten schweigend auf das Flusswasser sahen, gab keines der Kinder einen Laut von sich.

Schließlich, als der Schatten des Kreuzes bereits das Wasser berührte, erhob sich Wilhelm von den Knien und streifte sich einige Grashalme von der Kutte.

»Weint nicht länger«, sagte er heiser und legte Bartholomäus tröstend die Hand auf die Schulter. »Der Herr hält ihn nun in seinen Armen. Wir werden ihn im Herzen behalten und für unseren Bruder beten.« Er musste schlucken, bevor er weitersprechen konnte. »Und nun lasst uns zu unserem Lagerplatz zurückkehren. Der Herr hat uns auf eine lange Reise geschickt und wir haben noch eine beschwerliche Zeit vor uns.«

Wilhelm hatte sich vorgenommen, nicht mehr zurückzublicken, doch als sie ein Stück flussabwärts gegangen waren, konnte er nicht anders, als sich noch ein letztes Mal umzuschauen. Zu seiner Überraschung entdeckte er den Dolmetscher. Hatte er sich die ganze Zeit hinter den Büschen verborgen und die christliche Zeremonie heimlich verfolgt? Nun stand er mit versteinertem Gesicht so dicht am Ufer, dass seine Füße beinahe das Wasser berührten, und starrte so traurig auf die Strömung, als hätte er etwas Kostbares darin verloren.

Teil IV

Die Jurte

Er war tot, die Schwärze um ihn herum und das Feuer, in dem er brannte, erlaubten keinen Zweifel. Er – oder was immer von ihm übrig war – konnte nicht fassen, was geschehen war: Dreizehn Jahre hatte der Pfeil des Höllenreiters aus Krakau auf seine Gelegenheit gewartet und nun hatte er sein Ziel doch noch erreicht und Krystian getötet. Doch seltsamerweise wollte sein Herz nicht einsehen, dass der Fluss seinen Leichnam verschlungen hatte. Es pochte und schmerzte bei dem Gedanken an so viel Ungerechtigkeit. Ochir hatte ihn getötet, einfach so, als wäre er ein tollwütiger Hund gewesen und kein Mensch, als wäre Krystian die Bestie und nicht der barbarische Krieger selbst! *Ein widerspenstiges Herz eben*, hörte er Wilhelms tadelnde Stimme. Und Matteos Stimme fügte hinzu: *Hast du dich denn nicht wie eine Bestie benommen? Du hast eine Waffe gegen einen anderen Menschen gerichtet. Jesus sagt: »Alle, die zum Schwert greifen, werden durch das Schwert umkommen.«* Gesichter leuchteten im Takt seines Herzschlags auf und verloschen wieder. Aber es war Alan, deren Anblick ihm am meisten zu schaffen machte. *Sie schickt mich fort. Auch sie*. Mit der Zeit – vielleicht waren es Minuten, möglicherweise aber auch Stunden oder Tage – konzentrierte sich der Schmerz auf seine Schulter. Immer wieder brannte etwas Bitteres auf seiner Zunge und er verzog das Gesicht. Aber wenigstens war die Kälte des Flusses Vergangenheit. Fragte sich nur, ob die Hitze, die er nun verspürte, denn besser war. Höllenflammen knisterten in seiner Nähe und der Schweiß rann ihm über die Stirn. Jetzt hörte er rhythmischen Singsang, der von einer dumpfen Trommel begleitet wurde. Jemand hustete krächzend und sang dann weiter. Es roch nach Rauch und verkohltem Horn. Krystian öffnete die Augen und stieß einen erstickten Schrei aus. Er war tatsächlich in der Hölle gelandet – bei dem dämonischsten Geschöpf, das er sich vorstellen konnte! Blaue Schlangen verbargen das Gesicht des Ungeheuers. Schatten von Hörnern tanzten an der Zeltwand. Der Dämon verstärkte seinen heiseren Singsang und schlug eine flache Ledertrommel, als wolle er Krystian von seinem Lager vertreiben. »*Yav!*«, befahl er.

Krystian wäre nur zu gerne geflohen, doch er war vor Entsetzen gelähmt. Wie in einem Fiebertraum begannen die Schlangen sich zu winden und zu zischen, Giftzähne blitzten im Feuerschein. Krystian sah Marek vor sich und Mareks Messer. Die Trommel wurde lauter, bedrängte ihn, setzte etwas in ihm frei, das ihm die Luft nahm und gegen seine Kehle drückte, bis er zu ersticken glaubte. Krystian warf den Kopf zur Seite und schrie auf. Dann verblasste Mareks Gesicht und Krystian verlor das Bewusstsein.

Etwas war anders als in der Zeit im Totenreich. Der bittere

Geschmack auf seiner Zunge war verschwunden und seine Finger … ertasteten Schaffell! Irritiert runzelte Krystian die Stirn. Wenn das die Hölle war, war sie zumindest ungewöhnlich ausgestattet. Er nahm das Blöken von Schafen wahr. Und neben ihm klapperte etwas. Vorsichtig drehte er den Kopf in Richtung des Geräusches, doch dann drängte sich plötzlich etwas Hartes, Rundes zwischen seine Lippen. Er wollte erschrocken zurückweichen, doch sein Kopf lehnte an etwas. Er verschluckte sich, als auf einmal eine warme, salzige Flüssigkeit seinen Mund füllte. Hustend kämpfte er sich aus seiner Benommenheit hoch. Der Schmerz in der Schulter flammte bei der Bewegung auf, sehnige Hände drückten ihn auf sein Lager zurück.

»*Chevtej bai!*«, befahl eine raue Frauenstimme. Wieder landete ein Schwall Fleischbrühe in seinem Mund, doch diesmal schluckte Krystian geistesgegenwärtig und blinzelte mühsam. Verschwommen erkannte er ein zahnloses Totengesicht. Es gehörte einem hageren alten Mann, der ihn just freundlich angrinste. Neben dem kahlen Greis saß eine jüngere, ebenfalls hagere Frau und flößte Krystian mit einem hohlen Ochsenhorn Nahrung ein. Die Frau war ernst bei der Sache, senkrechte Falten teilten ihre Lippen. Ihre Brauen waren über der Nasenwurzel zusammengewachsen, was den Ausdruck von Strenge noch verstärkte.

»*Ter udaan untsan baina*«, sagte sie zu dem alten Mann. Krystian kamen die Worte bekannt vor. Er habe lange geschlafen, hatte sie gesagt. Geschlafen? Die Hitze war immer noch unerträglich, vermutlich hatte er Fieber. Er lag nicht mehr in einem kleinen Zelt, sondern in einer geräumigen Jurte. Einige verkohlte, flache Knochen – Schulterblätter eines Schafs – lagen in einer Schale nicht weit von seinem Lager aus Schaffellen und Filzdecken. Ein weiterer Knochen lag im Feuer und der Mann schob ihn mit einem Stock hin und her. Knisternd barst die verkohlte Knochenhaut in der Hitze und zeigte einen langen, geraden Riss. Der alte Mann holte das verkohlte Ding aus dem Feuer und betrachtete es zufrieden.

Erst in diesem Augenblick begriff Krystian, dass er nicht tot und in der Hölle war. Er wurde nur Zeuge eines heidnischen Rituals.

Vorsichtig schielte er an sich hinunter und erstarrte jäh. Nicht nur, dass ihn mehrere Götzenpuppen anstarrten, nein, unter der Filzdecke war er nackt! Sein rechter Arm lag auf der Decke. Neben einem Umschlag mit Kräutern, der über Brust und Schulter lag, wand sich gut sichtbar seine Schlangenzeichnung. Das Entsetzen ließ Krystian frösteln. Er sah Khojin vor sich, wie sie die imaginäre Schlange voller Wut erschlug. Doch diese beiden Leute hier schienen nicht vorzuhaben, ihn umzubringen. Im Gegenteil: Sie hatten sogar die Pfeilwunde verbunden – der Anblick des Schandmals machte ihnen nichts aus.

»Wie bin ich hierhergekommen?«, flüsterte er. Als die beiden nicht reagierten, wurde er ungeduldig. *»Gert yaaj … oroch ve?«*, fuhr er die Frau an.

Den beiden klappten vor Überraschung die Münder auf. Die Frau stieß einen erstaunten Ruf aus und schlug die Hände über dem Kopf zusammen, dann folgte ein Redeschwall, dem Krystian nur mit Mühe folgen konnte. Ihren lebhaften Gesten konnte er entnehmen, dass die beiden ihn am Flussufer gefunden hatten. Wenn er richtig verstand, war das bereits mehrere Tage her.

Fuchtelnd deutete der Greis auf eine der Puppen, lachte und klatschte begeistert in die Hände. Krystian sah, dass die

Puppe – ein gemeines Ding mit aufgemalten Schlitzaugen, gelbem Ziegenfell und einem Klumpfuß – direkt über der Stelle ins Weidenrutengeflecht des *Gers* gesteckt war, wo auch Krystians Kleidung hing. Und zu seiner Erleichterung war auch der Gürtel dort!

Der Alte nuschelte etwas und deutete auf die Puppe. Vermutlich wies er darauf hin, dass einer seiner Ahnen, der ein wirklich hässlicher Kerl gewesen sein musste, Krystian beigestanden hatte. Krystian hörte ihm zu, in der Brust ein taubes Gefühl. Er hätte sich freuen müssen, noch am Leben zu sein, doch stattdessen empfand er nur Bitterkeit. Selbst das Atmen war ihm zuwider. Die Brüder hatten ihn verstoßen, Alan hatte ihn weggeschickt, Abdallah hatte ihn verraten und Ochir wollte ihn umbringen. Gott hatte ihn vergessen. Er war vogelfrei, jeglicher Hoffnung und Würde beraubt – und verloren.

Die Frau holte eine Schale mit *Ayrag* und hielt sie ihm hin, doch er stieß sie mit der Hand so grob weg, dass sie die Milch verschüttete, und wandte den Kopf ab. »Lasst mich!«, flüsterte er. »Lasst mich in Ruhe!«

Als er das nächste Mal erwachte, hatten sich die Menschen an seinem Lager auf wundersame Weise vermehrt. Drei Kinder im Alter zwischen sechs und vierzehn Jahren betrachteten ihn fasziniert und begannen aufgeregt zu plappern, als er die Augen aufschlug. In der Nähe weinte ein Säugling. Es war Nacht, im *Ger* flackerte der Feuerschein über die dunklen Filzwände. Vorsichtig setzte er sich auf. Die Frau saß auf der Ostseite der Jurte und beruhigte gerade den Säugling, indem sie ihn wiegte und ihm etwas vorsang. Krystian fiel seine Grobheit wieder ein. Er hatte den kostbaren *Ayrag* verschüttet. Das war wie ein Schlag ins Gesicht seiner Gastgeberin. Er wurde rot vor Scham.

»*Uutschlaarai!*«, entschuldigte er sich. Die Frau nickte knapp. Gerade wollte Krystian die brennenden Augen wieder schließen, als ihm bewusst wurde, was ihn schon die ganze Zeit irritierte. Der Filz hinter dem Geflecht der Jurte war nicht weiß, sondern dunkel. Eine schwarze Jurte! Mit einem Mal war er hellwach. Der Dämon – war also kein Traum gewesen?

»*Mogoi?*«, fragte er den Jungen, der ihm eine Schale mit *Ayrag* hinhielt. »Seid ihr Schlangen?«

Der Junge lachte. »Du bist die Schlange«, antwortete er.

Doch Krystian schüttelte den Kopf. »Am Kopf!«, sagte er auf Mongolisch und zeichnete zwei Hörner nach und Schlangen, die dem Dämon ins Gesicht hingen.

»*Cham!*«, sagte der Junge und deutete über Krystian hinweg.

Es kostete ihn viel Mühe, sich vorsichtig zu drehen und über die Schulter zu blicken.

An einem Stock am anderen Ende der Jurte hing der Dämon – oder das, was den Dämon darstellte. Die Teufelshörner waren einfache Kuhhörner, die auf einen Lederkopfputz aufgenäht waren, die blauen Schlangen nichts anderes als gedrehte blaue Bänder, die demjenigen, der diese Verkleidung trug, über Gesicht und Brust fielen. Krystian erinnerte sich an das zahnlose Lächeln, das zwischen den Schlangen hervorgeblitzt hatte. Er hatte den alten Mann gesehen. Und dieser hatte die Schlangenkrone getragen!

Der Mann hieß Galsan und lebte mit seiner Tochter Solongo und deren Kindern zusammen. Wenn Krystian richtig verstanden hatte, war der alte Mann tatsächlich ein *Cham* – eine Art Geisterseher und Heiler, wie ihn der Nestorianer in Khan Sartachs Lager beschrieben hatte. Doch wenn er zu den Menschen gehörte, die sich in eine Schlange verwandeln konnten, wie der russische Händler in Soldaia behauptet hatte, dann verbarg er diese Eigenschaft erstaunlich gut. Sooft Krystian ihn verstohlen beobachtete, sah er ihn lediglich das Feuer schüren oder eine Art Branntwein trinken, den er *Arqi* nannte. Dabei redete er mit sich selbst, als würde eine dritte Person neben ihm und Krystian sitzen. Manchmal schrie er plötzlich los und schlug mit einem Pferdeknüppel nach jemandem, den nur er sehen konnte.

Solongo hatte vier Kinder – zwei Söhne von sechs und dreizehn Jahren, ein Mädchen von zehn und die jüngste Tochter, die noch von Solongo gestillt wurde. Ihr Mann, so erfuhr Krystian, war bei einem Gewitter durch einen Blitzschlag umgekommen, der auch fünf Schafe das Leben gekostet hatte. Solongo hatte, wie es Brauch war, das beste Pferd ihrer Herde getötet, damit es den Geist ihres Mannes ins Jenseits davontragen konnte, und war dann zu ihrem Vater zurückgekehrt. Umso harter war die Arbeit nun für die Familie.

Galsan, der zu gebrechlich war, um sich um die Herde zu kümmern, verbrachte die Tage bei Krystian und erzählte in seinem zahnlosen Singsang Geschichten, die Krystian kaum verstand. Meist betrank er sich auch noch mit dem *Arqi*-Branntwein und schlief im Sitzen ein. Krystian mochte die Gesellschaft des alten Mannes, auch wenn dieser verrückt war. Mutlosigkeit lähmte ihn noch immer. Er aß ohne Appetit und nahm sogar etwas *Arqi* an, um danach dankbar in eine schummrige Trägheit zu versinken. Niemand stellte ihm Fragen, niemand verlangte etwas von ihm, und das war ihm nur recht.

Jedes Mal, wenn er morgens mit verschwollenen Augenlidern und einem widerlichen Geschmack auf der Zunge erwachte, sah er ein anderes Kindergesicht vor sich. Seine hellen Augen faszinierten sie mindestens ebenso sehr wie das Schlangenmal. Neugierig sahen sie ihm dabei zu, wie er seine Fleischbrühe schlürfte, und kicherten, als er nach einigen Tagen das erste Mal auf Solongos Schultern gestützt vor die Jurte trat und so weiche Knie bekam, dass er sich ins Gras setzen musste. Das schwarze *Ger* stand ganz allein auf einer sanft ansteigenden Anhöhe. Von hier aus konnte man in ein flaches Tal blicken, in dem die Wolga in der Sonne glitzerte. Beim Anblick des Flusses wurde Krystian wieder elend zumute. Wie weit mochte das Wasser ihn fortgerissen haben?

Schon nach wenigen Tagen der Ruhe zeigte seine Schulterwunde dank Solongos Pflege Zeichen der Heilung. Die Mutlosigkeit und die Trauer vermochten jedoch weder die Pflege noch der Branntwein zu heilen.

Niemals hätte Krystian gedacht, dass das, was ihn am einsamsten machte, der Verlust seiner Sprache war. Seine Worte bedeuteten in diesem *Ger* nichts, er war ein Mensch ohne Stimme. In manchen Stunden sehnte er sich so sehr danach, wieder bei den Brüdern zu sein, dass er die Felldecke über das Gesicht zog, damit die anderen seinen Kummer nicht sahen. Tagsüber lauschte er den Gesprächen der

Kinder und versuchte sich so viele Wörter wie möglich einzuprägen. Wie in Khan Sartachs Lager zeigten die Kinder auch hier auf seine Augen und nannten ihn »*Irves*« – bis sie ihm den Namen »*Tossuc*« gaben.

So geduldig die Kinder und Galsan mit ihm umgingen, so streng war Solongo. Eines Tages nahm sie Krystian einfach den Becher mit *Arqi* aus der Hand und ließ einen wüsten Hagel von Beschimpfungen auf ihn niederprasseln. Beschämt senkte Krystian den Kopf. Solongo hatte Recht: Er war nicht hier, um in Selbstmitleid zu versinken. Am nächsten Tag stand er auf, zog den Mantel an, den Solongo aus einer der Filztruhen hervorholte, und trat auf unsicheren Beinen vor das *Ger*. Eine Weile beobachtete er die beiden Söhne, die sich auf der Weide ungeschickt damit abmühten, ein Schaf festzuhalten, um es zu scheren. Dann beschloss er, dass er lange genug Gast gewesen war und nun die Pflicht hatte, Solongo für ihre Großzügigkeit zu entschädigen.

Fünf Pfeile

Er brauchte mehrere Tage, um sich daran zu gewöhnen, das Messer für die Schafschur mit der linken Hand zu führen. Es war schwierig, seine heilende Schulter nicht zu sehr zu belasten, doch die Kinder halfen ihm und hielten die Tiere fest. Immerhin waren heiße, windstille Tage angebrochen, die Wärme machte die fettige Schafwolle weich und geschmeidig, das Scheren war leichter als an kalten Tagen. Die Arbeit lenkte Krystian von seinen düsteren Gedanken ab und machte ihn so müde, dass er wenigstens einen Teil der Nacht in traumlosem Schlaf versank. Jede vierte Nacht übernahm er die Wache auf der stockdunklen Weide und horchte auf Wölfe, die um die Herde schlichen. Brach ein Wolf in die Herde ein, hatte der Wächter die Aufgabe, die Familie zu alarmieren. Danach stürzten alle hinaus, um die Raubtiere zu vertreiben. Schlagstöcke und andere Waffen lagen in der Jurte stets in Greifweite. Es waren einige Nächte, in denen Krystian aus dem Schlaf hochschreckte, nach dem Stock griff und mit den anderen noch halb benommen aus dem *Ger* taumelte, um die Herde zu verteidigen.

Am schönsten waren die Nächte, in denen die Wölfe und die Sommerstürme das Land verschonten. Dann saß die ganze Familie eng zusammengedrängt um das Feuer, und Galsan spielte auf seiner abgegriffenen Pferdekopfgeige und erzählte Geschichten. »In einem Feldzug im fremden Land wurde das Pferd eines Kriegers getötet«, begann er eines Abends. »Er war so betrübt darüber, dass er die Knochen und das Schweifhaar seines Reittiers mitnahm und in die Steppe zurückbrachte. Er nahm den Pferdeschädel, Knochen und Haar und fertigte daraus die *Morin Khour*. So hörte er endlich wieder die Stimme seines Pferdes und war getröstet. Hört zu!« Galsan griff in die Saiten und entlockte dem Instrument zur Freude der Kinder eine Art Wiehern. Daraufhin malte er mit Klängen ein galoppierendes Pferd, er ließ die Pferdekopfgeige meckern wie eine Ziege, blöken wie ein Schaf und weinen wie ein Kind. Es waren gute Abende für Krystian, an denen er sich nicht länger fremd fühlte.

»Es ist eng geworden im *Ger!*«, beschwerte sich der alte Mann oft, wenn Krystian die Jurte betrat. »Du hast so viele fremde Geister mitgebracht. Und ich kann sie kaum bändigen, so wütend sind sie. Ich kann vor Angst kaum noch schlafen!«

»Du hast Angst vor den Geistern? Aber du beherrschst sie doch!«

»Ich bin nur der Mittler zwischen den Geistern und den Menschen, zwischen Lebenden und Toten«, erwiderte Galsan ernst. »Sie sprechen durch meinen Mund, ich kann sie um Rat fragen oder mit ihnen handeln. Aber beherrschen?« Missbilligend schnalzte er mit der Zunge und schüttelte den Kopf. »Ich muss auf die Gastfreundschaft der Geister vertrauen, wenn ich zu ihnen gehe, aber selbst das ist gefährlich. Der Weg zu ihnen ist bedeckt mit den Seelen gefallener *Chams*.«

»Siehst du sie denn?«, fragte Krystian.

Galsan wiegte den Kopf. »Manche ja, manche nein.« Sein Lächeln war unergründlich. Listiger Stolz sprach aus seinem Blick.

»Einen von deinen Geistern habe ich allerdings vertrieben«, flüsterte er stolz. »Den mit dem Messer. Aber die anderen ... Wo hast du die nur alle aufgelesen?«

Krystian spürte, wie ihm ein Schauer über den Rücken lief. Hilfe suchend griff er zu dem Holzkreuz, das er immer noch um den Hals trug. *Den mit dem Messer*. Konnte es sein, dass der alte *Cham* damit Menschenfresser-Marek meinte? Ihm fiel auf, dass er seit seiner Verwundung nie wieder an Marek gedacht hatte. War es tatsächlich möglich, dass Galsan Marek gesehen und vertrieben hatte?

Krystian trat vor das *Ger* hin und blickte nach Norden. Irgendwo dort befand sich Batus Lager. Vielleicht zogen ihnen die unzähligen Ochsenwagen, die mit *Gers* und zusammengelegten Weidengittern schwer beladen waren, bereits in diesem Augenblick entgegen, immer weiter in die Richtung des Winterlagers im Süden. Reisten die Brüder und Abdallah mit ihnen, oder hatten sie längst wieder die Rückreise nach Konstantinopel angetreten?

»Du bist rastlos!«, bemerkte Solongo. Lautlos war sie neben ihm aufgetaucht und folgte seinem Blick.

»Ich werde bald fortreiten«, murmelte Krystian. »Zu Batu Khans Lager. Es gibt Menschen ... denen ich noch einmal begegnen möchte.«

Solongo sah ihn von der Seite an. Wie immer, wenn sie das Wort an ihn richtete, lächelte sie nicht. Er wusste immer noch nicht, ob sie ihm den verschütteten Willkommens-*ayrag* mittlerweile verziehen hatte.

»Du meinst wohl, du willst den Mann suchen, der dich mit dem Pfeil verletzt hat?« Die Frage ließ Krystian zusammenzucken. Solongo erwartete offenbar keine Antwort. Und Krystian fiel auf, dass die hagere, harte Mongolin mehr über ihn wusste, als ihm lieb war.

»Es wird Zeit, dass du deinen rechten Arm wieder kräftigst«, sagte sie. »Wir werden einen Bogen für dich finden. Und dann bringe ich dir bei, wie man für den Winter Wildtiere und Vögel jagt.«

»Heute erzähle ich eine Geschichte aus meinem Land«, sagte Krystian, als sie am Abend um das Feuer saßen. Galsan, der bisher vor sich hin gesummt hatte, verstummte, die Kinder sahen ihn mit großen Augen an. Dieser Augenblick hatte etwas Feierliches und Krystian wurde bewusst, wie lange die anderen schon darauf gewartet hatten, dass Tossuc ihnen nicht nur Lieder in einer fremden Sprache vorsang, sondern endlich auch einmal von sich erzählte. Als Abendgeschichte hatte er Adam und Eva ausgewählt. Dafür kannte er schon die meisten Worte. Stockend erzählte er von der Erschaffung der Welt, schilderte, wie Gott das Licht rief, wie er das Paradies erschuf – »einen guten Weidegrund mit Flüssen und vielen Bäumen und Früchten« – und nach dem Paradies die Tiere – »ja, auch viele gute Schafe und Rinder und die schnellsten Pferde, die je ein Mensch gesehen hat«. Dann schilderte er, wie Gott Adam, den ersten Menschen, aus Lehm formte und ihm Eva als Gefährtin gab. Auch vom Baum der Versuchung erzählte er und von der Schlange, die Eva dazu verführte, eine Frucht vom verbotenen Baum zu pflücken. Schließlich beschrieb er mit Gesten, die Gottes Zorn ausdrücken sollten, wie die ersten Menschen zur Strafe für ihren Ungehorsam aus dem Paradies vertrieben wurden. »Und sie gingen davon und mussten von da an ihre Nahrung mühsam erarbeiten«, schloss er die Erzählung.

Eine Weile herrschte andächtige Stille, dann lachte Solongos älterer Sohn und deutete auf Krystians Arm.

»Du bist die Schlange«, sagte er triumphierend. »Das ist deine Geschichte!«

Krystian schüttelte heftig den Kopf. »Ich bin ein Mensch«, erwiderte er lauter als beabsichtigt.

Nun war es an Galsan zu protestieren. »Nein, nein! Wir sehen es doch alle – auf deiner Schulter und deinem Arm.«

Krystian schnaubte. »Ihr versteht es nicht! Bei meinem Volk gilt die Schlange als böse und hinterhältig. Sie ist das Abbild Satans ... eines mächtigen Dämons.«

Nun war Galsan verärgert, sein Greisengesicht verzog sich zu einer faltigen Fratze. »Ach!«, meinte er und machte eine wegwerfende Handbewegung, »*du* bist es, der die Geschichte nicht versteht, Tossuc. Dieser Gott ist ein weiser und mächtiger Mann, der schöne Dinge erschaffen hat, auch wenn ich nicht begreife, warum er jemandem verbieten will, Früchte zu essen. Vielleicht ist er in manchen Dingen doch schon alt und töricht. Aber die Schlange – die Schlange ist eine gute Schlange und ganz sicher kein Dämon.«

Die Kinder nickten eifrig.

»Und warum?«, fragte Krystian.

Galsan schnalzte ungeduldig mit der Zunge, als müsse er einem Kind die selbstverständlichsten Dinge erklären. »Ein Dämon tut nichts Gutes. Diese Schlange aber hat Eva und Adam zu essen gegeben. Das war richtig. Denn warum sollte ihnen die beste Frucht nicht gehören? Sie wächst doch auf einem Baum, und Bäume gehören allen, das weiß doch jedes Kind: Das Land gehört nicht dir, sondern du gehörst zum Land. Die Schlange hat ihnen dieses einfachste aller Gesetze beigebracht. Erst durch sie sind die beiden zu Nomaden geworden und wanderten über neues Land. Das ist ebenfalls gut, denn das ist das Leben, wie *Tengri*, der Ewige Himmel, es für uns bestimmt hat. Sicher haben sie bald noch bessere Weidegründe gefunden.« Seine Augen glänzten vor Begeisterung und selbst Solongo lächelte flüchtig.

Krystian war sprachlos. Er fragte sich, was Frater Wilhelm wohl zu dieser Auslegung der Heiligen Schrift sagen würde, und musste plötzlich grinsen.

»Na schön. Das mag bei euch so sein«, lenkte er ein. »Aber mir ... mir hat die Schlange bisher nur Unglück gebracht.«

Wieder schnalzte der *Cham* tadelnd mit der Zunge. »Sie hat dich zu uns gebracht«, sagte er im Brustton der Überzeugung. »Du musstest nicht sterben und Solongo und die Kinder hatten Hilfe bei der Arbeit. Das ist doch gut!«

Krystian blickte nachdenklich in die Glut. Das Schlangenmal hatte ihn tatsächlich hierhergeführt. Ohne diese Zeichnung hätte der mongolische Reiter ihn in Krakau nicht verschont.

»Also gut, ich erkläre es dir«, sagte Galsan geduldig. »Denn von Schlangen – nimm es mir nicht übel – hast du keine Ahnung! Die Schlange ist weise und kann ihre alte Haut ablegen, um eine neue zu bekommen. Sie hat viele Leben und ist im Grunde das gottesfürchtigste Wesen. Sie verneigt sich vor dem Ewigen Himmel. Und der Erdgöttin *Itugen* ist sie näher als jeder andere.«

Er nahm die Schale *Ayrag*, die neben ihm stand, und tauchte die Finger hinein. Dann versprühte er einige Tropfen in alle Himmelsrichtungen, wie es die alte Khojin ebenfalls getan hatte.

»Für das Feuer«, sagte er und wandte sich nach Süden. »Für die Luft ...« Einige Tropfen fielen in Richtung Osten. »Für das Wasser und die Toten«, sagte er und schnippte weitere Tropfen nach Westen und Norden. Dann tauchte er die Finger noch einmal in sein *Ayrag* und benetzte Krystians Stirnhaare. Ein Tropfen rann an einer Strähne herunter und fiel Krystian auf die Wange. »Und das ist für dich.« Galsan und lachte übers ganze Gesicht. »Die Schlange!«

Krystian schluckte. Er spürte ein seltsames Kribbeln in seinem Bauch. Verlegen senkte er den Blick und nahm die Schüssel mit *Ayrag* entgegen. Tief atmete er den Duft nach Pferdefell und Milchsäure ein und nahm einen großen Schluck. Und hier, mitten in der Steppe, unter Menschen, die in seiner Heimat als Barbaren und Heiden bezeichnet wurden, hatte er zum ersten Mal in seinem Leben das Gefühl, nicht schuldig zu sein. Ob es die Schlange der Bibel oder Galsans Schlange war – jede Geschichte, jeder Gedanke hatte seine eigene Wahrheit. Und alle galten gleich viel.

Die Stille riss ihn aus seinen Gedanken und er bemerkte, dass ihn alle erwartungsvoll ansahen. Solongos ältester Sohn ergriff das Wort. »Warst du schon immer eine Schlange? Aus welchem Land kommst du? Und warum hinkst du?«

Krystian beschloss, dass es wohl ein guter Tag dafür war, die ganze Geschichte zu erzählen. Er holte tief Luft und begann in Krakau – an einem kalten Märztag, mit einem kleinen Jungen, der seinen Schuh verloren hatte.

Er sah ihnen an, dass sie nicht alles verstanden. Mühsam suchte er nach Worten, stotterte und machte hilflose Gesten. Schließlich sprang er auf und imitierte einen Bogenschützen, Reiter und streitende Menschen. Er ahmte Wilhelms schwerfälligen Gang nach, ließ Fäuste fliegen und beschrieb Alan. Die Kindergesichter glühten vor Begeisterung. Gebannt lauschten sie der Geschichte der Reiter am Fluss, schlugen erschrocken die Hände vor den Mund, als Krystian einen unsichtbaren Säbel schwang und von Ochir niedergeschossen wurde.

Krystian ließ sich neben das Feuer sinken und wischte sich den Schweiß von der Stirn. »Und dann kam ich hierher.«

Galsan nickte. »Jetzt endlich kann ich deine Dämonen erkennen«, murmelte er. »Kein Wunder, dass ich sie weder vertreiben noch bändigen konnte, du kannst sie ja selbst kaum abschütteln. Du bist wütend, und ich verstehe das, denn unsere Soldaten haben dir und deinem Volk Schlimmes angetan. Doch diese Wut zieht Wesen an, die dort bleiben sollten, wo kein Mensch ihnen begegnen kann.«

Krystian schauderte. Mit einem Mal hatte er das Gefühl, von Geistern umgeben zu sein. Aber er war doch nicht besessen – oder doch?

»Statt vernünftig und besonnen zu handeln«, fuhr der *Cham* fort, »zerschlägst du die Dinge um dich herum wie ein Stier, der blind vor Zorn ist. Dieses Feuer musst du bändigen, sonst wird es dich verbrennen.«

»Jetzt klingst du wie Wilhelm«, sagte Krystian leise. »Ich hatte in Batus Lager allen Grund, wütend zu sein. Wärst du etwa nicht zornig, wenn dich ein Krieger angreift und ein anderer dich niederschießt wie einen Hund?«

»Es war nicht recht von Ochir, dich zu verwunden«, sagte Solongo ruhig. »Wir Mongolen verletzen einander nicht und streiten nicht.«

»Davon habe ich bisher noch nichts bemerkt«, meinte Krystian bitter.

»Aber Tossuc ist kein Mongole«, gab Galsan zu bedenken. »Ochir hatte nur die Wahl, seinen Freund vor dem Säbelhieb zu retten oder ihn durch die Hand eines Fremden sterben zu sehen. Und dennoch hat er Tossuc nicht getötet – sein Pfeil war mit Bedacht abgeschossen. Er drang nicht sehr tief ein und hat nur dem Schwertarm die Kraft genommen.«

»Ist das etwa eine Entschuldigung?«, brauste Krystian auf.

Galsan wiegte sachte den Kopf. »Darum geht es nicht. Aber denke einmal wie Ochir: Da kommt ein Fremder und greift dich mehrmals an. Du verstehst seine Sprache nicht und begreifst nicht, was er gegen dich hat. Und dann wird dieser Fremde mit deiner Frau am Fluss gesehen. Kein Mann muss dulden, dass ein Fremder mit seiner Frau allein ist. Vermutlich wollten die Männer dich gar nicht töten, sondern hätten dich lediglich vertrieben. Und was machst du? Du greifst sie mit dem Säbel an! Jeder vernünftige Mann hätte wie Ochir gehandelt.«

»Dennoch war es unrecht«, beharrte Solongo. »Tossuc hätte jedes Recht, zu ihm zu reiten und eine Wiedergutmachung zu verlangen.«

»Das wird er auch«, sagte Galsan mit einer Bestimmtheit, die Krystian vollkommen überrumpelte. »Nicht wahr?«

»Das habe ich tatsächlich vor«, murmelte Krystian. Er senkte den Blick mit dem unbehaglichen Gefühl, dass der alte *Cham* direkt in seine Gedanken blicken konnte. »Sobald alle Schafe geschoren sind, breche ich auf. Und ich bitte euch, mir ein Pferd zu leihen. Ich muss wissen, ob Alan etwas zugestoßen ist. Ich möchte erfahren, wie es den Brüdern geht. Und ich will herausfinden, was es mit dieser *Paiza* auf sich hat. Seht her!« Bisher hatte er noch gezögert, den Anhänger zu zeigen, doch nun stand er auf und holte seinen Gürtel. Vorsichtig zog er das rechteckige Stück Metall aus dem Geheimfach. »Sie hat etwas mit einem Khan zu tun. Alan weiß etwas darüber. Sie sprach von *Dschingis Khan*. Und was bedeutet dieser Schlangenmensch? Gibt es solche Wesen bei euch? Halb Mensch, halb Schlange?«

Galsan brach wieder in sein zahnloses Greisengelächter aus und scheuchte mit seiner mageren Hand etwas weg – vielleicht die Geister, die sich um ihn scharten, vielleicht auch nur einen Gedanken.

»Was es mit dieser *Paiza* auf sich hat, weiß ich nicht. Und auch dieses Wesen habe ich noch nie gesehen. Unter den Lebenden nicht und auch nicht unter den Toten.«

Das war eine enttäuschende Nachricht. Wenn ein *Cham* ihm nicht sagen konnte, was der Schlangenmensch bedeutete, wie sollte er es dann herausfinden? Oder vielleicht narrte ihn sein eigener Gott damit, ihm einfach einen Spiegel vorzuhalten – als Rätsel ohne Auflösung.

»Aber jedes Kind kann dir die Geschichte von Dschingis Khan erzählen«, sagte Galsan. »Dem größten Herrscher, der je auf der Welt gelebt hat. Du musst wissen, dass er von *Tengri* abstammt! Sein Urahn war ein grauer Wolf und dessen Gattin eine weiße Hirschkuh. Mit der Hilfe des Ewigen Himmels hat Dschingis Khan für uns ein Reich erobert, dessen Grenzen eine ganze Jahresreise auseinanderliegen!« Zufrieden lehnte er sich zurück und streckte sich, bis seine Gelenke knackten. »Ich erzähle dir eine Geschichte von ihm, Tossuc, die *dir* ganz besonders nützlich sein wird.« Er schloss die Augen und begann: »Als Kind wurde Dschingis Khan noch *Temudschin*, der Schmied, genannt. ›Aus ihm wird einmal ein großer Krieger‹, sagten die Leute, denn bei seiner Geburt hielt er einen Blutklumpen in der Hand. Temudschins Vater war ein Häuptling namens Jesügei. Er war ein guter Anführer – und das war zu jener Zeit nicht einfach. Du musst wissen, dass damals alle Stämme untereinander zerstritten waren. Es wurde gemordet und geplündert, Räuberbanden bedrohten die Sippen und Familien, ein Mongole brachte den anderen um. Als Temudschin neun Jahre alt war, ritt sein Vater mit ihm fort, um eine Braut für ihn zu suchen. Bei einem befreundeten Clan vom Stamm der Unggirat entdeckte er ein schönes Mädchen: Bortai hieß sie und Temudschin blieb bei ihr, um sie kennenzulernen. Sein Vater ritt zurück zu seinem Lager, doch unterwegs wurde er von Tataren überlistet und vergiftet. Es war eine späte Rache, denn einst hatte Jesügei den Tataren einige Pferde und Rinder geraubt.«

Krystian horchte auf. *Tataren!*

»Später hat sich Temudschin an den Tataren für diesen feigen Mord gerächt«, fuhr Galsan fort. »Er unterwarf die tatarischen Stämme und nahm sie mit auf seine Feldzüge. Sie mussten stets in erster Angriffslinie reiten – so wurden sie ausgerottet. Doch als Junge war Temudschin noch nicht mächtig. Da sein Vater tot war, musste er seine Braut verlassen und zu seiner Mutter zurückkehren. Sie tat alles, um

Morgenkühle traten und damit begannen, die Jurte abzubauen. Solongo winkte ihm zu und Krystian schluckte den Kloß in seinem Hals mühsam hinunter und konzentrierte sich mit aller Kraft darauf, den Bogen so zu spannen, wie Solongo es ihm gezeigt hatte – mit ruhigem Geist und gerader Haltung, die Arme angespannt, ohne zu zittern. Seine Augen brannten von der durchwachten Nacht und das Astloch im Kiefernstamm, auf das er jetzt zielte, schien ihn zu necken, indem es der Pfeilspitze mal nach links, mal nach rechts auswich. Er atmete bis zum tiefsten Punkt aus und fühlte diesen kleinen, besonderen Moment, in dem er seine Entscheidung nicht mehr rückgängig machen konnte: Die Sehne schnellte von seinem Finger, der Pfeil flog – verfehlte den Baum und witschte weit über die Wiese davon. Krystian seufzte und machte sich auf die Suche nach dem Pfeil.

»Tossuc!« Der Ruf erreichte ihn, als er schon zwischen den Büschen außer Sichtweite des *Gers* war. Krystian wandte sich um und spähte zwischen den Zweigen hindurch. Solongos Ältester kam von der Weide mit großen Schritten auf ihn zu. An der Seite des Jungen ritt ein fremder Mann auf einem schwarzen Pferd. Es war kein Krieger, zumindest trug er weder Säbel noch Helm, nur einen Bogen und etwas Gepäck, als wäre er lediglich für einige Tage unterwegs. Jetzt, da die beiden näher kamen, erkannte Krystian, dass der Reiter ein Junge von kaum sechzehn Jahren war. Doch seine Hände, die lässig die Zügel hielten, waren kräftig und breit. Er hatte verschmitzte, freundliche Augen und ein rundes Gesicht mit einem markanten Kinn. Seine Beine waren so krumm, als hätte er sein ganzes Leben auf dem Pferd gesessen, was vermutlich auch der Fall war. Unwillkürlich erinnerte sich Krystian daran, was Solongo jedes Mal sagte, wenn ihre Söhne ihre Pflichten vergaßen und stattdessen mit wildem Geheul auf die Pferde sprangen und zum Fluss galoppierten: »Ein Kind bleibt nur so lange bei seiner Mutter, bis seine Füße den Steigbügel und seine Hände den Sattel berühren.«

Der Reiter musterte ihn und grinste. Dabei verschwanden seine Augen fast ganz in den Lachfalten. Krystian wollte ihn gerade so höflich begrüßen, wie es sich gehörte, als der Fremde sich an Solongos Sohn wandte.

»Einen nützlichen Gast habt ihr da. Der hinkt ja!«, sagte er lachend. »Und mit dem Bogen geht er um, als wollte er den Baum damit erschlagen, statt den Pfeil abzuschießen.«

Krystian zuckte zusammen, so eindringlich war das Echo von Abdallahs Spott.

»Bedenke, dass du den Wind im Rücken hast und dass ich nicht taub bin«, wies er den Fremden ungehalten zurecht und blieb direkt vor dem Rappen stehen. »Rede *mit* den Leuten, nicht über sie.«

Der Reiter schien nicht im Mindesten ertappt oder beschämt zu sein, allerdings glaubte Krystian zu erkennen, dass er von seinem inzwischen recht guten Mongolisch beeindruckt war.

»Verzeih mir, ich wusste nicht, dass du mich verstehen kannst«, lenkte der Fremde sofort ein. »Ich hätte erwartet, du stammelst wie ein Wilder. Ich heiße Sanjaa. Und dich nennt man hier Tossuc?«

»Sanjaa kommt aus Batus Lager«, erklärte Solongos Sohn eifrig. »Batu zieht den Winterweiden entgegen. Das Lager ist nur noch wenige Tagesritte von uns entfernt.«

An seiner wehmütigen Stimme hörte Krystian, dass sich der Junge nichts sehnlicher wünschte, als das einsame *Ger* zu verlassen und zu neuen Abenteuern zu reiten.

»Ich bin Tossuc, das stimmt«, wandte sich Krystian an den Reiter. »Was führt dich fort von Batus Lager, Sanjaa? Bist du ein Bote?«

»Ein Bote? Nein, sicher nicht. Ich war nur neugierig, als ich hörte, wie einige Kuriere von einem Fremden mit eisfarbenen Augen erzählten. Woher kommst du? Was suchst du bei den Mongolen?«

Krystian schloss seine Hand fester um den Bogengriff. Irgendwo in seinem Hinterkopf hörte er eine warnende Stimme. Der Junge wirkte vertrauenswürdig ... und doch ... Plötzlich rieselte ein heißer Schrecken durch seine Brust: Was, wenn er zu Ochirs Männern gehörte? War eine Belohnung auf Krystians Kopf ausgesetzt?

Sanjaa kniff die Augen zusammen und musterte Krystian. Dieser hielt der stummen Prüfung stand und schwieg. *Du bist an der Reihe, Sanjaa*, dachte er. *Ich werde dir kein Wort sagen*. Wenn Ochir seinen Kurier auf die Suche nach Krystian geschickt hatte, sollte er selbst sehen, wie er zu seinen Neuigkeiten kam. *Und wenn die Brüder dich vielleicht suchen?* Warum war er nicht sofort auf das Nächstliegende gekommen?

»Bringst du mir Nachricht von den Brüdern des heiligen Franz?«, fragte er hoffnungsvoll.

Sanjaa hob erstaunt die Brauen, sprang flink vom Pferd und ließ die Zügel einfach auf den Boden fallen. Nun war der Mongole einen halben Kopf kleiner als Krystian.

»Nein«, erwiderte er knapp. Dann griff er nach einer

Ledertasche, die an seinem Schalgürtel befestigt war, und zog einen zerknitterten Fetzen daraus hervor, den er Krystian unter die Nase hielt. Die Zeichnung war verwischt, aber der Schlangenmensch war noch gut zu erkennen.

»Dieses Bild habe ich Alan gezeigt!«, rief Krystian.

Nun breitete sich ein strahlendes Lächeln über Sanjaas Gesicht. »Du bist es also tatsächlich«, stellte er fest und packte die Zeichnung in aller Seelenruhe wieder weg. »Und ich hätte mit Alan um zwanzig Ziegen gewettet, dass du ertrunken bist.«

Die Filzlagen der Jurte waren bereits abgedeckt, nackt stand das Weidengitter auf dem kahlen Grund und erinnerte an einen hölzernen Käfig, dessen Mitte die schwarze Feuerstelle bildete. Solongo beauftragte ihre ältere Tochter damit, auf den Säugling aufzupassen, und holte die Schalen, die sie bereits verpackt hatte, wieder vom Ochsenwagen. Kurz darauf saß Sanjaa mit Krystian und Galsan in Sichtweite der Jurte bei dem *Oboo* – einer Art Altar für den Berggeist – auf der Hügelkuppe. Krystians Kehle war wie zugeschnürt, er verschluckte sich an dem *Ayrag*, und als er die Schale weitergeben wollte, zitterten seine Hände.

»Kein Wunder, dass du nicht einmal einen Baum triffst«, meinte Sanjaa und zwinkerte ihm gutmütig zu. Krystian konnte es kaum erwarten, bis auch Galsan getrunken und die Himmelsrichtungen gesegnet hatte. Danach stand der *Cham* ächzend auf, warf Krystian einen vielsagenden Blick zu und ging zum Wagen hinüber. Eine diskrete Geste, dass auch er das Gespräch nicht stören wollte.

»Alan hat dich zu mir geschickt?«, platzte Krystian

schließlich heraus. »Wie geht es ihr? Woher wusste sie, dass ich noch lebe und wo ich jetzt bin?«

»Alan wusste nicht mit Sicherheit, dass du noch lebst, sie meinte aber, der Pfeil hätte dich nicht getötet. Sie hat großen Ärger bekommen, weil sie selbst losgehen wollte, um mit den Fremden am Flussufer nach dir zu suchen.«

Ein Gefühl der Wärme breitete sich in Krystians Brust aus. Alan hätte sogar nach ihm gesucht! Und die Fremden – damit meinte Sanjaa sicher Wilhelm und die anderen. Armer Gosset! Ob er sich zum Fluss gewagt hatte?

»Wie geht es den Brüdern? Bist du auf der Durchreise oder reitest du zurück zu Batus Lager? Wenn du zurückreitest, könnte ich dich begleiten, ich will ohnehin dorthin. Ich möchte zu den Brüdern und …«

Sanjaa hob die Hand. »Willst du, dass mir von deinen Fragen die Ohren abfallen? Nimm einen Schluck *Ayrag*!«

»Aber ich muss wissen …«

»Zu deiner Frage, wie es den Brüdern geht«, unterbrach ihn Sanjaa mit einem amüsierten Lächeln, »das kann ich dir nicht sagen. Und wenn du es herausfinden willst, wirst du in Batus Lager kein Glück haben. Die Fremden sind einige Tage, nachdem du in den Fluss gestürzt bist, nach Karakorum aufgebrochen.«

Krystian wäre beinahe die Schale aus der Hand gefallen. »Sie sind einfach so weitergezogen?«

Sanjaa zog die Brauen hoch, was sein Gesicht noch runder und gutmütiger aussehen ließ. »Warum hätten sie warten sollen? Du bist tot, schon vergessen? Aber sie haben eine Grabstelle für dich am Flussufer errichtet und lange gebetet. Sogar der Große mit den roten Haaren hat geweint.«

Nun, das tröstete Krystian keineswegs. Im Gegenteil – es fühlte sich an wie Verrat. So schnell hatten sie ihn also aufgegeben! Er schluckte schwer und starrte in die Schale, damit Sanjaa nicht sah, wie enttäuscht er war.

»Nach ... Karakorum?«, fragte er heiser. »Was ist das? Eine Provinz?«

»Das weißt du nicht?«, rief Sanjaa ungläubig. »Es ist unsere größte und prächtigste Stadt am Fluss Orchon. Batu Khan hat sie dorthin geschickt. Der Großkhan soll entscheiden, ob sie im Land bleiben dürfen.«

Krystian nickte wie ein Schaf, obwohl es nichts zu nicken gab. Er wusste, dass er auf den Fremden wie ein Narr wirken musste. Doch was hatte er eigentlich erwartet? Dass die Brüder ihm zum Gedenken im Lager blieben? Er würde in Batus Lager also ganz auf sich gestellt sein, wenn er Alan wiedersehen wollte.

»Ah, er kann auch schweigen«, bemerkte Sanjaa. »Dann habe ich jetzt wohl endlich Gelegenheit, einige Fragen zu stellen. Wieso hast du dich mit Ochir angelegt?«

»Warum willst du das wissen?«

»Man muss dumm sein oder einen sehr guten Grund haben, um einen Hundertschaftsführer herauszufordern. Dieser Grund würde mich allerdings sehr interessieren.«

»Da fragst du noch?«, erboste sich Krystian. »Du hast doch mit Alan gesprochen, oder nicht? Hast du dabei vielleicht in ihr Gesicht gesehen und bemerkt, dass Ochir sie prügelt? Selbst wenn sie eine Sklavin ist ...«

 Sanjaas schallendes Lachen unterbrach ihn. Der Mongole schlug sich auf die Knie und schüttelte den Kopf, als könnte er nicht fassen, was er da hörte.

»Seine *Sklavin?*«, prustete er. »Wo hast du denn deine Augen? Sie ist seine Frau! Er ist sogar den ganzen Weg von Karakorum bis zu Batus Lager geritten, um sie als vierte Frau in sein Lager zu holen. Und wie kommst du darauf, dass er sie schlecht behandelt? Geht ihr mit euren Frauen etwa um wie mit neugeborenen Lämmern? Ochir war völlig im Recht, sie zur Vernunft zu bringen.«

»Zur Vernunft bringen? Als ich ihr vor Khan Sartachs Lager begegnet bin, war sie auf der Flucht – verfolgt von einer bewaffneten Horde! Es ging um Leben und Tod!«

Sanjaa seufzte und schüttelte in gespielter Verzweiflung den Kopf. »Ihr kommt barfuß in unser Land und wollt uns euren Glauben bringen – und ihr kennt nicht einmal die einfachsten Gesetze unseres Lebens. Wenn bei uns ein Mann eine Frau haben möchte, verhandelt er mit ihrer Familie und vereinbart einen Preis. Der Vater – oder der Verwandte, der für die Frau sorgt – gibt sie mit den Worten frei: ›Nun nimm dir meine Tochter, wo auch immer du sie findest.‹ Es gehört zum Brauch, dass die Braut sich in einem *Ger* ihrer Sippe versteckt und der Mann sie dann dort aufspürt. Alan allerdings …« Er verzog den Mund zu einer ironischen Grimasse und zuckte mit den Schultern.

»… ist geflohen«, vollendete Krystian den Satz.

»Sie nahm ein Pferd und war im ganzen Lager nicht mehr aufzufinden. Ochir musste ihr durch die halbe Provinz folgen – bis er sie schließlich in Sartachs Lager fand. Doch selbst dort gab sie nicht auf. Sie stahl sich das kostbare Gewand einer anderen Frau, um unerkannt aus dem Lager zu reiten, und versuchte ihm wieder zu entwischen. Keine Braut, die etwas auf sich hält, versucht ihrem Mann davonzulaufen. Es war eine Schande für ihn und eine Schande für unsere Familie.« Missbilligend schüttelte er den Kopf. »Ich mag Alan, sie ist stolz und reitet besser als mancher Krieger – aber verrückt ist sie trotzdem.«

Krystian musste diese Nachrichten erst einmal verdauen. Alan war also Ochirs Frau. Seine vierte Frau, um genau zu sein.

»Dann gehörst du vermutlich zu Ochirs Familie?«

»Davor möge mich *Tengri* bewahren!«, rief Sanjaa. »Ich gehöre zu Alans Sippe. Mein Vater war ein älterer Halbonkel von Alans Mutter.«

Krystian nickte, als würde er sich mühelos in den komplizierten Verwandtschaftsverhältnissen zurechtfinden.

»Die restliche Verwandtschaft von Alans Vater lebt in Karakorum«, fuhr Sanjaa fort. »Einige Halbbrüder und deren Kinder. Du musst dir keine Sorgen um Alan machen, ihr geht es dort sicher gut. Sie hat ihre Verwandten in der Nähe und Ochirs Familie.«

Krystian horchte auf. »In Karakorum? Ist sie denn auch nicht mehr in Batus Lager?«

»Sie sind zehn Tage nach den Brüdern aufgebrochen.«

»Und warum kommst du erst jetzt zu mir?« Krystian schrie fast. »Du weißt doch schon seit Wochen, dass ich hier bin!« Galsan und Solongo, die die Weidenzweige der Jurte auf dem Wagen festbanden, hielten in ihrer Arbeit inne und blickten fragend zu ihnen hinüber.

Sanjaa zuckte verwundert mit den Schultern und musterte Krystians geballte Fäuste. »Du hast nicht viel Geduld«, stellte er fest. »Und du denkst auch nicht viel nach, oder?« Er deutete auf die Schafe. »Im Lager gab es Wichtigeres zu tun, als zu dir zu reiten. Wir mussten die Schafe scheren und alles für den Zug zu den Winterweiden vorbereiten. Ich hatte bis vor wenigen Tagen alle Hände voll zu tun. Aber ich habe Alan versprochen, dass ich Augen und Ohren offen halte. Nun – und als einige Kuriere von dem Fremden in der Jurte des *Chams* erzählten, erinnerte ich mich an dich und beschloss, gleich nach der Schafschur nach dir zu suchen.«

Krystian atmete tief durch. *Bleib ruhig*, befahl er sich. *Dieser Junge hier ist die einzige Verbindung zu Alan, also verdirb es dir nicht mit ihm!* »Entschuldige, ich wollte nicht unhöflich sein. Ich bin einfach nur froh zu hören, dass es Alan gut geht.«

Sanjaas gutmütiges Lächeln flammte wieder auf. Nachtragend war er anscheinend nicht. »Alan will wissen, was du über die *Paiza* mit der Schlange weißt. Sie sagte, du hättest ihr etwas von der Schlange erzählt, sie hat nur nicht verstanden, was du ihr sagen wolltest. Und woher hast du die Zeichnung überhaupt? Hast du die *Paiza* gesehen?«

Krystian überlegte, ob er das schmale Metallrechteck aus dem Gürtel ziehen sollte, entschied sich jedoch dagegen. Sanjaa wirkte zwar vertrauenswürdig, aber Krystian gelang es dennoch nicht, den letzten Schritt zu machen.

»Ich wollte von Alan erfahren, was das für ein Schlangenmensch ist, der darauf abgebildet ist«, antwortete er. »Und ja: Ich habe die *Paiza* in der Hand gehabt – in meiner Heimat, vor vielen Jahren, nachdem mongolische Krieger meine Stadt zerstört hatten. Doch wem sie gehörte und was es mit ihr auf sich hat, weiß ich nicht.«

Und alles, was ich sonst noch vermute, würde ich nur Alan selbst erzählen, setzte er in Gedanken hinzu. Er senkte den Blick und betrachtete das niedergetretene Gras vor dem *Ger*. Ein Hufabdruck zeichnete sich im Boden ab.

»Oh«, meinte Sanjaa enttäuscht. Er griff nach der Schale und trank den restlichen *Ayrag* in einem Zug aus.

»Weißt du denn etwas über den Schlangenmenschen?«, fragte Krystian.

Sanjaa zuckte mit den Schultern. »Manche glauben an die magische Kraft der Schlange, vielleicht sollte die *Paiza* seinen Träger beschützen. Alan könnte es dir sicher sagen. Der Anhänger gehörte einem ihrer Verwandten.«

»Welchem?« Nun war er zu weit gegangen. Er sah es daran, wie Sanjaa sich aufrichtete und sich anspannte.

»Du fragst wirklich sehr viel, mein Freund.«

Langsam wurde Krystian wütend. »Du windest dich wie eine Schlange! Vielleicht ist das ja die wahre Bedeutung des Zeichens – eine Familie voller Leute, die sich herausreden und nicht so recht zu greifen sind, als hätten sie kein …« Er verstummte. Warum musste sein Jähzorn ausgerechnet jetzt mit ihm durchgehen! »Verzeih mir«, murmelte er. »Ich wollte dich nicht beleidigen. Und deine Familie auch nicht. Es ist nur … ich *muss* wissen, wem diese *Paiza* gehört hat!« Er schluckte und fügte hinzu: »Bitte! Es ist wichtig für … meine Seele.«

Im Geiste sah er Bruder Wilhelm grimmig nicken. *Endlich hast du etwas gelernt*, hörte er die tiefe Stimme des Mönchs sagen. *Demut, Krystian, Demut!*

Sanjaa musterte ihn mit einem beinahe listigen Gesichts-

ausdruck. »Weißt du was, du gefällst mir, Lahmbein«, sagte er dann plötzlich gut gelaunt. »Du bist hartnäckig. Nun, es ist eine verworrene Geschichte. Aber wenn es um deine Seele geht, muss ich sie dir wohl erzählen.« Er setzte sich zurecht und streckte sich, bis seine Gelenke knackten. »Früher war die *Paiza* ein Ehrenzeichen. Sie gehörte einem Kurier, dem besten, den Dschingis Khan je hatte, so erzählte mir mein Großvater. Du weißt ja, wozu eine *Paiza* dient? Der Kurier zeigt sie an den Poststationen vor und bekommt dafür ein frisches Pferd und Proviant mit auf den Weg.«

Ein Pferd? Krystian horchte auf. Abdallah hatte in jedem Lager die Pferde begutachtet. War das sein eigentliches Ziel gewesen? Mit der *Paiza* an ein mongolisches Kurierpferd zu kommen?

»Der Mann, um den es geht, hieß Bayan«, fuhr Sanjaa fort. »Er gewann jedes Rennen auf dem großen Frühlingsfest, und man sagt, er hatte Zauberkräfte und konnte jedes Pferd dazu bringen, zu fliegen, ohne die Erde zu berühren. Bayan war Alans Großvater, musst du wissen. Die *Paiza* war ein Geschenk des großen Khans. Sie gab ihm nicht nur das Recht, die Kurierstationen zu nutzen, sondern öffnete ihm auch die Tür zu Dschingis Khans Palastjurte. Er durfte sogar ohne Auftrag durch das Land reiten. Als er alt wurde, wollte ihm der Khan zum Dank für seine Dienste zehn schwarze Rosse aus seiner Herde schenken.«

Zehn schwarze Rosse.

»Warte mal«, unterbrach Krystian Sanjaa. »Sind das die schwarzen Pferde, die ihre Reiter in den Himmel tragen können? Groß, rabenschwarz und so schnell, dass kein anderes Ross ihnen gleichkommt?«

Sanjaa nickte erfreut. »Die Herde des Khans! Du kennst die Geschichte? Was ist? Geht es dir nicht gut? Du bist plötzlich so weiß wie Quark.«

Krystian räusperte sich und schüttelte den Kopf. »Nichts«, krächzte er. »Es ist nichts.« Er war ein schlechter Lügner. »Ein … Sarazene hat mir von solchen Pferden erzählt«, setzte er nach einer Weile als Erklärung hinzu. »Aber ich dachte, es wäre nur eine erfundene Geschichte.«

»Oh nein, die schwarze Herde hat Dschingis Khan gehört. Als er starb, wurden die Stuten geopfert, um ihn in den Himmel zu tragen.« Sanjaa schloss die Augen und rezitierte in würdevollem Singsang: »›*Seine Pferde, die Windrosse, waren breit in ihren Stirnen, hatten starke Muskeln und eine glatte Kruppe. Jedes hatte einen schönen, fahnengleichen Schweif und einen schönen Rücken wie ein Hase, es besaß gelegentlich zweiundsiebzig Geschwindigkeiten, ansonsten aber besaß es zweiundachtzig Zauberkräfte.*‹« Er öffnete die Augen wieder und lächelte Krystian strahlend an. »Unser jetziger Großkhan hat auch wieder eine schwarze Herde. Die schönsten und schnellsten Pferde der Welt!«

Das hatte Abdallah also bei den Mongolen gesucht! Schwarze Pferde im Tausch gegen die *Paiza*. Aber weshalb hatte er Krystian das Amulett nicht längst gestohlen? Und wozu brauchte er die Mongolenpferde?

»Nun, Bayan hätte sich also zehn Pferde aus der schwarzen Herde aussuchen dürfen«, erzählte Sanjaa weiter. »Doch jedes Mal, wenn er mit dem Khan über die Weiden ritt und die Pferde betrachtete, sagte er: ›Die Geister raten mir zu warten. Heute reite ich also noch einmal allein auf meiner alten Stute nach Hause. Aber das nächste Mal suche ich mir zehn von ihnen aus.‹ Doch Bayan suchte sich die Pferde niemals aus. Als er starb, gab er die *Paiza* und alle damit verbundenen Rechte an den Sohn seines ältesten Neffen weiter. Als dieser nach wenigen Wochen durch einen Unfall starb, erhielt dessen Halbbruder die *Paiza*. Dieser Halbbruder hieß Yntan. Er war ein guter Soldat und hätte sich die zehn Pferde sicher noch geholt. Doch dann verlor Yntan die *Paiza* auf einem Feldzug. Er verlor sie einfach auf fremder Erde! Kannst du dir das vorstellen?«

Krystian hatte das Gefühl, dass der Boden unter ihm wegglitt. Der Reiter aus Krakau. Plötzlich hatte er ein Gesicht. Und schlimmer noch: Er hatte einen Namen.

»Was ist mit ... Yntan geschehen?«, fragte er mit schwacher Stimme. »Starb er beim Feldzug?« Er erschrak selbst über den Gedanken, der ihm bei diesen Worten durch den Kopf schoss: *Herr im Himmel, lass ihn tot sein!*

»Nein, er wurde nur verwundet, doch von diesem Tag an versagten seine Ahnen ihm ihren Schutz. Er wurde langsam und traf die falschen Entscheidungen. Dämonen quälten ihn, sodass er keinen Schlaf mehr fand. Seine Pferde wurden krank. Doch sein Leben wurde ihm erst in der Heimat genommen.«

Nur langsam dämmerte Krystian, was diese Worte bedeuteten. »Er wurde doch nicht etwa hingerichtet?«, fragte er zaghaft. »Weil er ein Stück Metall verloren hatte?«

»Ein Ehrenzeichen des Dschingis Khan«, berichtigte ihn Sanjaa streng. »Eine schlimme Geschichte für seine Familie. Gibt es etwas Schändlicheres, als ein Pfand des Khans zu verlieren? Doch Möngke Khan war großzügig und gewährte ihm zumindest die Bitte, ihn zu erdrosseln, statt sein Blut zu vergießen. Auf diese Weise hatte er wenigstens einen ehrenvollen Tod.«

Aber einen Tod, dachte Krystian. Plötzlich war ihm elend

zumute. Jahrelang hatte er dem Höllenreiter ein schlimmes Ende gewünscht. Doch nun spürte er keine Genugtuung.

Sanjaa stand auf und klopfte sich einige Grashalme von seinem *Del*. »Alan kann froh sein, dass Ochir sie zur Frau wollte. Immerhin stammt sie aus einer Familie, die dem Khan Schande gemacht hat. Ochirs Familie dagegen ist hoch angesehen und steht in Möngke Khans Diensten.«

Bedauernd zuckte er mit den Schultern und ließ den Blick über Krystians mongolische Kleidung schweifen. Wieder war da dieser abwägende Blick, doch diesmal hatte Krystian den Eindruck, dass die Waage zu seinen Gunsten ausschlug.

»Gut«, meinte Sanjaa dann. »Alan wird sich freuen, eines Tages zu erfahren, dass du Ochirs Pfeil und den Fluss überlebt hast.« Krystian begriff, dass die Angelegenheit für Sanjaa erledigt war. Diese Geradlinigkeit und das Vertrauen darauf, dass Krystian die Wahrheit gesagt hatte, verblüffte und entwaffnete ihn. Auf halbem Weg zu seinem Pferd drehte sich der junge Mongole noch einmal um. »Weißt du, ganz sicher war es dumm, Ochir herauszufordern!«, rief er. »Aber mutig war es auch. Ebenso wie es von Alan gleichermaßen mutig und dumm war, vor der Hochzeit zu fliehen. Ich verstehe, warum Alan dich wiedersehen wollte!« Er zwinkerte Krystian zu. Unwillkürlich lächelte Krystian Sanjaa zum ersten Mal an und der Mongole erwiderte das Lächeln.

Solongo und Galsan traten zu ihrem Gast und verabschiedeten sich. Solongos Sohn fing einen Streit mit seiner Mutter an, weil er Sanjaa unbedingt begleiten wollte.

Krystian stand auf und ging einige Schritte über das niedergetretene Gras. Wie durch eine Wasserwand hörte er, wie Sanjaa sich bei Solongo für ihre Gastfreundschaft bedankte. Selten war er so durcheinander gewesen. Er hatte den Steppenreiter gefunden. Und nicht nur das – Sanjaa hatte ihm gerade auch noch bestätigt, was Krystian lieber nicht gehört hätte. Abdallah war niemals sein Freund gewesen. Die *Paiza* war tatsächlich der einzige Grund dafür, dass er sie als Dolmetscher begleitet hatte. Doch was wollte er mit einem Pferd des Khans?

Lass den Heiden und geh nach Hause, beschwor ihn Matteos Stimme. *Geh nach Konstantinopel und kehre zu Palmiro und Eudokia zurück. Die Schlange hat jetzt keine Bedeutung mehr für dich!*

Irrtum, Matteo, antwortete er in Gedanken. *Alan wollte mich wiedersehen, Abdallah ist mir noch Antworten schuldig – und die Schlange ist erst der Anfang!*

Er erreichte Sanjaa, als dieser sich gerade auf den Rücken seines Pferdes schwang. »Warte, Sanjaa! Wie weit ist es bis nach Karakorum?«

Sanjaa runzelte die Stirn. »Das kommt auf die Pferde an. Schnelle Kuriere schaffen es in vierzig Tagen, die Fremden werden sicher dreimal so lange brauchen, vielleicht auch länger. Warum willst du das wissen?«

Krystian holte tief Luft. »Ich muss dorthin reiten.«

Hätte er verkündet, er wollte mitten im Dezember ein Bad im Fluss nehmen, hätten ihn Solongo und Galsan wohl nicht weniger verblüfft angesehen.

»Schlag dir das aus dem Kopf und bleib lieber bei uns«, sagte Solongo ruhig. »Die Reise ist selbst für Kuriere beschwerlich, die gut reiten können.«

Und Galsan nickte bekümmert. »Der Weg führt über Steppen, durch eine steinige Wüste und durch das *Altai*-Gebirge. Dort leben Dämonen, die die Reisenden verschlingen!«

»Nicht zu vergessen die Kälte«, setzte Solongo in ihrer trockenen Art noch hinzu. »Sie ist so bitter, dass sie selbst Steine spaltet.«

Die Morgensonne tauchte die Steppe in klares Licht und legte einen Heiligenschein um Sanjaas Haar. Barbar und Heiliger in einer Gestalt – ein grotesker Anblick. Krystian erschien es, als wollte Gott ihn damit ermahnen. *Ich bin immer noch da – ich bin es, der dich hierhergeführt hat, damit du erkennst, dass du ohne mich einsam und verloren bist.*

»Du willst deine Brüder wiedersehen«, meinte Galsan mitfühlend. »Das ist nur zu verständlich. Aber Solongo hat Recht, eine solche Reise würdest du kaum überleben.«

»Ich mache dir einen Vorschlag«, meldete sich Sanjaa zu Wort. »Du reitest mit mir zu Batus Lager zurück. Meine Familie hat viele *Gers* und genug Schafe. Du kannst den Winter über bei uns bleiben, bis deine Weggefährten aus Karakorum zurückkehren. Und sollten sie nicht zurückkehren, kannst du die Reise im Frühjahr antreten, wenn es weniger gefährlich ist. Unsere *Gers* haben breite Eingänge, und Gäste sind uns willkommen.« Selbst im Gegenlicht konnte Krystian erkennen, dass sich wieder ein breites Grinsen auf das Gesicht des Jungen geschlichen hatte. »Und für einen verrückten *Badarchin*, der eine Frau sogar gegen ihren eigenen Mann verteidigt, haben wir auf jeden Fall genug Platz.«

Die gescheckte Stute, die Solongo ihm geliehen hatte, schien am Gras zu haften wie eine Distelklette und kam kaum von der Stelle. Noch nie hatte Krystian auf einem *Emeel* – einem mongolischen Holzsattel – gesessen, und schon nach einer Stunde verfluchte er das harte, unbequeme Ding, das schon im Schritt kaum zu ertragen war und sich im Trab in ein Werkzeug aus einer Folterkammer verwandelte. Sanjaa musste sein Pferd ständig zügeln und auf Krystian warten, doch er ließ sich keinerlei Ungeduld anmerken. Im Gegenteil: Er konnte sich zwar das Lachen nicht verkneifen, gab Krystian aber trotzdem Ratschläge, wie er sich am besten im Sattel halten konnte.

»Die langsamste Gangart ist *Alchaa*«, erklärte er. »Wenn du willst, dass dein Pferd schneller läuft, rufst du einfach ›*Tschu!*‹. Im Trab – *Schogschoo* – stellst du dich in die Bügel. Wenn dein Pferd rennt – *Davja* –, setzt du dich tief in den Sattel. Und wenn es nicht spurt, musst du den *Taschur* benutzen.« Nun, diesen Pferdeknüppel ließ Krystian allerdings, wo er war – in seiner Befestigung vorne am Sattel. Zu gut erinnerte er sich daran, wie schmerzhaft ein Schlag damit war.

In der ersten Nacht lagerten sie in dem kleinen Zelt, das Sanjaa tagsüber zusammengerollt hinter sich am Sattel festgeschnallt hatte. Da es gewöhnlicherweise nur einem Mann Schutz vor Regen bot, lagen sie zu zweit darin Schulter an Schulter. Sanjaa schlief auf der Stelle ein. Krystian dagegen war hellwach und dachte schweren Herzens an den Abschied von Solongos Familie zurück. »Was du auch tust, sieh dir alles auch mit den Augen der anderen an und hüte dich vor den Dämonen.« Das hatte Galsan ihm zum Abschied ins Ohr geflüstert, während er Krystian innig und fest umarmte. »Ich werde die Geister bitten, dich zu beschützen.« Neben seinem Holzkreuz hing nun auch ein kleiner Anhänger in Form einer grob geschnitzten, zusammengerollten Schlange um seinen Hals. Solongos Sohn hatte viel Mühe darauf verwandt, das Schmuckstück herzustellen. Draußen heulten die Wölfe und machten die Pferde nervös, doch Sanjaa schlief so tief, dass Krystian nicht einmal seine Atemzüge hörte.

Offenbar ist er ein Abenteurer, der lieber unterwegs ist und jagt, als die Schafe zu scheren, überlegte Krystian. *Und wenn er keine Angst hat, neben einem Wildfremden im Zelt zu schlafen, werden ihn auch die Dämonen der* Altai-*Berge nicht schrecken.*

Nun, Galsans Geister machten ihre Sache offensichtlich gut, denn als Sanjaa ihn unsanft mit einem Knuff in die Schulter weckte, fiel bereits die Morgensonne in das Zelt. Rauch stieg von einer Feuerstelle auf, heiße Fleischbrühe und getrockneter Quark standen bereit.

»Verschläft man die kalten Tage in deinem Land, wie es die Bären im Winter tun?«, neckte Sanjaa Krystian und holte ihm einen Becher des heißen Gebräus.

Sanjaa zog ihn den ganzen Tag über auf, doch seine Bemerkungen und sein Lachen hatten nichts von Abdallahs beißendem Spott. Und nach einigen Stunden, die sie damit verbrachten, am Fluss entlangzureiten und mit Pfeil und Bogen langbeinige Flussvögel zu erbeuten, hatte Krystian das Gefühl, Sanjaa schon lange zu kennen. Es war nicht schwierig, das Gespräch auf Karakorum zu bringen.

»Dschingis Khan hat den Ort bestimmt, an dem sie stehen sollte«, erzählte Sanjaa mit glänzenden Augen. »Und Ögedei, sein dritter Sohn, hat sie erbaut. Die Handwerker dort stellen Goldschmuck und die besten Sättel her. Alle tributpflichtigen Völker schicken Güter und Gesandte dorthin.«

»Würdest du die Stadt denn gerne sehen?«, fragte Krystian vorsichtig.

Sanjaas Augen begannen zu leuchten. »Jeder will Karakorum sehen! Allein das große Fest im Frühjahr – das große Pferderennen und die Ringkämpfe ...«

Er seufzte voller Sehnsucht und blickte über den Fluss. Zwei graue Reiher erhoben sich aus dem Wasser und flogen über die Reiter hinweg.

Gegen Abend entfachte Sanjaa ein Feuer und briet zwei erlegte Wildenten. Der Feuerschein ließ sein Gesicht golden leuchten. Der Duft von Fleisch, der sich mit dem Geruch nach trockenem Steppengras vermischte, erinnerte Krystian daran, wie hungrig er war. Bevor er von der dampfenden Ente kostete, dachte er daran, dass er längst jedes Gefühl für die Abfolge der Wochentage verloren hatte. In den ersten Reisewochen hatten er und die Brüder streng darauf geachtet, nach christlichem Gebot am Freitag kein Fleisch zu essen. Doch inzwischen konnte Krystian keine Rücksicht mehr auf diese Regel nehmen. So vieles hatte sich verändert, seit er das Brüderhaus verlassen hatte! An Tagen wie heute fand er kaum noch eine Ähnlichkeit zwischen Krystian aus Krakau und Tossuc im fremden Land.

»Sanjaa?«

Der Mongole hielt beim Kauen inne und zog fragend die Augenbrauen hoch. Fett glänzte auf seinem Kinn.

»Was bedeutet das Wort *Badarchin?*«

»Das weißt du nicht?«, antwortete Sanjaa mit vollem Mund. »Wenn dich jemand so nennt, will er sagen, du bist jemand, der alleine reist. Ohne Familie, einsam und schutzlos. Wie ein Ausgestoßener. Ein bemitleidenswerter Ausgestoßener.«

Krystian musste lächeln. Die alte Khojin in Sartachs Lager hatte ihn offenbar gut erkannt. Und er konnte es Ochir nicht einmal verübeln, ihn abfällig so bezeichnet zu haben.

»Ich muss dich etwas fragen, Sanjaa. Nehmen wir einmal an, es gäbe die *Paiza* mit dem Schlangenmenschen noch und jemand würde sie an einer Kurierstation vorzeigen. Würde er ein frisches Pferd und Proviant dafür bekommen?«

»Solange sie nicht vernichtet wird, ist sie gültig. Das Zeichen Dschingis Khans ist auf der Rückseite eingeprägt.«

Krystian atmete auf. Das war schon einmal eine ermutigende Nachricht.

»Und wenn es diese *Paiza* noch gäbe und du würdest sie besitzen – was würdest du damit anfangen?«

Sanjaa schluckte das Fleisch hinunter und lachte. »Da fragst du noch? Ich würde direkt zum Khan reiten. Und dann würde ich mir die zehn schönsten Pferde aussuchen, die ich auf seinen Weiden finde.«

»Dieses Versprechen gilt also immer noch?«

»Natürlich! Es ist ein Versprechen des Khans! Aber warum fragst du mich überhaupt so dumme Sachen? Die *Paiza* ist fort – über verschütteten *Ayrag* muss man nicht mehr reden.«

Eine Weile aßen sie schweigend weiter. Krystian musste tief Luft holen und seinen ganzen Mut zusammennehmen.

»Sanjaa?«

»Hm?«

»Ich danke dir sehr für die Einladung zu deiner Familie. Aber ich werde nicht auf die Rückkehr der Brüder warten, sondern nach Karakorum reiten.«

»Was?«

»Ich muss zum Großkhan. Aber dafür brauche ich einen Führer. Bitte komm mit mir! Ich reite auch allein, wenn es sein muss, aber du kennst dich besser aus, du weißt, wie man die Poststationen findet und ...«

Sanjaa schüttelte heftig den Kopf. »Hast du es immer noch nicht begriffen, du Verrückter? Wir würden ohne Auftrag reisen, damit sind wir nicht berechtigt, die Stationen zu nutzen. Außerdem ... werde ich im Lager gebraucht – bald kommt der Winter.«

»Du gehst doch viel lieber auf die Jagd und reitest aus, statt zu arbeiten. Ich kann dich und deine Familie gut bezahlen.«

»Bezahlen, pah! Und womit? Hast du Schafe oder Pferde? Nein! Und selbst wenn ich mitreiten würde – das Land ist im Winter grausam und unwirtlich. Zudem reitest du wie ein Stock. Ich müsste dich unterwegs liegen lassen, wenn du nicht mehr weiterkannst.«

Krystian schnaubte. »Mach dich nicht lustig über mich, Sanjaa, es ist mir ernst. Ich will, dass du mich nach Karakorum bringst.«

»Und ich sage Nein!«

Krystian hatte sich vorgenommen, vernünftig zu argumentieren und nicht wütend zu werden, aber jetzt rutschte ihm ein wüster polnischer Fluch heraus, den er schon seit seiner Kindheit nicht mehr ausgesprochen hatte. Zornig warf er sein Fleischstück neben das Feuer. Es knisterte, als ein Knorpelstück in der Glut landete.

»He, was soll das!«, schrie Sanjaa voller Empörung. »Das Fleisch …«

Dann verstummte er und verfolgte völlig verblüfft, wie Krystian aufsprang und seinen Gürtel löste. Mit Schwung schleuderte er den Gürtel zu Boden und zog den *Del* aus. In der Kälte stellten sich die Härchen auf seinen Armen auf. Im Schein des Feuers zeichnete sich das Schlangenmal auf seiner Schulter und seinem Arm besonders deutlich ab. Das Muster wurde nur durch die rosa Narbe der Pfeilwunde unterbrochen.

Sanjaa wurde blasser als der Mond. »Du … du hast … du bist …«

»*Mogoi* – eine Schlange, ganz recht! Das hatte ich auch versucht, Alan am Flussufer zu sagen. Und du kennst doch das Zeichen der *Paiza*, Sanjaa.«

Mit einem flinken Griff schnappte er sich den Gürtel, holte das Amulett aus dem Geheimfach hervor und hielt es Sanjaa vors Gesicht. Der Flammenschein ließ das Kupfer an den wenigen blanken Stellen aufleuchten. Für einen gespenstischen Augenblick sah es so aus, als würde sich der Schlangenmensch bewegen.

Sanjaa stieß einen entsetzten Schrei aus und brachte sich mit einem Satz nach hinten in Sicherheit. Ein ganzes Stück vom Feuer entfernt blieb er mit offenem Mund sitzen und starrte die *Paiza* an.

»Ich bin Yntan begegnet«, sagte Krystian leise. »Als ich kaum sechs Jahre alt war. Ich kann ihn dir beschreiben. Ihm fehlten die Nase und ein Teil der Braue, als hätte ein Schwertstreich ihn getroffen. Doch die Wunden waren bereits verheilt. Erst dachte ich, ich würde einem Dämon gegenüberstehen. Yntans Kampfgefährte wollte mich töten, aber Yntan verhinderte es, als er entdeckte, dass ich eine Schlange bin. Er hat die *Paiza* in meiner Stadt verloren und ich trage sie seitdem bei mir. Nur wegen ihr bin ich hierhergekommen, verstehst du? Die Schlange ist auch mein Zeichen. Sie ist mein Schicksal.« Nun kam der Teil, den er sich besonders sorgfältig zurechtgelegt hatte, um den Jungen für sein Vorhaben zu gewinnen. »Yntan hat mein Leben gerettet. Und er hätte sich nichts mehr gewünscht, als die Ehre der Familie wiederherzustellen – Alans Familie und auch deiner! Deshalb muss ich nach Karakorum, um die *Paiza* dem Khan zurückzubringen und alte Schulden zu begleichen. Und ich darf keine Zeit verlieren!«

Sanjaa schüttelte immer noch ungläubig den Kopf. Vor Schreck und Verwirrung brachte er kein Wort heraus. Krystian sprang zu ihm und packte ihn am Kragen, um ihm direkt in die Augen sehen zu können.

»Wir bekommen Kurierpferde!«, fuhr er mit beschwörender Stimme fort. »Und wenn du mit mir kommst und mir hilfst, nach Karakorum zu gelangen, gehören drei der schwarzen Pferde aus der Herde des Khans dir!«

Der Weg der Kuriere

Lange, quälende Wochen war Wilhelm davon überzeugt gewesen, dass Bruder Bartholomäus die Strapazen nicht überleben würde. Erst heute hatte der dumpfe Husten etwas nachgelassen und ließ Wilhelm hoffen, dass sein Reisegefährte das Schlimmste überstanden hatte. Vier Wochen waren sie immer gen Osten geritten. In der Ferne erstreckte sich das *Karatau*-Gebirge. Anfangs sahen sie noch die gleißenden Gletscher auf seinen Gipfeln und darunter die schattigen Mulden an den Felsflanken, bis das Land mehr und mehr in eine öde Ebene überging. Nackte Erde wurde wie räudige Haut zwischen farblosem, spärlichem Gras sichtbar. Vor ihnen erstreckte sich flache Wüstensteppe, in der nur noch die heulenden Winde hausten. Kies und Steppensand knirschten unter den Hufen der Pferde. Obwohl ihre mongolischen Führer sich darum bemühten, in den Jurten und kleinen Lagern, auf die sie unterwegs stießen, immer neue Pferde zu besorgen, hatten die Mönche stets zu wenig Tiere. Die Reiseverpflegung verdiente ihren Namen nicht. Einige wenige Male bekam die Gruppe zwar auch Fleisch, konnte es aber in Ermangelung von Brennmaterial nicht braten. Also waren sie gezwungen, es roh zu verschlingen wie die Tiere. Es gab Tage, da fanden sie weder ein Steppenrinnsal noch einen Brunnen und mussten Durst leiden, und

Tage, da spürten sie ihre Gliedmaßen vor Kälte nicht mehr, wenn der eisige Wind ihnen um die Ohren pfiff. An solchen Tagen war Wilhelm überzeugt davon, dass die Hölle nicht heiß war und glühte, sondern wie diese Steppe war: seelenlos und unendlich, verunstaltet durch die Knochen verendeter Tiere und so kalt, dass jedes Gebet auf den Lippen erstarrte. Noch schlimmer und hoffnungsloser als die unwirtliche Gegend aber war die Wüste in ihren eigenen Herzen. Krystians Tod hatte sie alle schlimm getroffen. Wilhelm vermisste den jungen Polen – sein ungestümes Temperament, die Bewegung, die er in die Gruppe gebracht hatte, ja, sogar seine Streitlust. Seltsamerweise war es jedoch der Dolmetscher, der sich seit dem Unglück am meisten verändert hatte. »Lasst mich mit den Worten eures Gottes in Ruhe und betet lieber, dass ihr den alten Mönch lebendig durch die Wüste bringt«, sagte er einmal, bevor er einfach die Jurte verließ, in der sie Gast waren.

»Unsere Führer brachten uns in die Jurten der Mongolen, für die wir beten mussten«, schrieb Wilhelm mit klammen Fingern in den Reisebericht. *»Sicher hätte ich viele von ihnen zum wahren Glauben bekehren können, denn sie waren neugierig und freundlich und achteten unsere Gebete sehr. Hätte ich nur einen guten Dolmetscher! Ich könnte so viel Gutes für die christliche Sache bewirken. Doch Homodei übersetzt nur, was ihm für unser Weiterkommen wichtig erscheint.«* Er nahm sich vor, den Dolmetscher bei nächster Gelegenheit zu entlassen. Doch diese Gelegenheit hatte sich bisher nicht ergeben. Ob sie es wollten oder nicht: Hier draußen waren sie aufeinander angewiesen.

Wie immer lief der Sarazene weit voraus, die Schultern

trotzig hochgezogen und gegen den Wind gedreht. Der blaue Reisemantel, der Krystian gehört hatte, bauschte sich im Wind. Wilhelm und die anderen Brüder waren in mongolische Pelzmäntel gehüllt und sahen selbst aus wie Barbaren. Nach langem Hin und Her mit den Führern hatten sie sich sogar dazu entschlossen, entgegen ihrer Ordensregel Schuhwerk zu tragen. »Ihr werdet sonst eure Füße verlieren«, hatte der jüngere Führer sie ermahnt. »Es wird noch viel kälter werden.« Und Frater Wilhelm musste zugeben, dass die ledernen Stiefel, deren Kuppen und Fersen mit Birkenrinde verstärkt waren, bei der Kälte sehr nützlich waren. Zudem hatten die mongolischen Führer ihnen Filzsocken und Beinkleider aus zottigem Schaffell besorgt.

»Wie lange geht es noch so weiter?«, meldete sich Bartholomäus zu Wort und hustete dumpf.

Wilhelm seufzte. »Wenn ich diesem Dolmetscher trauen würde, könnte ich es dir sagen.« Doch beim Blick in das ausgezehrte Gesicht des alten Mönchs zwang Wilhelm sich zu einem Lächeln und setzte schnell hinzu: »Aber es ist sicher nicht mehr weit. Gott führt uns und lässt uns nicht im Stich.«

Krystian fühlte die Kälte der eisigen Herbstmorgen kaum. Noch nie zuvor hatte er in sich ein solches Glühen gespürt. Es machte ihn rastlos und trieb ihn Schritt für Schritt weiter über Felsgestein und nackte Erde. Zum ersten Mal im Leben hatte er ein Ziel, ein wirkliches Ziel, und selbst der Durst und die Anstrengungen machten ihn nur umso entschlossener. Er hatte sich darauf gefasst gemacht, bald schon entkräftet zu sein, aber dann stellte er fest, dass er mit Sanjaa den besten Reisegefährten hatte, den er sich nur wünschen konnte. Sie reisten mit leichtem Proviant: getrockneter Quark, Streifen von Murmeltierfleisch und eine Schafsblase, die mit geriebenem Rindfleisch gefüllt war. Abends sammelten sie trockenen Dung, entfachten ein Feuer und kochten das Fleischpulver in Wasser. Diese Brühe war kräftigender als der Zwieback und das Trockenobst, von dem die Brüder gelebt hatten.

Die *Paiza* war nicht nur an den Kurierstationen nützlich. Jeder Einwohner im mongolischen Reich war verpflichtet, einen Kurierreiter, der sich ausweisen konnte, bestmöglich zu versorgen. Und Sanjaa, der jedes Mal vor Stolz glühte, wenn er die *Paiza* herumzeigte, hätte sich in Polen oder Italien als Gaukler und Geschichtenerzähler mühelos Kost und Logis verdienen können, so mitreißend erzählte er die Geschichte von Krystian, Yntan und den Pferden des Großkhans. Bei jeder Erzählung fügte er einige Ausschmückungen hinzu, und Krystian bekam einen Eindruck davon, wie aus einer tragischen und wenig ruhmreichen Geschichte leicht eine Heldenlegende entstehen konnte. In Sanjaas Version fühlte Krystian sich Yntan, der ihm das Leben gerettet hatte, verpflichtet und hatte keine Mühen gescheut, um in das Land des Khans zu gelangen. Doch während Sanjaa begeistert erzählte und die Menschen am Herdfeuer ihm atemlos lauschten, schwieg Krystian und dachte nach. Wo die Brüder wohl gerade sein mochten? Und Alan? Es war ganz und gar kein guter Gedanke, sich vorzustellen, dass sie in diesem Augenblick vielleicht bei ihrem fuchsgesichtigen Mann im *Ger* war.

Mehrmals hatten sie bereits die Pferde gewechselt und

innerhalb von wenigen anstrengenden Wochen einen Großteil der Waldsteppe und eine steinige Halbwüste hinter sich gebracht. Solange die Pferde durchhielten, ritten sie im Trab oder Galopp und rasteten nur, wenn es unbedingt nötig war. Jeden Morgen fühlte sich Krystian wie ein alter, unbeweglicher Mann und kämpfte immer wieder von Neuem mit dem mörderisch harten Holzsattel.

»Du läufst zwar wie ein Lahmer, aber das ist kein Grund, auch wie ein Lahmer zu reiten!«, rief ihm Sanjaa dann übermütig zu. »Und *du* willst nach Karakorum? Nun, mir soll es nur recht sein. Wenn du unterwegs aufgibst, nehme ich mir die *Paiza* und hole mir alle zehn Pferde!«

Dabei trieb er sein Pferd an und galoppierte so dicht an Krystian vorbei, dass dessen Reittier die Ohren anlegte und schnaubte.

»Das werden wir noch sehen«, murmelte Krystian und drückte seine Unterschenkel fest gegen den Pferdeleib. Zwischen ihm und Sanjaa hatte sich unbemerkt eine spielerische Rivalität eingeschlichen. Zwar war es Krystian noch kein einziges Mal gelungen, seinen Reisegefährten im Rennen zu besiegen, aber manchmal jagten die Pferde eine Zeit lang Kopf an Kopf dahin. An solchen guten Tagen schloss Krystian im Galopp die Augen, fühlte den kalten Wind auf seinen Wangen und stellte sich vor, dass Karakorum mit jedem Atemzug näher kam.

»Da vorne sind ein paar Wildesel, siehst du sie?«, rief Sanjaa an einem besonders kalten Morgen. Krystian schob seine Fellkapuze zurück und spähte zum Horizont. Die Tiere spitzten die Ohren und äugten zu ihnen hinüber.

Sanjaa zückte seinen Bogen, rief *»Tschu!«* und trieb sein Pferd zu einem schnellen Galopp an.

»Sanjaa, nein!«, brüllte Krystian ihm hinterher, doch für diesen Ruf war der Junge wie immer auf beiden Ohren taub. Die Esel sahen den Reiter auf sich zustürmen und nahmen Reißaus. Krystian biss die Zähne zusammen und verfluchte insgeheim Sanjaas Jagdbesessenheit. Nun blieb ihm nichts anderes übrig, als ihm zu folgen.

Die Hufe hämmerten in schnellem Takt auf den Boden, unter ihm flogen grauer Sand, Hufspuren und die Knochen verendeter Tiere vorbei. Ein Rinderschädel glotzte Krystian aus verwitterten Augenhöhlen an. Zu allem Überfluss nahm ihm ein kristallscharfer Wind den Atem und er senkte den Kopf und presste sein Kinn gegen den Kragen. Als er das nächste Mal mit tränenden Augen blinzelnd Ausschau hielt, hatten sich die Gestalten am Horizont vermehrt. Eine Reisegruppe kämpfte sich im Schritttempo gegen den Wind voran: drei Mongolen, die sich die pelzgesäumten Kapuzen ihrer Schaffellmäntel tief ins Gesicht gezogen hatten. Einer saß auf einem Pferd, das andere Reittier war mit Säcken beladen. Die Reisenden blickten nicht einmal auf, als Krystian kurz darauf an ihnen vorbeistürmte, und auch Krystian sah sich nicht nach ihnen um. Stattdessen konzentrierte er sich darauf, Sanjaa nicht aus den Augen zu verlieren. Weit entfernt sah er, wie Sanjaa auf dem Pferd kurz innehielt und ihm zuwinkte, sich zu beeilen, dann stürmte sein Freund schon weiter, ohne auf ihn zu warten, und verschwand über eine abfallende Ebene aus seinem Blickfeld. »Rücksichtsloser Barbar!«, presste Krystian zwischen den Zähnen hervor und spornte sein Pferd an, obwohl das Tier ihm leidtat. Der Wallach, dessen Rippen sich unter der Haut abzeichneten, spannte die Muskeln an und legte noch einmal erstaunlich an Tempo zu, als hätte er Krystians stumme Bitte erhört.

Als Krystian nach etwa einer Meile die Ebene erreichte, entdeckte er Sanjaa zum Glück wieder – allerdings war er viel zu weit entfernt. Weiter vorne bewegte sich eine zweite Reisegruppe langsam vorwärts. Vielleicht gehörte sie zu der, die Krystian vor einigen Minuten überholt hatte? Drei Mongolen, nur einer ging zu Fuß. Etwas irritierte Krystian, je näher er der Gruppe kam. Die zwei Reiter trugen lange Pelzmäntel, der dritte jedoch … Ein dunkelblauer Mantel flatterte im Wind!

Verwirrt richtete sich Krystian im Sattel auf und starrte die Erscheinung an. Als er die Gruppe fast schon erreicht hatte, erkannte er auch, wer den Mantel trug. Die Wut, die er eben noch auf Sanjaa gehabt hatte, löste sich auf und machte einem bitteren Zorn Platz. Und bevor er recht überlegen konnte, was er tat, hatte er schon Luft geholt und brüllte aus vollem Hals: »Abdallah! *As-salâmu alaykum!*« Laut hallte der Friedensgruß über die Steppe.

Mit grimmiger Genugtuung sah er zu, wie Abdallah vor Schreck jäh zusammenzuckte und herumfuhr. Er brauchte ziemlich lange, um zu begreifen, wer der wilde Mongolenreiter war, der auf ihn zustürmte. Dann klappte ihm die Kinnlade nach unten. Krystian hielt einige Galoppsprünge auf ihn zu, dann lenkte er sein Pferd in einem flachen Bogen von den Reitern weg. Plötzlich ärgerte er sich über sich selbst. Was dachte er sich dabei, auf Abdallah loszureiten wie ein wild gewordener Höllenreiter? Selbst wenn der Sarazene ein Verräter war, hatte Krystian kein Recht, ihm einen solchen Schrecken einzujagen. Doch dann geschah etwas, das Krystians Weltgefüge einfach in sich zusammenstürzen ließ: Von einer Sekunde zur anderen begann der Sarazene vor Freude zu strahlen.

»Krystian!«, schrie er so laut, dass seine Stimme sich überschlug. »*Wa-alaykum as-salâm!* Allah sei Dank!« Er riss beide Arme hoch und stieß einen trillernden Freudenschrei aus, der über die Steppe hallte.

Krystian wollte sein Pferd zügeln, doch er hatte die Rechnung ohne den Wallach gemacht. Erschreckt durch Abdallahs Schrei machte er einen Bocksprung und stürmte dann mit angelegten Ohren weiter. Krystian hatte alle Hände voll zu tun, um im Sattel zu bleiben. Er hörte Abdallahs Rufe hinter sich, doch er konnte sich nicht umdrehen. Das Pferd hatte sich ins Zaumzeug verbissen und ließ sich nicht mehr halten. Und Krystian war auch viel zu verblüfft, um umzukehren. Im Galopp stellte er sich in den Bügeln auf und holte Luft. Sanjaa! Als Allererstes musste er Sanjaa einholen.

»So blass, wie du bist, könnte man meinen, du hättest einen Dämon gesehen!«, begrüßte ihn sein Freund, als Krystian nach mehreren Meilen völlig erschöpft bei ihm ankam. »Die Esel sind wirklich sehr schnell, ich habe keinen erlegt!«

»Zum Teufel mit den Eseln! Wir haben vorhin die Brüder überholt!«, keuchte Krystian. »Zumindest den Dolmetscher habe ich erkannt, und die anderen waren bestimmt die Mönche und Gosset. Wir müssen sofort zurück!«

Sanjaa runzelte die Stirn und stützte sich auf dem Sattel ab.

»Zurück? Wir müssen aber nicht nach Süden, wir reiten nach Osten. Wenn wir jetzt umkehren, verlieren wir eine Menge Zeit.«

»Was spielt das für eine Rolle?«

»Das fragst du noch, Tossuc? Wir haben nicht mehr viel Proviant und so gut wie kein Wasser mehr und müssen zusehen, dass wir möglichst schnell zur nächsten Jurte oder zu einem Lager kommen.«

Krystian schluckte.

Sanjaa bemerkte sein Zögern und setzte sofort nach: »Du weißt jetzt, dass sie noch leben und unterwegs sind. Aber ...«, er machte eine vielsagende Pause und seufzte, »... wenn du mit ihnen reiten möchtest, wirst du nicht schneller reisen als jemand, der zu Fuß geht. Vor den Schneestürmen werden wir dann sicher nicht in Karakorum ankommen, zumal die Mönche offenbar einen Bogen in südlicher Richtung schlagen.« Er machte eine nachdenkliche Pause und sah Krystian von der Seite an. »Dieser Sarazene – ist das auch dein *Anda?*«

»*Anda?* Was meinst du damit?«

»Na, ob er auch dein Bruder ist – dein Schwurbruder, der dir verpflichtet ist und du ihm. Ein *Anda* ist jemand, für den du kämpfen würdest und den du nie im Stich lässt, selbst wenn es dein Leben kostet.«

»Wie kommst du darauf?«

»Du nennst die Mönche doch ›Brüder‹. Wenn du ihnen verpflichtet bist, musst du zurückreiten. Wenn nicht ...«

»Das sind andere Brüder. Es bedeutet etwas völlig anderes als bei euch. Nein, ich habe keinen *Anda*.«

Sanjaa nickte ernst. »Dann gebe ich dir einen Rat: An

grat und stürzten sich mit eng angelegten Flügeln in die Schlucht.

»Es gibt böse Geister hier«, erklärte Sanjaa flüsternd, als sie eines Abends Rast machten. In einer Höhle hatten sie Schutz vor dem Wind gefunden, auch die Pferde waren ihnen mit hallendem Hufschlag in den Unterschlupf gefolgt und dösten nun, die Hinterhufe aufgestützt, die Nasen in Richtung des wärmenden Feuers gestreckt.

»Was für Geister?«, wisperte Krystian. Draußen pfiff der Nachtwind durch die Dunkelheit, das Geräusch ließ ihn ebenfalls frösteln.

»Bergdämonen! Sie entführen Reisende vom Pferderücken«, sagte Sanjaa leise. »Viele von ihnen kehren nie zurück. Manchmal reißen sie den Menschen auch die Gedärme aus dem Leib und verbrennen die Reiter dann auf dem Pferderücken! Oft nehmen sie auch nur die Pferde mit.«

Krystian schauderte und rückte näher an Sanjaa heran. Schulter an Schulter lauschten sie in die Nacht. Graupelkörner trommelten wie die Geisterfinger gegen den Fels.

»Was tut ein *Cham*, um die Geister von uns fernzuhalten?«, fragte Krystian.

Sanjaa hob ratlos die Brauen. »Wir können nur *Tengri* um Hilfe bitten und den Geistern ein Opfer bringen. Kannst du sie nicht vielleicht mit einem Gebet vertreiben, wenn wir morgen über den vereisten Pass reiten?«

Krystian nickte. »Erzähl mir von dem Jagdadler, den du eines Tages besitzen möchtest«, flüsterte er, um Sanjaa ein wenig abzulenken. »Oder erzähl mir eine von euren Geschichten. Erzähl mir von Dschingis Khan.«

Sanjaa lächelte. »Kennst du die Geschichte von Temudschin und Dschamucha? Am Fluss Orchon wurden sie zu Schwurbrüdern und besiegelten ihre Freundschaft mit einigen Tropfen Blut.«

»Dschamucha war also Dschingis Khans *Anda?*«

»Der allerbeste *Anda*«, bestätigte Sanjaa. »Sie schworen sich, das ganze Leben lang Brüder zu sein und sich beizustehen. Nach dem Tod von Temudschins Vater zog auch Dschamuchas Familie davon und die Brüder mussten sich trennen. Doch Temudschin vergaß seinen *Anda* nie. Jahre später ließ er nach Dschamucha suchen und bat ihn, ihm gegen den Merkit-Stamm beizustehen. Und Dschamucha kam – mit zwanzigtausend Kriegern! Nach dem Sieg legten Temudschin und Dschamucha ihre Lager zusammen. Doch als Temudschin zum Anführer aller Stämme gewählt und fortan *Dschingis Khan* genannt wurde, verließ Dschamucha voller Neid das Lager. In den kommenden Jahren vergrößerte Dschingis Khan sein Reich und tötete alle, die sich ihm in den Weg stellten. Sogar seine Mutter war entsetzt über seine Grausamkeit und nannte ihn einen Wolf. Am Ende waren nur doch drei Steppenfürsten an der Macht: er selbst, Dschamucha und der alte Tooril Khan. Schließlich stellte sich jedoch Dschamucha Dschingis Khan und Tooril Khan entgegen.«

»Er zog gegen seinen Schwurbruder in den Krieg?«

Sanjaa nickte ernst. »Mithilfe der Götter und der *Chams* gewann Dschingis den Kampf. Dschamucha aber wurde von seinen eigenen Gefolgsleuten an den Khan ausgeliefert.«

»Das war dann wohl sein Ende«, sagte Krystian. Die Geschichte stimmte ihn traurig und mutlos.

Sanjaa schüttelte den Kopf. »Der große Khan hasste Verräter. Er befahl, Dschamuchas Gefolgsleuten die Köpfe abzuschlagen, dann trat er zu seinem *Anda* und bat ihn darum, ihren Schwur zu erneuern. Sie sollten wieder Brüder sein, wie damals, als sie Kinder waren.«

»Er hat ihm verziehen, obwohl Dschamucha ihn töten wollte?«

»Natürlich. Er war doch sein *Anda*! Er wollte ihm die Hand reichen, doch Dschamucha wollte nicht mehr Dschingis Khans Gefährte sein, zu sehr schmerzte es ihn, dass sein Bruder nun der Herr über das ganze Land war. Er sprach: ›Töte mich, das ist mein Wunsch. Und töte mich ehrenvoll, ohne mein Blut zu vergießen.‹ Dschingis erfüllte ihm diesen Wunsch und ließ ihn wie einen Fürsten bestatten. Aber an diesem Tag ritt der Khan alleine davon, und als er zurückkehrte, war kein Glanz mehr in seinen Augen und die Trauer wich nie wieder aus seinem Herzen.«

Krystian starrte ins Feuer. In diesem Moment waren ihm die Mongolen gleichzeitig nah und doch fremd. Obwohl ihm Dschingis Khans Handeln unendlich grausam erschien, beeindruckte ihn doch seine Bereitschaft zu verzeihen. Unwillkürlich musste er an ein Sprichwort denken, das ihm Abdallah erzählt hatte: »*Mit wem du gelacht hast, kannst du vielleicht vergessen, mit wem du geweint hast, nie.*«

Dämonen und Geister verhielten sich ruhig, als die beiden Reiter am nächsten Tag dicht hintereinander über den verschneiten Pass ritten. Von den vereisten Felswänden der Schluchten, die sich nebelgefüllt unter ihnen auftaten, hallte Krystians Stimme wider. »*Credo in unum deum*«, sang er zum Schutz gegen die bösen Mächte. Ein schriller Greifvogelschrei brach sich in den Schluchten. Sanjaa strahlte und suchte mit den Blicken die Berge und Täler nach dem Adler ab. »Dort hinten fliegt er!«, rief er Krystian begeistert zu. »Dein Gott ist ein mächtiger Gott. Diesen Schutzgesang musst du mir beibringen!«

Das Winterlager

In sanften Schwüngen erstreckten sich die Ausläufer des *Altai*-Gebirges in steinige Täler und gingen schließlich in flache, kahle Ebenen über. Nach und nach verlor das Land jegliche Farbe und wurde zu einer steinigen Wüste, an deren Grenzlinie sie entlanggaloppierten, durstig, die Augen zusammengekniffen, die Köpfe in Tücher gewickelt, um Münder und Nasen vor den gelben Sandwirbeln und Staubfahnen zu schützen, die sich vor ihnen wie tanzende Geister erhoben.

An manchen Tagen konnte Krystian südwärts im gleißenden Licht Treibdünen und Kamelhorden erkennen.

Krystian hatte längst aufgehört, die Meilen zu schätzen, die sie seit ihrem Abschied von Solongos *Ger* zurückgelegt hatten. Rechnete er in den Wegstrecken, die sie im Galopp zurückgelegt hatten – an guten Tagen schafften sie mit mehrmaligem Pferdewechsel vier Strecken von fünfundzwanzig Meilen an einem Tag –, dann hätten sie das Königreich Polen bestimmt schon achtmal durchqueren können.

Es musste bereits Mitte November sein, die Wüste hatten sie hinter sich gelassen und waren wieder in fruchtbareres Gebiet gelangt. Wäre es Sommer gewesen, hätten sie nun grüne Grassteppe und sanfte Hügel vor sich gesehen und die blau leuchtenden Berge nordwärts am Horizont. Stattdessen ritten sie nun über verschneite Kuppen an vereisten Bächen und Wasserläufen entlang, die Kapuzen tief in das Gesicht gezogen. Die Zweige der Lärchen bogen sich unter der Schneelast, doch der Großteil des Gebietes war weite Steppe. Nachdem sie eine Kuppe passiert hatten und den Blick über eine weite Ebene schweifen lassen konnten, hielt Sanjaa plötzlich sein Pferd an und stellte sich in den Steigbügeln auf.

»Das Lager!«, rief er so laut, dass Krystian zusammenzuckte. »Wir sind da!«

Schon stürmte er im gestreckten Galopp die Anhöhe hinunter, eine Wolke von Pulverschnee aufwirbelnd. Krystian zögerte. Verwundert und ein wenig enttäuscht ließ er seinen Blick über die Ebene schweifen. *Wir sind da!* – dieser Satz hallte in seinen Gedanken, doch so richtig begreifen konnte er ihn nicht. Der Himmel war dunkel von Wolken, aber es regte sich kein Hauch. Aus Hunderten von Jurten stiegen die hellen Rauchsäulen der Herdfeuer in die Luft. Sanjaas auffordernder Pfiff riss ihn aus seiner Betäubung. Das Lager des Großkhans! Sie hatten es tatsächlich geschafft! Er leckte sich aufgeregt über die vor Kälte aufgesprungenen Lippen, Müdigkeit und Kälte waren vergessen.

»Tschu!«, rief Krystian und sein Wallach gehorchte und folgte Sanjaa im Galopp durch den Schnee.

Auch wenn das nicht Karakorum war – irgendwo dort unten in einem der *Gers* lebte Alan!

Sanjaa hatte viele Talente. Eines davon war etwa sein Geschick, in kürzester Zeit die richtigen Leute ausfindig zu machen und mit ihnen Freundschaft zu schließen. Binnen einer Stunde saßen sie als Gäste im *Ger* eines Vorstehers, Schalen mit Fleisch und dampfender Hammelbrühe in den Händen. Nahrhafte Fettlachen schwammen an der Oberfläche, Sanjaas Lippen glänzten bereits. Der *Jam* – ein strenger Mann mit einem grauen Schnurrbart und fächerförmigen Falten auf der Stirn – hörte sich Sanjaas Geschichte in aller Ruhe an, begutachtete respektvoll die *Paiza* und ließ seine Gäste dann wissen, dass er beim Khan nachfragen werde. Sie sollten in den nächsten Tagen noch einmal zu ihm kommen, möglicherweise sei der Herrscher tatsächlich bereit, sie in diesem Winter zu einer Audienz zu empfangen.

»So lange wird es nicht dauern, keine Sorge«, flüsterte Sanjaa Krystian zu, während der *Jam* einer seiner Frauen befahl, in der Herdstelle getrockneten Dung nachzulegen und den Gästen *Arqi* nachzuschenken. »Es gibt viele Pfade, die zur Palastjurte führen. Sobald wir bei meinen Verwandten sind, werden wir uns erkundigen, wie wir die ganze Sache beschleunigen können.«

Aufgewärmt vom Branntwein, vollkommen satt und um einige Geschichten ärmer verließen sie zwei Stunden später die Jurte des *Jam* und traten in die Kälte. Schnee lag auf den Mähnen und den Sätteln ihrer Reittiere und um das *Ger* hatten sich einige Neugierige eingefunden, die Sanjaa herzlich begrüßten und auch Krystian begeistert willkommen hießen, als sie hörten, dass er Mongolisch sprach.

»Los, suchen wir meine Verwandten!«, meinte Sanjaa mit schwerer Zunge und stieg auf sein Pferd. Vom *Arqi* war er so angeheitert, dass er beim ersten Versuch den Steigbügel verfehlte.

Im Schritt erkundeten sie das Lager. Viele Frauen waren

nicht auf den festgestampften Wegen unterwegs, aber Krystian ertappte sich dabei, wie er jede von ihnen mit klopfendem Herzen anstarrte, bis Sanjaa ihm einen warnenden Knuff versetzte. »Fremde Pferde reitet man nicht!«, sagte er grinsend.

Beschämt konzentrierte Krystian sich wieder auf den Weg, der sie im Halbkreis um das Zentrum zu den äußeren *Gers* führte. Fröstelnd fragte er sich, wie Sanjaa vor Einbruch der Nacht in einem so großen Lager die richtige Jurte finden wollte, doch wenig später bekam er einen Eindruck davon, dass Neuigkeiten bei den Mongolen schneller laufen konnten als Kurierpferde: Als Sanjaa sich schwer auf seinen Sattel gestützt mit einem alten Mann unterhielt, tauchten zwischen zwei *Gers* drei dick vermummte Gestalten auf. Im ersten Augenblick fasste Krystian unwillkürlich die Zügel fester, so bedrohlich sahen sie aus. *Ochir?*, schoss es ihm durch den Kopf. Doch dann schlug der Fremde in der Mitte seine Fellkapuze zurück. Zum Vorschein kam ein kantiges Gesicht mit flacher Nase und breitem Mund, der dem Mann Ähnlichkeit mit einer Kröte verlieh. Er musste schon alt sein, seine dichten Brauen waren schneeweiß, doch seiner glatten, erstaunlich dunklen Haut sah man die Jahre nicht an.

»Sanjaa?«, rief er mit tiefer, knarzender Stimme. »*Tavtai moril nuu!* – Willkommen! Kennst du mich noch? Ich bin Arulat, ein Cousin von Yntan.« Und mit einem Seitenblick auf Krystian fügte er hinzu. »Ich höre, du bringst uns jemanden, der etwas besitzt, was Yntan verloren hat.«

Selbst bei Matteo und den italienischen Brüdern hätte Krystian sich nicht willkommener fühlen können. Mindestens dreißig Leute drängten sich um die Herdstelle; getrocknetes Murmeltierfleisch und eine im eigenen Balg gegarte Ziege wurden als Festessen aufgetischt. Krystian nahm wie die anderen einen der heißen, schwarzen Steine aus der aufgeschnittenen Ziege und drehte ihn in den Händen, weil diese Geste Glück brachte. Nach kurzer Zeit hatte er ein kleines Kind auf dem Schoß, das sich begeistert an seine Ärmel klammerte und ihm fasziniert in die hellgrauen Augen starrte, und auch die anderen Kinder suchten seine Nähe. Ein ums andere Mal machte der *Arqi* die Runde – dieser hier war ein besonders scharfes Gebräu. Der Schnaps stieg Krystian schnell zu Kopf, und er lauschte Sanjaas Geschichte über Yntan und die schicksalhafte Begegnung in Krakau so gebannt, dass er fast vergaß, dass sein Freund über ihn sprach. Schließlich forderte Sanjaa ihn feierlich auf, die *Paiza* vorzuzeigen. Es wurde still im *Ger*, dreißig Augenpaare starrten das Amulett an, nicht einmal die Kinder gaben einen Laut von sich.

Dann streckte Zaira, Arulats Erstfrau, die ihre grauen Zöpfe unter einem dunkelgrünen Kopftuch verbarg, ihre Hand aus und nahm die kleine Kupferplatte ehrfurchtsvoll an sich. »Bayans *Paiza!*«, sagte sie leise. »Das Pfand des großen Khans. Ich erkenne es wieder.«

Diese Worte brachen den Bann, alle redeten aufgeregt durcheinander und wollten die Kostbarkeit berühren. Sie wurde von Hand zu Hand weitergereicht, man dankte den Geistern und Ahnen und opferte Yntan einen Becher *Arqi*, der im Feuer in einer Stichflamme verpuffte. Die Männer klopften Krystian anerkennend auf die Schulter, die Frauen lächelten ihm wohlwollend zu. Und als Sanjaa ihn schließlich aufforderte, auch noch sein Schlangenmal vorzuzeigen, kamen sie aus dem Staunen nicht mehr heraus. Jeder wollte über die Stelle streichen, weil es ihrer Meinung nach Glück brachte. Die Berührung der vielen Hände tat Krystian wohl und gab ihm das Gefühl, jemand zu sein, dem der Himmel ein ganz besonderes Geschenk gemacht hatte.

»Woher hast du die Narbe?«, wollte ein kleiner Junge wissen. Krystian warf Sanjaa einen fragenden Blick zu, doch sein Freund überließ ihm mit einer großzügigen Geste das Wort. Krystian hatte Schwierigkeiten, deutlich zu sprechen, das *Ger* schien sich um ihn zu drehen, doch er schaffte es schließlich, die Geschichte von den Brüdern, Alan und Ochir zu erzählen.

»Ich werde zu Ochir gehen und eine Wiedergutmachung fordern«, schloss er nach einer Weile.

Die beiden ältesten Söhne von Arulat – Zwillinge, die seinen Krötenmund geerbt hatten – wechselten daraufhin einen zweifelnden Blick.

»Ochir ist ein Hundertschaftsführer des Khans«, gab Arulat zu bedenken. »Es spricht natürlich nichts dagegen, wenn du deinen Anspruch geltend machst, das ist dein gutes Recht. Ob er dir allerdings eine Entschädigung leisten wird, ist fraglich.«

»Wenn er ein ehrenhafter Mann ist, wird er es tun«, ereiferte sich Sanjaa.

 Arulat lächelte. »Es wird sich finden«, meinte er versöhnlich. »Sanjaa und du – seid willkommen bei uns und bleibt, so lange ihr möchtet.«

Erst weit nach Mitternacht waren die letzten Verwandten völlig betrunken in ihre *Gers* gewankt oder davongeritten. Krystian und Sanjaa lagen nebeneinander auf der Männerseite der Jurte. Durch den Rauchabzug konnte Krystian einen eisklaren Mond sehen.

»Nun, wie gefällt es dir hier?«, murmelte Sanjaa mit trunkener Stimme.

»Bis auf die Tatsache, dass wir nicht in Karakorum sind, kann man es hier aushalten«, antwortete Krystian.

Sanjaa erstickte ein Lachen in seiner Pelzdecke. »Die Stadt liegt nur zehn Tagesritte vom Winterlager entfernt. Aber sobald die schlimmste Kälte vorbei ist, wird der Khan mit dem ganzen Lager wieder nach Karakorum ziehen. Du kommst schon noch dorthin!«

Alan

Es hatte auch Nachteile, wie ein Familienmitglied behandelt zu werden. In den folgenden Tagen kam Krystian nicht dazu, auch nur einen Schritt aus dem Umkreis der Familien-*Gers* zu machen. Selbst die entferntesten Verwandten kamen aus dem Lager und halfen dabei, auf der Männerseite eine eigene, kleinere Jurte für Sanjaa und Krystian zu errichten. Und die brauchten sie auch, denn die Jurte füllte sich schnell mit Geschenken: Pelze und Decken, Kisten aus Filz und Puppen zum Schutz vor bösen Geistern. Die Kinder nannten Krystian »Onkel« und klebten an ihm wie Distelkletten. Und immer wieder wollten irgendwelche Leute die *Paiza* oder das Schlangenmal sehen. So sehr Krystian auch hoffte, Alan unter den Besuchern zu entdecken – das Mädchen tauchte nicht auf, und auch von Ochir und dessen Brüdern sah Krystian nichts. Arulats Zwillinge wichen ihm nicht von der Seite und begleiteten ihn und Sanjaa nach einigen Tagen zum *Jam*. Doch sie waren nicht die Einzigen, die sich um eine Audienz bemühten. Gesandte aus den verschiedensten Ländern lebten im Lager. Krystian lernte türkische und russische Botschafter kennen, sogar die Nestorianer hatten in diesem Lager ihr eigenes kleines Kirchengebäude errichtet.

Im Familienkreis forschte Krystian nach der Bedeutung des Schlangenmenschen, doch statt endlich Klarheit zu erhalten, stürzten ihn die Antworten nur in noch größere Verwirrung. »Bayan wurde *Mogoi* genannt, weil er sich aus einem hölzernen Schandkragen befreit hatte«, erzählte ein Greis. »Keiner wusste, wie er das angestellt hatte. Er musste sich wohl in eine Schlange verwandelt haben.«

»Das ist doch nur eine erfundene Geschichte«, dementierte Zaira einen Tag später. »Bayan ist als Kind von einer Schlange gebissen worden. Er fieberte lange Wochen, doch er überlebte. Und von da an konnte ihm kein Schlangenbiss mehr etwas anhaben. Der Geist der Schlange, die ihn auserwählt hatte, beschützte ihn. Nur deshalb starb er erst als alter Mann.«

»Alles Unsinn«, winkte Zairas greise Schwiegermutter ab. »Bayan war kahl und hässlich wie eine Schlange, ich habe ihn als junges Mädchen ja noch gekannt. Nur deshalb nannte der Khan ihn ›Schlangenmann‹.«

Völlig verwirrt gab Krystian schließlich auf und nahm sich vor, Alan zu fragen. Doch sie blieb verschwunden und selbst durch vorsichtiges Nachfragen brachte er lediglich in Erfahrung, dass sich Ochirs Jurten fast zwei Meilen entfernt am anderen Ende des Lagers befanden. Vor Ungeduld konnte Krystian kaum noch schlafen, und wenn er doch einschlief, träumte er davon, dass sie verzweifelt nach ihm rief.

»Ich habe genug vom Warten, heute gehe ich zu Ochir«, verkündete er eines Morgens.

»Warte, bis du beim Khan vorgesprochen hast«, ermahnte ihn Sanjaa. »Du nützt niemandem, wenn du jetzt zu Ochir reitest und Streit anfängst.«

»Wer will denn hier Streit anfangen?«

»Du«, sagte Sanjaa und grinste. »Sieh dich an – du bist besessen! Seit Tagen läufst du schon herum wie ein hungriger Wolf, du redest im Schlaf und du starrst jede Frau im Lager so gierig an, als wolltest du sie rauben.«

»Unsinn!«, empörte sich Krystian. »Ich will nur Alan sehen.«

Sanjaas Grinsen wurde noch breiter. »Alan weiß längst, dass du hier bist, schlecht gelaunter *Badarchin*. Was glaubst du, wie lange hier eine Neuigkeit braucht, um auch die äußerste Jurte zu erreichen? Aber das Dümmste, was Alan tun könnte, wäre in unser *Ger* zu spazieren und dich zu begrüßen. Begreif das doch endlich, du Sturkopf!«

»Warum hilfst du mir nicht? Sie ist schließlich deine Verwandte!«

»Aber sie gehört zu Ochirs Familie.«

»Du kannst sie als Verwandter doch besuchen und ihr ausrichten ...«

Sanjaa hob abwehrend die Hand. »Der Khan«, sagte er mahnend. »Zuerst die Pferde, dann die Frauen!« Er erhob sich und verließ die Jurte.

Nein, zuerst Alan und dann deine Pferde, dachte Krystian grimmig. Erst dann bemerkte er, dass er zum ersten Mal seit Tagen ganz allein in der Jurte war. Blitzartig fasste er den Entschluss. Wenn er durch die Tür nach draußen spazierte, konnte er höchstens bis drei zählen, bis er wieder Begleitung hätte, also wandte er sich zur Nordseite und hob die Filzmatten ein wenig an. Es fühlte sich unheimlich an, aus der Wärme nach draußen in den Schnee zu kriechen. Auf diesem Weg wurden bei den Mongolen nur die Toten aus der Jurte gebracht, damit sie den Weg zu den Lebenden nicht mehr fanden. *Nun, ich war ja schon einmal tot*, beruhigte er sich. Draußen angekommen, schob er einen ganzen Schneehaufen vor die Stelle und verwischte sorgfältig seine Spur. Mit raschen Schritten stahl er sich davon wie ein Dieb und umrundete beinahe rennend das Lager. Die Leute blickten ihm verwundert hinterher, doch zu seiner Erleichterung folgte ihm niemand. Nach etwa einer Meile wurde er langsamer und hielt schließlich bei einem Mann an, der gerade eine Ziege zerteilte. Blut hatte seine Hände und den Schnee neben der Jurte rot gefärbt.

»Wo lebt die Familie von Ochir, dem Hundertschaftsführer?«, fragte er. Der Mann musterte ihn verblüfft und deutete dann nach rechts. Zehn Nachfragen später wusste Krystian, wo er zu suchen hatte. Vor Aufregung wurde ihm der Mund trocken, als er sich einer Ansammlung von *Gers* näherte. Sobald er in Sichtweite der größten Frauenjurte war, wich er vorsichtshalber zur Seite aus. Ein verschneiter Zaun aus Holzpfosten gab ihm Sichtschutz. Dort, irgendwo hinter diesen Filzwänden, befand sich Alan!

»Was willst du hier?« Erschrocken fuhr er herum und sah sich einer jungen Frau mit strenger Miene gegenüber. Sie saß auf einem goldfarbenen Pferd und blickte auf ihn herab. Krystian schätzte sie auf höchstens zwanzig Jahre. Sie trug eine lange Kette aus roten Glasperlen und Korallenstücken und hatte ein ebenmäßiges Gesicht mit geraden Augenbrauen. Ihre Wangen waren rot von der Kälte. Ein blaues Tuch und eine hohe Kopfbedeckung aus Birkenrinde und Seide bedeckten ihr Haar und ihre stolze Haltung ließ keinen Zweifel daran, dass sie in diesem Familien-*Ger* das Sagen hatte. Vermutlich war das Ochirs Erstfrau. Für einen

Moment blitzte in Krystians Erinnerung das Bild einer Krakauer Edelfrau auf, die er einmal in Begleitung zweier Ritter hatte zur Wawelburg reiten sehen. Die Frau von damals und diese Frau ähnelten sich sehr – sowohl in ihrer Haltung als auch in ihrem Prunk. Und dennoch unterschieden sich die Welten, aus denen sie kamen, so sehr wie Himmel und Hölle.

»Willst du mir keine Antwort geben?«

Jetzt half nur noch die Flucht nach vorn. Wenn er schon hier war, konnte er die Sache auch gleich regeln.

»Ich habe mit Ochir zu sprechen«, sagte er und richtete sich zu seiner vollen Größe auf. Langsam schob er die Kapuze in den Nacken und sah der Frau geradewegs ins Gesicht. Zufrieden bemerkte er, dass sie beim Anblick seiner hellgrauen Augen überrascht die Brauen hob.

»Ganz recht, ich bin es. *Tossuc* – oder *Mogoi.* Wenn Ochir nicht zu mir kommt, dann muss ich wohl zu seiner Jurte kommen. Hat er nicht bereits mit meinem Besuch gerechnet?«

Sie lächelte kühl, aber ihm entging nicht, dass sie ihn interessiert musterte. »Ochir hat Wichtigeres zu tun, glaube mir. Aber frag ihn am besten selbst«, meinte sie dann und trieb ihr Pferd an. In schnellem Trab ritt sie zum größten *Ger* auf der Frauenseite und stieg vom Pferd. Eine Dienerin eilte ihr entgegen.

Krystian reckte den Hals in der Hoffnung, Alan zu entdecken, doch niemand zeigte sich, stattdessen hörte er Hufgetrappel, das sich von links näherte. Im nächsten Augenblick kam in langsamem Trab die restliche Jagdgesellschaft den verschneiten Weg zwischen den *Gers* entlanggeritten.

Krystian zählte sechs Männer. Den Kerl, dem er am Fluss den Säbel entrissen hatte, erkannte er auf Anhieb. Jetzt musste er doch tief durchatmen und die Knie wurden ihm plötzlich weich.

Die Pferde dampften in der Schneeluft und schnaubten wie nach einem anstrengenden Ritt. An einem Sattel schlenkerte ein Bündel erlegter Hasen. Falken mit Lederklappen über den Augen hielten die Balance auf behandschuhten Fäusten. Ochir ritt an vorletzter Stelle. Es mochte Einbildung sein, aber plötzlich glaubte Krystian, einen Schmerz in der verheilten Pfeilwunde zu spüren. Sein Herz machte einen Satz, als Ochir nun auch ihn entdeckte.

»Sieh an, der *Badarchin!*«, sagte Ochir statt einer Begrüßung. »Und er ist Gast in Alans Familie.« Mit einem flinken Satz sprang er vom Pferd.

Krystian wunderte sich selbst darüber, wie ruhig er blieb. Die Angst, die er eben noch gespürt hatte, verschwand, als hätte der Schneewind sie davongeweht. Nun fühlte er nur noch eines: kühlen, beherrschten Zorn.

»Du bist mir etwas schuldig«, erwiderte er, ohne sich von der Stelle zu rühren.

Aus den Augenwinkeln sah er, dass einige Leute neugierig aus der Tür des *Gers* lugten – Frauen und Kinder. War Alan unter ihnen?

»Nun denn, es stimmt also, was man sich über dich erzählt«, sagte Ochir ruhig. »Du hast unsere Sprache wirklich schnell gelernt. Mit unseren Gesetzen bist du dagegen noch nicht gut vertraut.« Er trat so nah heran, dass Krystian seinen Atem an den Wangen spüren und den Geruch nach Schweiß und Leder wahrnehmen konnte. »Ich bin dir nämlich keine Entschädigung schuldig, denn du hast versucht, meinen Bruder zu töten«, sagte Ochir leise.

»*Er* hätte *meinen* Bruder getötet«, gab Krystian kalt zurück. »Ich hatte also das Recht, ihn zu verteidigen.«

Der Krieger betrachtete ihn lange, Krystian bekam eine vage Ahnung, dass er gerade dabei war, sich neuen Ärger einzuhandeln.

Doch plötzlich lachte Ochir rau. »Wo hast du nur so viel Mut aufgesammelt, um hier vor mich zu treten?«

Sein freundlicher Tonfall irritierte Krystian. Die anderen Reiter dagegen blickten ihn noch finsterer an als zuvor. Einer hatte seine Hand auf den Bogen gelegt.

»Nun gut«, fuhr Ochir gönnerhaft fort. »Du hast einen langen Weg hinter dir. Du kanntest die Gesetze meines Volkes nicht und wusstest nicht, mit wem du dich anlegst. Da du wegen der *Paiza* hergekommen bist, bin ich sogar bereit zu glauben, dass du keine bösen Absichten hattest, dich Alan zu nähern.«

Er hob die Hand und rief der jungen Frau, die immer noch vor dem *Ger* stand, etwas zu. Sie kniff die Lippen zusammen, gab den Befehl aber an ihre Dienerin weiter. Diese verschwand im *Ger* und trat gleich darauf mit einem Fellbündel zu ihrer Herrin.

»Bring es her!«, befahl Ochir.

Die Frau kochte vor Wut, das konnte Krystian sehen, doch sie kam gehorsam durch den Schnee und streckte Krystian das Bündel widerwillig hin.

»Es ist kostbar«, sagte Ochir freundlich. »Eine würdige Entschädigung für den Kratzer an deinem Arm.« Er packte den Pelz und entrollte ihn mit einem Ruck. Das gefleckte

Fell einer großen Wildkatze kam zum Vorschein: weiß, mit dunkelgrauen und schwarzen Tupfen. Das Fell eines Leoparden, der im Schnee lebte. »Ein *Irves!*«, erklärte Ochir. »Er hat eisfarbene Augen – so wie du, mein Freund. Nimm den Pelz und die Angelegenheit ist erledigt.«

Krystian leckte sich über die Lippen. Ochirs Frau sah ihn immer noch an, als hätte er sie bestohlen. Die Männer auf den Pferden betrachteten ihn stumm, einer lächelte herablassend.

Doch auch ohne dieses Lächeln wusste Krystian, was sich hier abspielte. Ochir nahm ihn nicht ernst.

Warum sollte er auch?, verhöhnte ihn die Stimme in seinem Inneren. *Er ist ein Hundertschaftsführer des Großkhans. Du bist für ihn nur ein lahmer Trottel und kein Gegner. Er kann es sich leisten, großzügig und milde zu erscheinen.* Ein Fell für ein Leben? Beinahe hätte er gelacht.

»Du nimmst deiner Frau ein Fell weg, um deine Schuld zu begleichen?«, fragte er spöttisch und trat einen Schritt zurück. »Ein großes Opfer, Ochir. Behalte dein Geschenk und entschuldige dich bei mir wie ein ehrlicher Mann!«

Ochirs Lächeln gefror. Krystian wusste, dass er zu weit gegangen war. Im Geiste sah er sich schon von sechs Pfeilen durchbohrt.

»Bei *dir* entschuldigen?«, sagte Ochir gefährlich leise.

Krystian machte den Mund auf, als eine dunkle Stimme rief: »Er nimmt die Entschädigung an!«

Aus dem Nichts war einer von Arulats Zwillingen neben ihm aufgetaucht und stellte sich so nah neben Krystian, dass ihre Schultern sich berührten. »Das Fell ist eine großzügige Entschädigung.« Der Satz klang scharf und Krystian wusste, dass diese Ermahnung ihm galt. Er blickte sich um und erkannte weitere Gesichter.

Fünf Männer standen mit verschränkten Armen neben und hinter ihm, eine Front, die keinen Zweifel daran ließ, dass Krystian zu ihnen gehörte. Sanjaas Familie. Sanjaa warf ihm einen warnenden Blick zu und trat vor.

»Tossuc wird das Fell annehmen!«, sagte er laut.

»Das werde ich nicht!«, rief Krystian. »Und wenn ich die Angelegenheit dem Khan persönlich vortragen muss. Ochir muss eine Wiedergutmachung leisten, die meinen Forderungen entspricht ...«

»Deinen Forderungen?« Ochir lachte und seine Männer fielen in das Gelächter ein. Einige applaudierten spöttisch. »Du kannst froh sein, dass ich dir überhaupt zuhöre!«, höhnte Ochir. »Bevor du eine Entschädigung deiner Wahl einfordern dürftest, müsstest du mich erst besiegen – im Reiten, im Bogenschießen oder im Ringen, such es dir aus, Krüppel!« Noch lauteres Gelächter prasselte auf Krystian herab.

»Du verdammter, eingebildeter Bastard!«, schrie Krystian auf Polnisch. Im selben Augenblick, als sich seine Hände zu Fäusten ballten, schlossen sich eisenharte Finger um seine Handgelenke. Die Zwillinge hielten ihn zurück.

»Lass es!«, zischte ihm einer von ihnen zu. Sanjaa sprang sofort herbei und entschuldigte sich wortreich bei Ochir, während die beiden Brüder Krystian außer Reichweite zerrten.

»Viel Glück beim Khan!«, rief Ochir ihm hinterher. »Ich bezweifle allerdings, dass er dich überhaupt empfangen wird. Jeder hier von uns weiß, dass die Hässlichen, die

Gebrechlichen und die Lahmen in der Palastjurte unerwünscht sind.«

»Wenn du antwortest, breche ich dir das Handgelenk«, knurrte der kräftigere Zwilling. Krystian glaubte ihm aufs Wort und schluckte die Beleidigungen, die ihm noch auf der Zunge lagen, mühsam hinunter. Wie durch einen wutroten Schleier nahm er wahr, wie Ochirs Frau das Fell eilig wieder an sich nahm und zum *Ger* zurückeilte. Dann drängte ihn Sanjaas Familie schon auf den Weg und zog ihn davon.

»Lasst mich los, ihr Feiglinge!«, keuchte Krystian.

»Nicht, bevor wir weit genug entfernt sind«, gab einer der Zwillinge unbarmherzig zurück.

»Unberechenbar wie ein *Tachi*-Wildpferd«, schimpfte dessen Bruder und lockerte endlich seinen Griff. »Warum hast du das Fell nicht genommen, du Idiot? Was hast du dir dabei gedacht?«

»Gar nichts hat er gedacht!«, zischte Sanjaa. »Wenn er wütend wird, denkt er nicht mehr.«

»Halt gefälligst den Mund, Sanjaa!«, fuhr ihn Krystian an. »Versteht ihr denn überhaupt nichts?«

Die Zwillinge wechselten einen ratlosen Blick. »Er hat dir doch ein wertvolles Fell angeboten.«

»Ich will aber keine Almosen! Ich will Gerechtigkeit. Dann muss eben der Khan entscheiden!«

»Langsam, Tossuc«, sagte Sanjaa. »Der Khan wird sich nicht einmischen. Das ist eine Angelegenheit zwischen zwei Männern. Ochir war großzügig, du dagegen hast nicht nachgegeben, das ist dein Pech, denn nun ist die Sache ein für alle Mal erledigt. Lass es endlich gut sein und sei froh, dass er dich eben in Frieden hat gehen lassen.«

»Spart euch die Belehrungen!«, brauste Krystian auf. »Und lasst mich einfach in Ruhe. Ich habe es satt, dass mir ständig jemand nachläuft!«

Sanjaa warf den Männern einen resignierten Blick zu, der deutlicher war als alle Worte: *Ich habe es euch doch gesagt!* Krystian drehte sich auf dem Absatz um und stapfte wütend davon.

»Steck deinen Kopf in einen Eimer mit Eiswasser und kühl dich ab!«, rief ihm einer der Männer hinterher.

Krystian zog die Schultern hoch, drückte seine Hände mit den ledernen Fäustlingen energisch in die Achselhöhlen und strebte dem äußeren Kreis der *Gers* zu. Er brauchte Weite und Luft!

Die Kränkung brannte schlimmer als damals die Pfeilwunde. Doch irgendwo in seinem Hinterkopf dämmerte der leise und sehr vernünftige Gedanke, dass Sanjaa Recht hatte. Der Khan würde kein Urteil sprechen – schon gar nicht gegen seinen Soldaten.

Mit hastigen Schritten durchquerte Krystian den freien Raum zwischen zwei Jurten, das offene Weideland schon vor Augen. Kaum hatte er die letzte Jurte erreicht, bog er um einen Holzzaun und rannte los.

Beinahe hätte er dabei eine Gestalt umgerannt, die ihm plötzlich in den Weg trat. Sie war in einen dicken Pelzmantel gehüllt und trug einen Ledersack in der Hand, der randvoll mit gefrorenen Fleischstücken gefüllt war. An ihrem schnellen Atem sah er, dass auch sie gerannt sein musste.

»Krystian!«, flüsterte sie. Er brauchte mehrere Sekunden, um zu begreifen, dass ihn hier jemand bei seinem richtigen Namen nannte. Hastig stellte die Gestalt den Beutel in den Schnee und schob die mit Wolfspelz verbrämte Kapuze zurück.

Krystians Wut verschwand, als hätte der Eiswind sie weggeblasen.

»Alan!« Sie hatte sich nicht verändert. Immer noch trug sie das Haar in einem langen Zopf. Einige lose Strähnen hingen ihr ins Gesicht. Und da waren diese Augen!

»Komm!«, wisperte sie. »Gehen wir hinter den Zaun beim *Ger*. Es steht leer, niemand wird uns sehen.«

Krystian gehorchte – das heißt, seine Beine bewegten sich wie von allein, während er selbst alles wie durch einen Nebel wahrnahm. Neben der Jurte stellte sie den Beutel wieder ab und zog den Fäustling von ihrer rechten Hand.

»Ich dachte, ich hole dich gar nicht mehr ein«, sagte sie atemlos. »Ich war gerade auf dem Rückweg zu meiner Jurte, als ich den Streit zwischen dir und Ochir hörte.«

Krystian schoss das Blut in die Wangen. Na wunderbar! Alan hatte seine Niederlage also auch noch miterlebt.

»Ich freue mich, dass du nicht im Fluss ertrunken bist«, fuhr sie fort. »Aber noch mehr freue ich mich, dass Ochir dich hat gehen lassen. Ich weiß nicht, ob ich dich für besonders mutig oder für verrückt halten soll.«

»Dasselbe hat Sanjaa über dich gesagt«, erwiderte Krystian.

Das überraschte Lächeln, das sie ihm schenkte, verschlug ihm den Atem.

»Es ist sehr ungewohnt, dich in unserer Sprache reden zu hören«, meinte sie und lachte leise. »Das letzte Mal habe ich nur wenige Worte verstanden. Du bist für viele Überraschungen gut, scheint mir.«

»Du auch«, sagte er prompt. »Ich glaubte, dass Ochir dir etwas angetan hat … damals, am Fluss. Ich dachte … Erst fliehst du vor ihm – und jetzt … bist du seine Frau und …«

Was rede ich da?

Ein Schatten huschte über ihr Gesicht, sie warf einen kurzen, prüfenden Blick über seine Schulter. »Ich habe Fleisch geholt.« Sie sprach so hastig, als wäre sie verlegen. »Wir hängen das gefrorene Fleisch auf der Weide an Pfählen auf, damit die Wölfe nicht herankommen. Möndör schickt mich jeden Tag …«

»Möndör? Ochirs Erstfrau?«

Sie nickte und schwieg. Er suchte ihr Gesicht nach blauen Flecken und Prellungen ab, doch er fand keine einzige. Er hatte erwartet, eine gefesselte Widerspenstige vorzufinden. Doch nun sah er sich einer Ehefrau gegenüber, die sich in ihr Schicksal gefügt hatte. Der Gedanke behagte ihm überhaupt nicht.

»Warum bist du nicht zu Arulats *Ger* gekommen?«, rutschte es ihm plötzlich heraus. »Ich habe auf dich gewartet. Seit über einer Woche halte ich Ausschau nach dir und mache mir Sorgen.«

»Ich wollte nicht, dass du Schwierigkeiten mit Ochir bekommst«, sagte sie ruhig. »Er kann sehr jähzornig sein, auch wenn er es dir gegenüber bisher noch nicht gezeigt hat. Und du bist ja auch nicht gerade … ruhig und besonnen.«

»Ich habe keinen Grund, besonnen zu sein.«

»Sanjaa hat Recht. Der Khan wird nicht zu deinen Gunsten entscheiden. Lass die Angelegenheit auf sich beruhen.«

»Würdest du dich so abspeisen lassen?«

»*Ich* weiß, wann es Zeit ist nachzugeben. Du hast Ochir doch gehört. Was willst du noch tun? Ihn zum Pferderennen herausfordern? Du würdest haushoch verlieren! Ich habe gesehen, wie du reitest und …«

»Schon gut!«, unterbrach Krystian sie.

Alan schluckte und wurde rot. Auf der Stelle tat es ihr leid.

»Ich wollte dich nicht beleidigen«, sagte sie. »Aber bedenke: Ein guter Stock biegt sich im Sturm. Dann kann der Wind ihn nicht zerbrechen. Nach dem Sturm richtet er sich wieder auf. Niemand schätzt deinen Mut weniger, wenn du nachgibst. Auch ich nicht. Im Gegenteil.« Nun stahl sich wieder ein kleines Lächeln auf ihr Gesicht. »Darf ich die *Paiza* sehen?«

Hastig zog Krystian einen Fäustling aus und holte die Kupferplatte aus dem Geheimfach. Behutsam legte er sie in Alans ausgestreckte Hand. Als seine Finger ihre Handfläche berührten, fuhr ihm ein kleiner Schauer über die Haut.

Alan betrachtete die *Paiza* andächtig. »Sie hat meinem Großvater gehört. Meine Mutter hat mir oft von den Pferden des Khans erzählt. Sie war eine *Kathai*, musst du wissen. Meine Großmutter trug sie schon im Bauch, als sie zu den Mongolen kam. Als meine Mutter noch klein war, erzählte meine Großmutter ihr von den mongolischen Pferden, die selbst in der goldenen Stadt der *Kathai* bekannt waren. Dort glaubte man, die Pferde des Khans schwitzten Blut und könnten zur Jadeterrasse mitten im Himmel galoppieren. Aber ich fand die Schlange stets viel schöner als die Pferde.«

Die Schlange. Krystian vergrub die Hände tief in den Falten des Mantels, damit Alan nicht sah, wie sehr sie plötzlich zitterten. Er musste sich räuspern, bevor er endlich die Frage stellen konnte.

»Was ist das für eine Schlange? Was bedeutet sie?«

Alan sah ihn aufmerksam an, die Goldflecken leuchteten in ihren Augen. »Sie war Bayans Zeichen, er verehrte die Schlangen und nannte sie seine Brüder und Schwestern. Das Zeichen trug er am Unterarm. Mit einer Pfeilspitze hatte er es sich in die Haut geritzt. In die Wunde hatte er Asche von der Feuerstelle eines *Chams* gerieben, so sah man das Bild deutlich und dunkel auf der Haut. Der Geist der Schlange beschützte ihn.« *Der Geist der Schlange.*

»Der Khan ließ das gleiche Bild auf die *Paiza* schlagen. Damit kein Zweifel daran bestünde, dass Bayan der Einzige war, der die *Paiza* zu Recht trug.« Sie gab ihm die Metallplatte zurück. Krystian nahm sie nur zögernd entgegen.

»Das ist alles?« Er mochte kaum zugeben, dass ihn die Antwort enttäuschte. Sie hatte nichts mit ihm zu tun, nichts mit dem Mal und nichts mit seiner Suche. Dabei hatte er jahrelang gehofft, dass das Amulett ein Zeichen war, das Gott ihm geschickt hatte. Sein eigener Gott aus Krakau, der Gott der Brüder, möglicherweise sogar der Gott des Ewigen Himmels. Doch stattdessen war es einfach eine weitere Geschichte von Geistern und Zeichen.

»Genügt das nicht?«, fragte Alan.

Krystian holte tief Luft. »Ich weiß nicht mehr, was mir genügt. Das Einzige, was ich noch weiß, ist: Ich muss die *Paiza* dem Khan zurückgeben. Vielleicht kannst du dann verlangen, dass … Ochir dich freigibt.«

Irritiert runzelte sie die Stirn. »Warum sollte er?«

»Sobald ich die *Paiza* zurückgegeben habe, bist du nicht

länger jemand, dessen Familie dem Khan Schande gemacht hat. Du willst doch nicht bei ihm bleiben, sondern überlegst immer noch, wie du fliehen könntest, nicht wahr?«

Alan wurde blass und trat einen Schritt zurück. »Du darfst mich solche Dinge nicht fragen«, flüsterte sie.

»Warum hättest du sonst fliehen wollen? Er hat dich auf dem Weg hierher gefesselt. Und nun bist du eine seiner Frauen, das kannst du doch nicht wollen! Da, wo ich herkomme …«

»Hör auf!« Alan hatte die Hand erhoben, ihr bleiches Gesicht und die Schneeflocken auf ihrem Haar ließen sie aussehen wie einen Geist. »Du hast nicht das Recht, dich in solche Dinge einzumischen.«

»Warum darf ich dich nicht fragen, ob du Ochirs Frau sein willst? Du bist schließlich vor ihm geflohen! Ich habe gesehen, dass er dich verprügelt und gefesselt hat wie ein Stück Vieh …«

»Prügeln die Männer deines Volkes ihre Frauen etwa nicht?«, gab sie bitter zurück. »Es gibt eben jähzornige und sanfte Männer – und es gibt … unvorsichtige. Solche, die mit ihrem Leben spielen.«

»Du verteidigst Ochir? Nun, dann will ich dir etwas sagen: In meinem Land mag nicht alles gut sein, aber zumindest hat jeder Mann nur eine einzige Frau. Bei der Hochzeit schwören sie sich Treue bis zum Tod und …«

Alan hob hastig den Beutel auf und ging mit großen Schritten davon. Krystian hätte sich am liebsten selbst geohrfeigt. Wie kam er dazu, sich mit ihr zu streiten!

»Alan!« Sein geflüsterter Ruf ließ sie zusammenzucken, doch immerhin drehte sie sich noch einmal um.

»Was?«, fragte sie scharf. Würdevoll hob sie das Kinn, doch ihre Augen glänzten. Und Krystian lernte in diesem Augenblick, dass Alan ihre Gefühle nur schlecht verbergen konnte.

»Es tut mir leid«, sagte er zaghaft. »Es steht mir wirklich nicht zu, dir solche Fragen zu stellen. Ich dachte nur ... seit ich dich gesehen habe, träume ich jede Nacht von dir! Aber in meinen Träumen bist du gefesselt und bittest mich um Hilfe.«

Dieser Satz brachte sie endgültig aus der Fassung. Sie verlor ihre stolze Haltung und senkte rasch den Blick. »Ich ... muss gehen.«

Krystian holte sie nach wenigen Schritten ein. »Darf ich dir nur noch eine Frage stellen, Alan? Bitte!« Zu seiner Erleichterung blieb sie abermals stehen.

»Warum hast du dich bei der Hochzeitszeremonie nicht in einem *Ger* versteckt, sondern bist durch die ganze Provinz geflohen? Was hat dich dazu gebracht, dein Leben aufs Spiel zu setzen und Ochirs Rache herauszufordern? Der Stock, der sich im Sturm biegt – das bist du, nicht wahr? Du wartest nur auf die richtige Gelegenheit.«

Im nächsten Augenblick lag ihre Hand über seinem Mund und ihr Gesicht war ganz nah. Ihre Hand war kalt, doch auf Krystians Haut brannte die Berührung.

»Sei still!«, flüsterte sie. »Und erzähle niemandem, was du denkst, hörst du? Du magst ein Gast sein, aber der Tod kommt auch zu Gästen und manchmal schneller, als man

ahnt.«

Krystian erschauerte, als sie mit ihrem Zeigefinger einen Schnitt andeutend über seine Kehle strich. Für einen magischen Moment waren Alans Augen ihm so nah, dass er seinen eigenen Herzschlag nicht mehr spürte. »Die Schlange schweigt!«, flüsterte Alan. »Merke dir das!«

In der Nähe bellte ein Hund. Sofort zog Alan ihre Hand zurück und drückte den Beutel fester an sich. Und als sie nun grimmig lächelte, sah Krystian in ihren Augen den Abglanz der wilden Reiterin, die vor ihren Häschern floh. *Also doch!*, triumphierte er.

»Kannst ausgerechnet du dir nicht denken, warum ich geflohen bin?«, sagte sie. »Es gibt ein weiteres Land hinter meinem Land. Und hinter diesem noch eines. Meine Mutter hat mir davon erzählt. Sie hätte nie gewollt, dass Ochir mich bekommt. Und ich … wollte einfach sehen, wie weit ich komme.«

Krystian fror nicht mehr. Im Gegenteil: Er brannte! »Alan«, flüsterte er wie eine Beschwörung. Noch jetzt glaubte er, ihre Finger auf seinen Lippen zu spüren. Er schalt sich, sie nicht gefragt zu haben, wann er sie wiedersehen würde. Aber Möndör schickte sie fast jeden Tag zum Fleischlager. Also konnte er sie auf dem Weg dorthin abpassen. Allerdings lagen noch eine ganze Nacht und ein halber Tag zwischen ihm und Alans Lächeln. Und dann schob sich Ochirs Bild in seine Gedanken. Mit der Ernüchterung kehrte auch die Vernunft zurück. *Bring sie nicht in Gefahr*, mahnte ihn seine Stimme. Mitten auf dem Weg blieb er stehen. Eine *Yak*-Kuh hob den Kopf und sah ihn vorwurfsvoll an. *Narr!*, schien sie zu sagen. *Willst du etwa, dass ihr beide mit dem Tod bestraft werdet?*

Er drehte sich nicht um, als er hastige Schritte hinter sich hörte, und reagierte erst, als eine Hand sich in seine Schulter krallte.

»Endlich!«, keuchte Sanjaa. Offenbar war sein Freund auf der Suche nach ihm durch das halbe Lager gerannt. »Du sollst übermorgen zum *Jam* kommen«, japste er. »Ochir hat sein Maul zu weit aufgerissen. Der Großkhan will durchaus einen Lahmen in seiner Nähe haben und hat nach dir rufen lassen!«

hin. Den Herrscher, der ihn interessiert musterte, schätzte er auf fünfundvierzig Jahre. Er war nicht besonders groß und trug einen hellen, gesprenkelten Pelz. Möglicherweise Seehundfell. Mit seinem runden, leicht aufgeschwemmten Gesicht und den glasigen Augen wirkte er schlecht gelaunt und Furcht einflößend. An diesem Eindruck konnten auch die Töchter und Frauen des Khans nichts ändern, obwohl sie dem Gast sehr viel freundlicher entgegenblickten.

»Er hat tatsächlich Augen wie ein Schneeleopard«, bemerkte eine beleibte Frau, die einen Säugling im Arm hielt.

»Du bist also der Gast in Arulats *Ger*«, sagte der Khan. »Was trinkst du? Wein? *Teracina, Arqi* oder *Bal?*«

Krystian atmete auf. Der Khan wollte mit ihm trinken, das war immerhin ein gutes Zeichen.

»*Bal*«, sagte er. Dieser süße Honigmet war nicht so scharf wie *Arqi* und nicht so gehaltvoll wie der *Teracina*-Reiswein. So konnte er einen klaren Kopf behalten. Kurz darauf hielt er einen mit Edelsteinen verzierten Goldbecher in der Hand. Auf den Befehl des Khans nahm er einen Schluck.

»Und du willst mir also die *Paiza* zurückbringen, die Yntan verloren hat?«, fragte der Khan, kaum dass Krystian den Becher abgesetzt hatte.

»Das will ich.«

»Na los, dann bring sie schon her zu mir!« Der Khan machte eine unwillige Geste.

Es kostete Krystian Überwindung, aufzustehen und zu dem Thronlager zu treten. Einen Augenblick kämpfte er gegen den Impuls an, dem Khan die *Paiza* zu verweigern. Nur widerwillig öffnete sich seine Faust. Hier, auf seiner Handfläche, lag sein ganzes Leben. Die Bilder von vielen

Jahren spiegelten sich in dem Kupfer, das Zaira sorgfältig blank gerieben hatte: Menschenfresser-Marek – nur noch eine fahle Erinnerung, aber eine Erinnerung. Viel deutlicher dagegen: das brennende Krakau, eine Frau mit einem Marienbild, Matteo und die anderen Brüder. Abdallahs Gesicht tauchte auf und Gosset, der sich vor dem Wasser fürchtete. Ochirs Pfeil flog ihm entgegen und Galsan grinste ihn an. Krystian schluckte seine Tränen hinunter und ließ die *Paiza* in die Rechte des Khans fallen.

Der Khan hielt das Amulett so nah vor seine Augen, dass das Metall von seinem Atem beschlug. »Bayans Zeichen, tatsächlich«, stellte er trocken fest. »Ich habe viele Geschichten von diesem Kurier gehört, mehrmals hat er sich auf wundersame Weise aus der Gefangenschaft befreit. Keine Fessel konnte ihn halten. Mein Großvater hat ihn sehr geschätzt. Und auch an Yntan erinnere ich mich. Er war im Kampf ein tapferer Mann.« *Und trotzdem hast du seinen Tod befohlen*, setzte Krystian in Gedanken hinzu.

Die Frau mit dem Säugling wollte die *Paiza* sehen und der Herrscher überließ ihr den Anhänger.

»Du bist einen langen Weg geritten«, sagte der Khan dann. »Yntans Familie hat dich aufgenommen, also werde auch ich dich nicht wegschicken. Du hast die Erlaubnis, in meinem Reich zu bleiben, so lange du willst.«

Das war eine Auszeichnung. Und dennoch konnte sich Krystian in diesem Moment nicht darüber freuen. Mit Unbehagen beobachtete er, wie das Mongolenkind die Hand nach dem Metallstück ausstreckte und es in den Mund zu stecken versuchte. Am liebsten wäre er nach vorne gesprungen und hätte ihm die *Paiza – sein Amulett!* – aus der Faust gerissen.

»Ich halte die Versprechen meiner Vorfahren«, sagte der Khan missmutig. »Du darfst die Pferde aussuchen. Und während wir zur Weide reiten, wirst du mir von dir erzählen. Ich habe gehört, du kannst schöne Lieder singen.« Bei diesen Worten erhob er sich. Krystian wurde voller Verblüffung klar, dass er nun mit dem Khan zur Weide reiten sollte. Und er stellte noch etwas fest: Der Khan war ein gerissener Händler. Er hatte Sanjaa und Arulat ganz bewusst nicht vorgeladen, damit Krystian die Pferde allein aussuchte. Und jeder im Lager wusste, dass Krystian zwar Schafe scheren konnte, sich mit der Beurteilung von Pferden aber so gut auskannte wie ein Mongole mit Minnesang.

Obwohl er nur wenige Schlucke getrunken hatte, war der *Bal* Krystian zu Kopf gestiegen. Je länger er in der Gruppe der Soldaten mitritt, während der Regen über seine Hände lief und in der Mähne seines Pferdes versickerte, desto mühsamer wurde es, die Enttäuschung zu unterdrücken.

Der Herrscher hatte Bayans *Paiza* einfach achtlos bei der Frau und dem Kind zurückgelassen! Die Geschichte von vier Leben und drei Toden – ein Spielzeug für Kinder! Krystian haderte im Stillen.

Diener liefen neben dem Khan her und hielten schirmartige Gebilde über seinen Kopf, damit kein Regentropfen ihn oder sein Pferd traf. Die Soldaten und Krystian hatten dagegen nur ihre Kopfbedeckungen als Regenschutz. Wie es Zaira wohl gefallen würde, dass der Hut mit den vier Seiten nass geworden war? Schaulustige drängten sich sogar bei den äußersten Jurten des Lagers und blickten der Prozession nach, die über die Weiden in Richtung Gebirge ritt. Novembernebel lag wie ein Schleier über den Anhöhen, die Steppe war dunkel vom Regen, vereinzelte Schneeflecken leuchteten neben aufgeworfener Erde.

»Erzähl mir von den Reitern in deiner Stadt«, befahl ihm der Khan plötzlich. »Wie sind sie bewaffnet? Man sagte mir, sie kämpfen mit Lanzen und schweren Eisenrüstungen?«

Krystian hatte die Ritter immer nur aus der Ferne bewundert und wusste nicht viel über sie. Und über den Sturm auf Krakau konnte und wollte er kein weiteres Mal berichten. Schließlich erinnerte er sich daran, wie sehr Möndör in ihrer Haltung einer polnischen Adligen glich, und begann Geschichten über das höfische Leben zu erzählen. Seine eigenen spärlichen Eindrücke schmückte er mit dem aus, was er von den Marktleuten gehört hatte, und schilderte dem Khan einen Wettkampf zu Pferde um die Gunst der edlen Damen. Das schien dem Khan zu gefallen – offenbar mochte er Wettkämpfe. Allerdings verstand er nicht, warum die Ritter als Lohn nur einen Schleier und einen Kuss der bewunderten Damen erhielten und die Frauen nicht als Siegesprämie in ihre Zelte mitnehmen durften.

Bevor Krystian sich in eine Diskussion verstricken lassen musste, kam der Soldat, der vorausgeritten war, im Galopp zurück. »Die Herde!«, rief er ihnen zu. Krystian hörte das Donnern unzähliger Hufe und laute Rufe. Dann erschienen die ersten Pferde auf einer Kuppe und preschten, von einigen Soldaten getrieben, die Anhöhe am Fuß des Gebirges hinunter. Erst vereinzelte Pferde, dann Gruppen von drei oder vier Tieren, dann ein Strom von Leibern. *Abdallahs Himmelspferde*, dachte Krystian.

Der frostige Nieselregen hatte die Tiere durchnässt. Es waren schöne Pferde, zweifellos. Selbst jetzt, im Winter, abgemagert und mit stumpfem Fell, konnte man erahnen, wie majestätisch sie erst aussehen würden, wenn sie wieder mehr Fleisch auf den Rippen haben würden. Doch »Pferde des Windes«, wie es in Sanjaas Lied hieß, waren es nicht. Sie waren nicht einmal alle schwarz. Krystian entdeckte auch einen Schecken und zwei Schimmel darunter und unzählige Füchse und Falben.

Der Khan brachte sein Pferd zum Stehen und wandte sich an Krystian. Im Tageslicht glänzten seine Augen grünbraun. In seiner Jugend musste er ein gut aussehender, wenn auch harter Mann gewesen sein.

»Meine Herde«, sagte er mürrisch. »Such dir die zehn Pferde aus. Und wähle gut.« Irrte sich Krystian oder hörte er im letzten Satz einen spöttischen Unterton?

Mit vor Aufregung klopfendem Herzen beobachtete er, wie die Herde sich im flachen Tal sammelte. Die Menge der Leiber wogte hin und her, Nüstern hoben sich in die Luft, Augen rollten. *Abdallah sollte hier sein*, dachte Krystian. *Wie soll ich die guten Pferde herausfinden?* Seine Wangen und Lippen waren inzwischen taub vom kalten Wind, Tropfen sammelten sich an seinen Wimpern. Er kniff die Augen zusammen und trieb sein Pferd an. In zögerndem Trab umrundete er die Talmulde und erinnerte sich daran, was Abdallah ihm über Pferde beigebracht hatte. Einen Satz hatte der Sarazene besonders betont: *»Die drei wichtigsten Besitztümer sind eine Stute und ihre Tochter, die tragend ist mit einem Stutfohlen.«*

Suchend sah er sich um und entdeckte eine hochbeinige dunkelbraune Stute mit gerundetem Bauch. »Die da!«, bestimmte er. Mutiger geworden folgte er im Galopp den Soldaten, die das Tier mit langen Stöcken, an deren Ende Seilschlingen baumelten, einfingen. Nun hatten die Pferde die Gefahr gewittert und versuchten auszubrechen. Krystian hörte warnendes Quieken und sah weiße Zähne aufblitzen. Mitten in der Herde entdeckte er eine besonders große, kräftige Rappstute mit langem, gebogenem Hals. Flink zog sie den Kopf aus der Seilschlinge und legte trotz ihrer Trächtigkeit einen so schnellen Galopp hin, dass sie die Soldatenpferde mühelos überholte. Neben der Stute bockte ein kleinerer grauer Wallach und keilte wüst nach den Soldaten aus. Er kämpfte so geschickt, dass Krystians Herz höherschlug. »Die große Schwarze dort!«, brüllte er aufgeregt über das Donnern der Hufe hinweg. »Und den schnellen Grauen!« Langsam gewann er seine Sicherheit zurück. Sorgsam wählte er Pferd für Pferd und achtete genau darauf, vor allem trächtige Stuten zu finden. Als die Soldaten die kleine Herde im strömenden Regen zusammengetrieben hatten, atmete Krystian erleichtert auf. Zehn stattliche Pferde – und rechnete man die Fohlen dazu, würden es im Frühjahr schon sechzehn sein! Sanjaa würde sich damit trösten können, dass er zwar keine Zauberpferde bekommen würde, aber immerhin Pferde, die eines Khans würdig waren. *Wenn das Abdallah sieht!*, dachte er voller Stolz. Plötzlich wünschte er sich nichts so sehr, als dass die Brüder recht bald im Lager eintrafen.

Der Khan saß immer noch regungslos auf seinem Pferd, Regenbäche rannen von den Schirmen, die die erschöpften Diener hochhielten. Krystian ritt zu dem Mongolenherrscher, stieg von seinem Pferd und bedankte sich mit den höflichen Worten, die Sanjaa ihm eingeschärft hatte. Beim

Kniefall im halb gefrorenen Schlamm konnte er die Kälte des Bodens spüren. Der Khan beobachtete missmutig die kleine Herde. Doch als er Krystian zum Abschied zunickte, bemerkte Krystian in seiner Miene so etwas wie erstaunten Respekt.

»Du hast wirklich schnell gelernt, *Badarchin*«, sagte der Khan anerkennend. »Und das gilt nicht nur für unsere Sprache. Ich hoffe, dich bald auch gut reiten zu sehen!« Dann ritt er mit seinem Hofstaat davon, ohne sich noch einmal umzusehen.

Heute fiel kein Mondlicht in die Jurte, die Dunkelheit umgab Krystian, nur Sanjaas regelmäßiges, tiefes Atmen störte die Stille. Es war weit nach Mitternacht, die Feier und das Segnen der neuen Pferde hatten bis in die Nacht hinein gedauert. Krystians Rücken schmerzte, so viele Leute hatten ihm heute auf die Schulter geklopft und ihn so fest umarmt, dass ihm die Luft wegblieb. Das halbe Lager war auf die Weide gepilgert, um Bayans Himmelspferde zu bestaunen. Und Krystian hatte etwas über Sanjaa und seine Geschichten gelernt, das seinen Freund in einem ganz neuen Licht zeigte: Statt enttäuscht zu sein, dass es gewöhnliche Pferde waren, hatte der Junge über das ganze runde Gesicht gestrahlt und vor Freude die Arme hochgeworfen. »Habe ich dir nicht gesagt, dass sie wunderschön sind?«, rief er. »Genauso wie im Lied!«

Wie versprochen, hatte Sanjaa drei Pferde bekommen, Krystian hatte nur den grauen Wallach und zwei schwarze Stuten für sich behalten und die restlichen Pferde Arulat und seinen Söhnen geschenkt. Er war ein Held. Noch dazu einer, der zur Familie gehörte. Er hätte glücklich und stolz sein müssen – und doch …

Er drehte sich auf die Seite und krümmte sich unter der Pelzdecke zusammen, bis die Knie beinahe sein Kinn berührten. Ohne seine *Paiza* fühlte er sich so nackt wie nie zuvor, es war, als hätte ihm jemand einen Teil seines Lebens geraubt.

Noch schlimmer aber war die Niederlage gegen Ochir und der Gedanke, dass der fuchsgesichtige Soldat in Alans Nähe war. Lag er jetzt gerade neben ihr? War sie ebenfalls wach und starrte unglücklich durch den Kamin der Jurte zum Himmel?

Er schloss die Augen und versuchte an etwas anderes zu denken, doch alles, was ihm stattdessen einfiel, waren seine Geschichten über die Krakauer Damen und die Wettkämpfe der Ritter.

Pferde und Frauen …

Ruckartig fuhr er hoch und setzte sich in der Dunkelheit auf der Bettstatt auf.

»Sanjaa«, flüsterte er und knuffte seinen Freund in die Seite. Der Mongole fuhr schlaftrunken hoch.

»Was ist?«, murrte er.

»Wer ist wichtiger? Die erste Frau oder die anderen, die ein Mann sich später nimmt?«

»Tossuc, hat ein Habicht dir ins Hirn gebissen? Warum willst du das mitten in der Nacht wissen?«

»Bitte, es ist wichtig!«

Sanjaa seufzte tief. »Die Erstfrau natürlich.«

»Und kann ein Mann eine Frau wieder verstoßen?«

»Worauf willst du hinaus?«

»*Fremde Pferde reitet man nicht* – das hast du einmal über die Frauen anderer Männer gesagt. Ist eine Frau also nicht mehr wert als ein Pferd? Ist sie so etwas wie Besitz – vor allem, wenn sie nicht die Erstfrau ist? Könnte ein Mann sie einfach so aufgeben?«

Ein Stöhnen war die Antwort. »Denk doch selbst nach, Tossuc. Natürlich ist sie kein Pferd, sieht Zaira etwa aus wie ein Pferd? Und bei den Frauen, die ein Mann neben seiner Erstfrau hat, kommt es darauf an: Haben sie ihm Söhne geboren? Geben sie ihrem Mann gute Ratschläge im Krieg? Hat die Heirat mit ihnen wichtige Familienbeziehungen gefestigt? Dann wird er sie kaum wegschicken. Außerdem hat er einen Brautpreis für sie bezahlt. Ich habe jedenfalls noch nie gehört, dass ein Mann seine Frau verstoßen hätte.«

»Könnte der Khan es befehlen?«

Sanjaa lachte verschlafen. »Noch eine dumme Frage. Natürlich kann er das! Aber warum sollte er einen von seinen eigenen Leuten dazu zwingen, seine Frau wegzuschicken? Und warum sollte er einer Frau so etwas antun?«

Krystian fragte nicht weiter. Jetzt wusste er, warum Gott ihn um die halbe Welt bis in die Steppe geführt hatte. Das Schlangenmal hatte ihn zu Alan gebracht. Und zu einem Khan, der Wettkämpfe liebte. Der Plan war Wahnsinn, aber er hatte nichts zu verlieren.

Ich muss auf die Brüder und Abdallah warten, dachte er, während er die Wolken betrachtete, die am Auge des *Gers* vorbeizogen. *Und bis dahin muss ich herausfinden, ob die Pferde des Himmels wirklich fliegen können.*

Teil V

Dschamilas Auge

Sein grauer Wallach konnte zwar nicht fliegen, dafür beherrschte er es umso besser, sich zu wälzen und dabei den Sattel vom Rücken zu streifen. Mehr als einmal rannte Krystian ihm unter Sanjaas Gelächter hinterher, während das Pferd den Sattel, dessen Riemen sich an seinem Huf verfangen hatte, hinter sich herschleifte. Nach einigen Tagen gab Krystian dem Tier einen polnischen Namen – *Burza*, »Sturm« – und handelte sich damit sofort den Spott seiner neuen Sippe ein.

»Das ist doch wieder eine von deinen *Badarchin*-Verrücktheiten, Tossuc«, meinte Sanjaa mit einem tiefen Seufzer. »Warum soll denn etwas, das kein Mensch ist, einen Namen haben?«

»Damit ich das Etwas besser anschreien kann«, knurrte Krystian und machte sich wieder einmal auf die Suche nach dem Wallach, der mit schleifendem Zügel gerade in Richtung einer entfernteren Winterweide galoppierte.

Nun, in diesem Punkt hatte Krystian allerdings übertrieben. Er schrie das Pferd nicht an, sondern erinnerte sich an Abdallahs Lektionen und zwang sich zur Geduld. Ungläubig beobachteten die Männer, mit denen er das Vieh versorgte, wie er anstelle eines Sattels erst nur einen Gurt um Burzas Bauch schnallte und ihn belohnte, wenn er nicht bockte. Nach wenigen Wochen kam das Pferd von allein, sobald es Krystian sah, und folgte ihm mehr oder weniger willig am Zügel. Schließlich konnte Krystian ohne Schwierigkeiten aufsteigen – und er stellte fest, dass der Graue tatsächlich schnell wie ein Windpferd laufen konnte. Diesmal gelang es Sanjaa nicht, Krystian zu überholen.

»Du brauchst dringend eine Frau«, meinte Arulat kopfschüttelnd, als Krystian völlig außer Atem zum Lager zurückkehrte. Krystian senkte den Blick, um sich nicht zu verraten. Er war sicher, dass jeder sein Geheimnis in seinen Augen sehen konnte.

Anfangs waren Alan und er sich zufällig über den Weg gelaufen – in der Nähe des Holzzauns, der auf halbem Weg zu den Fleischlagern lag. Zumindest achtete Krystian darauf, dass es wie ein Zufall wirkte. Es hatte auch seine Vorteile, als Verrückter zu gelten: Auf eine gewisse Weise wurde er dadurch unsichtbar. Nur wenn er Ochir oder einem von dessen Leuten begegnete, musste er sich auf höhnische Blicke oder spöttische Bemerkungen gefasst machen.

»Erzähl mir von den Frauen in deinem Land«, flüsterte Alan ihm zu, bevor sie sich nach den wenigen gestohlenen Minuten wieder trennten. »Wie viel muss ein Mann für eine Frau bezahlen, wenn er nur eine einzige haben darf? Haben sie ihre eigenen Häuser neben denen der Männer?«

»Von welchen Ländern hat deine Mutter dir erzählt?«, fragte er. »Wenn dir die Flucht geglückt wäre, was hättest du getan?« So warfen sie sich Worte und Geschichten zu,

flüsterten Fragen und tauschten, sooft sie sich begegneten, ein flüchtiges Lächeln, das sich verhängnisvoll und gefährlich anfühlte wie ein Kuss. »Wohin würdest du reiten, wenn dich niemand aufhalten könnte?«, fragte er sie an einem Tag mit kalkweißem Schneehimmel.

»In die Länder hinter den Meeren! Oder vielleicht auch in den Norden zu den *Kathai*«, antwortete sie leise.

»Was willst du bei den *Kathai?*«

»Meine Großmutter stammte von dort. Aus der Stadt *Zhongdu.* Dschingis Khan hat sie erobert und dem Erdboden gleichgemacht. Aber meine Großmutter hatte noch Verwandte in anderen Städten. Ich müsste nur sicher sein, dass ich ein schnelles Pferd hätte und genug Vorsprung, damit ich ... nicht verfolgt werden kann.«

Krystian schwieg. Ochirs Namen erwähnten sie nie.

»Aber wohin ich auch gehe, es wird der richtige Weg sein«, schloss Alan leise. »Denn ein *Cham*, der Bayan noch kannte, sagte mir, ich werde dem Weg der Schlange folgen.«

Vor wenigen Tagen hatten die Brüder das neue Jahr begrüßt – unter einem klirrend kalten Himmel, in einem winzigen *Ger*, während der Sturmwind ihre Gebete mit seinem Heulen verhöhnte.

»Nicht mehr weit«, sagten die beiden mongolischen Führer jeden Tag. Und Wilhelm ertappte sich dabei, wie er sich wünschte, beide Führer vom Pferd in eine Schlucht zu stoßen und ihnen hinterherzurufen: »Nicht sehr tief!«

Doch die Schluchten des Gebirges hatten sie längst hinter sich gelassen und auch die Wüstensteppe bewältigt. Immer noch behauptete Homodei, er hätte in einem Reiter, der vor vielen Wochen an ihnen vorbeigestürmt war, Krystian erkannt.

»Er hätte doch angehalten«, gab Wilhelm ihm jedes Mal

zur Antwort. Dabei hätte er selbst gern geglaubt, dass der Junge noch lebte. Es verging kein Tag, an dem er nicht für seine Seele betete.

Seit heute Morgen wanderten sie unter einem gleißenden Schneehimmel über sanft geschwungene Anhöhen. Der jüngere Führer war schon vor einer Stunde vorausgeritten, um das nächste *Ger* oder das nächste Lager auszukundschaften. Die fahle Januarsonne war nur als heller Fleck hinter einem dichten Wolkenschleier zu erkennen. Zumindest das war ein tröstlicher Anblick. *Ich sehe dich, Herr*, dachte Wilhelm. *Mögen noch so viele Wolken den Himmel verbergen.*

»Bruder Wilhelm!« Gosset deutete auf die Hügelkuppe, über die der jüngere Führer zurückgeritten kam. Er winkte und rief ihnen etwas zu.

»Das Lager des Großkhans!«, gab Wilhelm den Ruf nach hinten zu Bartholomäus und Homodei weiter. So viel Mongolisch verstand er inzwischen.

»Endlich!«, murmelte Gosset erschöpft.

Yaks und Pferde machten ihnen Platz, als sie sich über das Weideland dem Lager näherten, und flossen hinter ihnen wieder zu einer einzigen Herde zusammen. Schafe blökten und von ferne hörten sie Hundegebell. Der Duft nach Rauch und gebratenem Hammel ließ Wilhelms Magen knurren. Er spähte zu den *Gers* und stutzte.

Ein Reiter umrundete die äußeren *Gers* und kam dann über das freie Feld direkt auf die Reisegruppe zu. Er stieß

ein lang gezogenes Johlen aus und wurde noch schneller.

»Bei Gott, der will uns in Grund und Boden reiten«, murmelte Gosset.

Der Mann war hochgewachsen und ritt ein graues Pferd, dessen Mähne im Wind flatterte. Schnee stob unter den Hufen hoch.

»*Pax vobiscum!*«, brüllte er und lachte. »Gosset! Wilhelm!«

Schneeklumpen flogen Wilhelm um die Ohren, als der Reiter das Pferd direkt vor ihm in einer gewagten Schlitterpartie zum Stehen brachte und aus dem Sattel sprang. Wilhelm sah eine Fellkapuze, die der Wind nach hinten geschoben hatte, schwarzes Haar und ... hellgraue Augen!

»Krystian!«, schrie Gosset. Er ließ den Zügel seines Pferdes einfach fallen und stürzte auf Krystian zu. Kurz darauf lagen die beiden Männer sich in den Armen, lachten und tanzten im Schnee wie Betrunkene.

»Ich dachte schon, ihr kommt nie im Lager an!«, rief Krystian. »Haben euch die Dämonen im *Altai* wieder ausgespuckt?«

»Krystian, sieh dich nur an, du bist ein ja Wilder geworden!« Gosset lachte.

»Gelobt sei der Herr, das ist ein Wunder!«, rief Bartholomäus. Dann hatte auch er Krystian erreicht und umarmte ihn. Der Pole begrüßte den alten Mönch und wandte sich Wilhelm zu.

»Ich habe Euren Tadel und die Belehrungen sehr vermisst!«, sagte er lächelnd und Frater Wilhelm schloss ihn in die Arme und drückte ihn an sich wie einen verlorenen Sohn. Tränen stiegen ihm in die Augen, er schniefte und musste schwer schlucken, bevor er weitersprechen konnte. »Der Herr segne dich, Krystian«, sagte er mit erstickter Stimme. »Was für ein Glück! Wie hast du nur überlebt?«

Fassungslos betrachtete er den fremden jungen Mann. Er war kräftiger geworden. Vor allem aber bewegte er sich mit einer Sicherheit, die Wilhelm nicht an ihm kannte.

»Abdallah!«, rief Krystian in diesem Augenblick und begann zu strahlen. Der Dolmetscher hatte sich nicht gerührt, natürlich nicht. Wie eingefroren stand er immer noch einige Schritte entfernt bei den Packpferden. Zu Wilhelms Verblüffung ging Krystian auf den Sarazenen zu und umarmte ihn einfach, als sei er ein Freund.

Abdallah wehrte sich nicht, sondern lachte. »Zu schade, Krystian«, meinte er trocken. »Und ich hatte schon gehofft, ich könnte deinen blauen Mantel behalten.«

In der Jurte drängten sich so viele Leute, dass Krystian einige Filztruhen vor die Tür stellen musste, um Platz zu schaffen. Die Brüder waren eingeschüchtert von so viel Aufmerksamkeit, doch sie nahmen den in heißem Wasser aufgelösten Trockenquark gerne an, aßen Gazellenfleisch dazu und tranken aus Bechern, die aus *Argali*-Hörnern geschnitzt waren.

Wilhelm kam aus dem Staunen nicht mehr heraus. Krystian war nicht nur Gast bei einer Familie von Hirten und Jägern, er schien ganz und gar dazuzugehören. Es war gespenstisch zu hören, wie die mongolischen Wörter aus seinem Mund flossen, als hätte er nie eine andere Sprache gesprochen. Mit einem besorgten Blick hatte Wilhelm festgestellt, dass an der Jurtenwand ein christliches Holzkreuz direkt neben mehreren Götzenpüppchen hing. Noch mehr beunruhigte Wilhelm zu sehen, wie der Pole ganz selbstverständlich ein heidnisches Ritual am Lagerfeuer ausführte. Bartholomäus schien das weniger zu stören und Gosset war über das Wiedersehen so glücklich gewesen, dass er zu viel Wein getrunken hatte und noch vor Mitternacht gegen eine Filztruhe gelehnt eingeschlafen war.

»Wir waren in einem Tempel einer uigurischen Sekte«, erzählte Bartholomäus gerade eifrig. »Die Götzenpriester dort rasieren sich den ganzen Kopf und den Bart und tragen safranfarbene Gewänder und Gebetsketten – ähnlich den Rosenkränzen. Sie beten ständig *Oni mani battam* und verbrennen ihre Toten.«

Krystian schwirrte bereits der Kopf von den vielen Geschichten. Und zu allem Überfluss stießen Sanjaa und die Zwillinge ihm ständig die Ellenbogen in die Rippen, um ihn zum Übersetzen zu drängen.

»Der alte Mönch soll noch einmal nachmachen, wie man nach dem *Chin-Chin*-Tier rufen muss, wenn man es fangen will«, forderte Sanjaa. Krystian hob abwehrend die Hände und warf einen Blick zur Tür. Immer wieder hatte er heute Abdallahs Blick gesucht. Doch als er nun hinsah, war Abdallahs Platz leer. Es war gar nicht so einfach, die Zwillinge loszuwerden, doch schließlich, als Bartholomäus und Wilhelm zu singen begannen und ein feierliches *Salve Regina* anstimmten, gelang es Krystian, die Jurte zu verlassen.

Draußen schlug ihm kristallkalte Nachtluft entgegen und vertrieb augenblicklich den Wein aus seinem Kopf.

Abdallah stand bei den Pferden, die vor dem Holzpferch angebunden waren. Im Pferch standen Krystians Pferde. Die schwarze Stute döste mit aufgestütztem Huf, kaum mehr als ein Schattenriss in der Dunkelheit. Bald würde sie ihr Fohlen bekommen, ihr Bauch sah aus wie eine gespannte Trommel.

»Unglaublich«, sagte Abdallah, ohne sich nach Krystian umzudrehen. »Eine Todestaufe im Fluss und drei Monate in der Kälte – und aus dem getauften Christen wird ein Mongole und aus dem Mann, der Angst vor Pferden hat, ein Reiter. Nun, zumindest so etwas Ähnliches wie ein Reiter.«

Nie hätte Krystian es für möglich gehalten, dass ihm sogar Abdallahs Spott gefehlt hatte. »Auf diese Flusstaufe hätte ich verzichten können«, antwortete er. Sein Wallach spitzte die Ohren und kam zu ihm an den Rand des Pferchs, die große Stute folgte und schob das Maul näher zu Krystians Hand, in der Hoffnung, getrocknete Wurzeln darin zu finden.

»Du reitest nicht übel«, bemerkte Abdallah. »Als ich dich unterwegs gesehen hatte, konnte ich kaum glauben, dass du es bist. Nun ...«, er lachte, »die Mönche glauben es, scheint mir, immer noch nicht.«

Krystian biss sich auf die Unterlippe und versuchte die richtigen Worte zu finden. »Du wusstest von der *Paiza* und ihrer Bedeutung«, brachte er nach einer Weile hervor. »Woher? Und was wolltest du mit dem Pferd?«

Er konnte spüren, wie sich Abdallah neben ihm versteifte, und fühlte für einen Augenblick, wie hauchfein die Linie zwischen Freundschaft und Feindschaft sein konnte.

»Ein Russe hat die Geschichte erzählt«, begann Abdallah zögernd. »In Ragusa. Er sagte, er kenne ein tatarisches Zeichen: halb Schlange, halb Mensch, getrieben in Metall. Manche halten es für ein Unglückszeichen. Aber das Amulett sei mehr wert als ein Sack voller Goldbyzantiner, denn wer es besitze, dem schenke der Große Khan ein Pferd mit Flügeln. Groß und schwarz sollte es sein und die Seelen der

Toten in den Himmel tragen. Der Russe hatte diese Geschichte auf einer Reise gehört. Und als ich dich auf dem Markt in Konstantinopel sah – und das Amulett um deinen Hals …«

Ein schattiges Schulterzucken in der Dunkelheit.

»*Du* glaubst an geflügelte Pferde?«, fragte Krystian.

Abdallah zögerte, und als er antwortete, klang seine Stimme traurig. »Ich kannte einmal jemanden, der sich nichts so sehr wünschte wie ein schwarzes Himmelspferd. Er hätte alle seine Reichtümer dafür hergegeben. ›Die verirrten Pferde Allahs‹ nannte er sie. Er sagte: ›Ich habe ihre Geschichte gesehen – in meinen Träumen: Allah nahm den Südwind und machte daraus die weißen Araber der Erde. Aber in meinem Traum nahm Allah auch den kalten Nordwind und schuf die schwarzen Pferde des Himmels. Denn das Helle und das Dunkle gehören zusammen, das eine kann ohne das andere nicht sein. Aber anstatt den Menschen zu dienen, rissen die Pferde sich los und galoppierten über die Wolken davon.‹ Daran musste ich denken, als ich die Geschichte des Russen hörte.«

»Du wolltest also tatsächlich eines dieser schwarzen Pferde finden?«

Abdallah lachte. »Die Goldbyzantiner wollte ich haben, du Träumer«, antwortete er trocken. »Ich konnte ja nicht ahnen, dass mir niemand in der Steppe auch nur ein Goldstück für das Amulett zahlt! Du hast mich einen Dieb genannt – und du hattest Recht damit. Ich hatte in der Tat vor, dir die *Paiza* zu stehlen und euch dann zurückzulassen.«

»Und warum hast du mich nicht bestohlen?«

»Das ist eine Frage, die nicht leicht zu beantworten ist. Vielleicht war ich nur neugierig, vielleicht war der richtige Augenblick nicht gekommen. Vielleicht wollte ich dich nach einer Weile einfach nicht mehr ausrauben ...«

»Und warum nicht?«

»Möglicherweise gefiel mir deine Art, mit Pferden umzugehen.«

»Aber du hättest mich auch schon in Konstantinopel bestehlen und dir den Weg sparen können und ...«

»Ich musste verschwinden«, erwiderte Abdallah leise.

»Aus Konstantinopel? Warum?«

»Weil jemand mir auf den Fersen war. Jemand, der mich nur zu gerne tot sehen würde.«

Krystian schauderte.

»Ich hatte mich bei zwei Dolmetschern umgehört«, fuhr Abdallah fort. »Ich dachte, wenn ich in deine Nähe kommen will, muss ich mich als Dolmetscher für das Tatarische ausgeben und einige Worte der Sprache lernen. Ich hoffte, du würdest auf das Angebot eingehen und mir das Amulett verkaufen. Und dann, einige Tage später, wurde der eine Dolmetscher ermordet im Hafenbecken aufgefunden. Und der andere verschwand spurlos. Die Tür seines Hauses stand offen, sein Hund lag mit durchschnittener Kehle neben dem Stuhl und das Essen auf dem Tisch war unberührt. Nun, ich hatte den Dolmetschern nie erzählt, wo sie mich in Konstantinopel finden können, das war mein Glück. Doch es war nur noch eine Frage der Zeit, bis meine ... Schatten auch mich finden würden.« Er holte tief Luft. »Du siehst, ich hatte allen Grund, mit euch auf das Schiff zu steigen, solange noch Zeit war.«

»Wer will dich töten, Abdallah?«, flüsterte Krystian.

Abdallah lachte bitter. »Du sagtest es doch selbst die ganze Zeit über, Krystian: Ich bin ein Dieb.«

»Was um Himmels willen hast du gestohlen?«

Abdallah räusperte sich wieder. »Den Schatz eines Toten«, sagte er mit belegter Stimme. »Und ich weiß, dass dieser Tote mich dafür segnen würde. Und niemand ... hätte es mehr verdient als er, von einem schwarzen Himmelspferd in die Gärten des Paradieses getragen zu werden.« Er verstummte und strich dem Pferd, das ihm am nächsten stand, über den Hals.

Krystian bemerkte, dass er sich an die Pfosten des Pferchs geklammert hatte. Seine Finger waren kalt und taub.

»Warum hast du mir das alles nicht schon viel früher erzählt?«, bohrte er vorsichtig weiter.

»Hättest du es dir an meiner Stelle erzählt, du selbstgerechter Mönch? Ich hätte sagen können: ›Der Himmel ist blau‹, und du hättest darin Verrat gewittert.«

»Du hast dich auch nicht gerade bemüht, mein Misstrauen zu zerstreuen«, murmelte Krystian.

»Nicht? Nun, ich habe ein Messer. Ich hätte dich töten und in den Fluss werfen können, als du geschlafen hast. Du stehst aber noch hier und hast genügend Atem, um dich mit mir zu streiten. Genügt das nicht als Beweis?«

Krystian senkte den Kopf. »Vielleicht wollte ich in dir einen Verräter sehen«, sagte er leise. »Dafür entschuldige ich mich. Aber ich ... sehe inzwischen mit anderen Augen.«

In der Dunkelheit war es leichter zu reden als bei Tag. Es war, als hätten die Hindernisse zwischen ihm und dem Sarazenen nur bei Tageslicht existiert. Krystian hielt noch einige

Atemzüge lang an den Bildern der Vergangenheit fest, doch dann ließ er sie ohne Bedauern los. »Es ... tut mir leid, dass ich dich als Lügner beschimpft habe«, sagte er.

Er hätte sich nicht gewundert, wenn Abdallah einfach davongegangen wäre wie so viele Male zuvor, doch Abdallah überraschte ihn ein weiteres Mal. »Aber ich bin doch ein Lügner«, sagte er leichthin und lachte. »Du hast ein gutes Gespür für Menschen, Krystian. Alles, was du über mich gedacht hast, ist wahr und unwahr zugleich.«

»Kommst du etwa nicht aus Aleppo?«

»Oh doch, das ist wahr. Aber ich erzählte dir, dass mein Vater reich ist und prächtige Pferde besitzt. *Das* ist eine Lüge. Mein Vater war ein armer Mann, der Lederzeug flickte und das Leben hasste. Er liebte nur seinen Stock und er liebte es, meine Geschwister und mich zu prügeln. Ich lief davon, noch bevor ich zwölf Jahre alt war – und wurde ein Dieb. Ich war ein geschickter Dieb, aber als ich eines Tages in ein Haus einbrach, machte ich einen Fehler. Ich sah eine Schatulle auf einem Tisch stehen – und statt sie zu nehmen und zu verschwinden, öffnete ich sie und warf einen Blick hinein.« Seine Stimme wurde zu einem Flüstern und Krystian fragte sich, ob Abdallah wieder nur eine seiner erfundenen Geschichten erzählte. »Ich sah einen grünen Diamanten, groß wie eine Walnuss«, sagte Abdallah. »Er funkelte wie das Auge einer Meerfrau, und ich wusste, ich würde nie wieder etwas so Schönes sehen. Ich blickte lange in dieses Auge, viel zu lange – und bemerkte nicht, wie der Besitzer des Steins den Raum betrat.«

Krystian hielt den Atem an.

»Nun, seine Diener waren schnell und ich war erschrocken und dachte nicht nach. Die Tür, durch die ich zu fliehen versuchte, führte ins Nichts. Bevor ich wusste, wie mir geschah, lag ich am Boden, eine Messerklinge an der Kehle. Der Mann, der vor mir stand – ein reicher Mann mit schmalen weißen Händen –, hätte zur Strafe meine verdreckten Diebespfoten abhacken lassen können. Doch stattdessen … musterte er mich nur etwa hundert Jahre lang, während ich winselte und bettelte, und schickte mich danach in den Stall.« An seiner Stimme hörte Krystian, dass Abdallah bei diesen Worten lächelte. »Als ich ihn später einmal fragte, warum er mich nicht bestraft hatte, antwortete er, ich hätte damals gesagt, ich hätte doch nur Dschamilas Auge betrachten wollen.«

Dschamila – Krystian erinnerte sich an die Geschichte über die Meerfrau, die Abdallah ihm auf dem Schiff erzählt hatte.

»Ich selbst kann mich bis heute nicht daran erinnern, den Diamanten so genannt zu haben«, fuhr der Sarazene fort. »Aber dem Mann gefiel der Name so gut, dass er den Stein von diesem Tag an ebenfalls so nannte. ›Wer Schönheit erkennt, kann kein Dieb sein‹, erklärte er mir.«

»Und du bist bei ihm geblieben?«

»Acht Jahre lang. Er hatte dreißig weiße Stuten und lehrte mich in den folgenden Jahren alles, was ich heute über Pferde weiß. Seine Pferde waren berühmt – das ist also eine Wahrheit –, Händler aus vielen Ländern kamen in der Hoffnung, er würde ihnen ein Fohlen verkaufen. Von ihnen lernte ich einige der Wörter fremder Sprachen. Dieser Mann wurde mein Vater, mein Lehrer und mein Freund. Deshalb war meine Geschichte sowohl gelogen als auch wahr.«

»Wie hieß der Mann? Wer war er?«

»Ein reicher Pferdehändler aus Persien«, sagte Abdallah knapp. »Mehr musst du nicht wissen.«

Er schwieg so lange, dass Krystian ungeduldig wurde. »Und was hat es mit dem Diebstahl auf sich?«

»Du bist neugierig, Mongole!«, sagte Abdallah. »Dieser Mann hatte ... Feinde. Er hat nie von ihnen gesprochen, doch eines Tages, als ich von den Pferden kam ... fand ich meinen Ziehvater am Boden liegend. Zwei Männer standen neben seinem Leichnam und verfluchten ihn. Stell dir vor, sie verfluchten einen Toten, dem sie selbst das Messer ins Herz gestoßen hatten! Sie nannten ihn bei einem anderen Namen und verhöhnten ihn. Sie sagten, er habe bekommen, was ein Dieb verdiente. Dann durchwühlten sie seine Kammer.«

»Dein Ziehvater hatte den Diamanten also selbst gestohlen? Aber dann ... hast du viele Jahre selbst bei einem Dieb gelebt.«

Ein schattiges Nicken in der Dunkelheit. »Er hatte sich einen neuen Namen gegeben. Aber offenbar war er nicht weit genug geflohen und hatte seine Spuren nicht gut genug verwischt. Die Häscher fanden die Schatulle, doch sie war leer. Nun, sie wussten nicht, dass *ich* den Edelstein bei mir trug.«

»Du hast ihn ... an dich genommen?«

Die Pferde hoben ruckartig die Köpfe, die schwarze Stute schnaubte.

»Er gefiel mir«, sagte Abdallah leichthin. »Ich betrachtete ihn oft und stellte mir vor, er würde mir gehören. Hätte mein Ziehvater den Stein gesucht, ich hätte ihn zurückgegeben. Heute denke ich oft, er wusste es.«

»Wer waren die Mörder?«

»Zwei Männer, die mit ihren Messern umzugehen wussten. Als sie mich entdeckten ... nun ... ich war ein Zeuge und damit im Weg. Doch sie hatten nicht damit gerechnet, dass ein Dieb ein Haus weitaus besser kennt als dessen Besitzer. Und sie wussten nicht, wie schnell ein Mensch laufen kann, der seine ganze Kindheit über vor dem Stock flüchten musste. Es gelang mir, zu entkommen. Ich ließ alles zurück und schlug mich durch bis zum Meer. Die Angst trieb mich auf die Schiffe und über das Meer bis nach Venedig. Von dort aus gelangte ich schließlich nach Ragusa. Ich dachte, in einem anderen Land würden sie mich nicht suchen.«

»Dass du bei dem Kaufmann gearbeitet hast, ist also auch wieder eine Wahrheit.«

»Ja. Er war ein Ungar, ein gerissener Geschäftsmann, ich mochte ihn und auch seine Frau. Wie unser Mönch Wilhelm erzählte er mir gerne von Maria und den Engeln und fütterte mich mit Geschichten aus der Bibel, als wäre ich ein krankes Pferd, das nur die richtigen Kräuter fressen muss, um gesund zu werden. Er schätzte mich, obwohl ich ein Sohn Mohammeds war, und nahm mich in Schutz. Bis eines Tages ein Mann vorbeikam, den ich nur zu gut kannte. Ein Händler aus Aleppo, so stellte er sich vor.«

»Einer der Mörder!«

Wieder ein Nicken. »Ich wusste sofort, dass er auf meiner Spur war. Ich beobachtete ihn, als er vom Pferd stieg. Er entdeckte mich nicht im Schatten der Mauer, aber ich sah seinen Bart und das schmale Gesicht mit den weichen Frauenlippen und rannte sofort zum Kaufmann. Ich erzählte ihm von dem Mörder. Er zeigte sich entsetzt und wies mich an, mich in einer Kammer zu verstecken. Erst als die Tür hinter mir verriegelt wurde, begann ich zu ahnen, dass der Handel längst geschlossen worden war.«

»Er hat dich verkauft«, flüsterte Krystian fassungslos. »An einen Mörder!« Plötzlich verstand er Abdallahs Misstrauen, seine Bitterkeit und seine Art, überall Verrat und einen möglichen Mord zu wittern.

»Ja, diesem Christen bedeutete Geld mehr als der goldene Jesus, vor dem er jeden Tag auf den Knien lag«, sagte Abdallah. »Manchmal wünschte ich mir, ihn für diesen Verrat zu töten. Aber selbst hier gab es das Dunkle und das Helle. Mein Ziehvater brachte mir ein Sprichwort bei. Er sagte: ›Ärgere dich nicht darüber, dass der Rosenstrauch dornig ist, sondern freue dich lieber darüber, dass der Dornenstrauch Rosen trägt.‹ Nun, der Ungar war der Dorn, der mich beinahe das Leben kostete. Seine Frau aber war die Rose. Sie ließ mich aus der Kammer und schloss die Hintertür auf, damit ich fliehen konnte. Doch der Mörder hatte einen zweiten Reiter dabei. Ich stolperte sozusagen über ihn, als ich über den Hof rannte. Aber …«, sein Zögern war unmerklich, »ich hatte noch mein Messer unter der Tunika, vom dem ich nie erzählt hatte. Das ist der Rat, den ich übrigens jedem geben würde: ›Zeige deine Waffe nie vor dem Kampf.‹«

An das Messer erinnerte Krystian sich. Abdallah hatte es ihm einmal gezeigt – ein unscheinbares Ding mit schmaler Klinge und einem Holzgriff, der dafür viel zu klobig war.

»Und der Stein?«, flüsterte Krystian.

»Gut verwahrt«, sagte Abdallah knapp. »Niemand wird ihn finden. Eines Tages werde ich herausfinden, was es mit

Dschamilas Auge auf sich hat, warum mein Ziehvater dafür zum Dieb wurde – und warum er ermordet wurde.«

»Von diesem Kampf stammt die Narbe in deinem Gesicht, nicht wahr? Hast du auf der Flucht jemanden getötet?«

Abdallah wandte sich ab. Im nächsten Augenblick hörte Krystian Schritte, die kurz innehielten.

»Ich hoffe nicht«, sagte Abdallahs Stimme in der Dunkelheit.

Krystian träumte von Alan, deren Augen grün funkelten wie Diamanten. Hundegebell weckte ihn. Nur langsam fand er sich in die Wirklichkeit ein und bemerkte, dass es bereits Morgen war. Sein Kopf schmerzte, auf der Zunge hatte er den faden, bitteren Nachgeschmack von zu viel *Arqi*. Seine Sippe hatte ganze Arbeit geleistet: Das *Ger* war regelrecht verwüstet von der Feier der letzten Nacht. Nur Sanjaas Lager war unberührt und Krystian erinnerte sich vage, dass sein Freund mit einigen Verwandten mitgeritten war, die heute auf die Jagd gehen wollten. Und langsam kehrten auch die anderen Bilder zurück. Er hatte die Brüder noch zu ihrem Gesandten*ger* gebracht. Gemeinsam mit Gosset hatte er Bartholomäus stützen müssen. Krystian streckte sich, zog sich an und trat vor die Jurte. Dutzende von Hufen hatten den Boden vor seiner Behausung zertrampelt, der Schlamm war gefroren. Krystian warf einen Blick auf seine Pferde. *Himmelspferde für die Seelen im Paradies.* Im fahlen Licht des Frühmorgens erschien das Gespräch mit Abdallah wie ein Traum. »Das Helle kann es ohne das Dunkle nicht geben«, murmelte Krystian. Dann holte er seinen Sattel und begann Burza und die schwarze Stute aufzuzäumen.

Abdallah sah aus, als hätte der *Arqi* in seinem Kopf ein ähnliches Schlachtfeld hinterlassen wie Krystians Sippe in dessen Jurte. Seine Augen waren verquollen und gerötet, und als er auf Krystians Ruf hin aus dem *Ger* stolperte, musste er blinzeln. Kein Lächeln erwartete Krystian, vor ihm stand wieder Abdallah, der ernste Dolmetscher.

Gemächlich stieg Krystian vom Pferd und hielt Abdallah die Zügel der schwarzen Stute hin.

»Was soll das werden?«, fragte der Sarazene. »Schaffst du es nicht, deine Pferde allein spazieren zu führen?«

Heute ließ Krystian sich nicht einschüchtern. Statt einer Antwort warf er Abdallah einfach nur die Zügel zu. Natürlich ergriff der Sarazene sie nicht, sondern sah ungerührt zu, wie sie in den Schlamm fielen.

»Der Lohn für unsere *Paiza*«, sagte Krystian freundlich. »Die Pferde sehen vielleicht nicht so aus, als könnten sie ins Paradies laufen, aber über die Erde galoppieren sie sehr schnell. Diese Stute hier gehört dir.« Er lächelte über Abdallahs verblüfftes Gesicht und klopfte dem Pferd den Hals. Abdallah schluckte und blickte irritiert von Krystian zur Stute und wieder zurück. Seine Gedanken schienen noch nicht den richtigen Weg zu finden.

»Ist das ein Scherz von dir?«, fragte er.

»Ich mache keine Scherze, das solltest du inzwischen wissen. Wenn du mein Geschenk nicht willst, dann sieh es von mir aus als Handel zwischen einem enttäuschten Dieb und einem selbstgerechten Mönch, wenn es dir dann besser geht.« Jetzt kam der schwierige Teil. »Ich selbst sehe es allerdings als eine Bitte von ... Freund zu Freund. Und ich bitte dich um deine Hilfe, Abdallah. Es geht um Alan.«

»Alan?« Abdallah machte ein Gesicht, als hätte Krystian verkündet, dass er seit Neuestem in der Moschee betete. »Das Mädchen, für das du dich beinahe umgebracht hast?«

Er beugte sich vor und hob den Zügel vom Boden auf, dann trat er an die Stute heran und strich ihr sanft über den langen Hals.

»Da erzähle ich dir Mordgeschichten aus dem Morgenland – und dabei hat dieser Ausbund an christlicher Tugend viel interessantere Dinge im Kopf! Komm!« Er schnalzte mit der Zunge und die Stute setzte sich gehorsam in Bewegung. Krystian zögerte. »Na los!«, rief Abdallah voller Ungeduld. »Gehen wir ein Stück über die Weiden.« Er grinste. »Oder sollen die schnarchenden Mönche im *Ger* aufwachen und mit anhören, dass der verlorene Sohn sein Herz für die Sünde entdeckt hat?«

Abdallahs messerscharfe Kommentare machten es nicht gerade leichter, von seinem Vorhaben zu erzählen. »Das Rennen ist meine einzige Möglichkeit«, schloss Krystian. »Ich kann Ochir weder zum Bogenschießen herausfordern, noch kann ich ringen. Reiten kann ich zwar, aber ich bin noch nicht schnell genug. Du weißt doch, wie man ein Pferd dazu bringt, zu gewinnen.«

Abdallah lachte. »Du steckst deinen Kopf auch in jede Schlinge, nicht wahr? Dein Grauer hier – willst du auf ihm das Rennen reiten?«

Krystian nickte. Abdallah kniff die Augen zusammen und prüfte mit fachmännischem Blick Beine und Kruppe des Tieres.

»Lass mal sehen, wie er läuft. Reite ihn warm und zeige

mir dann den schnellsten Galopp, den du aus dem Pferd rausholen kannst.«

Krystian hatte erwartet, dass Abdallah beeindruckt sein würde, doch als er außer Atem und begeistert vom schnellen Ritt bei seinem Freund ankam, zog dieser nur zweifelnd die Brauen hoch.

»Das, was du jetzt reiten nennst, bezeichne ich als ›sich zu Pferd fortbewegen‹«, bemerkte er. »Für den Anfang nicht schlecht, aber ein richtiges Rennen über mehrere Meilen gewinnst du auf diese Weise sicher nicht. Du sitzt wie ein Stein im Sattel und drückst dem Pferd dein Gewicht in den Rücken.«

»Ich reite gut!«, beharrte Krystian. »Immerhin habe ich auf diese Weise Tausende von Meilen bewältigt. Sanjaa sitzt im Galopp ebenso wie ich auf dem Pferd. Und Ochir auch.«

»Eben«, meinte Abdallah trocken. »Wenn du reitest wie alle anderen, wirst du keine Chance gegen einen Reiter haben, der auf einem Pferd aufgewachsen ist. Und für ein solches Rennen hast du übrigens auch Burza nicht richtig vorbereitet.«

»Wie kannst du das behaupten? Burza hat dem Khan gehört und ist schneller als Sanjaas Rappe …«

»Und wenn er dem Schah von Persien gehört hätte, so wie er jetzt läuft, ist er eine Krücke!«, unterbrach ihn Abdallah grob. »Und jetzt sieh mich nicht an, als ob du wieder mit den Fäusten auf mich losgehen wolltest.«

»Dann hör auf, mir zu erzählen, dass ich das Rennen nicht gewinnen kann!«, brüllte Krystian. Burza legte die Ohren an und scheute. Krystian biss die Zähne zusammen. Ihm war zum Heulen zumute. »Ich muss gewinnen!«, presste er zwischen den Zähnen hervor. »Ich muss! Sonst verliere ich Alan … für immer.«

»Ich habe nie behauptet, dass du nicht gewinnen kannst. Ich sagte nur, dass du es bisher falsch angefangen hast. Auch bei deinem Pferd hast du eine gute Wahl getroffen – was wieder einmal beweist, dass auch ein blinder Hund manchmal einen guten Knochen findet. Ich kann keinen Meisterreiter aus dir machen, aber im Grunde kommt es ohnehin gar nicht so sehr darauf an, wie gut du reitest. Den ersten Teil des Kampfes entscheidet dein Pferd, den zweiten deine Fähigkeiten. Den dritten Teil bestimmen die Erwartungen deines Gegners. Ochir muss glauben, leichtes Spiel zu haben, dann hast du wenigstens das Überraschungsmoment auf deiner Seite.«

»Hast du noch mehr Ratschläge für mich, auf die ich auch leicht selbst kommen könnte? Wenn du mir nicht helfen willst, dann sag es!«

Abdallah lächelte fein. »Wir sind Freunde, oder nicht? Ja, ich habe noch mehr Ratschläge für dich, du verliebter Narr! Überlass mir dein Pferd für eine Weile und reite ein anderes. Sorge dafür, dass Ochir denkt, du würdest dich überschätzen, und dafür, dass deine Sippe den Kopf über dich schüttelt. Mit anderen Worten: Benimm dich wie bisher und behaupte zudem, du könntest jedes Rennen gewinnen. Und währenddessen sehe ich zu, dass ich einen besseren Sattel für dich finde. Wie lange haben wir Zeit?«

»In acht Tagen zieht der Hof zur Stadt Karakorum. Im März findet dort das große Frühlingsrennen statt, aber so lange kann ich nicht warten.« *So lange kann Alan nicht warten*, setzte er in Gedanken hinzu.

Abdallah schnalzte tadelnd mit der Zunge, doch als er den Kopf wandte, sah Krystian am Blitzen seiner Augen, dass der Sarazene Feuer gefangen hatte. »Dann hast du wirklich nicht viel Zeit, um zu lernen, wie man einem Pferd das Fliegen beibringt«, sagte er und zwinkerte Krystian dabei zu.

»Dieser Mann mit der Narbe, mit dem du so oft ausreitest – hast du ihm dein Pferd geschenkt?«, fragte ihn Alan, als sie sich das nächste Mal sahen – hinter einem Wagen, der genug Schutz vor dem Wind bot, damit sie leise reden konnten. Seit ihrem letzten Treffen waren mehr als zehn Tage vergangen. Nach einer so langen Zeit der Trennung hatte sich Krystian eine andere Begrüßung erhofft.

»Nein, aber weil Abdallah mein Freund ist, habe ich ihm Burza zum Reiten überlassen. Seine Stute wird in wenigen Tagen ihr Fohlen bekommen, deshalb kann sie ihn nicht tragen.«

»Dein Freund reitet ohne Sattel«, meinte Alan spöttisch. »Ist ein *Emeel* ihm zu hart? Möndör hat euch beide gesehen – ihr reitet jeden Morgen über die Weiden davon. Und neuerdings gibst du damit an, dass du jedes Rennen gewinnen kannst. Geht ihr auf die Jagd?« Sie war blass und fahrig und zwischen ihren Brauen zeichnete sich eine kleine, feine Falte ab.

»Was ist mit dir?«, fragte er sanft. »Ist … etwas passiert?«

»Du willst wissen, ob Ochir mich angefasst hat?«, erwiderte sie. »Sprich es doch endlich aus! Lass uns nicht so tun, als gäbe es ihn nicht.« Nun klang ihre Stimme bitter. »Er lässt mich in Ruhe«, sagte sie. »Meistens jedenfalls. Es geht mir also gut. Aber ich … ich frage mich ständig …«

Krystian zwang sich, sie wieder anzusehen, obwohl ihm die Verletzlichkeit in ihren Augen einen Stich versetzte. Sie biss sich auf die Unterlippe und sah sich hektisch um, doch niemand war in der Nähe. Dann trat sie auf Krystian zu und streckte die Hände nach ihm aus. Noch nie hatte er gewagt, sie zu berühren, und auch Alan hatte sich ihm seit dem ersten Treffen nicht mehr genähert. Vorsichtig schlossen sich ihre Hände um sein Gesicht. Auf seinen heißen Wangen fühlten sie sich kühl und zerbrechlich an und Krystian schloss die Augen. Behutsam strich sie ihm mit den Daumen über die Brauen, fuhr die Linie seiner Schläfen nach, dann legte sie ihre Stirn an seine.

»Wirst du fortgehen?«, fragte sie leise. »Mit den Mönchen und dem Mann, der dein Pferd reitet?«

Nicht ohne dich, Alan!

»Sie … gehen nicht zurück«, sagte er heiser. »Die Brüder wollen hierbleiben. Sie haben bald eine Audienz beim Khan und ich werde sie begleiten, weil der Khan mich bereits kennt und …«

»Und was ist, wenn der Khan sie wieder fortschickt? *Du* hast bereits die Erlaubnis zu bleiben, aber …«

»Denkst du immer noch an Flucht?«, fragte er. »Bitte sage mir, was du vorhast! Ich werde nicht mit ihnen zurückgehen, solange du … Mit dir würde ich selbst in das Land der *Kathai* gehen.«

»Hab Geduld«, flüsterte sie und ließ ihn los.

»Worauf soll ich noch warten?«, fragte er heftig. »Wann soll der richtige Zeitpunkt für eine Entscheidung kommen?

Wenn du vier Kinder von Ochir hast und keine Möglichkeit mehr, zu entkommen?«

»Und was hätte ich davon, zu fliehen?«, fragte sie nach einer Pause. »Dann würde Ochir uns beide verfolgen. Wo wir auch wären, wir könnten keine Nacht ruhig schlafen aus Angst, dass er oder einer seiner Verwandten uns findet. Nein, die Schlange muss einen anderen Weg gehen.«

Krystian biss sich auf die Unterlippe und schwieg. Alan schluckte und rang sich ein Lächeln ab. Es wollte ihr nicht besonders gut gelingen. »Bald bricht das Lager in Richtung Karakorum auf«, sagte sie so sachlich, als hätte er die vergangenen Minuten nur geträumt. »Vielleicht sehen wir uns eine lange Zeit nicht. Achte auf die steinerne Schildkröte, die eines der Tore bewacht. Sie trägt Schlangen auf dem Panzer und steht für den ›Schwarzen Krieger des Nordens‹.« Sie strich sich ein paar verwehte Strähnen aus dem Gesicht. »Denk an mich, wenn du die Schlangen auf ihrem Panzer siehst.«

Karakorum

Trotz der Erschöpfung nach der mehrtägigen Reise konnte Wilhelm nicht anders, als die Schönheit des weiten Landes zu bewundern. *Für wen hast du so viel Weite geschaffen, Herr,* dachte er, *wenn hier doch niemand deine Größe und Herrlichkeit erkennen will?*

Links erhob sich das *Changai*-Gebirge mit seinen bewaldeten Höhen. Von seinen Anhöhen floss der *Orchon*-Fluss herab und durchschnitt das Flusstal wie ein silbernes Band. Und vor ihnen, mitten auf freiem Feld, im bläulichen Schatten der Berge, erhob sich eine Lehmmauer aus dem nackten Boden. Der Wall umfasste ein rechteckiges Gebiet von der Größe eines kleinen Städtchens.

»Gütiger Gott im Himmel, es ist tatsächlich eine Stadt!«, sagte Bartholomäus neben ihm und verlagerte sein Gewicht im Sattel.

»Karakorum!«, rief der junge Mongole, der sie führte. Er stieß einen johlenden Schrei aus und stob im nächsten Augenblick schon in gestrecktem Galopp davon.

»Wir hätten den Dolmetscher nicht bei Krystian lassen sollen«, knurrte Wilhelm plötzlich. »Dieser Sanjaa ist ein Kindskopf.«

Bartholomäus lachte gutmütig. »Er ist jung, aber Krystian schätzt ihn als guten Führer. Und immerhin versteht er ein paar Brocken unserer Sprache. Macht Euch keine Sorgen. Bald werden die Mongolen aus dem Winterlager ihre Jurten im Flusstal aufschlagen, und bis dahin hat Krystian bei dem *Jam* vielleicht auch eine Audienz für uns erwirkt. Es ist nur sinnvoll, dass unser Dolmetscher beim Tross geblieben ist.«

Die Worte verbesserten Wilhelms Laune nicht gerade. Sicher war es sinnvoll, dass die Mönche vorausritten und Krystian und Homodei bei den Mongolen geblieben waren, aber diese seltsame Freundschaft zwischen den beiden gefiel Wilhelm überhaupt nicht. *Götzendienst, mongolische Sitten und jetzt auch noch sarazenische Vertraute*, dachte er bitter. *Herr, führe ihn zu uns zurück! Oder ich werde es tun.*

»Wenn es stimmt, dass in dieser Stadt ein Goldschmied aus Paris wohnt, werden wir heute Nacht endlich wieder in einem richtigen Bett schlafen«, sagte Gosset und seufzte sehnsuchtsvoll.

Dieser Sanjaa war bereits von seinem Rappen gestiegen und wartete voller Ungeduld bei einer Steinskulptur neben dem Tor. Wilhelm kniff die Augen zusammen. War das eine Schildkröte? Nun, im Grunde sah sie eher aus wie ein Drache – die Krallen an ihren Füßen waren spitz und für eine Schildkröte hatte sie entschieden zu viele Reißzähne im Maul. In ihrem Steinpanzer steckte eine beschriftete Stele mit uigurischer Schrift.

Wenige Augenblicke nachdem sie Sanjaa ihre Pferde überlassen und die Wächter am Tor passiert hatten, staunte Wilhelm nicht schlecht. Eine gepflasterte, saubere Straße führte sie an Reihen von schmalen Häusern vorbei. Die Gebäude waren nach Art der *Kathai* aus Lehm und Ziegeln errichtet worden und hatten geschwungene Satteldächer. Holzschnitzereien und grün glasierte Löwendrachen zierten die Giebel. Die meisten der Bewohner waren Handwerker. Die breite, schnurgerade Hauptstraße war leicht erhöht, sodass Wilhelm und die anderen den Kupferstechern, Sattelmachern und Goldschmieden, die vor ihren Häusern saßen und arbeiteten, direkt auf die Finger sehen konnten. Für die Handwerker waren Reisende offenbar kein ungewohnter Anblick, denn sie nahmen kaum Notiz von den Neuankömmlingen. Es roch nach heißer Schlacke und Schmiedefeuern, man hörte die Hämmer der Kupferschmiede, die Verzierungen in Becher und Schmuck trieben. In anderen Werkstätten wurden Federn und Leder verarbeitet, Knochen geschliffen und Glas über dem Feuer zu runden Gebilden gedreht. Wie in Konstantinopel gab es auch hier Wasser, das aus Rohren floss, und die Straßen bestanden aus sorgfältig geglätteten Steinen, die durch hölzerne Fugen voneinander getrennt waren, damit sie in der Kälte keinen Schaden nahmen. Auf den Straßen und Märkten hörte Wilhelm nicht nur die seltsamen Laute der *Kathai*-Sprache, sondern auch Türkisch, Ungarisch und Persisch. Er sah einen indischen Edelmann, dem gezähmte Leoparden wie Hunde folgten, außerdem Russen, Armenier und unzählige Vertreter anderer Völker. An vielen Stellen wurde trotz der Januarkälte gebaut. Wilhelm sah ein riesiges quadratisches Fundament aus Ziegeln und erfuhr von einem Deutschen, der hier als Steinmetz arbeitete, dass sich hier bald ein uigurischer Tempel erheben würde, groß und prächtig wie ein Palast.

»Götzendiener«, murmelte Wilhelm.

Sie brauchten nicht lange zu fragen, wo sich die Werkstatt des Goldschmiedes Guillaume Boucher befand. Am Rand des *Kathai*-Viertels, nahe der Straße, stand ein breites Gebäude, das einen quadratischen Innenhof umfasste. Gosset ging hinein, um nach Boucher zu fragen – und schon kurz darauf stürzte ein massiger Mann mit breiten Schultern und kurzen Beinen auf die Straße. »Frater Wilhelm … aus Paris?«, rief er.

Wilhelm nickte und sah mit Bestürzung, wie der große, kräftige Mann in Tränen ausbrach. Er stürzte auf Wilhelm zu und umarmte ihn wie einen lange vermissten Bruder. »Dem Himmel sei Dank!«, rief er. »Aus Paris! Wie lange ist es her, dass ich jemanden aus meiner Heimatstadt gesehen habe!« Seine blauen Augen leuchteten, der blonde Bart zitterte, als der Mann unter Tränen zu lachen begann. »Willkommen – seid meine Gäste!«

In der Werkstatt arbeiteten etwa fünfzig Leute. Staunend gingen die Brüder durch weite Hallen, die aussahen wie die Schatzkammern des Königs Salomon – goldene und silberne Blätter lagen aufgereiht auf Holzbänken, Schmiedehämmerchen trieben Reliefs in filigrane Werkstücke. Geschmolzenes Silber floss aus Schmiedekellen zischend in Schablonen aus Stein und Lehm. Wilhelm sah im Vorbeigehen, wie ein Schmiedegeselle eine aus Silber gefertigte Nachtigall polierte.

»Das sind Teile eines silbernen Brunnens für den Palast des Khans«, erklärte Guillaume, während er sie in einen kleinen Raum führte, in dem ein Tisch stand. »Der Khan wünscht, dass er die Form eines riesigen Baumes hat, an dem sich Schlangen hochwinden. Aus den Schlangenmäulern sollen Getränke fließen – Honigmet, Stutenmilch, Reisbier und Wein. Und obendrauf wird ein Engel mit einer Trompete stehen. Die Trompete wird mit einem Blasebalg verbunden sein. Und wenn der Engel einen Ton spielt, wissen die Diener, wann sie über versteckte Rohre die Getränke in den Baum leiten sollen.« Er lachte bitter. »Ein Engel!« Dann senkte er die Stimme und zog die Tür hinter den Brüdern zu.

»Als wüssten diese Barbaren etwas von Engeln und Barmherzigkeit! Ich wünschte, ich könnte einen Engel mit einer Trompete erschaffen, deren Klang das Mongolenreich in Schutt und Asche legt wie die Trompeten von Jericho! Mögen der Khan und seine Soldaten an ihrem Gold ersticken und in ihrer Stutenmilch ertrinken.«

»Wir haben schon gehört, dass Ihr nicht ... freiwillig hierhergekommen seid«, sagte Gosset voller Mitgefühl. »Verzweifelt nicht, Meister Guillaume.«

»Freiwillig, pah!«, stieß Guillaume hervor. »Vor zwölf Jahren war ich in Ungarn – in Mohi. Sie stürmten die Stadt, sie töteten alle, außer jenen, die ihnen nützlich schienen. Die schleppten sie bis hierher. Würden sie meine Dienste nicht schätzen, wäre ich längst tot. Ich bin ein Gefangener und darf die Stadt nicht verlassen, nur Gott allein weiß, wann ich wieder französischen Boden betreten werde.« Er seufzte. »Nun, Ihr seht es ja selbst«, sagte er mit einem resignierten Lächeln. »Außer an Freiheit fehlt es mir an nichts. Ich bin ein Vogel im goldenen Käfig.«

»Innerhalb der Stadtmauer, die im Grunde nichts weiter als ein Lehmwall ist, gibt es das Viertel der Sarazenen, in dem der Markt stattfindet, und das Viertel der Kathai«, schrieb

Wilhelm an diesem Abend. Er hatte sich der Filzkleidung und der Pelze entledigt und trug wieder seine Kutte. Der Raum war so warm, dass Wilhelm sogar nach der Ordensregel barfuß am Tisch sitzen konnte. Der Boden wurde durch Rohre, die unter dem Fußboden lagen, mit heißer Luft beheizt. Wilhelm schloss die Augen und atmete tief durch. *Was für Schicksale!*, dachte er betrübt. Der arme Meister Guillaume würde alles dafür geben, nach Paris zurückkehren zu dürfen. Und Krystian wünschte sich nichts so sehr, als die mongolischen Götzen anzubeten und selbst ein Mongole zu sein! Er beugte sich wieder über seine Aufzeichnungen und fuhr pflichtschuldigst mit dem Bericht fort: *»Der Khan duldet jede Religion, wenn seine Untertanen ihm nur gehorsam dienen. Götzendiener, Sarazenen und Nestorianer – alle balgen sich darum, beim Khan eine Audienz zu erhalten und Macht zu gewinnen, indem sie ihm ihren Glauben aufdrängen. Der Khan selbst dagegen hält sich nur an seine Zauberer und Weissager. Doch uns wird Krystian von Krakau eine große Hilfe sein, wenn wir – so Gott will – bald zur Audienz geladen werden.«*

Verloren und gewonnen

Ende Januar hatte es noch einmal geschneit, der Lehmwall von Karakorum trug einen weißen Kranz aus Eis. Das Lager des Großkhans befand sich im Nordwesten vor der Stadt. Die ersten Jurten standen nur einen Pfeilschuss entfernt von der Stadtmauer. Und westlich davon, ebenfalls außerhalb der Stadt, erhob sich der Palastbezirk – eine Ziegelmauer umgab den Palast, den der Großkhan nur an wenigen Tagen im Jahr als Audienzhalle nutzte. Heute war ein solcher Tag, und schon seit den frühen Morgenstunden drängten sich Gesandte aus allen Ländern im Hof. Armenier und Georgier wärmten sich auf, indem sie von einem Bein aufs andere traten, und die Nestorianer schwenkten Schälchen mit Weihrauch, dessen harziger Duft sich mit dem Schneegeruch vermischte.

Der Palast erhob sich auf einem erhöhten Podest aus Ziegeln und bestand aus Holz. Ein mehrstufiges Walmdach schien das riesige Gebaude niederzudrücken. Krystian entdeckte Treppen und Umgänge mit Steingeländern, Pfosten mit Drachenköpfen und rot lackierte Holzsäulen.

»Das Kloster des heiligen Dionysos in St. Denis ist zehnmal bedeutender als der Palastbezirk«, knurrte Wilhelm. Unter seinem Pelzmantel trug er die Mönchskutte und die Tonsur hatte er sich erst vor einem Tag wieder rasiert. Die

Mönche warteten direkt vor den Stufen zum Palast. Gosset trug die Bibel, Bartholomäus ein silbernes Kreuz, das Meister Guillaume gehörte. Krystian fror und ärgerte sich darüber, dass er Bruder Wilhelm das Zugeständnis gemacht hatte, die mongolische Tracht abzulegen und stattdessen Kleidung von Meister Guillaume zu tragen. In den vergangenen Tagen hatte er sich oft mit Wilhelm gestritten. Und auch heute war er nicht gut gelaunt. Seit einer Ewigkeit hatten Alan und er sich nicht gesehen. Die *Gers* im Lager neben der Stadt standen dichter zusammen als im Winterlager und es gab keine Möglichkeit, sich unbeobachtet zu treffen.

»Wilhelm ist heute ebenso kämpferisch aufgelegt wie du«, flüsterte Gosset ihm zu und lächelte. »Wenn du uns allen einen Gefallen tun willst, dann übersetze seinen barschen Ton nicht mit.«

»Es geht los!«, flüsterte Bartholomäus aufgeregt. Krystian jedoch fühlte sich weitaus weniger sicher. Ob der Khan ihn überhaupt noch erkennen würde? Er hätte sich gewünscht, Abdallah in der Nähe zu haben, doch sein Freund war in der Stadt im sarazenischen Viertel geblieben.

In den Saal einzutreten hatte etwas Unwirkliches. Das Gebäude erinnerte so sehr an ein Gotteshaus, dass Krystian verblüfft innehielt, bis Gosset ihm einen sanften Stoß in den Rücken versetzte. Der Saal war rechteckig und so hoch wie fünf große Männer. Wie eine christliche Kirche hatte er ein Mittelschiff und zwei Seitenschiffe zwischen zwei Säulenreihen. Weit entfernt, wie am Ende einer von Säulen gesäumten Straße, saß der Khan auf einem Treppenpodest und blickte der kleinen Gruppe streng entgegen. Bartholomäus hob das Kreuz in die Höhe und stimmte das Lied an, in das

Wilhelm und auch Gosset mit seiner tiefen, kräftigen Stimme einfielen. »*Credo in unum deum*«, klang es wie ein verlorenes Echo durch den riesigen Saal.

Schritt für Schritt näherte sich die kleine Prozession dem Thronpodest. Die Frauen, die links vom Khan saßen, lächelten, als sie Krystian erkannten. Auf der rechten Seite hatte ein alter, hagerer Mann am Fuß der Treppe Platz genommen. Krystian kannte ihn – es war Garid, der Seher des Großkhans. Sein linkes Auge war weiß und erblindet, das rechte aber blickte erstaunlich scharf. Doch auch heute sah er nicht direkt in die Gesichter, sondern an ihnen vorbei, als mustere er jemanden, der dicht neben den Leuten stand.

Auf einen Wink des Khans verstummten die Brüder und traten vor. Krystian beugte das Knie. Ein amüsiertes Glitzern in den Augen des Khans zeigte ihm, dass der Herrscher sich an ihn erinnerte.

»Was trägst du für seltsame Kleidung, Tossuc?«, wandte der Khan sich direkt an Krystian. »Wo ist dein *Del*? Frierst du nicht in diesen Stofflumpen?«

»Doch«, gab Krystian freimütig zu. »Aber ich trage die Kleidung meiner Heimat mit Stolz, weil ich heute für diese ehrenwerten Brüder spreche.«

Der Khan lächelte ironisch. »Eine Schlange wechselt wohl gerne die Haut. Das letzte Mal hast du mir eine *Paiza* gebracht und heute sprichst du für die Christen da?«

»Meine Brüder aus Frankreich«, antwortete Krystian höflich. »Sie bringen Euch wichtige Nachricht vom König ihres Landes.«

»Dann lass hören!«, sagte der Khan ungeduldig.

Wilhelm war etwas blass, als er auf Krystians Zeichen hin

vortrat, doch seine Stimme klang fest und freundlich, als er in gesetzten Worten den Grund seiner Reise und die Mühen schilderte, die er und die Brüder auf sich genommen hatten.

»In seinem Schreiben sendet der allerheiligste König der Franzosen Euch Worte des Friedens«, schloss er demütig. »Wir haben kein Gold und kein Silber für Euch, Majestät, aber dafür andere Schätze – die des Geistes und der Seele. Wir bitten Euch, hierbleiben zu dürfen, um für Euch, Eure Frauen und Kinder Gottesdienst zu halten. Denn es ist unsere Aufgabe, die Menschen zu lehren, nach den Gesetzen Gottes zu leben.«

Der Khan hörte sich Krystians Übersetzung ruhig an, doch seine Miene verdüsterte sich zusehends. Unheilvolle Stille trat ein. Die Schreiber, die jedes Wort notierten, hielten inne, die Federn erwartungsvoll in der Schwebe über dem Papier haltend. Der *Cham* lächelte mitleidig.

»Haben wir etwas Falsches gesagt?«, hörte Krystian Bartholomäus’ entsetztes Flüstern. Besorgt ging er in Gedanken noch einmal Wort für Wort durch, doch er fand, dass die Anrede höflich genug gewesen war.

Möngke Khan war da offenbar ganz anderer Ansicht. »Habe ich Euch kein gutes Quartier gegeben?«, donnerte er so plötzlich los, dass Krystian die Knie weich wurden. »Habt Ihr nicht das Gold gesehen, das die Goldschmiede zum Ruhm des mongolischen Reiches zu den prächtigsten Bildern formen?« Möngke Khans zornige Stimme hallte jetzt durch den Raum. »So wie die Sonne überallhin ihre Strahlen sendet, so breitet sich meine und Batu Khans Macht aus. Wir brauchen Euer Gold und Euer Silber nicht!«

»Was hat er gesagt?«, flüsterte Wilhelm irritiert.

Krystian trat mit klopfendem Herzen vor. Er durfte den Khan nicht verärgern, nicht heute!

»Die Brüder wollten Euch nicht beleidigen«, erwiderte er ruhig. »Sie besitzen kein Gold und kein Silber, weil ihr Glauben ihnen Besitz verbietet. Sie wollten sich mit diesen Worten lediglich dafür entschuldigen, dass sie Euch nicht die kostbaren Geschenke überbringen können, die Euch zustehen …«

»Und Euer König ist auch so arm, dass er seine Gesandten nicht besser kleiden kann?«, fragte der Khan mit schneidender Stimme.

»Sie sind keine Gesandten, nur Brüder, die eine Botschaft des Friedens überbringen wollen.«

»Dann richte ihnen aus, dass ihr König gerne mit uns Frieden schließen kann«, erwiderte der Khan scharf. »Er soll sich mir unterwerfen, dann werde ich ihm gerne Frieden gewähren – so wie den anderen Völkern in meinem Reich.«

»Was will er wissen?«, flüsterte Wilhelm. »Was hat er gesagt?«

Krystian schüttelte unmerklich den Kopf und versuchte es noch einmal mit einer höflichen Bitte. Seine Kehle war plötzlich staubtrocken und er schwitzte. »Sie wünschen nur, bei Euch bleiben zu dürfen. Sie tun Gutes unter den Menschen.«

Der Khan kniff die Augen zusammen und musterte die kleine Reisegruppe, als stünden Bettler vor ihm. Krystian konnte im Geiste eine Waage sehen, die sich zuungunsten der Brüder neigte. Das Missverständnis und die Laune des Khans wogen schwerer als alle guten Worte und Absichten. Sein Mut schwand, als er sah, wie der Khan abwinkte.

»Ich gebe ihnen die Erlaubnis, so lange in Karakorum zu bleiben, bis es warm genug für die Rückreise ist«, entschied der Herrscher. »Dann aber sollen sie in ihr Land zurückkehren und ihrem König meine Botschaft überbringen. Auf der Reise soll es ihnen an nichts fehlen. Und jetzt dürfen sie gehen.«

Krystian fühlte sich, als hätte er die Ohrfeige selbst erhalten. Die Mission, für die die Brüder bald ein Jahr lang alle Mühen auf sich genommen hatten, hatte ein jähes Ende gefunden. Und obwohl Krystian keine Schuld daran trug, fühlte er sich elend. »Dürfen wir bleiben?«, fragte Wilhelm hoffnungsvoll. Krystian schluckte, dann wandte er sich zu dem Bruder um und schüttelte den Kopf. In knappen Sätzen fasste er die Unterhaltung zusammen. Es tat weh, die Brüder dabei anzusehen. Sie wurden blass, Bartholomäus umklammerte sein Kreuz wie einen Rettungsanker und kämpfte gegen die Tränen der Enttäuschung an.

»Sie halten sich tatsächlich für die Herren der Welt«, murmelte Wilhelm voller Bitternis.

Einige Hofbeamte, die in der Audienzhalle saßen, konnten ein Grinsen nicht unterdrücken, als sie zusahen, wie die Gruppe sich nach dieser schmerzlichen Niederlage mit schleppenden Schritten zurückzog.

»Kommst du, Krystian?«, zischte ihm Wilhelm zu.

Die Frage hing wie ein Schwert über Krystian, und er wusste, wenn er sie beantwortete, würde er Wilhelm endgültig verraten. »Nein«, sagte er leise.

Dann wandte er sich an den Khan und nahm seinen ganzen Mut zusammen.

»Darf ich Euch nun berichten, wie es Euren Pferden

geht?«, fragte er mit fester Stimme. Die Schreiber runzelten die Stirn.

Einen Augenblick war Krystian sicher, der Khan würde ihm für seine Aufdringlichkeit den Kopf abschlagen lassen, doch dann zeigte er langsam die Andeutung eines Lächelns.

»Meine Pferde?« Der Khan lachte, als hätte er nicht eben noch geflucht und vor Wut geschäumt. »Tossuc, du bist wirklich eine Schlange – du erscheinst im Gewand eines Mongolen, sprichst wie ein Christ und schlüpfst mühelos wieder in die Haut eines Reiters.«

Auf seinen Wink hin erschien ein Diener mit einer Goldschale voller Stutenmilch, die er Krystian reichte. Das war eine Ehre, denn zurzeit hatten nicht viele Stuten Fohlen und es gab nicht so viel Milch wie im Sommer.

»Dann erzähl mir schon: Haben die Stuten bereits gefohlt?«, herrschte der Khan ihn in seiner barschen Art an.

»Zwei der Stuten ja«, sagte Krystian schnell und nahm einen Schluck *Ayrag*. In der kurzen Pause überlegte er fieberhaft, wie er sein Anliegen am besten vorbringen konnte.

»Als wir auf den Weiden waren, sagtet Ihr, Ihr wolltet bald sehen, ob ich besser reiten gelernt habe«, fuhr er dann fort. »Nun, ich will es Euch zeigen.«

Die Soldaten lachten und auch der Khan lächelte gelangweilt. »Wenn ich sehen will, wie Männer reiten, kann ich jeden Tag meine Soldaten betrachten.«

»Aber einen Wettkampf seht Ihr nicht jeden Tag«, erwiderte Krystian. »Ich werde gegen einen Eurer Hundertschaftsführer antreten.«

Die Brauen des Khans zuckten, selbst der *Cham* horchte auf. Er und der Herrscher wechselten einen kurzen Blick.

»Gegen *wen* willst du antreten?« Endlich hatte Krystian die ganze Aufmerksamkeit des Khans.

»Einen Hundertschaftsführer. Er heißt Ochir«, antwortete Krystian so laut, dass seine Stimme im Audienzsaal widerhallte. Einen Herzschlag lang war Stille, dann lachte der Khan dröhnend und schlug sich mit der Hand aufs Knie. Im nächsten Augenblick lachte der ganze Saal. Selbst jene, die kein Wort verstanden hatten, fielen mit ein.

»Er wird gegen mich antreten«, sagte Krystian würdevoll. »Zwei Tage vor dem Frühlingsrennen. Es war sein eigener Wunsch. Drei Männer aus Bayans Sippe waren Zeuge, als er den Wettkampf vorgeschlagen hat.«

Das Lachen verebbte, der Khan kniff die Augen zusammen und musterte Krystian.

Du magst Wettkämpfe, Möngke Khan, beschwor Krystian ihn in Gedanken, *also gib mir schon die Erlaubnis!*

»Ein Wettrennen also, aha. Und was bekommt der Sieger als Preis?«

»Ich bekomme eine Entschädigung, die ich frei wählen darf. Das hat Ochir selbst so bestimmt.«

»Und Ochir?«

Krystian schwieg einige Sekunden zu lange. Der Khan lächelte.

»Wer etwas gewinnen will, muss auch etwas zu verlieren haben. Was soll sein Einsatz sein, Garid?«, wandte er sich an den *Cham*.

Der alte Mann hustete dumpf und blickte an Krystian vorbei. Krystian fröstelte, als Garid zu sprechen begann. Seine Stimme klang tonlos, als würde sie selbst einem Geist gehören.

»Das Pferd, das er reitet«, sagte der *Cham*. Plötzlich sah er Krystian direkt an und Krystian erschrak, als wäre er ertappt worden. Er fühlte, wie er blass wurde, senkte rasch den Blick und nickte.

»Einverstanden«, sagte er laut. »Das Himmelspferd aus der Herde des Khans für meine Niederlage. Und das, was ich nach dem Rennen aus Ochirs Haushalt als Entschädigung wähle, wenn ich siege.«

Jetzt breitete sich das Lächeln des Khans über sein ganzes Gesicht aus.

»Gut! Das Rennen beginnt am Osttor beim Pferdemarkt, führt durch das Flusstal am Orchon entlang bis zum *Oboo* vor dem Bergpfad und von dort wieder zurück. Aber da es ein Pferd aus meiner Herde ist, habe auch ich etwas zu verlieren. Wenn du es schlecht reitest und mein Hundertschaftsführer gewinnt, zeigt das, dass du das Himmelspferd nicht verdient hast. Dann verlierst du nicht nur das Pferd an Ochir, sondern auch das Recht, noch länger hier in meinem Land zu bleiben.«

Beim Anblick von Krystians verblüfftem Gesicht lächelte er zufrieden. Krystian musste schlucken. Seine Kehle war wie ausgedörrt.

»Nun, bist du immer noch so siegessicher, dass du gegen einen meiner besten Männer antreten willst?«

Vier Meilen, überschlug Krystian im Kopf. Das war eine Strecke, die er mit Abdallah schon oft geritten war. Und sie hatten bis zum Frühlingsfest noch fast vier Wochen Zeit.

»Ihr beurteilt Männer nicht nach ihrem Aussehen, nach ihrem Stand, ihren Vorfahren oder ihrem Reichtum«, erwiderte er mit fester Stimme. »Nur die Fähigkeiten zählen.

Und ich habe nicht nur die Fähigkeit, Ochir zu besiegen, ich habe auch das beste Pferd dafür.«

»Gut!«, rief der Khan und klatschte anerkennend in die Hände. »Der Wettkampf findet übermorgen statt.«

Krystian hoffte, man würde ihm nicht ansehen, dass er zum zweiten Mal an diesem Tag den Boden unter den Füßen verlor. *Übermorgen?* Verzweifelt biss er sich auf die Unterlippe.

»Das ist der Tag, an dem der *Cham* die weißen Stuten segnet«, fuhr der Khan fort. »Die Geister werden euch beistehen.«

Der *Cham* lächelte geheimnisvoll.

»Aber das Frühlingsfest wäre …«, begann Krystian.

»Geh!«, erwiderte der Khan. Der drohende Unterton in seiner Stimme ließ keinen Zweifel daran, dass das Gespräch für ihn beendet war. »Ich will mein Pferd im Wettkampf sehen. In zwei Tagen!«

In Arulats *Ger* herrschte Aufruhr. Noch bevor Krystian von der Audienz zurückgekehrt war, hatte sich die Nachricht vom bevorstehenden Rennen bereits im Lager verbreitet. Schon vor einigen Stunden waren Soldaten des Khans bei Arulat erschienen und fragten nach den Zwillingen, die bezeugen sollten, dass Ochir die Bedingung des Wettbewerbs gestellt hatte. Anschließend waren sie zu Ochir geritten, um ihm den Befehl des Khans zu überbringen.

»Ochir hat geschäumt vor Wut«, erzählten Arulats Söhne halb schockiert, halb fasziniert. »Er sagte, er denke nicht daran, sich mit einem Rennen gegen einen Lahmen lächerlich zu machen. Doch als er vom Befehl des Khans hörte, blieb ihm nichts anderes übrig, als zähneknirschend einzuwilligen.«

Dann weiß Alan es bereits, dachte Krystian.

»Ich verstehe nicht, warum du das getan hast!«, sagte Zaira vorwurfsvoll. »Du verlierst alles – und du wirst uns verlassen müssen. Du bist von einem bösen Geist besessen!«

»Glaubt denn niemand daran, dass ich auch gewinnen könnte?«, fuhr Krystian sie an. Doch er blickte nur in zweifelnde Gesichter.

»Wir müssen sofort einen *Cham* um Hilfe bitten«, wandte sich Arulat an seine Söhne. »Er kann einen Zauber wirken, der ...«

»Ich will keinen Zauber!«, rief Krystian. »Ich bin nicht verrückt, und wenn ihr mir Mut machen wollt, dann hört auf, von dem Rennen zu reden, als hätte ich es bereits verloren.«

Niemand hielt ihn auf, als er aus dem *Ger* ging. Die Abendluft kühlte seine glühenden Wangen, doch die Verzweiflung brannte heißer denn je. Er kämpfte gegen den Wunsch an, einfach zu Ochirs *Ger* zu reiten, um wenigstens in Alans Nähe zu sein.

»Tossuc?« Sanjaa war ihm gefolgt. »Wo willst du hin? Reitest du in die Stadt zu den Brüdern?«

Krystian seufzte und schüttelte den Kopf. »Bruder Wilhelm ist wütend auf mich.«

»Und dein *Anda*?«, fragte Sanjaa. »Warum ist er nicht bei dir?«

»Er ist im Viertel der Sarazenen. Ich werde morgen mit ihm sprechen. Aber heute ... will ich allein sein.«

Krystian träumte von der steinernen Schildkröte. Sie trug einen Sattel. Die Schlangen wanden sich an ihren Beinen hoch und züngelten wie Flammen. *Dein Gegner muss dich unterschätzen*, flüsterte Abdallah ihm zu. Krystian stöhnte und grub seine Finger in die Decke. Als er sich umdrehte, fiel die Wärme des Herdfeuers auf sein Gesicht.

Dann war er plötzlich hellwach, ohne zu wissen, was ihn geweckt hatte. Er musste also für kurze Zeit eingenickt sein. Draußen waren sogar die Hunde verstummt, das Lager schlief. In der Stille hatte Krystian das Gefühl, allein auf der Welt zu sein. Sanjaas unberührtes Lager sah verwaist aus, und als Krystian sich aufsetzte, spürte er im Nacken ein seltsames Kribbeln, als würde er beobachtet. Im Feuer tanzte eine Flamme über die Zweige wie ein blauhaariger Geist. Etwas raschelte.

Krystian sah sich um und blickte ins Gesicht eines Dämons. Er prallte zurück und wäre beinahe mit der Hand in der Glut gelandet. Im letzten Moment warf er sich mit einem erstickten Aufschrei zur Seite. Schatten huschten über die Filzwände der Jurte, dann wirbelte der Dämon aus dem Schatten auf ihn zu. Eine eisige Hand packte ihn am Handgelenk. Und jetzt, im Licht, erkannte er …

»Sei leise!«, flüsterte Alan ihm zu.

Krystians Herz hämmerte so sehr, dass seine Schläfen pochten. Alan hatte sich das Gesicht mit Ruß eingerieben und trug einen dunkelblauen *Del*, aus dem die Winterkälte strömte.

»Wie … bist du reingekommen?«

Sie deutete auf die Rückseite des *Gers*. »Auf dem Bauch kriechend wie eine Schlange, auf dem Weg der Toten.« Dann legte sie den Zeigefinger über die Lippen. »Sprich leise! Wir sind beide tot, wenn uns jemand hört.«

»Wie bist du …«

»Ochir hat sich betrunken und liegt bei Möndör«, flüsterte sie. »Die Frauen in meinem *Ger* schlafen. Zumindest hoffe ich, dass keine von ihnen aufwacht.«

Krystian war sprachlos. Alan wischte sich jetzt hastig den Ruß aus dem Gesicht und warf ihm dabei einen verärgerten Blick zu.

»Habe ich dir nicht gesagt, du sollst Geduld haben? Ich sagte doch, ich finde einen Weg. Und was tust du? Du reizt Ochir noch mehr und lässt dich auf einen Wettkampf mit einem der besten Hundertschaftsführer des Khans ein. Wie verblendet muss man sein, um direkt in den fliegenden Pfeil zu laufen?«

»Ich bin nicht verblendet, ich tue es für dich!«

»Für mich?« Ihr Flüstern klang wie ein Fluch. »Ein schöner Dienst, wenn du dafür das Recht verlierst, in meinem Land zu bleiben. Du machst alles noch schwerer!«

»Glaubst denn nicht einmal du daran, dass ich gewinnen kann?«, entgegnete Krystian.

»Ich habe dich vom Pferd fallen sehen.«

»Ja, damals bei Sartachs Lager. Aber dieser Krystian bin ich nicht mehr! Ich werde alles daransetzen, um zu gewinnen. Dann habe ich das Recht, von Ochir zu fordern, was immer ich will. Er wird es mir geben müssen. Und …«

»Und?«

»Ich werde dich verlangen.« Er schluckte, als er ihr fassungsloses Gesicht sah. Kopfschüttelnd wich sie zurück und biss sich auf die Unterlippe.

»Was bin ich?«, zischte sie ihm zu. »Ein schöner Stoff? Eine Ziege? Das Fell eines Schneeleoparden, das du gewinnen kannst?«

»Nein, aber der Khan kann bestimmen, dass Ochir dich verstößt …«

»Damit ich dann stattdessen in deinen Besitz übergehe?«, unterbrach sie ihn.

»Ich will überhaupt niemanden besitzen«, gab Krystian ebenso heftig zurück, krampfhaft darum bemüht, nicht laut zu werden. »Ihr denkt alle, ich sei verrückt, dabei seid ihr es! Und du ganz besonders, Alan! Ich dachte, du wüsstest, dass ich dich nie besitzen wollte. Ich will dir helfen, das ist alles.«

»Mir helfen!«, schnaubte sie verächtlich. »Ich helfe mir schon selbst, wenn es nötig ist! Vielleicht bin ich nur noch aus einem Grund in diesem Lager: um dir nahe zu sein.«

Krystian schüttelte den Kopf. »Ich kann mir vorstellen, was du denkst. Dass ich nicht besser als Ochir bin und dich als Beute in mein *Ger* schleppen will. Aber so ist es nicht.« Er holte Luft und musste sich räuspern, bevor er weitersprechen konnte. »Ich möchte doch nur, dass du nicht mehr seine Frau sein musst, und … ich verspreche dir, dich nicht anzurühren.«

Das war bitter und Krystian fühlte sich wie ein Lügner. Nun sah sie ihn noch bestürzter an. Krystian suchte verzweifelt nach weiteren Worten und fand keine.

Alans ließ sich auf die Knie nieder und blickte in die

Flamme. »Du kannst mich nicht einfordern«, sagte sie nach einer Weile. »Was auch immer du über uns denkst, selbst der Khan verschachert die Frau eines anderen nicht als Gewinn, auch wenn er die Macht dazu hat. Und mich würde Ochir niemals freiwillig herausgeben.«

»Aber er liebt dich doch nicht!«

»Natürlich nicht. Er hat auch nicht Alan geheiratet, sondern das Glück der Schlange. Es ist ein besonderer Zauber, der im Kampf schützt, eine Gabe unserer Familie. Bayan hatte sie und er gab sie an seine Kinder weiter. Als Bayan meine Großmutter sah, erkannte er auch in ihr den Geist der Schlange, und er nahm sie mit, obwohl sie das Kind eines *Kathai* bereits im Bauch trug. Meine Mutter wurde ebenfalls mit diesem Zauber geboren, und ich, so sagt man, besitze ihn auch. Zumindest glaubt Ochir das.«

»Was für ein Zauber ist das?«

»Ein Geheimnis«, erwiderte sie. »Die Schlange schweigt. Doch wenn du uns in Krieg und Not begegnest, wirst du froh sein, eine Schlange als Verbündete zu haben.«

»Dann hat der Zauber Yntan wohl nichts genützt.«

»Man kann nie voraussehen, wem der Geist der Schlange Glück bringt und wem nicht«, sagte Alan. »Manchmal häutet sich das Glück und wird zu Unglück. Erinnerst du dich an Khojin in Sartachs Lager?«

Krystian nickte.

»Ihr Mann war Bayans Freund. Sie tranken zusammen und ritten über die Weiden. Mitten auf dem Land überraschte sie ein Sturm. Khojins Mann wurde vom Blitz erschlagen, Bayan dagegen blieb am Leben. Sie war überzeugt davon, dass Bayan das Unglück herbeigelockt hatte. Und Bayan selbst, so erzählte sie mir, hatte sich in eine Schlange verwandelt und war unter einen Stein gekrochen, um das Gewitter zu überleben.«

Krystian erinnerte sich daran, dass Khojin das Schlangenzeichen tatsächlich gehasst hatte.

»Mich dagegen mag sie«, fuhr Alan fort. »Aber nur, weil der *Cham* ihr versichert hat, ich würde den guten Zauber in die Familie bringen. Und deshalb ... wird Ochir mich nicht gehen lassen.«

»Dann muss ich dich nach dem Rennen wohl rauben«, brauste Krystian auf. »Wir fliehen gemeinsam. Es ist mir gleichgültig, wer uns verfolgt. Wir können nach Konstantinopel gehen. Ich kenne einen Kaufmann dort, bei dem wir eine Weile bleiben können.«

Endlich erschien ein Lächeln auf Alans Gesicht.

»Manchmal verstehe ich dich nicht, Krystian. Du würdest eine Frau rauben, ohne sie anrühren zu wollen? Warum? Etwa aus Mitleid? Weil du weißt, wie es ist, gefangen zu sein?«

»Glaubst du wirklich, das ist der einzige Grund?«, fragte Krystian.

Alan streckte die Hand nach ihm aus und er nahm sie, obwohl er gekränkt war, und ließ sich zum Feuer ziehen.

»Ich möchte dich um etwas bitten«, flüsterte sie ihm zu. »Reite das Rennen – und wenn du wirklich gewinnst, dann verlange als Entschädigung nicht mich, damit würdest du uns beiden nur Schwierigkeiten machen. Verlange die Jadetruhe.«

»Eine Truhe? Was soll ich damit?«

»Sie gehörte meiner Großmutter. Es ist nur eine kleine Kostbarkeit, aber es würde mir viel bedeuten, wenn sie dir gehören würde. Ochir wird es schmerzen, sie zu verlieren, aber er wird sie dir geben müssen.«

»Alan, verstehst du denn nicht, dass ...«

»Versprich es! Und vertraue mir – ich finde einen anderen Weg, wie wir fliehen können, den Weg der Schlange. Aber ohne diese Truhe gehe ich nicht. Versprich es mir!«

Krystian biss sich auf die Unterlippe. *Ich bin ein Narr*, dachte er niedergeschlagen. Doch dann nickte er. »Ich verspreche es.«

»Ich danke dir«, sagte sie leise. Ihre Augen glommen im Feuerschein und Krystian liebte sie in diesem Augenblick wie noch nie zuvor.

»Die Truhe bedeutet mir wirklich sehr viel«, fuhr sie nach einer Weile fort. »Du hast versprochen, mich nicht anzurühren, wenn du mich gewinnst. Aber für den Fall, dass du verlierst ...«

Sie beugte sich zu ihm vor und küsste ihn so behutsam, dass er ihre Lippen nur wie einen Atemhauch auf den seinen spürte.

Krystian dachte an die Gefahr, in die sie sich begab, und daran, dass sie beide getötet werden konnten. Doch er konnte nicht anders, als die Arme um Alan zu legen. Behutsam zog er sie an sich. Er küsste Alans Schläfe, ihre Stirn und die Zornesfalte zwischen ihren Augenbrauen. Er atmete den Duft von winterfeuchtem Haar und ließ seine Lippen über ihre Wange wandern. Plötzlich war alles andere unwichtig – die Vergangenheit ebenso wie die Zukunft. Schon allein für diesen kurzen, schwebenden Moment des Glücks, Alan so nah zu sein, hatten sich die zahllosen Strapazen gelohnt. Es war, als würde seine Haut intensiver fühlen als je zuvor. Jede dieser Bemühungen war unendlich schön und schmerzte zugleich wie ein Abschied.

Als er mit seinen Lippen zart über ihren Mund strich, zuckte sie zurück, doch dann umarmte sie ihn und erwiderte den Kuss. Krystian vergaß die Sünde, vergaß Matteos Ermahnungen, er vergaß die Gebote seines Gottes, *Tengri* und sogar Galsans Geister.

Vor dem Rennen

»Warum konntest du nicht noch einige Wochen warten und dann zu Ochir gehen?« Abdallah redete auf ihn ein, seit er ihn heute am frühen Morgen bei seinem *Ger* abgeholt hatte. »In drei Wochen wärst du so weit gewesen, dass Burza …«

»Ich musste dafür sorgen, dass der Khan das Rennen sieht«, erwiderte Krystian. »Wie oft soll ich es noch erklären? Nur so konnte ich sicher sein, dass Ochir sein Versprechen hält.«

»Jetzt kannst du sicher sein, dass du einen harten Tag vor dir hast«, meinte Abdallah.

Krystian starrte zum *Changai*-Gebirge. An diesem Morgen war das Land um Karakorum eine glitzernde weiße Fläche. Die dünne Schneeschicht auf den Gräsern brach unter den Hufen der Pferde. Es war unwirklich, hier entlangzureiten und gleichzeitig Alan vor sich zu sehen, so schmerzlich nah, als könnte er sie noch fühlen. Umso mutloser wurde er beim Anblick der endlosen Strecke bis zum *Oboo*.

»Kopf hoch«, sagte Abdallah nun schon etwas versöhnlicher. »Noch ist nicht alles verloren – im Krieg kommt es nicht darauf an, wie stark dein Gegner wirklich ist, sondern vielmehr darauf, wie er dich einschätzt! Und Gosset wird für dich beten.«

»Nur Gosset?«

Abdallah zog den linken Mundwinkel hoch. »Was erwartest du? Du weißt, wie wütend und enttäuscht Wilhelm ist. Und Bartholomäus ist niedergeschlagen von dem Gedanken, die lange Reise umsonst angetreten zu haben.«

Er warf einen Blick über die Schulter zurück zur Stadt und brachte Burza zum Stehen. In Karakorum hatte Abdallah Getreide besorgt und das Pferd gut gefüttert. In den vergangenen Wochen war es kräftiger geworden und sein Fell glänzte. Nun sprang der Sarazene aus dem Sattel und löste den Sattelgurt. Der eiskalte Morgenwind zerzauste Burzas Mähne, und als Abdallah ihm den schweren Holzsattel abnahm, legte der Wallach die Ohren an und scharrte mit dem Huf im Schnee.

»Freu dich nicht zu früh, du kannst dich nicht ausruhen«, sagte Abdallah und klopfte dem Pferd den Hals. »Heute zeigst du deinem Herrn, wie schnell du wirklich bist!«

Er öffnete eine der großen Taschen, die er am Sattel festgeschnallt hatte, und zog etwas heraus, das auf den ersten Blick aussah wie ein rund geschnittenes, steifes Stück Leder mit Riemen – und zwei schmalen Steigbügeln!

»Ich habe noch eine schlechte Nachricht für dich«, sagte Abdallah. »Morgen beim Rennen wirst du jämmerlich frieren. Denn du wirst keinen Pelz tragen, sondern leichtere Seide, keine schweren Gürtel – und vor allem wirst du in keinem Holzsattel sitzen, der so viel wiegt wie ein Schaf.«

Skeptisch beobachtete Krystian, wie Abdallah dem Grauen die Lederdecke überwarf und mit zwei breiten Gurten festschnallte. Der Sattel sah lächerlich aus – nicht viel mehr als ein Fleck verstärktes Leder, auch die Steigbügel sahen fadendünn und so zerbrechlich aus, als bestünden sie aus Eis.

»Hat mich beim Sattelmacher eine Menge Überredung gekostet«, sagte Abdallah. »Und die Bezahlung steht auch noch aus. Steig auf!«

Krystian musste sich anstrengen, um den Steigbügel mit dem Fuß zu erreichen, so kurz war der Riemen. Und als er sich in den Sattel schwang, fühlte er sich, als würde er mit eng angewinkelten Beinen auf einem schwankenden Baum sitzen.

»Stell dich im Galopp im Sattel auf«, erklärte ihm Abdallah. »Neige dich nach vorne. Es wird sich anders anfühlen als im Holzsattel, aber du wirst sehen, dein Pferd wird ohne das zusätzliche Gewicht viel besser laufen können. Und dadurch, dass dein Gewicht auf seiner Vorderhand liegt und nicht im Rücken, ist es noch einmal schneller. Hast du schon einen Plan für die Strecke?«

Krystian nickte. »Ich lasse Ochir einen Vorsprung, bis er sich sicher fühlt. Der Wind kommt hier meist aus Richtung der Berge, also bleibe ich ihm bis zum *Oboo* auf der Spur, statt neben ihm zu reiten, und nutze den Windschatten. So kann Burza seine Kräfte sparen.«

Abdallah pfiff durch die Zähne. »Wer sagt denn, dass du in den vergangenen Wochen nichts gelernt hast! Du hast Ochirs Pferd gut beobachtet. Es ist temperamentvoll und verschwendet seine Kraft darauf, dem anderen Pferd zu imponieren.«

»Wie der Besitzer, so die Tiere«, murmelte Krystian Galsans liebsten Spruch.

»Das mag im Kampf nützlich sein, weil es den Gegner

einschüchtert, beim Rennen auf langer Strecke dagegen kostet es nur unnötige Kraft. Du reitest also die ersten drei Meilen nicht im schnellsten Tempo. Erst dann holst du auf. Und die letzte Meile …« Er zog vielsagend die Brauen hoch.

Krystian nickte und holte tief Luft. Er fasste die Zügel nach und ließ den Grauen antraben, um seine Balance zu finden. Es wäre einfacher gewesen, sich auf einem schwankenden Ast aufrecht zu halten.

»*Tschu!*«, rief er. Und Burza legte die Ohren an und preschte los.

Der Cham

Vor dem östlichen Tor der Stadt drängten sich die weißen Stuten. Es waren über hundert Tiere, viele von ihnen trugen mit Bändern geschmückte Halfter. Unzählige Menschen hatten sich vor dem Tor versammelt und betrachteten die *Chams*, die ihre Trommeln schlugen. Der Duft von Räucherwerk lag in der Luft. Den rhythmischen Gesang der *Chams* und das dumpfe Vibrieren der Trommeln konnte Krystian in seinem Magen spüren. Sogar einige ausländische Gesandte waren vor das Tor gekommen, um das Spektakel anzusehen. Krystian ließ den Blick über die Gesichter schweifen, doch zu seiner Enttäuschung entdeckte er keinen der Brüder.

Dafür begleitete ihn seine Sippe zum Osttor: Arulat führte Burza am Zügel, die Zwillinge und Sanjaa liefen voraus, Zaira trug eine Schale mit frischem *Ayrag*.

Krystian wurde es warm ums Herz, als er die ernsten Gesichter betrachtete. Sie glaubten nicht, dass er gewinnen konnte, aber sie waren hier! Zaira bemerkte seinen Blick und lächelte ihm ermunternd zu. *Achte auf die Abschiede*, kamen ihm plötzlich Eudokias Worte in den Sinn. Und es traf ihn wie ein Schlag, als ihm wieder einfiel, was heute auf dem Spiel stand.

Der Khan saß auf einer weißen Stute. Ein goldener Zaum blitzte in der Vormittagssonne. Der Herrscher nickte Krystian nur kurz zu und konzentrierte sich wieder auf die Segnung, mit der die *Chams* gerade begannen. Die Stuten schüttelten die Köpfe, als die Zauberer ihnen mit der Hand Rauch aus einer Schale auf die Stirn wedelten. *Ayrag* wurde auf die Stirnlocken gespritzt und der Segen gesprochen. Mit einem Singsang baten die *Chams* schließlich um viele Fohlen und ein gutes Jahr.

Krystian sah sich verstohlen um, doch Ochir konnte er nirgends entdecken. Nur zwei Wächter musterten ihn so feindselig, dass Krystian fröstelte. Erst als Zaira einen empörten Ruf ausstieß und Hufgetrappel und aufgeregtes Wiehern erklangen, sah er sich um.

Ochir preschte mit zehn Reitern auf den Platz. Burza scheute. Die Zwillinge fluchten und traten nur widerwillig zur Seite. Schnee und Erdbrocken trafen Krystians Beine, der heiße Atem von Ochirs Pferd streifte seine Hand, so dicht kam der Krieger neben ihm zum Stehen. Grüne Augen funkelten unter den schwarzen Strähnen hervor. Krystian hielt Burza zurück und richtete sich im Sattel auf.

»An deiner Stelle würde ich mein Pferd schonen«, sagte er so ruhig wie möglich. »Das Rennen beginnt erst, wenn der Khan das Zeichen gibt.«

»Und es endet, sobald du begriffen hast, wo dein Platz ist, Lahmbein«, antwortete Ochir. »Seht euch das an!«, rief er seinen Leuten zu. »Er sitzt auf dem Pferd wie ein Stück Butter auf einem heißen Stein!« Die Männer grinsten. Ochir riss sein Pferd so grob herum, dass es beim Wenden mit dem Kopf hart gegen Krystians Ellenbogen stieß.

»He!«, schrie Krystian, doch er konnte nicht verhindern, dass er beinahe das Gleichgewicht verlor. Burza machte einen Satz zur Seite, den Krystian nur abfangen konnte, indem er sich nach vorne lehnte. Krystian fluchte und rieb sich den Ellenbogen.

»Verletze dich nicht!«, rief Ochir. Im nächsten Augenblick trabte die Gruppe schon davon.

»Hör nicht auf sie«, murmelte Arulat. »Sieh nur zu, dass du wenigstens im Sattel sitzend wieder hier ankommst.«

»Danke dafür, dass du mir auch noch Mut machst!«, knurrte Krystian mit hochrotem Kopf. Seine Aufregung hatte sich auf Burza übertragen, der Wallach tänzelte und begann zu schwitzen, ein schlechtes Zeichen.

»Los, die Segnung ist beendet!«, rief Sanjaa. Endlich, als sie beinahe schon beim Khan angelangt waren, entdeckte Krystian Abdallah in der Nähe des Stadttors. Sein Freund lächelte ihm zu und Krystian fiel ein Stein vom Herzen. Und neben Abdallah stand Gosset! Sein rotes Haar stach aus der Menge hervor. Er winkte Krystian mit beiden Händen zu.

»Viel Glück und Gesers Segen!«, sagte Zaira und ließ einige Tropfen *Ayrag* auf Burzas Mähne fallen. Ochir wartete bereits an der Stelle, die der Khan als Startpunkt des Rennens bestimmt hatte.

»Viel Glück und Gesers Segen!«, murmelten nun auch Arulat und die anderen. Sanjaas Wangen glühten vor Aufregung, als er Krystians schweren, pelzgefütterten Mantel an sich nahm.

»Reite gut!«, flüsterte er ihm zu. »Du bist mein Orakel: Wenn du gewinnst, dann werde ich in diesem Sommer einen Adler für die Jagd bekommen.«

Krystian musste hart schlucken. »Danke«, flüsterte er. Wenigstens Sanjaa glaubte an ihn.

Nicht nur Ochirs Leute stießen sich grinsend an, als sie Krystian in dem viel zu dünnen dunkelgrünen Seiden*del* zum Khan reiten sahen. Zusammen mit dem fremdartigen Sattel musste sein Aufputz seltsam wirken.

Der Khan betrachtete Krystian zweifelnd. »Merkwürdige Sitten in eurem Land«, bemerkte er. Doch dann musterte er sein Himmelspferd mit Wohlwollen. »Du hast es gut gefüttert«, stellte er zufrieden fest.

Burza zerrte an den Zügeln, Ochirs Rappe schnaubte und zeigte das Weiße in den Augen. Mehrmals warf er den Kopf hoch und scharrte mit den Vorderhufen. Ochir hatte Mühe, ihn zurückzuhalten.

Krystian konzentrierte sich ganz auf die weiße Fläche. Dann hob ein Diener auf das Nicken des Khans hin den Arm und rief: »Reitet!«

Die Menge der Schaulustigen johlte los, Pfiffe, Rufe und Klatschen vermischten sich zu einem gewaltigen Lärm, der Krystian genauso überraschte wie Burza. Ochirs Rappe stürmte mit angelegten Ohren an ihm vorbei, im nächsten Augenblick klatschte Schnee gegen Krystians Stirn. Der Graue brach vor Schreck zur Seite aus, dann spannte er auf Krystians Zeichen hin die Muskeln an – und schoss los.

Ochirs Pferd lief ihnen so mühelos davon, dass Krystian die Luft wegblieb. Mühsam kämpfte er die aufsteigende Panik nieder und konzentrierte sich darauf, Burza gerade so viel zurückzuhalten, dass er nicht langsamer wurde. *Drei Meilen*, wiederholte er verbissen. Der Graue streckte sich, die Stadtmauer flog an Krystian vorbei. Durch den dünnen Sattel konnte er jede Bewegung von Burzas Muskeln spüren. Dann kam schon das freie Feld – und Ochir war bereits viel zu weit entfernt! *Geduld!*, hörte er Abdallahs Stimme. *Burza hat viel Ausdauer, aber er muss sich warm laufen.*

Der Wind pfiff durch die dünne Kleidung und ließ seine Haut taub werden, bereits jetzt klapperten ihm die Zähne und seine Augen tränten, sodass er Ochir nur noch verschwommen sah. Er zwang sich dazu, auszuatmen und zum tiefsten Punkt der Konzentration zu gelangen wie beim Bogenschießen, doch immer wieder schob sich Alans Bild vor seine Augen und ließ seine Hände fahrig werden. Krampfhaft besann er sich auf die Markierungen der Streckenabschnitte, die Abdallah gestern auf dem Weg angebracht hatte. Dort – der Wacholderstab, der im Schnee steckte. Eine Meile!

Ochir drehte sich im Sattel um und warf einen Blick zurück. Schemenhaft sah Krystian das Fuchsgesicht in einem triumphierenden Lächeln aufleuchten. Ochir schien nicht allzu sehr beunruhigt zu sein, sein Rappe lief in gestrecktem Galopp, doch bisher trieb er ihn nur mit Rufen an.

Es war gespenstisch, nur das Schnauben der Pferde und die dumpfen Hufschläge zu hören. Krystian biss die Zähne zusammen und drückte die Unterschenkel noch fester gegen Burzas Leib. Der Wallach streckte sich und wurde schneller. Im Takt der Hufschläge ruckten die Zügel in Krystians Händen. Er holte ein Stück auf und folgte dem Rappen gerade so dicht, dass das Pferd nervös wurde. Zufrieden bemerkte er, dass Ochirs Pferd vom flachen Pfeilgalopp in einen hektischeren Gang fiel. Zweimal versuchte es auszubrechen und Ochir griff sich den Pferdeprügel und zog ihm eins über die Kruppe.

Gefrorener Schnee brach mit einem raschelnden Knacken, als sie am eisgesäumten Orchon-Fluss entlangpreschten und auf die Berge zustürmten. Wälder und Schneeschatten wurden zu grimmigen Fratzen im Gestein. Die Strecke ging jetzt leicht bergauf, Burza begann zu keuchen.

Von fern sah Krystian bereits den Steinhaufen. Die blauen Bänder flatterten ihnen im Wind entgegen wie Geisterhände. In einiger Entfernung standen zwei Soldaten hinter dem *Oboo* und blickten ihnen entgegen.

Ochir erreichte den Kultplatz mit fünf Pferdelängen Vorsprung. Sein Pferd stolperte und wäre auf der vereisten Strecke beinahe ausgerutscht, als Ochir es in eine scharfe Kurve lenkte. Im nächsten Augenblick schoss der Rappe an Krystian vorbei. Krystian umrundete den *Oboo* und spürte, wie der Wind, den er nun im Rücken hatte, und das abschüssige Gelände es dem Pferd sofort leichter machten. Burza stürmte weiter, Krystian lockerte zum ersten Mal die Zügel und ließ ihn etwas freier laufen. Inzwischen spürte er seine Wangen kaum mehr, sein Körper war steif und taub von der Kälte. Nur das Brennen seiner verkrampften Muskeln spürte er allzu deutlich. Und sein rechtes Knie begann zu schmerzen und zu pochen, als hätte er zu lange auf einem Bein gestanden. Der Abstand vergrößerte sich! Ochir trieb den Rappen mit Rufen und Hieben über die schnurgerade Strecke. In der Ferne leuchtete bereits die Lehmmauer von Karakorum. Und irgendwo dort stand Gosset und betete für ihn.

Als Krystian das nächste Mal aufblickte, sah er wieder Ochirs Fuchsgesicht vor sich. Und dann … flog etwas Dunkles, Kantiges in Burzas Richtung, schlug auf dem Boden auf, drehte sich und schlitterte – direkt auf Krystian zu! Ochir blickte wieder nach vorn, das Klatschen eines Lederriemens zeigte, dass er das Pferd nun mit dem Zügel züchtigte. Burza scheute ... spannte sich ... und sprang! Die Zügel wurden durch Krystians Hände gezogen und rissen ihm einen Handschuh herunter. Wind traf seine Finger. Der Stoß, als Burza nach dem Sprung wieder aufsetzte, kostete ihn um ein Haar das Gleichgewicht. Ein stechender Schmerz fuhr ihm durchs Knie. *Du fällst!*, schoss es ihm durch den Kopf. Ein, zwei Galoppsprünge lang klammerte er sich an Hals und Mähne. Burza strauchelte und fiel in einen schnellen Trab, bevor er wieder angaloppierte. Krystian blickte sich nach dem Gegenstand um. Ochirs Reitknüppel! Burza hätte sich die Beine brechen können und Krystian sich das Genick! Die Wut überschwemmte ihn so jäh, dass die Kälte in seinem Körper verschwand und er mit einem Mal das Gefühl hatte, zu glühen. Krystian vergaß die Meilen, vergaß sein schmerzendes Knie und jeden Vorsatz. Er ließ die Zügel los und drückte die Schenkel so fest an den Pferdeleib, dass Burza erschrocken nach vorne stürmte. Er spürte die einzelnen Galoppsprünge nicht mehr, nur noch ein Gleiten. Er flog! Der Wind pfiff ihm um die Ohren und er hörte jetzt nur noch sein eigenes keuchendes Atmen im Gleichtakt mit den Galoppschlägen, die auf den Boden trommelten. Als wäre die restliche Welt lautlos geworden, nahm er nur noch eines wahr: das Gefühl, wie ein Pfeil von der Sehne zu schnellen. Er sah Ochir – und gleichzeitig fühlte er Alans Kuss, er sah Matteo und Sanjaa und Palmiro und den alten Galsan. Er war Krystian, *Badarchin*, Tossuc und *Irves*. Vor allem aber war er *Serpente* und *Mogoi*, die Schlange. Er sah den ganzen

Weg von Krakau nach Karakorum vor sich und wusste plötzlich, dass er eher sterben würde, als dieses Rennen zu verlieren.

Ochir sah sich nicht um, als er Burzas Hufe herandonnern hörte, doch er verdoppelte seine Anstrengungen und der Rappe wurde tatsächlich wieder schneller. Krystian lag beinahe auf Burzas Hals, so sehr beugte er sich jetzt vor, die Mähne streifte sein Gesicht, und sein Himmelspferd trug ihn wieder an der Stadtmauer entlang in rasendem Tempo weiter. Handbreit um Handbreit schob sich Burza neben Ochirs Pferd, und als Krystian einen Blick zur Seite warf, sah er mit grimmigem Triumph Ochirs wütendes, überraschtes Gesicht. Die Pferde keuchten, Schaum klebte an den schweißnassen Hälsen.

Lauf!, befahl Krystian seinem Wallach. *Noch eine Viertelmeile!*

Schon von ferne konnte er die Herde der weißen Stuten sehen. Wie Wolken trieben sie über dem Schnee, hoben die Köpfe, äugten zu den galoppierenden Pferden und wurden unruhig.

Krystian spürte den pochenden Schmerz in seinem Bein, sein Blut hämmerte in den Schläfen. »*Tschu!*«, brüllte er aus vollem Hals. Und er liebte Abdallah dafür, dass er Burza das Fliegen gelehrt hatte. Der Wallach streckte sich, holte mit angelegten Ohren und pfeilgerade ausgestrecktem Kopf zu dem Rappen auf und zog im allerletzten Augenblick eine Kopflänge an ihm vorbei. Ochirs empörter Schrei gellte Krystian in den Ohren, als er mit knappem Vorsprung das Ziel passierte. Sein Triumphschrei hallte über die Weide. Die Stuten legten die Ohren an und trabten davon. Und als er das Jubelgeschrei der Menge hörte und Hunderte von Gesichtern an ihm vorbeiflogen, wurde ihm bewusst, dass er die letzte Viertelmeile weder an *Tengri* noch an Galsans Geister gedacht, sondern zu seinem eigenen Gott gebetet hatte.

Er konnte gar nicht so viele Hände ergreifen, wie sich ihm entgegenstreckten. Arulat war einfach sprachlos vor Stolz, seine Söhne grölten und lachten und machten sich über Ochirs Brüder lustig. Als Krystian vom Pferd stieg, knickte er ein. Sanjaa sprang herbei und stützte ihn auf der rechten Seite, damit er sein Bein entlasten konnte. Zaira goss ihm *Ayrag* über das Haar, wie es dem Sieger gebührte. Dann war schon Gosset da und umarmte ihn, und Abdallah klopfte Burza den Hals und schüttelte tadelnd den Kopf. »Bist du stur oder taub oder beides?«, rief er Krystian mit gespielter Strenge zu. »Lass ihn erst nach *drei* Meilen laufen, sagte ich!«

Auf dem Weg zum Palast wurde nicht mehr der Reiter gefeiert. Doch der Gedanke, dass dem Pferd alle Ehre gebührte, gefiel Krystian ohnehin besser, und auch er selbst wurde nicht müde, Burza den schweißnassen Hals zu klopfen.

An Sanjaas und Abdallahs Seite betrat Krystian kurz darauf den großen Audienzsaal. Jetzt, da die Euphorie über den Sieg abklang, schmerzte sein Knie wieder höllisch. Schwer stützte er sich auf Abdallahs Schulter. Ochir stand bereits vor dem Thronpodest, kochend vor Wut und blass. Er würdigte Krystian keines Blickes, als dieser sich neben ihn stellte. Der Khan hatte auf seinem Thron Platz genommen und betrachtete die beiden Männer zufrieden. Auf seinen Wink hin verstummten die Würdenträger und Schreiber, die sich flüsternd unterhalten hatten. Der *Cham*, der auch heute am Fuß der Treppe saß, nickte Krystian zu.

»Ihr seid gut geritten«, begann der Khan. »Doch gegen die Pferde des Himmels ist es nicht leicht, ein Rennen zu gewinnen.«

Ochir verzog keine Miene, doch Krystian wusste genau, was er anstelle des Hundertschaftsführers gedacht hätte. Und ein kurzer Seitenblick von Ochir zeigte ihm, dass er nun einen Feind hatte, der ihn bis auf den Tod hasste. *Nun*, dachte er. *Dann sind wir wenigstens im Geist Gefährten.*

»Also, Tossuc!«, wandte der Khan sich an Krystian. »Du wolltest eine Entschädigung haben. Das Recht dazu, sie zu fordern, hast du dir nun verdient. Was willst du?«

Alan!, hätte Krystian am liebsten herausgeschrien. *Ich will, dass Ochir ihr nie wieder nahe kommen darf. Ich will, dass sie frei ist, die Länder hinter dem Land zu sehen, ich will ...*

»Tossuc!« Der Khan wurde ungeduldig und Krystian besann sich auf sein Versprechen.

»Ich will die Jadetruhe haben, die in Ochirs Besitz ist.«

Ochir sah ihn verblüfft an. »Die Truhe?«, fragte er ungläubig. Krystian nickte.

»Und dafür der ganze Wettkampf?« Ochir lachte und schüttelte den Kopf, als könnte er Krystians Dummheit nicht begreifen. »Du hast Glück, dass ich sie noch nicht zu Feuerholz verarbeitet habe.«

Dann gab er seinen Männern einen nachlässigen Wink. Doch erst als der Khan ihnen zunickte, verließen sie den Palastsaal. Kurz darauf hörte man nur noch Hufgetrappel, das sich rasch entfernte.

Krystian wurde es schlagartig siedend heiß. Alan hatte ihm doch erzählt, dass die Truhe kostbar war und Ochir viel bedeutete, aber nun …

»Wein!«, befahl der Khan und die Diener stürzten los.

Noch nie war Krystian eine halbe Stunde so unendlich lang erschienen.

Und als Ochirs Männer zurückkehrten, war er sich sicher, dass etwas nicht stimmte. Die Truhe war nichts weiter als ein schäbiger schmaler Holzkasten, kaum größer als die Filzkisten, in die nicht viel mehr hineinpasste als ein zusammengefalteter *Del*. Möglicherweise war sie früher prächtig gewesen, nun aber zeigte sich auf dem Deckel nur noch abgeschabter grüner Lack. War das die richtige Truhe?

Ochir trat vor und riss den Deckel hoch. Krystian reckte den Hals und war enttäuscht. Stoff. Früher mochte er grün gewesen sein, nun aber wirkte er trotz der goldfarbenen Fäden, die ihn durchzogen, schlammig grau. Ochir klappte die Truhe wieder zu.

»Wie du siehst, ist sie leider leer. Sie gehört dir.« Die Soldaten hoben die Truhe auf und brachten sie auf Krystians Seite.

Hoffentlich bist du nun zufrieden, Alan, dachte Krystian. *Denn dein Plan scheint um keinen Deut besser zu sein als meiner.*

»Mach sie schon auf!«, fuhr ihn Ochir an. »Es soll mir niemand nachsagen, ich würde betrügen.«

Zögernd umfasste Krystian den rostigen Griff des Deckels und öffnete die Truhe. Der Stoff glänzte auf, als würde er sich bewegen.

»Da ist etwas!«, flüsterte Abdallah ihm zu. Krystian trat

unwillkürlich einen Schritt nach hinten und wäre beinahe gestolpert. Der Stoff bewegte sich tatsächlich! *Ochir hat eine Schlange in der Truhe versteckt*, fuhr es Krystian durch den Kopf. Aber woher sollte er im Winter eine Schlange bekommen?

Der Stoff schob sich zur Seite. Ein Arm kam zum Vorschein, dann noch einer, doch in einem so seltsamen Winkel angeordnet, dass Krystian schaudernd noch weiter zurückwich. Ein Aufschrei ging durch die Palasthalle, als jetzt eine Hand auf dem Truhenrand erschien – und dann eine Schulter. Die Schreiber sprangen auf, um besser sehen zu können. Nur der *Cham* machte ein gleichgültiges Gesicht, als sähe er ein solches Schauspiel jeden Tag.

»Das gibt es doch nicht!«, flüsterte Sanjaa.

Die Hand stützte sich auf den Truhenrand, dann bog sich ein Hals hoch, ein Kopf erschien. Krystian schnappte nach Luft. Alan! Sie wand sich aus der schmalen Kiste, in der kaum ein Hund Platz gehabt hätte, ihre Gelenke bogen sich auf eine Weise, dass allein der Anblick schon Schmerzen bereitete.

Doch Alan fühlte offenbar keinen Schmerz, sie erhob sich, entfaltete sich wie eine Blüte, bis sie schließlich aufrecht in der Truhe stand. Sie trug ein dünnes Gewand in der gleichen Farbe wie der Stoff, mit dem die Truhe ausgeschlagen war. Krystian konnte sich nicht erklären, wie sie je in diese schmale Kiste gepasst hatte.

Plötzlich kochte der Audienzsaal. Aufgeregt deuteten die Mongolen auf die Truhe und redeten alle durcheinander. Manche versuchten den Saal fluchtartig zu verlassen, andere wollten näher herangehen, um besser zu sehen.

»Das … das ist … Zauberei!«, brüllte Ochir.

Alan lächelte messerscharf und warf Krystian einen auffordernden Blick zu. Und endlich erwachte Krystian aus seiner Erstarrung.

»Die Truhe und alles, was sich darin befindet, gehört mir!«, rief er dem Khan zu. »Ochir hat sie geprüft und mir übergeben.«

Der Khan war ebenfalls blass geworden, nun stand er auf und kam sogar von seinem Podest herunter. Mit schnellen Schritten ging er auf Alan zu und packte sie grob am Handgelenk.

»Du bist kein Geist«, stellte er energisch fest. »Komm raus!« Gehorsam trat Alan aus der Truhe. Sie war barfuß und Krystian konnte sehen, dass sie in dem dünnen Gewand eine Gänsehaut bekam. Der Khan warf einen Blick in die leere Truhe und schüttelte ungläubig den Kopf. Ochir fluchte und wollte sich auf Alan stürzen, doch der Khan gebot ihm mit einer Handbewegung Einhalt.

»Wo kommst du her?«, fuhr der Herrscher Alan an. Sie verbeugte sich vor ihm, und als sie aufblickte, stellte Krystian fest, dass sie auch eine gute Gauklerin abgegeben hätte.

»*Mogoi* ist mir im Traum erschienen«, sagte sie mit aufrichtiger Verwunderung. »Bayan – mein Großvater, der Eurer Familie treu ergeben war. Er sagte, ich müsse den Weg der Schlange gehen. Und als ich erwachte – war ich hier!« Sie sah sich schüchtern um und schlug die Augen nieder.

»Den Weg der Schlange?«, rief der Khan.

Alle Blicke wandten sich Krystian zu. Ochirs Hände ballten sich zu Fäusten. Unmerklich waren seine Männer aufgerückt. Möngke Khan wandte sich dem *Cham* zu, und Krystian erkannte mit siedend heißem Schreck, dass der Herrscher keine Entscheidung fällen würde.

»Garid!«, rief er stattdessen. »Was sagen die Geister? Wem gehört die Schlangenfrau?«

Der *Cham* trat vor. Heute wirkte sein weißes Auge noch beängstigender. Krystian biss sich nervös auf die Unterlippe. Er spürte, dass Alan ihn ansah, doch er hielt dem Blick des *Chams* stand.

»Ich werde die Geister befragen«, meinte Garid ruhig. Ochir biss die Zähne so fest zusammen, dass seine Muskeln am Unterkiefer hervortraten, doch dann schien er mit der Lösung einverstanden zu sein und nickte.

Ich werde verlieren!, schoss es Krystian durch den Kopf. Panik flutete wie eine heiße Woge durch seine Adern. Abdallah trat zu ihm und legte ihm die Hand auf die Schulter.

»Warte ab«, raunte er ihm zu. »Der Zufall entscheidet vielleicht für dich.«

»Zufall!«, zischte Krystian. Ihm war elend zumute, in seinem Magen pochte ein heißer Knoten.

Der *Cham* ließ sich zwei Schafschultern bringen, die Alan berühren musste.

»Bayans Geist wird uns *Tengris* Wunsch mitteilen«, sagte er mit seiner tonlosen, heiseren Stimme. Noch nie hatte Krystian so viel Angst gehabt wie jetzt, als er beobachtete, wie die Schafknochen in der Glut dunkel wurden. Ein Gestank nach verbranntem Knorpel breitete sich aus. Rauch stieg auf und formte sich zu bizarren Figuren, die Krystian an Schlangen erinnerten. Er hatte erwartet, dass der Seher nun die Hitzerisse in der Knochenhaut deuten würde, doch

Garid holte unter seinem Umhang zwei Lederlappen hervor und nahm die Schafschultern aus dem Feuer. Er musste die Lappen mehrmals neu platzieren, um sich nicht zu verbrennen. Einmal fiel ihm sein blauer Umhang dabei über die Hände.

»Kommt zum Feuer«, befahl er schließlich. »Nehmt jeder eine Schulter in die Hand.«

Krystian ballte instinktiv die Hand zur Faust. Sein Herz raste. *Es ist die einzige Möglichkeit!*, sagte ihm seine Stimme. *Verbrennungen heilen, Alan verlierst du für immer*. Es kostete ihn mehr Mut als jeder Kampf, die Hand auszustrecken. Aus den Augenwinkeln sah er, dass Ochir genau im selben Moment zugriff.

In Erwartung des brennenden Schmerzes schloss Krystian die Augen und krampfte die Finger um den verkohlten Knochen. Ochir fluchte. Krystian hörte, wie der Knochen zu Boden fiel. Er riss die Augen wieder auf und starrte ungläubig erst auf Ochirs Hand und dann auf seine. Ochirs Handfläche war rot von der Verbrennung und schwarz vom Ruß. Doch Krystian hielt seine Schafschulter immer noch fest. Und der Knochen war kalt!

»*Tengri* hat entschieden«, bestimmte der Seher. »Bayan will, dass seine Enkelin den Weg der *Mogoi* geht. Alan soll bei Tossuc bleiben.«

Ochir lief purpurrot an und öffnete den Mund, um zu protestieren, doch als der Khan den Arm hob und nickte, wusste Krystian, dass sein grausamer Gott auch lächeln konnte.

EIN GUTER TAG

»Wollt Ihr heute Abend wirklich nicht mit mir und Bartholomäus ins Lager reiten, Bruder Wilhelm?«, fragte Gosset. »Krystian würde sich freuen, Euch zu sehen.«

Wilhelm schüttelte den Kopf und beugte sich wieder über seine Schriften.

»Ich habe zu tun. Es ist nicht die richtige Zeit, um heidnische Feste zu feiern.«

»Aber es ist an der Zeit, Krystians Sieg zu feiern.«

»Einen Heidensieg!«, murmelte Wilhelm. »Wozu soll das gut sein? Wir haben ihn verloren, Gosset, schon vor langer Zeit, im Fluss. Den Krystian von heute erkenne ich nicht wieder.«

Gosset lächelte und setzte sich Wilhelm gegenüber an den Tisch. »Das Wasser verwandelt jeden«, sagte er sanft. »Nicht umsonst taufte unser Herr Jesus die Menschen.«

»Du musst es ja wissen«, bemerkte Wilhelm. »Du fürchtest dich davor.«

Der Kleriker seufzte und fuhr sich durch das dichte rote Haar. »Ja und nein. Ich habe im Wasser etwas begriffen – als ich zwölf Jahre alt war.« Ein alter Schmerz verdunkelte einen Augenblick lang seine Miene. »Wegelagerer überfielen mich und meinen Bruder, als wir am Fluss entlangwanderten. Doch sie beraubten uns nicht, sondern beschlossen, uns zu ertränken. Noch heute spüre ich das Wasser in meiner Kehle«, fuhr er leiser fort. »Wenn ich einen Fluss sehe, dann wird meine Brust eng und ich fühle die gleiche Angst wie damals. Ich überlebte wie durch ein Wunder, weil ich ohnmächtig wurde und sie mich für tot hielten. Mein armer Bruder aber ertrank.«

Wilhelm legte die Feder sachte beiseite und ergriff Gossets Hand.

»Es tut mir leid um deinen Bruder. Und darum, was du erleiden musstest.«

Gosset verzog den Mund zu einem schiefen Lächeln. »Gott hat ihn zu sich genommen – und Ihr könnt mir glauben, dass ich unendlich viele Tränen um ihn vergossen habe. Doch ich hatte damals auch begriffen, dass mein Leben nicht in meiner eigenen Hand liegt. Gott der Herr entscheidet über unsere Wege. Und hier, mitten im Land der Mongolen, gab er mir ein Zeichen seiner Güte. Er erhörte meine Gebete und rettete einen anderen Bruder.«

Wilhelm seufzte tief und blickte auf seine Zeichnung des Silberengels, den Meister Guillaume in diesen Tagen fertigte. Das sanfte Gesicht schien Wilhelm zu verhöhnen. *Wir haben versagt,* dachte er.

Gosset, der seinen besorgten Blick richtig deutete, schüttelte energisch den Kopf.

»Ihr habt nicht versagt, Bruder Wilhelm. Und Krystian ist nicht verloren, glaubt mir. Gott hat ihm das Leben geschenkt, nun lasst es ihn leben. Er ist ein guter Mann, wenn auch nicht ohne Fehl. Aber …«, er zwinkerte Wilhelm zu, »wer ist das schon?« Er stand auf und tippte mit dem Zeigefinger auf den Stapel Blätter auf Wilhelms Tisch. »Der

König wird stolz auf Euch sein«, sagte er mit Überzeugung. »Und dieser junge Führer, der uns zu Batus Lager zurückbringen wird – Sanjaa –, er wird Euch sicher noch mehr erzählen können.«

»Sicher«, sagte Wilhelm trocken.

»Also? Feiert Ihr heute mit unserem Bruder?«

Wilhelm schüttelte den Kopf. Es kostete ihn viel Überwindung, die folgenden Worte zu sagen, aber es war alles, was er dem Jungen geben konnte.

»Richtet ihm aus, dass Wilhelm ihm Glück wünscht. Und Gottes Segen.«

Die Sonne war hervorgekommen und ließ den Schnee glitzern. Alan und Krystian waren den ganzen Weg zum *Oboo* schweigend geritten, den Spuren des Rennens folgend. In der Nähe des Heiligtums lag noch Ochirs Reitknüppel, und Krystian stieg von Burzas Rücken, hob ihn auf und legte ihn auf den Steinhaufen. Alan griff in ihren Ärmel und holte ein winziges Stück eines geschliffenen Jadesteins heraus, das sie dazulegte.

»Jetzt ist es wohl an der Zeit, das Schweigen der Schlange zu brechen«, sagte Alan und lachte. »Schließlich gehörst du nun zu den *Mogoi* und unser Geheimnis gehört auch dir.«

»Der Zauber der Schlange?«

Alan nickte. »Ich zeige ihn dir. Sieh gut hin!« Sie entzog ihm ihre Rechte und streckte den Arm aus. Mit der linken Hand bog sie die Finger der anderen Hand mühelos nach hinten, bis ihr Handrücken auf ihrem Unterarm auflag. Es sah aus, als hätte sie keine Knochen.

Krystian verzog das Gesicht. »Schmerzt das nicht?«

Alan schüttelte den Kopf. »Das ist das Erbe von Bayan, der Schlange«, sagte sie geheimnisvoll. »Wir werden mit Gliedern geboren, die so gelenkig sind, dass wir keine Knochen zu haben scheinen. Unsere Sehnen sind weich und dehnbar. Bayan konnte sich aus jeder Schlinge befreien, weil er eine Schlange war. Er leistete dem Großen Khan gute Dienste als Kurier und auch in den Feldzügen, weil er in jede noch so verborgene Kammer und in jedes Versteck kam. Doch diese Gabe geben wir vor niemandem preis, sondern reichen sie nur von Schlange zu Schlange weiter.«

»Die Schlange schweigt«, sagte Krystian und lächelte.

Alan nickte. »Dieser Zauber gehört nur unserer Familie. Mein Vater besaß ihn – und meine *Kathai*-Urgroßmutter hatte ihn ebenfalls. Sie diente am Hof des *Kathai*-Kaisers, bevor Dschingis Khan ihre Stadt eroberte und zerstörte. Sie war eine Gauklerin und verblüffte jeden mit ihrer Kunst. Man erzählte sich, sie konnte sich in einer Vase zusammenrollen, die nicht größer war als ein Pferdekopf. Die Truhe gehörte ihr. Sie hat zwei Böden. In der unteren, verborgenen Kammer findet nur ein Schlangenmensch Platz. Als *Zhongdu* von den Mongolen eingenommen wurde, versteckte meine Urgroßmutter das Heiligtum der Familie in dem geheimen Fach. Eine kostbare Jadeplatte. Die Inschrift darauf soll Zauberkräfte besitzen.«

»Deshalb hast du von der ›Jadetruhe‹ gesprochen!«

Alan lächelte verschmitzt. »Ochir war enttäuscht, als ich die Truhe in die Familie brachte. Er hatte eine Kostbarkeit erwartet. Dabei wusste er nur nicht, wo er suchen sollte. Gestern habe ich die Jadeplatte herausgenommen, damit genug Platz für mich unter dem geheimen Boden war.«

»Du hast sie bei Ochir gelassen?«

Sie lachte und schlang die Arme um ihn, und Krystian schloss die Augen und fühlte ihr glattes Haar an seiner Wange. Es war so unwirklich, dass er sie sofort wieder öffnete. Doch Alan war immer noch da. Die goldenen Sprenkel in ihren Augen leuchteten.

»Die Jadeplatte«, flüsterte sie ihm zu, »habe ich schon gestern dem *Cham* des Großkhans geschenkt.« Als sie sein ungläubiges Gesicht sah, lachte sie wie eine Diebin. »Ich sagte doch, ich finde einen Weg! Erinnerst du dich daran, dass ich dir einmal erzählte, ein *Cham* habe mir gesagt, ich würde dem Weg der Schlange folgen? Nun, dieser *Cham* heißt Garid und er schuldete Bayan bis gestern noch einen Gefallen.« Sie lehnte sich an ihn und blickte über das Flusstal. »Wohin würden wir reiten, wenn wir von hier weggehen würden?«

Krystian zog sie an sich. Der Eiswind fegte über die Steppe und zerrte an seinen Haaren, doch heute spürte er die Kälte nicht. Im Gegenteil: Da war nur dieses warme Glühen, das ihn bis in die Seele hinein wärmte. Mochten die Geschichten von Geistern und Sehern auch Täuschungen sein, Alan war wirklich!

»Nach Konstantinopel vielleicht«, antwortete er. »Wir können mit Abdallah reiten. Er wird dorthin zurückkehren. Und von dort aus können wir in die Länder hinter den Ländern reisen … oder noch weiter bis zum nächsten Meer.«

Weit entfernt, fast nur ein Punkt am Horizont, zog ein Adler seine Kreise über dem Flusstal. Krystian atmete die Winterluft ein und lächelte. Es war ein wirklich guter Tag!

Glossar

Alchaa: Schritt (Gangart des Pferdes)
Anda: Blutsbruder, Schwurbruder
Argali: In asiatischen Gebieten lebendes Wildschaf mit widderartigen Hörnern
Arqi: Aus Milch gewonnener, klarer Schnaps
Ayrag: Gegorene Stutenmilch, Nationalgetränk der Mongolen

Bal: Honigmet
Byzanz: Heute heißt die Stadt Istanbul.

Cassaria: Halbinsel Krim
Cham: Mongolischer Schamane, Seher und Geistheiler; er vermittelt auch zwischen den Toten und den Lebenden.
Chlamys: Ein als Mantel getragenes rechteckiges Tuch, das an der rechten Schulter mit einer Spange zusammengehalten wurde. Auf Reisen war es sehr praktisch, da man sich nachts damit zudecken konnte.

Dajanderch: Mongolischer Himmelsgeist
Davja: Galopp
Del: Mongolischer, knielanger Mantel; gegürtet wird er mit einem Seidenschal.

Emeel: Mit Leder bespannter mongolischer Holzsattel

Franziskaner: Franz von Assisi gründete diesen Bettelorden. Die Brüder lebten in der Nachfolge Jesu in Armut, gingen barfuß, berührten kein Geld und arbeiteten für ihren Unterhalt.

Ger: Mongolische Filzjurte

Hydaspes: Fluss Jhelam in Indien

Kathai: China

Meer des Tanais: Asowsches Meer

Morin Khour: Pferdekopfgeige, traditionelles Musikinstrument der Mongolen

Oboo: Kultstätte für die jeweilige lokale Gottheit, z. B. den Berggeist. Bei einem Oboo bittet man um Glück auf der Reise.

Psalter: Ein Textbuch mit Psalmen und Wechselgesängen für den Gottesdienst

Ragusa: Dubrovnik, eine Stadt an der Küste Kroatiens

Reliquie: Dieses Wort kommt aus dem Lateinischen und bedeutet »Überbleibsel«. Im Mittelalter verehrte man die Überreste von Heiligen – manchmal den ganzen Leichnam, manchmal nur Teile davon, z. B. Fingerknochen oder Schädel. Als Reliquien galten aber auch Gegenstände und Kleidung, die Heilige berührt oder am Körper getragen hatten. Oft wurden Reliquien in Altäre eingefügt oder in prächtigen Gefäßen, den »Reliquiaren«, aufbewahrt.

Sarazene: Ursprünglich der Name der nomadischen Stämme zwischen Syrien und Saudi-Arabien. Im Mittelalter wurde »Sarazene« jedoch oft als Sammelbegriff für alle Araber und andere islamische Völker verwendet.

Schogschoo: Trab
Soldaia: Sudak, eine Stadt auf der Halbinsel Krim

Tachi bzw. Takhi: Gelbbraunes Wildpferd, auch unter dem Namen Przewalski-Pferd bekannt
Taschur: Pferdeknüppel
Tengri: Der »Ewige Himmel«, die oberste Gottheit
Teracina: Reiswein

Uiguren: Nomadenvolk im nördlichen Tibet

Wurfzabel: Würfelspiel, aus dem sich das heutige Backgammon-Spiel ableitet

Yak: Zentralasiatisches Rind, meist rot- oder schwarzbraun, mit Hörnern, die bis zu einem Meter lang werden, und sehr langem, zottigem Fell

Yperpera: Byzantinisches Münzgeld

Zhongdu: Dschingis Khan hat diese Stadt zerstört, sein Enkel Kubilai Khan baute sie wieder auf und gab ihr den Namen »Dadu«. Manche nannten sie auch einfach »Khanbaliq« (Stadt des Khans). Marco Polo war dort zu Gast. Heute heißt die Stadt Peking.

Nachwort

Im Jahr 1253 reiste der Franziskanermönch Wilhelm von Rubruk im Auftrag von Ludwig dem Heiligen zu den Mongolen. Ob er wirklich so mürrisch war, wie ich ihn hier beschreibe, kann ich natürlich nur vermuten. Wer den echten Wilhelm kennenlernen möchte, dem sei sein Reisebericht »Beim Großkhan der Mongolen« (herausgegeben von Hans Dieter Leicht) ans Herz gelegt. Bartholomäus von Cremona, der Kleriker Gosset und ein Dolmetscher namens Abdallah gehörten ebenfalls zur Reisegruppe. Krystian und auch das sagenumwobene Schlangenamulett sind dagegen frei erfunden.

Einige Freiheiten habe ich mir auch in Bezug auf andere Gegebenheiten erlaubt. So findet der Mongolensturm auf Krakau aus dramaturgischen Gründen in den Morgenstunden und nicht mitten in der Nacht statt. Um Krystian einen kleinen Vorsprung zu verschaffen, habe ich die Brüder zwei Wochen länger zu Möngke Khans Lager reisen lassen, und auch die Nationalitäten und (z. B. slawischen) Einzelsprachen sind in ihren Bezeichnungen zum größten Teil modernisiert wiedergegeben.

Einen ganz besonderen Dank schulde ich insbesondere den Mitarbeitern der Kunst- und Ausstellungshalle der Bundesrepublik Deutschland in Bonn und dem Staatlichen Museum für Völkerkunde in München. Ihr Ausstellungskatalog »Dschingis Khan und seine Erben – das Weltreich der Mongolen« war eine Fundgrube für historische Details, aus der ich mit Begeisterung geschöpft habe. Die Worte des Feuerrituals, das der alte Galsan ausführt, und Sanjaas Lied über die mongolischen »Windrosse« sind aus diesem Katalog zitiert.

Eine große Unterstützung war auch diesmal Dr. Jörg Ennen von der Landesbibliothek Baden-Württemberg. Er förderte aus den Abgründen der Magazine unter anderem das Buch »Der Mongolensturm – Berichte von Zeitzeugen 1235–1250« zutage, das man nur lesen sollte, wenn man wirklich gute Nerven hat.

Danke auch an meine Lektorin Iris Praël für ihren scharfen Blick für Figuren, Themen und Plots und den tapferen Kampf gegen Satzungetüme, an Lkhamsuren Tsegmid für die Mongolisch-Übersetzungen (nur an wenigen Stellen habe ich mir erlaubt, der Verständlichkeit halber etwas zu mogeln). Dr. Tullio Aurelio und Dr. Tullia Santin legten dem byzantinischen Sterndeuter altgriechische Worte in den Mund, und Dr. Ulrike Fritz sorgte dafür, dass Abdallah in bestem Arabisch grüßt und in Umgangssprache schimpft. Olga Krouk schließlich gab den russischen Sätzen einen wunderbar mittelalterlichen Anstrich. Dafür ein mongolisch-herzliches »*Tusalsand bayarlalaa*« – Danke für die Hilfe!